Foto da página anterior:
O portão do não retorno, no Castelo da Costa do Cabo, Gana, África. Getty Images/iStockphoto.

O PORTÃO DO NÃO RETORNO

A. J. BARROS

O PORTÃO DO NÃO RETORNO

ROMANCE

GERAÇÃO

O PORTÃO DO NÃO RETORNO
Copyright © 2022 by A. J. Barros
1ª edição — Outubro de 2022

Grafia atualizada segundo o Acordo Ortográfico da Língua Portuguesa
de 1990, que entrou em vigor no Brasil em 2009.

Editor e Publisher
LUIZ FERNANDO EMEDIATO

EM COLABORAÇÃO COM

Capa
ALAN MAIA, COM FOTO DE RUI PIRES

Diagramação
MEGAARTE DESIGN

Preparação de texto
ANA MARIA FIORINI

Consultoria de texto
NELSON DE OLIVEIRA

Revisão
HUGO ALMEIDA

Dados Internacionais de Catalogação na Publicação (CIP) de acordo com ISBD

B277p   Barros, A. J.

         O portão do não retorno / A. J. Barros. - São Paulo : Geração Editorial, 2022.
         368 p. ; 15,6cm x 23cm.

         Inclui índice.
         ISBN: 978-65-5647-085-6

         1. Literatura brasileira. 2. Romance. 3. Ficção. I. Título.

2022-2936   CDD 869.89923
                                           CDU 821.134.3(81)-31

Elaborado por Odilio Hilario Moreira Junior - CRB-8/9949

Índice para catálogo sistemático:
1.   Literatura brasileira : Romance 869.89923
2.   Literatura brasileira : Romance 821.134.3(81)-31

GERAÇÃO EDITORIAL

Rua João Pereira, 81 – Lapa
CEP: 05074-070 – São Paulo – SP
Telefax: (+ 55 11) 3256-4444
E-mail: geracaoeditorial@geracaoeditorial.com.br
www.geracaoeditorial.com.br

Impresso no Brasil
Printed in Brazil

Para

Helena,

Rafael,

Ricardo,

Pedro,

Mariana

e Daniel,

meus netos.

Sumário

LIVRO I	A IRMANDADE DOS HOMENS PRETOS	13
LIVRO II	O ESQUARTEJAMENTO DA ÁFRICA	35
LIVRO III	A TERCEIRA MORTE	51
LIVRO IV	O TRIBUNAL DOS INTOCÁVEIS	79
LIVRO V	O GENOCÍDIO ESQUECIDO	93
LIVRO VI	O DOMÍNIO INVISÍVEL	123
LIVRO VII	O GENOCÍDIO CONGOLÊS	133
LIVRO VIII	A LOUCA	143
LIVRO IX	A COSTA DOS ESCRAVOS	169
LIVRO X	O GENOCÍDIO DO POVO EDO	185
LIVRO XI	TIMBUKTU, A SÁBIA	213
LIVRO XII	O FESTIVAL DO VODU	223
LIVRO XIII	O HOMEM QUE FILTRAVA ÁGUA	249
LIVRO XIV	O REINO MISTERIOSO DOS DOGONS	263
LIVRO XV	O MISTÉRIO DE KLEIN	273
LIVRO XVI	O ROUBO DO OBELISCO	285
LIVRO XVII	AS MINAS DO REI SALOMÃO	297
LIVRO XVIII	O POVO MAIS SÁBIO DO MUNDO	311
LIVRO XIX	LALIBELA – A JERUSALÉM AFRICANA	329

Nota do autor

Nas minhas viagens pela África, fui descobrindo lugares históricos e cheios de simbolismo que me motivaram a registrar em um livro essas observações. Não quis, no entanto, me limitar a uma descrição didática, e me ocorreu criar um enredo que motivasse a leitura e desse ao leitor a oportunidade de conhecer melhor a riqueza histórica daquele sofrido continente.

Não foi tão simples. Foram mais de dez anos de uma longa pesquisa em livros, arquivos e nos próprios locais, em busca de fatos e histórias que servissem de pano de fundo de um romance de investigação e mistério.

Quando se estuda a escravidão, a pergunta que fica sem resposta é: como um genocídio que sacrificou mais de cem milhões de seres humanos, com requintes de crueldade, pode ter caído no esquecimento?

Foram quatrocentos anos de raptos, destruição de reinos, de sociedades bem organizadas, de culturas avançadas, e pouco se sabe sobre a história do continente africano, porque interessava à História branca apagar os crimes que cometeu.

Um dia isso seria cobrado, e aqui começa a trama deste romance.

A. J. Barros

LIVRO I

A IRMANDADE DOS HOMENS PRETOS

Tendo os povos da Europa exterminado os da América, foram obrigados a escravizar os da África, para os utilizar para roçar suas terras.

Montesquieu, *O espírito das leis*

LIVRO

I

A IRMANDADE DOS HOMENS PRETOS

CAPÍTULO **1**

O telefone tocou. Era madrugada e Maurício acordou assustado. Atendeu e ouviu a voz cansada de Geraldo:

— Estou na Irmandade. É urgente.

O tom da voz o incomodou. Geraldo escondia o temor de alguma coisa que não queria dizer no telefone.

— Estou indo.

Aprontou-se como pôde e desceu até a garagem do edifício, onde pegou a moto, que era o meio mais prático de circular em São Paulo. Um mau pressentimento o fazia esquecer a prudência e correr perigosamente. A sede da Irmandade dos Homens Pretos ficava na pequena igreja de Nossa Senhora do Rosário, no largo do Paissandu, centro de São Paulo. Maurício subiu a escada lateral e encontrou a porta aberta. Nenhuma luz interna acesa. Nem mesmo uma vela. Só a iluminação da rua disfarçava a escuridão. Onde estaria Geraldo? O escritório da Irmandade ficava no subsolo. Ao acionar o interruptor ao lado da escada, Maurício ouviu um gemido, um som abafado, que lhe deu a impressão de que alguém reunia suas últimas forças para grunhir um pedido de socorro. Teria Geraldo caído da escada?

— Geraldo! — gritou e desceu rápido os degraus que levavam até o subsolo.

Ao se aproximar da porta do escritório, ela se abriu abruptamente e um homem saiu correndo. Pego de surpresa, Maurício tentou segurá-lo, mas foi empurrado violentamente contra a parede. Sentiu a dor da pancada no ombro mas conseguiu esticar a perna. O homem cambaleou, quase caiu, equilibrou-se e subiu as escadas pulando os degraus com passos largos e rápidos. Era um grandalhão avermelhado, tipo anglo-saxão, com uma verruga no nariz. Apesar da dor no ombro, Maurício ia correr atrás dele, quando um novo gemido o fez preocupar-se com Geraldo, e entrou na sala.

Assustou-se ao vê-lo deitado, o rosto machucado, as mãos e os pés amarrados, o sangue escorrendo pela boca. Pôs a mão no pulso e respirou aliviado, porque, embora as pulsações fossem fracas, ainda estava vivo. Telefonou para o número 190 e pediu urgência. Desamarrou as mãos e os pés e afrouxou-lhe a roupa, mantendo-o de lado, para não engasgar com o sangue. Enquanto o socorro não chegava, providenciou o que sabia de primeiros socorros, como manter a língua fora da boca e limpar os ferimentos. Geraldo recobrou a consciência e tentou falar alguma coisa. Maurício abaixou-se e ouviu seus últimos sussurros:

— São dois cauris de ouro... o terço da... imagem de Nossa Senhora... Blackburns... Chicago...

— Você vai ficar bom. O serviço médico está chegando.

Geraldo parecia delirar.

— A cruz... no alto... Bed... med... além... O enigma... enig...

Geraldo fechou os olhos e seu pulso foi perdendo força até parar completamente. Foi um choque, que Maurício aparou no fundo da alma. Perdera um amigo de infância. A tristeza de saber que nunca mais o veria o absorveu. "Nunca mais!"... Não gostava dessa expressão que o acompanhava desde que perdera sua mulher. Seus dois filhos foram para outros países e ele aprendera a cultivar a solidão. Enquanto esperava a polícia, examinou a sala com cuidado e viu uma pequena câmera escondida em uma estante. Ela estava entre a tábua e os livros e Maurício a arrancou. Um fio quase invisível a conectava a uma tomada ao lado da estante. Para onde estava sendo transmitida aquela gravação? Havia um comparsa, que deveria estar em algum carro ali por perto. Eles deviam ter chegado bem antes de Geraldo e preparado a instalação. Mas por que a gravação? Certamente queriam ter certeza de todas as palavras de Geraldo. Ouvir, apenas, poderia levar a esquecimento ou um mau entendimento. O que será que eles procuravam? Que mistério guardavam as últimas palavras de Geraldo? Antes que a polícia chegasse, foi até o altar e pegou o terço pendurado nas mãos da imagem de Nossa Senhora.

CAPÍTULO 2

Maurício voltou para casa relembrando: *"São dois cauris de ouro... o terço..."*. Coisa esquisita! Cauri era uma pequena concha do mar usada pelos africanos como moeda de troca, desde antes da escravidão. Qual o significado dessas palavras? E que segredo guardava aquele terço? Examinou-o com cuidado.

Era quase uma relíquia, ainda feito com as sementes do *lacryma-jobi*, literalmente, lágrima de Jó. No entanto, aquilo não era um terço, que é dividido em cinco partes, cada uma com dez contas para as dez Ave-Marias e uma, separada, para o Pai-Nosso. Era uma peça que despertava indagações e, por mais que quisesse, não via nela qualquer relação com um terço, mas apenas uma fileira de contas separadas em oito partes, com quantidades incoerentes.

A sequência das contas não tinha lógica. Começava com três contas, um espaço, outras seis, depois quatro ao lado de oito, depois nove e mais uma isolada; depois dez, separadas em dois grupos de cinco e mais um de sete, num total de 48 contas.

O que significaria aquilo? Examinou uma por uma e se deteve na conta isolada, a única com um formato diferente das demais. A cor não era a mesma das outras e mais parecia um pequeno cauri que uma *lacryma-jobi*. Dois cauris de ouro. Seria um deles? Raspou levemente e confirmou que era de ouro. Estaria o outro com esse Blackburns, em Chicago? Era assunto que não lhe interessava e provavelmente Geraldo queria que ele o entregasse para esse Blackburns. O episódio alterou os seus planos de ir para a África. Tinha de atender ao último pedido do seu amigo, um cristão praticante e devoto de Nossa Senhora do Rosário, mas que ultimamente vivia assombrado pelos espíritos dos antepassados.

Numa rápida pesquisa no Google, identificou Blackburns, professor de genética da Universidade de Chicago e criador do Movimento Negro para as Américas. Pela lógica, só podia ser ele, e, quanto mais cedo se livrasse desse assunto, mais cedo poderia continuar com seus planos de passar uns tempos caçando e pescando com seus amigos da etnia bozo, no Vale do Níger. Separou o cauri de ouro e guardou o restante no cofre.

Foi um enterro triste e comovente. Homens, mulheres, crianças, jovens e velhos rezavam em voz alta o terço e pediam a Nossa Senhora do Rosário proteção para o bom Irmão Geraldo. Difícil acostumar-se com a tristeza, por mais que ela se repita durante a vida.

CAPÍTULO 3

O avião pousou no aeroporto O'Hare sob uma forte nevasca. Após um momento de tensão, a aeronave estacionou e os passageiros desembarcaram, arrastando maletas apressadamente, na esperança de se livrarem logo da Imigração. Embora tivesse o hábito de viajar com pouca bagagem, tinha de se preparar para o frio, pois não sabia quanto tempo iria ficar em Chicago, onde, nessa época, a temperatura descia bem abaixo de zero. Vestia um casaco quente e trazia, dobrado sobre o braço direito, um pesado sobretudo. Com as ameaças de terrorismo, os cuidados na Imigração eram maiores, e ele perdeu quase uma hora até poder se dirigir ao desembaraço de bagagens.

Na saída para o saguão do aeroporto, disfarçou o susto. Não tinha contratado nenhum traslado. Nem mesmo viera com a sua verdadeira identidade, imaginando que, anônimo, seria mais fácil livrar-se dessa misteriosa tarefa. Pintara os poucos cabelos brancos de preto e o frio ajudava a disfarçar a fisionomia com cremes. Há muita semelhança no rosto das pessoas, e usar o nome de uma, sem mesmo que ela o saiba, é um dos truques mais comuns na falsificação de passaportes. No entanto, lá estava um homem negro, alto, forte, bem diante da saída, segurando uma placa na qual se lia "Mr. Negrão de Mello", nome que adotara para essa viagem.

Ele se dirigiu ao homem da placa, que parecia tê-lo reconhecido de longe, pois nem foi preciso se identificar:

— Bom dia, sr. Mello. Fui designado para ser seu guia em Chicago e estarei à sua disposição, dia e noite. Já confirmei sua reserva no hotel.

— Ah! Sim. Obrigado — disse Maurício, com naturalidade.

Quem será que o havia "designado"? E por que um guia especial? Qual seria a dificuldade de encontrar esse Blackburns? Começava a conjeturar que a missão do cauri não seria tão simples. Não havia feito nenhuma reserva de hotel, porque era uma época do ano de pouco turismo e não gostava que seu nome chegasse antes dele. No entanto, ali estava uma pessoa o esperando, com um hotel reservado. Foi um trajeto silencioso, com a neve caindo como lágrimas congeladas e pensamentos provocando receios, que aumentaram ao chegarem a um hotel de bom nível e que não pertencia a nenhuma dessas cadeias internacionais. Antes de sair do carro, o motorista pegou uma pequena pasta.

— É bom o senhor tomar conhecimento dessas informações, antes de procurar o professor Blackburns.

Não era de estranhar que soubesse o que viera fazer em Chicago, se já o identificara no aeroporto. O motorista acompanhou-o até a recepção e despediu-se dizendo que ficaria no saguão do hotel à sua disposição.

O voo de São Paulo a Chicago é longo, e ele aproveitara o tempo para dormir e poder chegar bem disposto. Pôde assim dedicar o restante do dia estudando as informações que recebera. Um vídeo com palestras de Blackburns despertou-lhe o interesse. Suas ideias eram radicais. Reivindicava ele os direitos dos africanos sobre os territórios americanos e uma incalculável indenização dos países ricos para a África. Era ele o fundador do Movimento Negro para as Américas, com um lema forte: *A Paz é Branca, mas o Movimento é Negro*.

A revolta espumava em suas palavras: "*Este país nojento, que enriqueceu com o suor e o sangue dos negros, joga sobre nossas cicatrizes o racismo e o escárnio*" — repetia como um refrão. Em que será que Geraldo o metera? Blackburns era um homem taciturno, com o perfil das pessoas que não se abrem facilmente a um estranho. Como chegar até ele e colher alguma migalha que o ajudasse a entender os receios de Geraldo e a causa do seu assassinato? Pouco lhe interessavam as ideias de Blackburns ou os cauris de ouro, mas não teria sossego enquanto o grandalhão assassino não fosse preso.

Esse motorista era outra incógnita. Claro estava que não se tratava de um simples motorista, mas de alguém a serviço de alguma organização. De qualquer forma, facilitava o seu deslocamento pela cidade, e Maurício aproveitou para visitar lugares que o professor frequentava. Estava ali como agente de turismo e poderia usar a estratégia de propor algo para o Movimento Negro. As tentativas de um contato telefônico foram em vão, e chegou à conclusão de que a alternativa era esperar pelo professor na saída das aulas.

Depois de três dias de plantão diante da Faculdade de Medicina Pritzker, que leva esse nome devido aos 16 milhões de dólares doados pela família Pritzker, fundadores da rede Hyatt de hotéis, o professor apareceu, e o que Maurício viu não o agradou. Convivera o suficiente com o perigo para reconhecer um homem assustado. A pretexto de calçar as luvas, ficou parado, observando cuidadosamente em volta, para descer devagar os poucos degraus da porta da faculdade, numa verdadeira revelação do medo. Blackburns entrou no estacionamento e saiu, minutos depois, acelerando. O motorista ligou o motor e quis segui-lo, mas Maurício alertou-o de que não valia a pena, pois o professor dirigia rápido e de propósito, naquele gelo, para saber se estaria sendo seguido. Se tentassem acompanhá-lo, chamaria a polícia.

Não seria fácil um encontro pessoal, mas precisava entregar o cauri de ouro, que já o preocupava. Lera uma vez a história de um espião que gostava de ouvir os murmúrios da noite. Talvez essa fosse a melhor coisa a fazer, porque, se mistério havia, algum fantasma iria aparecer. As pregações do professor deviam ter provocado comentários e reações, que certamente já tinham se espalhado pela cidade. Não apenas vídeos e jornais trazem esclarecimentos. Frases distraídas podem escapar nos bares barulhentos do blues e do jazz. Simples episódios podem ser reveladores. A temperatura não o animava, mas, desde o primeiro dia, começara um périplo noturno pelos bares e continuaria naquela noite. No frio, Maurício dispensava o seu velho companheiro Black Label e preferia um Hennessy. Divertia-se mais inspirando o delicado aroma da bebida do que a ingerindo, para não deixar que o álcool o atrapalhasse. Os bares por onde passara não estavam muito cheios, devido ao frio, mas apreciava a animação do jazz, que enchia o espaço com sons ruidosos. Instruíra o motorista para levá-lo a lugares onde era mais comum a discussão dos assuntos urbanos e, naquela noite, entrou no Joe's Bar, um lugar pitoresco, de frequência variada, típico lugar onde as notícias gostam de aparecer.

Escolheu uma mesa afastada da entrada, longe do barulho da música, com vista para o salão, de onde examinava pessoas animadas, conversando ou discutindo. O que lhe chamou a atenção, porém, foi um homem que se apegava à solidariedade da garrafa para ajudá-lo sabe lá Deus em quê. Devia ter uns 40 anos e, com uma imobilidade taciturna, curtia a tristeza, certamente a única coisa que o animava a viver. Num dado momento, um senhor, talvez o gerente, cumprimentou-o, como a um velho frequentador:

— Boa noite, inspetor Collins. Está frio, hein?

— Sim. A nevasca está feia, e hoje é meu plantão.

"Inspetor! Um inspetor alcoólatra, o alvo ideal para a vingança dos criminosos apanhados por ele", pensou Maurício. O instinto o convidava a ficar por ali. Quando a garrafa do outro começava a esvaziar, pediu a conta e discretamente seguiu o homem que saía, impávido, com a dignidade dos bêbados. Lá fora o gelo tomava conta da noite. Um táxi o esperava, e Maurício ficou observando-o se afastar, pensando que talvez valesse a pena voltar na noite seguinte.

Na volta para o hotel, perguntou ao motorista se conhecia um certo inspetor Collins. Soube que tinha sido um dos mais respeitados investigadores da cidade, mas entregara-se à bebida depois de se separar da mulher. Antes disso, era o encarregado dos casos insolúveis. Tinha ainda outras qualidades, era campeão de tiro e praticava vários esportes. Pouco lhe interessava a vida daquele inspetor, mas gostara do porte soberbo para quem bebera tanto.

CAPÍTULO 4

Robin olhava desanimado para a paisagem branca. O que menos esperava era uma ocorrência que o obrigasse a enfrentar aquela manhã fria, os flocos de neve caindo sobre o vidro e se espatifando com o movimento do para-brisa. Todos os anos a mesma coisa, aquela mudança rápida da primavera colorida e cheia de flores para o inverno fúnebre e assustador. Por isso se diz que a cidade tem apenas duas estações no ano: o inverno e as construções. Quando o inverno passa, as obras tomam um ritmo movimentado. O imenso lago Michigan estava coberto de gelo e os arranha-céus pareciam fantasmas, envoltos em neblina. A ambulância ficara no asfalto e o jipe rodava sobre a neve, com as luzes bem acesas. Sua missão era encontrar um corpo semienterrado na neve do Wolf Lake Memorial Park. Tinha de ser bem ali!... Sentiu o peso da tristeza ao lembrar a felicidade daqueles tempos em que vinham passear no parque, quando os dois saíam da universidade.

A queimação no estômago aumentou, e se amaldiçoava por ter tomado tanto conhaque antes do plantão. O telefonema anônimo dera as informações com a precisão de quem conhecia bem o lugar. A neve estava funda, o vento levantava flocos brancos que batiam no rosto, dificultando a visão, mas lá estava o braço de um homem, inerte como um galho seco, saindo da neve. A manga de um terno azul-marinho descera um pouco, mostrando uma abotoadura de ouro que prendia os punhos úmidos da camisa. "Braço esquerdo, terno azul-marinho, camisa branca, abotoadura de ouro", raciocinava o inspetor. Observou o arroxeado das unhas, os ferimentos no rosto, o sangue congelado em torno dos lábios, os sinais de amarra nos dois punhos. Querendo sair daquele vento frio, os peritos fizeram um exame rápido do lugar, colocaram o corpo na ambulância e partiram. Robin perambulou sem que o seu auxiliar entendesse por que e contou os passos do lugar onde estava o corpo em direção à estrada. Depois voltou sobre os próprios passos e ficou cinco minutos com os olhos fixos.

— Podemos ir, inspetor? — chamou o sargento Fred, que era o motorista da viatura e observava Robin indo e vindo, como se estivesse meio zonzo, o que não seria de espantar.

O inspetor fez que não ouviu e continuou circulando em torno do lugar, aumentando as distâncias até se fixar num ponto, onde se abaixou e pegou do chão um objeto que guardou num saco plástico. Era um Rolex de ouro com uma inscrição: "Para Harold, com amor". Sentiu certo desgosto ao ler "com amor", e o ranço do conhaque misturado ao gosto do cigarro subiu-lhe pela garganta. Já era hora de superar aquilo, pensou, e colocou o saco plástico com o relógio no bolso. O lugar era ao sul da cidade de Chicago, pouco depois da universidade. Na ida, quando passaram por ela para buscar o corpo, estava ainda meio sonolento. Ele conhecia o morto e a notícia iria causar uma comoção perigosa, levaria a movimentos de rua e talvez violência. Pegou o celular e ligou para o diretor do Departamento, que já estava acordado e o cumprimentou bem disposto:

— Já saiu do plantão? Não me venha pedir mais folga.

Estava cansado para se importar com esses pequenos sarcasmos e queria ir para casa.

— Acabo de retirar da neve o corpo do professor Harold Blackburns.

Houve um silêncio curto, suficiente para David compreender por que Robin o chamara. Eles haviam formado uma boa dupla, mas, depois do divórcio, Robin caíra numa apatia da qual só conseguia sair quando estava bêbado. Robin passou a ser designado apenas para coisas sem muita responsabilidade, enquanto David ascendeu ao cargo de diretor do Departamento de Polícia de Chicago.

— Estou saindo para o Departamento. Pode me encontrar lá em trinta minutos?

O professor Blackburns era conhecido no meio científico. Robin sabia que a sua morte teria repercussão e seriam necessárias algumas providências, antes que a população negra tomasse conta das ruas. David se mostrara preocupado, e não custava fazer uma pequena reunião, antes de redigir um relatório sucinto e o assunto ser passado para outro, numa cumplicidade entre o alcoolismo e o Departamento. Não gostava mais de raciocinar e preferia os casos em que o DNA dispensava deduções e interrogatórios. Testemunhas, justificava-se, estão ficando obsoletas. Agora basta o DNA; a investigação só precisa correr atrás de um fio de cabelo no travesseiro da vítima. David o esperava e se mostrava agitado, nervoso. Era sua maneira de dramatizar a situação para facilitar a aceitação de um pedido ou o cumprimento de uma ordem.

— Estamos com uma emergência. Precisamos buscar a esposa de Blackburns para identificar o corpo, antes que a massa tome conta das ruas. Já distribuí os demais investigadores pela cidade.

E, em seguida, mais calmo:

— Vejo que o vento frio o deixou desperto e gostaria que me fizesse esse favor.

Desconsiderou a insinuação do "vento frio". David falou como se quisesse convencê-lo de alguma coisa:

— É um caso explosivo. Já falei com o legista, e ele está esperando para fazer a autópsia. Temos de ir buscar a mulher para a identificação do cadáver, antes que a imprensa dê a notícia.

Havia razões para o nervosismo de David, até porque o primeiro presidente afro-americano dos Estados Unidos fora professor da Universidade de Chicago. A notícia soaria como uma bomba e era hora de mostrar desempenho, talvez identificando logo a *causa mortis* e, com um pouco de sorte, alguma pista dos assassinos. Isso sossegaria os ânimos dos mais indignados e daria tempo para a solução do caso.

— Posso ir buscar a mulher — disse resignado —, mas você sabe que não quero ir além disso.

O diretor concordou:

— Claro, claro. Mas trazer a mulher não é tão complicado. Dê um jeito nisso da melhor maneira, tá? Aqui está o endereço.

— Englewood! – exclamou Robin ao ler o endereço localizado no bairro mais violento da cidade, onde as taxas de homicídio são dez vezes maiores que nos bairros ricos.

— Quer uma escolta? Viaturas?

— Não! Não! Isso hoje seria loucura.

Uma viatura policial diante de uma casa seria objeto da curiosidade dos vizinhos, e Robin preferiu ir no seu velho Maverick, com o sargento Fred na direção, porque se sentia cansado. Por sorte, o inverno rigoroso afastava os curiosos da rua, e eles provavelmente nem seriam notados. Encolhido no sobretudo, apesar de o ar quente estar ligado, Robin olhava as vitrines das lojas exibindo manequins de biquíni, já ensaiando as vendas para o verão. Quando criança, pensava que Chicago era o nome de uma pessoa. Chicago soava bem aos seus ouvidos, até que um dia a professora explicou que era uma palavra indígena — *chicagoa* — e significa cebola com peste. Passou a detestar cebola e descobriu que a cidade mudara de forma. Já não havia mais os terrenos baldios ao longo do lago Michigan, onde brincava. E pensar que em 1871 a cidade tinha sido totalmente destruída pelo fogo! Para se livrar do fogo do Inferno, o povo construiu suas casas nas linhas do céu — *skyline*, como passaram a se chamar os grandes edifícios —, mas o diabo não se conformou e empesteou Chicago com o cólera, que matou 90 mil pessoas em 1885. O povo descobriu que o refluxo das águas do lago trazia a sujeira de volta e infestava a água que abastecia a cidade. Foram então construídos canais profundos lago adentro e lá enterraram o diabo, junto com a sujeira urbana.

Um solavanco trouxe sua mente de volta aos acontecimentos da manhã. Nevara todo o dia anterior e, pelo tanto de neve que havia sobre o corpo, ele fora deixado lá assim que escureceu. O exame em torno do lugar fora cuidadoso e não havia vestígios de nada. Fechou os olhos para lembrar algo que demonstrasse ao menos um rastro de cachorro, mas sua memória lhe dizia que era um esforço inútil. Como é então que a pessoa que deu o telefonema sabia onde estava o corpo?

— O que é, Collins? Faz tempo que não o vejo tão pensativo. Isso me lembra os bons tempos em que saíamos por aí, desvendando mistérios e caçando criminosos de alto nível.

O sargento percebeu que poderia ser mal-interpretado e consertou:

— Ou será que você está vendo, na morte desse homem, algo que outros não veriam?

Robin sorriu.

— Não, não. Prefiro a simplicidade de hoje. É tudo mais calmo, não corro riscos. É meio monótono, mas estou bem assim e assim quero continuar.

Mas sua cabeça rodava em torno do mesmo ponto. Por que teriam deixado o relógio longe do corpo? E por que estava parado às 9h17? O arroxeado das unhas, dos lábios, em torno dos olhos, lhe pareceram sinais de envenenamento, provavelmente arsênico. Seu raciocínio embaçado conseguia lhe trazer circunstâncias impróprias para um crime comum. Em outros tempos, até gostaria de ter um caso como esse. Suspirou fundo, e o sargento o olhou de esguelha.

CAPÍTULO 5

Uma senhora negra, bem-vestida e de maneiras finas, aparentando 40 anos, atendeu a campainha. Robin a cumprimentou educadamente e se identificou. Ela tinha o porte de uma rainha e, sem dúvida alguma, era culta e educada. Como dar uma notícia dessas? Preferia gente grossa, bruta, com quem não se constrangia em dizer logo: "seu marido morreu!", e ia embora, sem escrúpulos. Sentiu, porém, que teria de fazer aquele tipo de esforço do orador da turma: calcular o tom de voz, estudar os gestos e falar com calma.

— É a senhora Blackburns, esposa do professor Harold Blackburns, não?

— Sim, sou a senhora Blackburns.

— Desculpe vir importuná-la tão cedo. Sou o inspetor Robin, do Departamento de Polícia de Chicago, e gostaria de falar sobre o seu marido.

Não era a primeira vez que a polícia ia à sua casa, mas, naquela noite, o marido não aparecera para dormir. Já tinha ligado para a faculdade, e a secretária nada soubera informar. Ela estava apreensiva e com receio de procurar a polícia, para não dar causa a uma investigação que envolvesse o Movimento.

— Por favor, entre.

Robin entrou numa sala espaçosa, acolhedora, com paredes cor de marfim claro e portas de um branco-fosco. Amplas janelas de vidro protegidas por grades de ferro na parte exterior estavam cobertas por cortinas de *voile* beges. Ele se sentou num dos estofados de cor *brick* que circundavam uma mesa mais escura, bem torneada, e sentiu saudades do tempo em que tinha um lar aconchegante como aquele. Mas não era hora de lembrar o passado. Ali estava um lar organizado, uma família de respeito, que se sentia segura e feliz num reduto edificado ao longo dos anos, e que ele iria destruir com poucas palavras.

— O senhor quer um café, uma água? — perguntou a mulher, como se quisesse apressá-lo.

— Não, muito obrigado — e, com voz pausada, disse:
— Na verdade, vim trazer uma notícia muito desagradável.
— Algum problema com meus filhos? — perguntou ela angustiada.
— Não, minha senhora, não é nada com seus filhos, mas é uma notícia triste. Infelizmente, vim comunicar-lhe que, nesta manhã, foi encontrado o corpo de um homem que os documentos indicaram se tratar do seu marido, o professor Harold.

A mulher abriu a boca e não conseguiu articular uma palavra. Os olhos se encheram de lágrimas, ela apertou as mãos uma na outra, para disfarçar o arrepio que lhe percorreu o corpo. Robin esperou que essa primeira reação, em que o estupor da notícia se choca com a esperança de um engano, passasse.

— Não! Não pode ser. O senhor tem certeza? Não seria outra pessoa?

Robin tirou de uma pasta as abotoaduras, o relógio de ouro e um cartão de crédito, que havia trazido para facilitar uma identificação preliminar. Não era um par de abotoaduras, pois uma era diferente da outra, mas o momento era de muita consternação para entrar nesses detalhes.

— A senhora os reconhece?

Seus lábios ficaram cor de cera, os olhos avermelharam e ela disse, contendo o choro, como se ainda não acreditasse:

— Meu querido Harold, como você foi perder o presente que lhe dei no nosso aniversário de casamento?

Uma senhora mais velha surgiu no topo da escada que dava para os quartos e perguntou:

— O que houve, Mary? Você está passando mal? Quem é esse homem?

— É da polícia, mamãe. Ele veio dizer que o Harold está morto.

Robin deu graças a Deus pelo aparecimento da velha. Era uma cena esquisita, porque, ao mesmo tempo que entrava em choros convulsivos, a mulher ainda duvidava de que fosse o marido. Os filhos acorreram em seguida. Eram duas meninas e um menino robusto, com cara de revoltado. Robin se amaldiçoava por não ter trazido uma psicóloga, porque não tinha nenhum tato para essas situações, mas felizmente as duas filhas passaram a consolar a mãe. O rapaz ficou desesperado e jurou vingança contra os brancos. Ia matar todos eles, porque só podia ser coisa do branco, esse ser racista, esse ser superior, os chamados peregrinos do Mayflower, que o olhavam desdenhosamente na classe. Robin estava receoso de aumentar aquele cenário de desespero pedindo à mulher para reconhecer o corpo do marido, mas a esperança é uma energia que nos encoraja e, numa atitude decidida, a mulher acompanhou Robin.

A identificação do cadáver é o momento em que essa mesma esperança se esgota. Sabia que hipóteses impossíveis passavam pela cabeça da mulher, como a de que o relógio e a abotoadura tivessem sido roubados, os documentos falsificados e, em uma luta entre gangues de rua, outra pessoa tivesse morrido com os documentos do marido.

A morte é uma separação permanente, como o divórcio, mas se sua mulher tivesse morrido, em vez de substituí-lo por outro, será que ele teria sofrido tanto? Como reagiria essa mulher se seu marido tivesse fugido com uma aluna e continuasse vivo?

No necrotério, o corpo de um homem estava estendido sobre uma mesa de mármore, coberto por um lençol branco. Um médico mal-humorado o desceu até o tórax. O rosto inchado mostrava que sofrera violência antes de morrer, mas a mulher aparentemente não notou esse detalhe, de tão chocada que ficou.

— Não! Não pode ser!

Conteve o desespero para não gritar que aquele não era o pai que beijara as crianças e o esposo que se despedira dela carinhosamente no dia anterior, mas ficou zonza e se apoiou na borda da mesa, perto da cabeça do marido. O detetive e o médico a seguraram para que não caísse e a levaram até um sofá, cuja função devia ser mesmo essa. O médico mediu sua pressão e deu-lhe um comprimido, que ela tomou inconscientemente. Não conseguiu reter as lágrimas e chorou. Eles respeitaram o silêncio que se seguiu e somente depois de uns quinze minutos, quando ela se levantou e chegou perto do corpo, o detetive fez uma pergunta óbvia, pondo em prática o que sempre dizia: que o óbvio é o melhor caminho para a normalidade.

— É o seu marido, não é?

Ela respondeu com dignidade e um autodomínio que o impressionaram:

— Meu marido era um homem de grande força moral. Ele sempre me dizia para estar preparada para as adversidades, porque é diante das adversidades que mostramos se estamos ou não em condições de enfrentar a vida. Quando a vida é fácil, simples e doce, não há necessidade de se preparar para ela. Mas o mundo não é assim, dizia ele. Nunca me passou pela cabeça que ele pudesse desaparecer de repente e eu tivesse de pôr em prática esses conselhos. Parecia que estava me preparando para este momento.

O legista resmungou que já iria começar a autópsia, pois tinha uma conferência à tarde, e Robin tirou a mulher dali, para que ela não ouvisse mais as inconveniências do dr. Grudenn. As ruas já apresentavam alguns sintomas de que algo anormal acontecera. Lojas fechadas, pouco trânsito e pessoas afro-americanas se juntando nas esquinas. Maior ainda era a aglomeração diante da casa do professor, mas, felizmente, não foram hostis. Robin abriu a porta do carro para a senhora Blackburns e perguntou se ela precisava de alguma coisa.

— Não, inspetor, o senhor já foi muito gentil.

Ele se despediu e deixou um cartão com o número do telefone do Departamento para qualquer emergência. Estava cansado e só pensava em deitar-se.

CAPÍTULO 6

Não era, porém, o seu dia de sorte, e acordou assustado com a campainha do telefone.

— Alô.

— Dormindo até esta hora? Você não vê que o país está em pé de guerra? Passou a noite bebendo de novo?

Não dava para aguentar mais aquilo.

— Que é isso, David? Você esqueceu que foi meu plantão na noite passada e depois banquei seu *office boy*? E, além disso, hoje é meu dia de folga.

— Está bem, desculpe, mas acontece que não aguento mais telefonemas de senadores, governadores, prefeitos, presidência, jornalistas, promotor. Estou com uma dor de cabeça terrível e agora acabo de receber um telefonema da CIA.

Robin ficou quieto e, diante do silêncio dele, David perguntou:

— Você está ouvindo?

— Ouvindo estou, só não quero me envolver nisso.

Houve um curto silêncio e David disse por fim:

— Queria que você viesse até meu gabinete. Sei das suas dificuldades, mas você precisa me ajudar a encontrar uma solução rápida para isso.

Robin desligou, já imaginando que alguma coisa sobraria para ele, mas a repercussão do caso complicava para todo mundo. O alerta de David fazia sentido, pois a comunidade negra em Chicago era grande e organizada. Além disso, era uma cidade violenta, que em 2001 matou mais americanos que as guerras do Iraque e do Afeganistão juntas, e por isso mesmo recebeu o apelido de Chiraque. As ruas, praças e avenidas estavam cheias, apesar do frio. Mulheres, crianças, moças, rapazes, gente de todas as idades, bem agasalhados, cantavam monótonos refrões africanos, andando em passos cadenciados. Era uma situação amedrontadora, e a população branca se trancou dentro das suas casas. A multidão era composta de pequenos grupos distantes uns vinte metros uns dos outros, e as pessoas que formavam as filas da frente carregavam enormes faixas com os dizeres: "A PAZ É BRANCA, MAS O MOVIMENTO É NEGRO".

Como é que conseguiram fazer tantas faixas em tão pouco tempo? O rádio informava que em todas as cidades do país os manifestantes traziam faixas iguais.

Sempre que surgia a oportunidade de ele aparecer novamente como o grande detetive, Glenda preparava um dossiê e o colocava sobre a sua mesa. Ele fingia não ver esse incentivo da sua fiel secretária. Sorriu ao ver a pasta com o dossiê do professor Harold Blackburns e a cumprimentou:

— Bom dia, Glenda, algo novo? Estou indo para o gabinete do David.

Glenda olhou para a pasta do professor Harold e fez a costumeira pergunta:

— Não seria bom dar uma olhada nessa pasta, antes? O diretor pode fazer perguntas, e...

— Sabe? O David já cansou de me fazer perguntas.

Mas pegou a pasta, abriu-a apenas para ser gentil com Glenda e colocou-a de volta sobre a mesa:

— Desculpe. Quem sabe mais tarde.

Havia dois homens na sala de David. Um deles, alto e claro, vestia terno cinza, camisa branca e gravata de uma cor que ele não soube definir se era vermelha, mas, se não era, estava perto disso. O outro devia ter, como ele, 1,80 m, os poucos cabelos começando a esbranquiçar e, pela maneira como esticava os dedos, devia praticar caratê. Foi antipatia à primeira vista, mas esperava não vê-los mais e se esforçou para ser polido.

— Robin, apresento-lhe o agente Alex Herbart, da CIA, e seu companheiro Dan Rosswell.

"Rosswell? Nome sem dúvida fabricado. Deve ser um sujeito perigoso, desses aos quais são dadas as missões mais sujas", pensou Robin.

Esperava o FBI, mas não se surpreendeu com a entrada da CIA. Certamente o FBI também seria envolvido. Cumprimentou-os e David explicou que o caso seria passado para a CIA. Robin nada respondeu. O agente Alex se adiantou, como se fosse a autoridade ali, e disse:

— Conforme falei para o diretor David, a CIA vai tomar conta do caso, porque a repercussão foi muito além das fronteiras de Chicago. Quero que encerrem as investigações preliminares e nos encaminhem um relatório em no máximo três dias. Trouxe um ofício com o endereço onde deverão entregar o relatório. Não o ponham no correio. Se não puderem levar, telefonem que eu venho buscar.

Robin pegou o ofício e leu o nome do diretor da CIA, como se duvidasse.

— Gregory Freimouth.

Eles retribuíram a formalidade do cartão e o agente Alex se retirou, com o seu antipático Rosswell. Robin sentou-se num sofá velho, roto, que ficava em torno de uma mesa de centro.

— O que houve? — perguntou David. — Conhece esse Gregory?

Robin fugiu da resposta que não queria dar.

— Não é bem isso. Raramente a CIA se envolve em investigações policiais dentro do país.

— Pouco importa. É melhor ficarmos livres desse assunto.

— Há mistérios demais nesse caso, e um deles é o rápido aparecimento desses dois. Três dias, então? Se quiser faço um relatório agora sobre o que já sabemos e passamos o abacaxi para eles — disse Robin.

— Tive essa tentação também, mas iria comprometer o Departamento. Pelo menos, seria interessante entrevistar o diretor da Universidade e mais uma ou outra pessoa. Sei que não quer ir mais lá, mas agora não dá para colocar outro investigador.

— Está bem. Vou entrevistar algumas pessoas e em três dias você terá um relatório que não comprometerá o Departamento.

Ia saindo, mas David o interrompeu:

— Este laudo chegou agora há pouco. É a autópsia do Blackburns. Junte-o ao seu relatório.

Tirou da gaveta um envelope e o entregou a Robin, que o abriu, leu, e ficou batendo com o canto do envelope sobre a mesa durante uns segundos, como se estivesse esperando que o cérebro o ajudasse a descobrir o que estava errado naquilo. David o conhecia bem e não gostou daquela reação, que transparecia dúvidas.

— O que houve agora? Vai querer ser legista, também?

Robin, no entanto, continuou batendo o envelope na quina da mesa. Um misto de dúvida e receio tomou conta de David, porque, nos seus bons tempos, os silêncios de Robin acabavam complicando investigações cujo destino já era a pasta dos casos solucionados. Meio irritado, perguntou:

— E então? O que aconteceu?

— O telefonema foi às 6h05 de ontem. De um celular, provavelmente pré-pago. Não foi possível identificá-lo.

Ninguém havia estranhado nada a respeito desse telefonema, e David não gostou da maneira tranquila como Robin falara.

— Os técnicos cuidarão disso. Por outro lado, não vejo o que esse telefonema tem a ver com a autópsia. Além disso, com a CIA na história, esse assaltante vai ser preso logo.

— Um dente no estômago. De acordo com o legista, o professor levou um soco na boca e quebrou um molar que foi parar no estômago. Depois, o envenenaram.

— É o que ele escreveu.

— Você acredita mesmo que um assaltante iria carregar a sua vítima para um campo de neve, espancá-la e depois obrigá-la a tomar arsênico?

— Bem, o legista é um profissional de nome. Além disso, o assassino deixou várias pistas, como o relógio que você encontrou.

— Curioso esse relógio. Por que parou às 9h17? E você acredita que um ladrão deixaria abotoaduras de ouro, 300 dólares em dinheiro e perderia um relógio valioso, ali perto? Rodei em volta e, em cima de uma pedra, vi o relógio, ali colocado como se os assassinos não quisessem que fosse encoberto pela neve.

A mente do diretor começou a trabalhar. De fato, para um simples roubo, o assassino deixara valores significativos. Essa circunstância inclusive já tinha sido objeto de comentários, mas podia se dever à pressa dos assassinos em sair do local, por um motivo qualquer.

— Bem, você esteve lá e parece que tem alguma coisa a dizer.

— Andei pensando. Qual o propósito de um telefonema logo cedo, ainda escuro, avisando de um corpo enterrado na neve? Para mim, o informante não queria que ninguém passasse por lá e visse o relógio antes da polícia. O corpo estava coberto de neve, apenas com o braço de fora, e eu andei em volta para encontrar rastros. Não havia rastros e a neve foi contínua. Ora, se o corpo estava enterrado, é porque foi deixado lá para ser encoberto pela neve. O lugar fica a uns cem metros da estrada, distância mais ou menos igual à da casa mais próxima.

— Ainda não estou entendendo aonde quer chegar.

— A questão é: como o informante poderia ter visto o corpo se, como já disse, não havia rastros na neve e, portanto, ele não chegou perto do local? Principalmente numa escuridão das 6 horas da manhã. Como sabia que se tratava de um negro?

— Ai, ai, ai! Eu tinha de lhe mostrar esse laudo! Qual é o seu receio?

Robin já estava arrependido de ter falado tanto. O conhaque ainda queimava o estômago e o gosto do cigarro ficava pior nessas horas. Os olhos ardiam e ele os esfregou com os dedos indicadores.

— Desculpe, David. Não devia importuná-lo com divagações, mas ele era professor de medicina da Universidade de Chicago. Sabe o que quero dizer. Esse laudo vai ser estudado e reestudado. Políticos estão interferindo e não faltarão legistas para darem opiniões diferentes. Não estou convencido de que o tenham levado para um lugar deserto, durante uma nevasca, para dar-lhe veneno numa mamadeira. Quem fez o telefonema não esteve lá hoje, mas sabia onde estava o corpo. Telefonou bem cedo, antes que houvesse o risco de alguém passar por lá e roubar os bens do professor. Imagino que há um propósito em que tudo fosse encontrado do jeito que os assassinos deixaram. E agora o Departamento vai enviar um relatório para a CIA, com base nesse laudo que, para mim, é suspeito.

Robin vivia um conflito interno, porque, ao mesmo tempo que preferia ficar longe daquilo, seu lado profissional o obrigava a alertar a instituição de que havia algo perigoso naquele episódio. O Departamento seria cobrado por uma eventual omissão. David era seu amigo e o apoiara durante esses anos de crise. Era seu dever alertá-lo agora.

— Não temos nada a perder atrasando um dia ou dois a liberação do corpo. Vou telefonar para o legista e o informo, assim que ele der uma resposta.

LIVRO II

O ESQUARTEJAMENTO DA ÁFRICA

Do século V ao X, a Europa mergulhou em uma noite de barbárie... mais horrível que a do selvagem primitivo, pois era o corpo em decomposição do que havia sido uma grande civilização... As cidades praticamente desapareceram... Escassez de alimentos e pragas eram crônicas; houve dez fomes devastadoras e treze pragas apenas no curso do século X. Casos de canibalismo não eram incomuns, havia caçadas, não com o objetivo de saquear, mas de comer. Está registrado que em Tournus, no Saône, a carne humana foi publicamente colocada à venda.

Professor Robert Briffault, transcrito à fl. 398 de Robin Walker, *When we ruled*

CAPÍTULO 7

Robin voltou para a sua sala e viu que a pasta do professor Harold Blackburns ainda estava em cima da mesa. Abriu-a e olhou para Glenda, que o observava por cima dos aros dos óculos e com a cabeça baixa. Ela se levantou empertigada da cadeira e foi até a máquina de café, levando um expresso para Robin, que logo depois saiu em direção à universidade. As manifestações não ocupavam as ruas laterais e ele seguiu por caminhos alternativos.

Ainda tinha dúvidas sobre si mesmo e procurava afastar o receio de olhar o enorme pátio coberto de neve que se estendia diante da universidade, onde as árvores secas não tinham mais os galhos verdes sob os quais eles se deitavam em busca de sombra nos dias de calor. Formaram-se em Direito e ele ingressara na polícia, enquanto ela fora advogar. Tentava o quanto podia fugir das recordações de uma felicidade que a separação enterrara para sempre. Fora um longo período de alienação, mas já era tempo de superar a tristeza. Vinha fazendo algum esforço, como voltar aos treinos de tiro, aos exercícios físicos, e aos poucos reduzia a bebida e o cigarro. Quantas vezes ficara no Bar do Joe até tarde e sobrevivera à custa de aspirinas? Tomava duas ou até três antes de dormir, porque depois que vem a dor de cabeça, de que adiantam os comprimidos?

Devia ter compreendido quando ela começou a reclamar por ele fumar no quarto. Nunca se importara antes com o cigarro. Ela mesma fumava.

Depois começara a reclamar de ele às vezes chegar tarde e ela perder o sono. Argumentava que precisava estar com as ideias em ordem, porque o escritório tinha causas difíceis, e, numa atitude de compreensão, Robin passara a dormir no sofá da sala, mas não demorou para ela lhe entregar os papéis do divórcio. Ter filhos pouco ajudava nessas horas; ao contrário, até pesava, porque o importante era eles não sentirem a separação. Escondera-se atrás dos copos e o Departamento o poupava de assuntos complexos, pois o seu estado de desânimo era tal que estava pouco ligando se alguém matara ou não matara alguém. Ele mesmo alimentara às vezes instintos assassinos, mas sabia que era difícil matar sem deixar as impressões digitais, amostras de DNA, testemunhas, principalmente agora que câmeras em edifícios e escutas telefônicas tinham virado mania. Sempre escapava uma palavra, e o mais difícil era a coerência dos horários: o *timing*, essa precisa palavra da língua inglesa. Como ter um álibi perfeito para a hora do crime?

Compreendeu que era muito difícil ser um assassino melhor do que era como investigador e foi se acostumando com o dia a dia: sindicâncias internas, brigas de família, pequenos furtos, batidas de carro e coisas assim, nas quais se esforçava para gastar mais tempo que o necessário. Às vezes, David perguntava como se sentia e ele dava de ombros. Glenda permanecera ao seu lado, cuidando dos seus processos e alimentando a esperança de que seu estado de depressão iria passar e ele voltaria a trabalhar com a eficiência de sempre. Já não se importava com os olhares de piedade que os colegas mais velhos às vezes lhe dirigiam, e balançava humildemente a cabeça, concordando com as mais inúteis informações, sempre que recebia um caso novo.

Ao chegar à universidade, evitou entrar pela frente, onde as enormes quadras estavam ocupadas pelo Movimento. Na entrada da secretaria, um grupo de repórteres fazia vigília. Uma secretária assustada abriu a porta e Robin teve que empurrar alguns jornalistas mais atrevidos que queriam acompanhá-lo. Foi levado para uma sala espaçosa, sobriamente decorada, e a secretária pediu para ele se sentar em um dos quatro sofás que ladeavam uma pequena mesa de centro.

Quadros a óleo, enfileirados nas paredes, mostravam os rostos carrancudos dos antigos diretores, como se não estivessem satisfeitos naquelas molduras que os prendiam à eternidade. A bandeira dos Estados Unidos, com suas cores festivas, pendia de um pequeno mastro em cima da lareira no lado oposto de quem entra. Do outro lado, a bandeira da universidade. O diretor chegou alguns minutos depois — um homem baixo, meio gordo e de olhar inteligente.

— Bom dia, inspetor Collins. Desculpe fazê-lo esperar esses minutos, mas estava com o senador Wallace. Ele telefonou fazendo inúmeras perguntas e eu não sabia o que responder. Mas por favor, sente-se.

E sem dar tempo a qualquer comentário:

— Achei que o senhor gostaria de ouvir uma pessoa que era mais ligada ao professor Blackburns e que esteve com ele ontem. A professora Laura Muller é titular de História da África. O professor era titular de Genética e a consultava muito sobre os povos africanos.

— Pois seria muito importante – concordou Robin.

Não esperava, porém, que iria entrar por aquela porta uma mulher bonita, de uns 30 anos, com pouco mais de 1,70 m, vestida com elegância. O diretor fez as apresentações.

— Professora Muller, este é o inspetor Robin Collins, do Departamento de Homicídios.

Robin se levantou, acabrunhado por não ter pensado em vestir uma roupa mais adequada, mas, enfim, estava ali a trabalho e não para um coquetel. Aquele era um ambiente mais nobre que as salas do Departamento de Polícia e estava diante de pessoas cultas e educadas, também diferentes dos tipos que vinha encontrando ultimamente. Sentiu que precisava despir-se do seu viés policial e adotar maneiras apropriadas. Por sorte dormira bem, fizera a barba, e o frio o obrigara a vestir seu terno velho, mas suficiente para o momento. Já sentados, o diretor e a professora esperaram que ele tomasse a iniciativa. Robin procurou criar um clima de normalidade.

— Imagino que seja um trauma para a Universidade. O professor era muito respeitado.

— Sim — disse o diretor. — Há muitos anos na cátedra, formou milhares de médicos e era conhecido em todo o mundo acadêmico. Foi uma grande perda. Quem poderia ter feito uma maldade dessas?

A pergunta do diretor foi oportuna porque lhe permitia entrar no assunto. Ele aproveitou para ouvir a professora.

— O diretor me disse que a senhora esteve com o dr. Blackurns, ontem.

Tanto ela como o diretor pareciam realmente consternados. Ela tinha uma voz clara, agradável, e Robin notou que não usava aliança.

— Mas que coisa inesperada! E quanta tristeza naquela casa! Fiquei comovida com o esforço que a senhora Blackurns fazia para não chorar, talvez porque as crianças estivessem perto. Deveria ir lá hoje, mas estou com medo de sair à rua.

— Uma senhora muito digna. Infelizmente, fui eu a lhe dar a notícia.

— Oh! — exclamou a professora, como se apiedando dele. — O professor faria uma palestra na Comissão de Direitos Humanos da ONU e havia preparado um roteiro para eu revisar. Ficamos mais de duas horas discutindo o seu discurso, como sempre, muito radical. Tentei dissuadi-lo de dizer algumas coisas, como a cobrança de um valor inacreditável, 200 quatrilhões de dólares, que os Estados Unidos e a Europa, na opinião dele, devem à África.

— Duzentos quatrilhões de dólares! O que será que isso representaria? E de onde ele tirou esse número? — deixou escapar Robin, vivamente impressionado.

A professora respondeu com calma:

— É uma tese assustadora, porque, a rigor, nem todo o continente americano vale isso. Mas ele se baseou nos registros históricos. Ninguém pode dizer ao certo quantos africanos foram escravizados. Há quem diga 200 e até 500 milhões. Blackburns baseou-se apenas nos escravos trazidos para a América. Existe hoje o consenso de que o número de escravos africanos que chegaram vivos ao Novo Mundo é de aproximadamente 12 milhões. Também há consenso de que, para cada escravo que chegou vivo ao nosso continente, morreram outros 10, ou seja, para os 12 milhões de negros que chegaram vivos às Américas, outros 120 milhões morreram, o que dá um total de 132 milhões de pessoas.

— E como ele chegou a esse valor?

— No livro *África negra*, Pierre H. Boule, o autor, diz que o preço de um escravo era de 250 libras aproximadamente. Ele multiplicou 250 libras por

132 milhões de escravos, que daria, segundo ele, ao câmbio de hoje, 51 bilhões e quinhentos milhões de dólares. Há outras referências, como o livro *Negras origens*, de Alex Haley, que faz menção a escravos mais preparados que eram negociados a 25 mil dólares.

Robin quase exclamou "Tudo isso!", mas se conteve, ao ver em tempo que uma vida humana não tem preço. Preferiu voltar aos cálculos.

— Mas até aí são 51 bilhões e meio de dólares.

— É mesmo espantoso. A escravidão durou desde o início do século XV até meados do século XVIII, ou seja, um período de 350 anos. O professor calculou juros compostos de 6% ao ano sobre os 51 bilhões de dólares e chegou a esses quatrilhões. Mas é bom lembrar que Kadafi também cobrava uma fortuna de 7,7 trilhões de dólares, que, segundo ele, era o débito do mundo ocidental para com a África. E esse débito era também uma reivindicação que teve origem no Haiti, com os rastafári. Agora, imagine esses 7,7 trilhões em juros compostos como fez Blackburns e verá que podem passar de quatrilhões.

O diretor, até então quieto, exclamou:

— É uma fortuna sem-fim.

— Mas nem só Kadafi apoiava essa ideia. A AWRRTC, que é a sigla de um movimento internacional de reparação, por exemplo, exige, além da anulação da dívida externa africana, o pagamento de 777 trilhões de dólares, que é 26 vezes o atual produto interno bruto do mundo.

O diretor quis saber por que morreram dez africanos para cada um que chegou vivo à América.

— São várias as causas, como as mortes nas guerras e lutas para não serem capturados, os suplícios muitas vezes insuportáveis, as execuções públicas, para amedrontar os demais, as masmorras e os porões infectos do navios, pelos diversos tipos de doenças. Muitos foram devorados pelas feras ao fugirem pelas selvas. Houve os que pularam dos navios para serem devorados pelos tubarões, que era uma prática muito comum, pois tinham medo do destino que lhes estava reservado.

Ela hesitou um pouco sem saber se valia a pena continuar a descrição, mas não resistiu.

— Os navios negreiros eram até mesmo chamados de tumbeiros, porque se transformavam numa tumba em alto-mar, e os tubarões aprenderam a segui-los.

Robin se concentrava. Pena que iria passar aquilo para a CIA — não só pela professora. O assunto o empolgava.

— A senhora notou algum comportamento estranho nele ultimamente?

Ela pensou um pouco, como se estudasse uma resposta que não a comprometesse.

— Ele andava amargurado e definia o chamado Mundo Novo como um grande vampiro que cresceu e ainda sobrevive à custa do sangue africano. Não era apenas ele que dizia isso, pois outros historiadores já admitem que a riqueza da Europa e dos Estados Unidos é uma riqueza ilícita porque não existiria sem o trabalho escravo.

— Ora! Nunca pensei nisso. Nunca me perguntei sobre a origem da riqueza do mundo ocidental.

— Talvez o senhor queira ouvir o professor Yuri. Ele é o assistente de Blackburns e juntos faziam estudos de genética da África.

— Professor Yuri? Yuri de quê? — perguntou cheio de suspeita.

— Yuri Kashin, um cientista russo com vários trabalhos de genética publicados em revistas científicas de todo o mundo e que logrou superar os seus concorrentes na cadeira de genética, cujo titular era o professor Harold Blackburns.

"Ucraniano! Eis aí a razão da CIA", quase exclamou.

— Seria possível marcar um encontro com o professor Yuri?

— No momento, ele está participando de um congresso sobre DNA na Universidade de Sorbonne, em Paris.

"Coincidência conveniente", pensou Robin. Olhando para a professora, disse:

— Preciso saber mais sobre Blackburns, suas ideias, o que ele costumava dizer, seus contatos, enfim, tudo agora me parece urgente e útil. Também vejo que vai ser fundamental para as investigações saber um pouco dos problemas da África e da escravidão negra. Tenho de voltar ao Departamento, mas pergunto se os senhores podem me receber amanhã às 8 horas.

O diretor explicou que a universidade iria guardar luto por três dias, mas o corpo diretivo estava à disposição da polícia para cooperar nas investigações. A professora Laura ficou de atendê-lo no Departamento de História na manhã seguinte.

CAPÍTULO 8

Ao voltar ao trabalho, o inspetor pediu para Glenda ligar para a Universidade de Sorbonne em Paris e perguntar se o professor Yuri Kashin, da Universidade de Chicago, estaria participando do congresso sobre DNA. Sorriu com a resposta de que não havia nenhum Yuri Kashin inscrito. A portaria do prédio onde Yuri morava informara que ele saíra havia três dias e ainda não voltara. Era cedo para conclusões, e Robin ainda estava confuso quanto aos motivos do crime. Um outro fato foi detectado pelos investigadores: Blackburns havia se reunido várias vezes com o professor de Antropologia, Ernest Kelly, que estava fazendo pesquisas sobre o coeficiente de inteligência das etnias negras. Eram fortes as críticas contra esse trabalho, porque mostrava um certo racismo, já que não havia estudos semelhantes em relação às raças brancas ou amarelas, distinguindo, por exemplo, se os italianos da Calábria eram ou não mais inteligentes que os do Piemonte.

Os estudos do professor Ernest davam a entender que o continente africano se transformara num laboratório para reavivar teses de superioridade racial de uma etnia negra sobre outras do próprio continente. Os trabalhos acabaram ganhando validade científica ao receberem o apoio do professor Harold, o que amainou a ira dos mais indignados. Foi esse interesse inesperado do professor Harold que mais chamou a atenção de Robin. Qual a razão desse apoio? Pelo que ouvira da professora Laura, o professor era um dos mais desgostosos com essa humilhação da raça negra, o que deveria levá-lo a se opor a tais comparações.

Robin tinha três dias para o relatório, e uma entrevista com esse professor Ernest não iria tomar muito tempo, mas era uma formalidade que precisava cumprir. Passou o dia fazendo anotações e saiu tarde do Departamento. Estava cansado e foi direto para casa. O trânsito continuava caótico, com as ruas bloqueadas pelo Movimento Negro ou pela polícia. Ao abrir a porta do seu apartamento, quase não teve coragem de entrar. Como vivera tanto tempo naquela bagunça? Aquilo era o retrato do desleixo: cinzeiros cheios de pontas de cigarro, cozinha desarrumada, louças e talheres por lavar, portas de armários abertas, pias sujas, roupas pelo chão, os tapetes da sala fora do lugar, enfim, era a casa de um divorciado que não sabia viver sozinho.

Pensou em Laura e na repulsa que ela sentiria ao ver aquela desordem. A reconstrução da sua vida teria de começar pela organização do lugar onde vivia. Pegou o telefone com a intenção de ligar para Rose, sua irmã, que trabalhava numa loja de decorações e o criticava cada vez que ia visitá-lo, mas pôs o telefone no gancho novamente. Uma súbita melancolia o fez ficar indeciso. Era certo que tinha de dominar a bebida, o cigarro e voltar a ser o homem decidido de antes, mas ele já era outro hoje. Acostumara-se à vida noturna e o Departamento não podia incriminá-lo, porque vinha cumprindo com naturalidade os casos que lhe entregavam. Havia outros piores que ele, também cachaceiros e até mesmo corruptos, e por isso não tinha receio de perder o emprego. Talvez devesse contratar a faxineira para vir duas vezes por semana e o apartamento ficaria mais habitável. O seu lado mau lembrou os muitos momentos de sacrifício que vinha fazendo para desistir da bebida e do cigarro. O seu lado bom o fez lembrar da alegria que sentia nos poucos momentos em que superava o vício. Voltou ao telefone.

— Rose?

— Sim. Robin? Em que bar você está agora?

— Ai, ai! Assim você não ajuda muito.

— Está bem, desculpa.

— Ainda está com aquela ideia maluca de reformar o meu apartamento? Acho que tem razão e preciso sair dessa crise existencial.

Ela riu gostosamente.

— Crise existencial, é? Imagino qual seja. Você nunca foi de melhorar o lugar onde dorme. Acho que aí tem coisa. Mas conte comigo. Seu apartamento não precisa de uma reforma completa. Sei onde encontrar o que você precisa e amanhã mesmo vou aí para planejar tudo direito. Pode ser logo cedo? Lá pelas 8 horas?

Rose era do tipo sarcástico, mas eficiente, uma irmã sempre atenta aos seus problemas. Insistia que precisava se casar de novo, porque homem não sabe viver só.

— Tenho uma reunião amanhã às 8 horas, mas deixo a chave com o porteiro.

CAPÍTULO 9

No dia anterior, estivera com pessoas bem-vestidas, que se cuidavam. Como vestir-se para interrogar uma senhora elegante e culta? Foi até o guarda-roupas e selecionou um terno cinza, que reservava para ocasiões especiais. A camisa branca ia ficar bem com a gravata vermelho-nobre com listas azul-escuras. O surrado terno do cotidiano era uma espécie de armadura para a rotina de brigas de bares, acidentes de trânsito, coisas que fazem o perfil humano nem parecer humano. Ainda bem que fazia de vez em quando um clareamento dentário, mas as pontas dos dedos, amareladas pelo cigarro, o denunciavam.

Às 8 horas da manhã seguinte foi conduzido a uma enorme sala do Departamento de História, cheia de cartolinas penduradas pelas paredes. Jamais pensara que tudo aquilo pudesse um dia ter existido ou acontecido. Eram coisas que escapavam ao seu alcance cultural.

Eram certamente temas para discussão em aula. Ele foi lendo:

Quadro I – O europeu inventou o Renascentismo para destruir a África

Nunca houve Renascimento, Renascença ou Renascentismo, mas apenas o roubo da cultura africana que os mouros levaram para a Península Ibérica, ao invadi-la em 711.

Quatro II – O esquartejamento da África

Depois de exaurida pela escravidão, sem líderes e sem defesa, a África foi dividida pelo Tratado de Berlim de 1885, no chamado "Esquartejamento da África".

Quadro III – A Revolução Industrial e a Colonização

Com a Revolução Industrial, os agricultores ingleses foram trabalhar nas fábricas e faltou alimento, o que levou a Inglaterra a mudar o sistema de escravidão. Proibiu o tráfico de escravos e obrigou os negros a produzirem, na África, os alimentos e matérias-primas de que precisava.

Quadro IV

O capitalismo surgiu com o trabalho escravo.

Quadro V

A escravidão impediu que a África se beneficiasse das ideias da chamada Renascença e interrompeu o seu desenvolvimento cultural, que tinha feito de Timbuktu a cidade mais evoluída na era medieval, chegando a ter 50 mil universitários.

Os resumos dos quadros aguçaram sua curiosidade. Examinava o Quadro V quando ouviu os passos de uma pessoa que parou diante da porta. Voltou-se e ficou um pouco desconcertado com o olhar irônico, como se ela tivesse notado que ele tinha se arrumado para impressioná-la. Naquele momento, percebeu que as doses de conhaque haviam afetado o seu sistema nervoso e quase se descontrolou, quando seus olhos se encontraram com os dela. Fez um esforço para manter a normalidade e a cumprimentou:
— Bom dia, professora
— Bom dia, inspetor.

Não sabia como, mas as palavras saíram com espontaneidade.

— Vejo, por estes quadros, que preciso voltar aos bancos de escola. Logo de cara o Quadro I desmonta a minha elevada cultura, pois sempre aprendi que o Renascimento aconteceu em Florença.

Ela sorriu compreensiva, como se fosse responder uma pergunta em sala de aula.

— A História foi escrita pelos dominadores, e a chamada Renascença foi um desses engodos para a Europa esconder a superioridade cultural da África.

— Mas o Renascentismo, ou Renascença, não foi na Itália, na Idade Média?

Antes de responder ela ligou para a secretária e pediu água e café.

— Os mouros, berberes que habitavam o Norte da África, invadiram a Península Ibérica, no ano 711, e levaram com eles todo o acervo cultural que a África vinha acumulando desde os tempos dos egípcios. Na verdade, tudo aquilo que se chama de cultura clássica, ou grega, foi copiado do Norte da África. Com a queda do Império Romano pelos bárbaros, desapareceu a ordem pública, e a Europa caiu num obscurantismo que durou um milênio.

— Interessante!

— Aconteceu, então, em meados do século IX, um fenômeno que mudou a história da humanidade. Foi a descoberta do túmulo do apóstolo Santiago, na região da Galícia. Milhões de peregrinos de todos os cantos do mundo desceram para a Espanha em busca da salvação. Nessa época, a cultura moura na Península Ibérica era notável. Córdoba produzia de 70 a 80 mil livros por ano, e o califa de Córdoba tinha uma biblioteca estimada entre 400 mil e 600 mil livros.

— Seiscentos mil livros! Naquela época?

— Pois é. É mesmo difícil de acreditar, mas o fato é que, impressionado com tanta erudição, o arcebispo de Toledo promoveu, no início do século XII, a tradução das obras clássicas das bibliotecas mouras. Textos sobre medicina, álgebra, astronomia e filosofia começaram a ser traduzidos do árabe e do grego para o castelhano e para o latim, dando origem à famosa Escola de Tradutores de Toledo. Eram obras que levavam os nomes de Platão, Aristóteles, Sócrates, Pitágoras, Aristóteles, Ptolomeu e do grande médico Avicena.

— Então, espere aí. Se a peregrinação começou no século IX e as traduções das obras clássicas foram no século XII, isso quer dizer que durante mais de três séculos as traduções da Escola de Toledo foram se espalhando pela Europa até explodirem no que se chama Renascença, lá no século XIV?

— O peregrino voltava com o cajado numa das mãos e um compêndio de sabedoria na outra. E mais um detalhe. A absorção da cultura moura pelos europeus foi a origem do ciclo das navegações e a causa da escravidão e destruição da África.

Robin franziu a testa.

— Então, pelos estudos modernos, a Renascença é uma falácia europeia e o desenvolvimento do mundo é resultado do trabalho escravo?

Era muita novidade para alguns poucos minutos, e Robin pensava rápido para tirar o máximo proveito dessas informações que podiam ajudar a desvendar o assassinato do professor.

— Mas não é curioso que a escravidão tenha durado tantos séculos? Por que os negros não fugiram, como os índios?

— A cor negra era a identidade do escravo, por isso a escravidão não prosperou com outras raças.

As informações daquela mulher o intrigavam.

— Desculpe a curiosidade, mas o esclarecimento de um crime às vezes se dá por um pequeno detalhe. Esse ódio entre brancos e negros. Não é estranho que continue existindo, depois de tantos anos, e até pareça estar aumentando?

— A escravidão deu origem às grandes plantações, que se transformaram em verdadeiros campos de concentração, onde o negro apanhava diariamente para produzir mais. Ora, se durante todos os séculos de escravidão os brancos se acostumaram a ver o africano sendo caçado como animal, preso como animal, acorrentado como animal, tratado como animal, apanhando como animal, alimentado como animal, sem nenhum dos direitos atribuídos aos brancos, como o senhor espera que os brancos o tratem hoje?

— Ufa! — deixou escapar.

— O professor chamava o holocausto negro de Africausto e dizia que foi muito mais cruel e muito maior do que o holocausto judeu. No holocausto judeu, morreram 6 milhões de pessoas, enquanto na África foram mais de 100 milhões, num exercício de crueldades que duraram séculos.

— Africausto!

— Temos de considerar que o genocídio africano teve um caráter mais cruel e profundo, porque primeiro destituiu o africano da sua condição humana para, em seguida, poder usá-lo como animal.

E, como se fosse uma conclusão de despedida, ela disse:

— A África não podia ter escolas, associações, governos, sequer podia fazer reuniões, porque o agrupamento facilitava a captura de escravos. A escravidão desorganizou a sociedade africana e impediu-a de se aproveitar dos avanços da Idade Média.

Divagaram um pouco sobre vários temas, e Robin quis saber o que era o esquartejamento da África, do Quadro III. Ela deu uma resposta curta, mas satisfatória, dizendo que, em 19 de novembro de 1885, o chanceler do Império Alemão, Otto von Bismarck, na chamada Conferência de Berlim, e os países dominantes, como França, Inglaterra, Portugal, Bélgica e Espanha, pegaram um mapa da África, fizeram uns riscos sobre ele e distribuíram os pedaços entre si.

— Como é? Pegaram uma régua e traçaram várias linhas e disseram: esse pedaço é meu, aquele é seu, e chamaram isso de colonização?

Riram e ele despediu-se, agradecendo.

— Bem. Aprendi muito. Só espero que as teses do professor Ernest não compliquem o meu relatório.

Sua esperança era que o professor Ernest lhe desse alguma razão para voltar a vê-la.

LIVRO III

A TERCEIRA MORTE

ESTATUTO DA VIRGINIA – 1705 – XXXIV – *E se algum escravo resistir a seu senhor, ou outra pessoa, por ordem sua, e, ao ser castigado, tal escravo vier a ser morto, não será considerado crime, e o senhor ou qualquer outra pessoa que assim o castigou ficará livre e inocentado de toda punição e acusação, como se tal acidente nunca tivesse ocorrido. E também, se algum negro, mulato, ou índio, escravo ou livre, a qualquer tempo, levantar a mão, em oposição a qualquer cristão, que não seja negro, mulato ou índio, ele ou ela, por cada uma dessas ofensas, comprovada pelo juramento do ofendido, receberá nas costas trinta chicotadas, bem aplicadas; reconhecidas por um juiz de paz da região onde tal ofensa foi cometida.*

John Hope Franklin and Evelyn Brooks Higginbotham, *From Slavery to Freedom, A History of African Americans*, Harvard University, p. 71

CAPÍTULO 10

A decoração de Rose trouxe-lhe esse outro problema na vida que era não deixar as coisas fora do lugar. Ela trabalhava rápido, e o apartamento era agora um lugar agradável, com uma mistura de cores claras, um branco que ela chamava de gelo, combinando com barrados beges e um cortinado alegre. Robin voltara da entrevista com a professora com um novo entusiasmo. Fez um lanche rápido e debruçou-se sobre o relatório. Só faltavam agora a revisão da autópsia, pelo legista, e uma visita ao professor Ernest. Cansou e deitou-se. Acordou assustado. Espantou-se ao verificar que já eram 6 horas da tarde e já estava escuro, devido ao inverno. Sua mente recuperou os fatos do dia e ele apressou-se em ligar a televisão, que dava notícias alarmantes, como se todo o país estivesse em estado de guerra. A população negra de Chicago parecia estar toda nas ruas, carregando faixas enormes com o lema: A PAZ É BRANCA, MAS O MOVIMENTO É NEGRO. Chegara a ter a impressão de que o país voltaria à Guerra da Secessão, mas agora seriam os negros a empunhar as armas para combater os brancos.

Foi à geladeira e pegou uma lata de cerveja, mas pensou um pouco e a colocou de volta. Estava comovido com o que via, e suas preocupações aumentaram quando a televisão chamou a atenção para uma notícia de última hora, informando que a autópsia revelara que o professor Harold

Blackurns, catedrático da Universidade de Chicago, sofrera violência física antes de ser envenenado. Robin espantou-se. Aquela era a conclusão do laudo que ele questionara. Em vez de revê-lo, o legista o passara para a imprensa. O noticiário, porém, não parou aí, e a notícia seguinte acabou com o seu ânimo de viver.

Com ênfase e voz teatralizada, o apresentador alertou para a falha do Departamento de Polícia, que designara um investigador ébrio e sem qualificações, para solucionar um caso que agitava toda a nação. "Um investigador ébrio e sem qualificações..." O impacto dessas palavras, divulgadas a milhões de telespectadores, o atingiu.

O telefone começou a tocar. Era David, agitado.

— Robin! Lamento muito. Não imaginava que fosse acontecer isso.

O golpe fora duro, embora previsível, pois a morte de Blackburns era comentada em outros países e as diligências iniciais estavam com um investigador desmoralizado pelo alcoolismo.

— Robin? — insistiu David, enquanto ele se recuperava.

Uma simples notícia e todos os seus castelos de felicidade com a professora se acabaram. Com voz calma e segura, disse:

— Não se preocupe. Alguém está interessado em desmoralizar meu relatório.

— Daria para você vir logo cedo à minha sala para vermos como resolver esse assunto? Quando termina o relatório?

— Preciso de mais um ou dois dias. O relatório estará pronto no tempo certo. Não vou poder vê-lo amanhã.

Ele fora peremptório, e David não insistiu. Pegou um copo para uma dose de conhaque, mas resistiu. Não podia aceitar essa humilhação e, sim, reagir com dignidade, não se deixar abater. Precisava de uma última e talvez demorada entrevista com a professora Laura, ainda que isso viesse a aumentar seu desencanto com a vida. Pelo menos a veria mais uma vez. Nas suas crises de melancolia, chegava a pensar que não valia a pena transformar todos os sonhos em realidade. Quando acabam os sonhos, começa a frustração. Talvez fosse melhor deixar Laura na imaginação e fazer um bom trabalho profissional.

Desde que passara a viver sozinho, preenchia o vazio do apartamento raciocinando em voz alta. Dessa maneira, seus pensamentos difusos encontravam o caminho das conclusões. O som da sua voz entrou pelo cérebro, ajudando na decisão. Afinal, conhecia o laboratório, e não era a primeira vez que iria invadi-lo. Estava curioso, porque as notícias não combinavam com o que tinha visto.

Grandes tratores haviam limpado o excesso de neve, e ele deixou o carro numa das travessas em frente à universidade. Sabia camuflar-se, esconder-se, seguir, perseguir, disfarçar, arrombar e conhecia bem todos aqueles edifícios. A noite escura o ajudava e a neve caía embaçando os poucos clarões de luz que vinham dos postes. A rotina da guarda universitária era esparsa e as luzes das viaturas podiam ser vistas de longe. Não teria nenhum problema em pedir uma visita oficial, mas a estranheza da notícia exigia cuidado.

Caminhava beirando as paredes, parando em becos para verificar se estava sendo seguido, até que chegou ao laboratório, cuja porta não teve dificuldade de abrir, e entrou, sentindo-se melhor com a temperatura de 6 °C, mais quente que a de fora. Havia memorizado o lugar onde o dr. Grudenn guardara o corpo e ficou parado atrás da porta por uns quinze minutos, até ter certeza de que ninguém o vira entrar. A vista se acostumou com a escuridão e ele foi até onde estava o professor. Puxou o gavetão, devagar, para não fazer barulho. Só então acendeu a pequena lanterna, dessas que os otorrinos usam para examinar as amígdalas, e tentou abrir a boca do professor. Ele estava rígido, mas, com cuidado, Robin forçou o maxilar inferior e o queixo desceu, certamente porque o legista o havia forçado antes. Verificou um por um os dentes e viu a falha do último molar inferior direito. Se fosse outra pessoa, talvez aquela falha não tivesse chamado a sua atenção, porque faltar um dos últimos dentes laterais é até mesmo comum, mas o professor era metódico. Viu, então, a ponta da língua machucada. Era o que pensava: o professor estava sem um dente e com a ponta da língua machucada. Forçou de novo o queixo para cima, para deixá-lo como estava, e fechou o gavetão.

Um grande armário ficava na parede oposta. Localizou nele a gaveta onde Grudenn havia deixado os objetos do professor e respirou satisfeito quando viu num pequeno compartimento um dente solto. Pegou-o com cuidado, sem tirar as luvas, e, como deduzira, era oco, tendo apenas as paredes laterais e as bordas com ranhuras que serviam de encaixe para uma cobertura, talvez uma capinha de acrílico. As abotoaduras e o relógio estavam na mesma gaveta. Deixou tudo como estava, apagou a lanterninha e saiu.

A neve caía, fina, e ele começou a travessar a escuridão, guiado pelo vulto dos edifícios. Enquanto ajeitava o cachecol, seu pé afundou num pequeno buraco e ele quase caiu. Examinou o terreno e notou que havia uma sequência de outros pequenos buracos, como se alguém, usando botas próprias para a neve, tivesse passado por ali recentemente. Os passos se dirigiam para uma parede lateral do laboratório e eram recentes. Será que algum vigilante notara algo estranho? Nesse caso, o teriam pegado lá dentro. Seu vulto poderia ser visto, apesar da neve, e quanto mais longe estivesse dali, melhor. O instinto policial, no entanto, o alertava para o fato de que podia estar perdendo a oportunidade de descobrir alguma circunstância importante para o desfecho daquele mistério.

Pegou o binóculo, cobriu-o com o capote para proteger as lentes dos flocos de neve e examinou os arredores. A visão não era clara, mas dava para ver que alguém, encapotado como ele, estava diante da porta do laboratório. Quem mais poderia ir lá naquela noite escura? Era uma nova dúvida. Não podia sair dali sem descobrir quem era o intruso. Aproximou-se um pouco mais para tentar uma fotografia com o celular, mesmo com aquela escuridão, na esperança de que os peritos do Departamento conseguissem identificá-lo. Guardou o binóculo e pegou o celular. O intruso ficou algum tempo diante da porta, o que indicava que não tinha a chave do laboratório, mas executava um desses truques de arrombador, como usar um grampo e ir forçando um a um os pinos da fechadura. Para isso, ele tinha de ficar atento à pressão que fazia, e não iria olhar para trás.

Apesar de secos e desfolhados, os troncos das árvores ofereciam alguma proteção. Robin postou-se atrás de um deles, pronto para a fotografia, mas a porta se abriu e o intruso olhou para trás, com o rosto completamente coberto. "Que coisa mais estranha!", pensou Robin. Não era um arrombador comum, mas tinha bastante habilidade para abrir a porta com aquela facilidade. Não valia a pena se expor por uma foto que nada revelaria. A prudência o aconselhava a ir embora, e queria estar bem para a entrevista com o professor Ernest.

CAPÍTULO 11

Desde que Maurício encontrara o inspetor no Bar do Joe, os fatos se precipitaram, e, já no dia seguinte àquele encontro, o noticiário da manhã era dominado pela imagem do professor Blackburns. O corpo fora encontrado num terreno baldio na região norte da cidade, pelo inspetor Collins. A notícia o deixou desanimado. Para quem agora iria entregar o cauri de ouro? E aquela já era a segunda morte. Em São Paulo ocorrera a primeira, o assassinato de Geraldo, um dos membros da Irmandade dos Homens Pretos e, agora em Chicago, o presidente do Movimento Negro para as Américas. Nada tinha a ver com Blackburns, mas não aceitava a morte de Geraldo. Havia um certo risco em ficar naquela cidade, porque o policiamento seria ostensivo, mas resolveu permanecer por um ou dois dias para ver melhor o que iria acontecer.

Nunca vira uma cidade ser tão rapidamente ocupada por multidões como naquele dia. Chicago inteira estava nas ruas, com faixas exigindo vingança. Nenhuma delas pedia justiça. Aquilo era preocupante, e Maurício preferiu não sair do hotel. O noticiário da noite reavivou o clima de nervosismo com a divulgação do laudo da necropsia, informando que professor Blackburns fora sequestrado e envenenado. "Crime esquisito", pensou, e ficou curioso para saber se um investigador experiente, como era o inspetor Collins, pelo que lhe dissera o motorista, "engolira" aquele laudo. Qual a lógica de uma pessoa ser sequestrada e forçada a tomar veneno para depois ser jogada na neve? E o que teria levado o noticiário a acusar o Departamento de Homicídios de ter designado um inspetor ébrio para um caso tão sério?

Já não tinha o mesmo gosto por aventuras, mas ainda cultivava suas habilidades, e perguntou ao motorista se ele conhecia alguém que pudesse vigiar o prédio onde o inspetor morava e informá-lo imediatamente se ele saísse. O motorista sorriu, um sorriso enigmático que tanto podia significar que estava esperando alguma iniciativa de Maurício ou que ele próprio estava preparado para agir, pois respondeu de imediato que colocaria alguns irmãos de sua confiança para essa vigia. "Irmãos!" Mais essa. Maurício tivera todo o dia para formar uma teoria e aparentemente o inspetor chegara à mesma conclusão. Com a intuição de que o inspetor iria tentar desmoralizar o laudo, só havia um lugar para onde ele poderia ir: o lugar onde o corpo do professor estava guardado. Não seria fácil vigiá-lo naquele nevoeiro e menos ainda seguir um carro, porém o africano é uma das pessoas com mais habilidade para despistar, porque sua história foi de fugir e se ocultar. Na época em que os negros lutavam por sua liberdade, tendo de enfrentar perigos, eles começaram a formar sociedades secretas e ter seus códigos próprios.

Se, por um lado, a neve constante impedia a visão, por outro, o inspetor também teria dificuldade para saber se estaria ou não sendo seguido. Alguns minutos depois das 23h, o celular tocou e o motorista disse que estava em frente ao hotel, pronto para sair. Maurício foi num carro com seu motorista e dois outros cruzavam à frente deles, de vez em quando, para o inspetor não perceber que estava sendo seguido, até que o viram descer do veículo e atravessar a larga praça diante da universidade.

A escuridão, a neve e o vento dificultavam a visão, e ele cuidava para não topar com o inspetor naquele lugar ou, pior ainda, entrar no laboratório com ele lá dentro. Encarregara o motorista de montar uma estratégia de vigilância e, depois que o inspetor saiu, entrou no laboratório.

CAPÍTULO 12

A entrevista com o professor Ernest estava marcada para as 8 horas, e Robin tinha o defeito da pontualidade. O rádio informava que todas as cidades do país estavam tomadas por passeatas. O movimento era ordeiro e a polícia agia com o máximo cuidado, porque qualquer provocação poderia ser a faísca esperada pelos mais fanáticos. Seria a professora uma inocente útil? Tinha de pensar em todas as hipóteses, mas ela parecera muito sincera em suas explicações.

O dia apresentava os deprimidos raios de um sol cansado de inverno, e a neve sobre os jardins começava a derreter. Não via mais razão para prolongar suas dúvidas, pois estava convicto de que o professor Blackburns fora contratado por alguma organização criminosa da qual passara a ter medo, pois também era muito óbvia a proximidade dele com o espião russo. E agora era a vez de esse dr. Ernest lhe explicar estranhas pesquisas que ligavam DNA e QI com etnias de diversos pontos da África. Que relação teriam elas com a morte do professor?

Evitando as grandes avenidas, que estavam ocupadas por grupos do Movimento Negro, chegou à universidade, onde a secretária o levou a um pequeno laboratório, com uma pequena sala de reunião. A porta não estava trancada. Ele bateu de leve e abriu. Imediatamente, viu a figura esguia da morte. A secretária soltou um grito, arregalando os olhos e pondo a mão direita sobre a boca, saindo de fasto para o corredor.

O professor estava sentado numa das cadeiras ao redor de uma mesa retangular, com os braços estendidos para o chão e a cabeça caída sobre a mesa. Robin correu até o corpo inerte, mas nada mais podia fazer. O pulso de Ernest não batia, o arroxeado dos lábios e em torno dos olhos era igual ao do professor Blackbunrs. "Arsênico, novamente", pensou aborrecido por ter chegado tarde. Ligou para David.

— David, bom dia. Houve outro crime na universidade. Agora é o professor Ernest, que colaborava com o professor Harold Blackburns. Estou no laboratório dele na Faculdade de Medicina. Vou ficar aqui até os peritos chegarem para evitar que alterem a cena do crime.

David deu um suspiro do outro lado.

— Nunca ouvi falar desse professor Ernest. É branco ou negro?

— Branco.

— Ainda bem. Vou mandar a perícia.

Alunos e professores já se aglomeravam diante do laboratório. Robin trancou a porta e começou a estudar o lugar. Viu a cafeteira, a pequena geladeira, xícaras e copos num pequeno armário com porta de vidro. Não tocou em nada, apenas observava os objetos, a estante de livros, microscópios, uma caveira já esbranquiçada sobre a pia do laboratório, quando foi interrompido por batidas fortes na porta. O diretor estava do outro lado, nervoso, e Robin abriu a porta. O diretor entrou, mas parou bruscamente ao ver o professor Ernest imóvel.

— Inspetor! O que é isso?

— Outro crime, diretor, outro crime. Já telefonei ao Departamento de Polícia e uma equipe de investigadores está chegando. Vou permanecer aqui para que nada seja tocado.

— Mas quem poderia mexer aqui? O senhor acredita que o assassino ainda está na faculdade?

— Não quis dizer isso. É apenas a rotina policial. Estou vendo, pelos utensílios de cozinha, que o professor Ernest fazia refeições ligeiras aqui mesmo, como o café da manhã.

— Sim. Ele costumava chegar cedo e vinha direto para cá. Suas pesquisas o isolaram do mundo científico e se tornou um homem solitário, não revelando muito do que fazia.

Apesar da dificuldade do trânsito, dois peritos e um investigador não demoraram a chegar e começaram uma minuciosa busca de detalhes. Robin não saiu dali até terminarem um completo levantamento, orientando no que poderia ser importante, como a apreensão dos frascos dos remédios que o professor tomava, xícaras, copos, colherinhas e guardanapos de papel. A sala foi lacrada, com a autorização do diretor, e ele saiu em direção ao Departamento de História.

A notícia já tinha corrido, levando com ela a perplexidade. A morte natural é um fato isolado, único, individual, apenas uma continuação do lento desaparecimento que sucede à velhice. Ela simplesmente acontece. O crime, porém, é um atentado contra esse direito de desaparecer, é uma intervenção brusca contra a vida, e deixa a impressão de que a própria morte ficou surpresa. "Por que a morte pelo crime causa mais horror do que tristeza?", pensou Robin, já entrando no Departamento de História.

Foi conduzido para a mesma sala do dia anterior e logo a professora Laura entrou. Parecia insegura, receosa, assustada. Deu-lhe um "bom-dia" nervoso e falou com a voz meio trêmula:

— Soube que o professor Ernest morreu. Dizem que foi outro crime.

Ele expôs com naturalidade:

— Pelas investigações preliminares, Ernest tinha o hábito de tomar o café da manhã aqui mesmo na faculdade. Ele tomava um antiácido para cura ou prevenção de úlcera. É possível que esses comprimidos tenham sido substituídos por outros de arsênico, que é um veneno de ação rápida. Bastam 100 mg, ou seja, um décimo de um grama para matar um homem em menos de uma hora. Falei com ele uma meia hora antes de chegar e parecia estar bem. Talvez tivesse acabado de se envenenar, sem perceber.

Ela teve um arrepio, esfregou as mãos e com muito esforço conteve o choro.

— Estou com medo. Era muito amiga da família Blackburns, e o professor Kelly também frequentava a casa dele. Por que será que está acontecendo isso?

— Não há razão para medo. Tanto o professor Kelly como Blackburns deviam estar trabalhando em alguma coisa com finalidade que não era apenas científica. Os dois também tiveram contatos com outros professores, outros profissionais, que nem por isso correm qualquer perigo.

Ela estava com a respiração agitada, respirava fundo, visivelmente desorientada. Lembrou-se do noticiário da noite anterior e levantou a cabeça para Robin, que a encarava com um olhar sereno. A calma dele a descontrolou ainda mais e, sem pensar, ela disse:

— O senhor não me parece um ébrio.

Imediatamente percebeu o erro, ficou vermelha, apertou uma mão na outra e se desculpou, quase chorando:

— Por favor, me perdoe. Estou muito nervosa.

Robin sorriu.

— Ora, não se preocupe.

Robin olhou-a com pena. Laura começava a compreender que também poderia estar em perigo. Então tomou coragem, porque, afinal, não poderia complicar mais as coisas, e disse com segurança:

— Eu deveria entregar um relatório em mais um ou dois dias, mas talvez a morte do professor Ernest leve a outras investigações. Não quero usar esse argumento para vê-la novamente, mas a senhora é a pessoa que até agora tem esclarecido melhor os fatos e dado alguma luz ao que está acontecendo.

Ela o olhou, parecendo assustada:

— O senhor vai deixar o caso? Terei de falar com outras pessoas?

— Não acredito. Acho que a CIA já sabe demais.

Não havia ambiente para falar sobre os sentimentos que tinha por ela e, ainda por cima, havia o noticiário negativo da embriaguez. Pegou um cartão e lhe entregou.

— Se precisar de alguma coisa ou souber de algo que possa ser útil, não hesite em telefonar.

Não era a despedida que queria e até mesmo teve a impressão de que ela preferia que ficasse, mas David o estava esperando para irem ver o legista.

CAPÍTULO 13

Era natural que a imprensa e os políticos o pressionassem em busca de notícias que então modificariam para o costumeiro sensacionalismo que vende jornais e aumenta o preço do tempo dos comerciais na televisão. Assim pensava David após passar horas dando satisfações a políticos e a jornalistas, enquanto aguardava o novo laudo do legista, que, afinal, telefonou marcando uma reunião para aquela tarde.

Robin já tinha estado naquela sala diversas vezes e sempre saía de lá com a impressão de que legista e cadáver acabam tendo a mesma aparência. As profissões moldam as pessoas e em sua vivência policial já colecionara alguns estereótipos. Psicólogos não riem, advogados têm conselhos para tudo e não é difícil identificar um engenheiro pela cara de tabuada que eles mantêm nas reuniões sociais. A principal característica do dr. Grudenn era que ele explicava o esquartejamento do corpo humano como se estivesse fazendo um discurso de formatura. Era difícil suportar o convencimento desses especialistas que, ao cabo, sempre dizem que foram os responsáveis por levantar todas as informações para a solução de um crime. Mas tinha de reconhecer que, sem os detalhes desses exames, era mesmo difícil solucionar um caso complicado. Logo ao entrarem, ele teve de ouvir:

— Você está nas colunas sociais, hein! Seu perfil já foi para todo o mundo.

Para a decepção do legista, Robin não registrou a ironia. Embora também não tivesse a mínima vocação para ver o quadro nojento de um defunto cortado em vários pedaços e as vísceras exalando mau cheiro, fez o devido esforço para ficar olhando e procurar entender as explicações. Com máscaras cobrindo a boca e o nariz, ouvia o legista descrever como o corpo fora amarrado para chegar até o local. As mãos foram presas atrás das costas e ligadas às cordas que prendiam os tornozelos. O legista justificou-se por alguma falha, pois entregara a autópsia para os seus auxiliares, que deixaram de lado questões importantes que não escapariam à sua aguda capacidade de observação. Ele estivera fazendo uma palestra no Congresso de Legistas e, depois dessas justificativas, voltou a despejar seu convencimento.

— Agora vocês vão ver uma coisa curiosa. É por isso que adoro a minha profissão. Hoje, quando faço a análise científica de um cadáver, é como se estivesse vendo um filme. Vejo com precisão as cenas, os fatos acontecendo, os movimentos, as cores, o momento do crime ou da morte natural, como também a geografia em volta.

E triunfante:

— Olhem que cenário bastante claro — apontou para um ponto do rosto do cadáver. — Aqui. Estão vendo? São sinais de mordaça. Estão um pouco prejudicados pelas pancadas na boca, mas vejam agora a beleza dessa dentadura. Pena que um deles era uma prótese. Resultado de um trabalho odontológico malfeito, o que é compreensível, já que nesses bairros negros não existem bons dentistas. O dente se soltou facilmente.

E abriu as arcadas, com os dentes alvos, perfeitos, mostrando um lugar vazio: o molar inferior direito. Robin examinou com um estranho interesse a gengiva, no lugar onde faltava o dente, e perguntou:

— Pode ser que esse dente tivesse se deslocado com os socos que o professor levou na boca, mas não seria mais lógico que os dentes da frente também apresentassem algum indício de agressão? Afinal, é a parte da frente da boca que está lesionada.

O médico não gostou da pergunta, mas pegou uma lupa eletrônica, de alta precisão, e examinou o lugar onde deveria estar o dente.

— Curioso. Um implante malfeito. Parece que estava apenas encaixado. O normal é que os implantes sejam cimentados.

— A ponta da língua — interrompeu-o Robin. — Escoriações, algo como pequenas lesões.

Apesar de também estar curioso, David pensou que Robin não precisava dar tantas informações ao médico, mas o legista já examinava a língua. Até mesmo sem lupa ou aparelho de precisão se podia ver que a ponta da língua estava levemente machucada.

— Vejam como são os seres humanos: quem imaginaria que o professor tivesse um tique nervoso e forçava os dentes com a ponta da língua. Não, não pode ser isso. Com os socos, a língua sofreu uma escoriação.

Robin pediu ao médico para ver o dente. A contragosto, porque não gostava de ser guiado por esses investigadores incultos e sem conhecimento da importância da medicina na criminologia, o dr. Grudenn foi até um armário, do outro lado do laboratório, e eles o ouviram abrir várias gavetas, cada vez mais nervoso, e exclamar, em voz alta:

— Não é possível! O dente estava aqui nesta gaveta e agora não o encontro em lugar nenhum!

Robin foi até o armário que tinha examinado na noite anterior e o dente não estava lá. No local só estavam uma abotoadura e o relógio. A reação do médico era real, mas quem poderia ter tirado o dente de lá? E as abotoaduras? Havia duas e agora somente uma. Teria o vulto que entrara no laboratório depois dele a roubado? Mas qual o sentido de roubar apenas uma e ainda deixar o relógio?

Com o olhar fixo na dentadura do professor, Robin tentava retratar o que poderia ter acontecido. Seu cérebro montava e remontava cenas, imaginando a posição das pessoas, o número delas, os socos na boca, no estômago de uma vítima com as mãos amarradas. David permanecia calado, procurando entender o raciocínio de Robin e principalmente estranhando que ele estivesse sendo tão explícito. Normalmente, só expunha suas ideias nas conclusões dos inquéritos. Parecia provocar o legista, que aproveitou o momento de silêncio para mostrar a sua sabedoria.

— Está me parecendo um caso muito curioso, um caso para defesa de tese. Quando falo que adoro a minha profissão, alguns riem. Dissecar cadáveres? Lá isso é profissão? Pois eu digo que é muito mais do que isso: é ciência pura e por ela, já no primeiro exame, pudemos constatar, com precisão, que esse homem morreu entre as 6 da tarde e as 8 da noite.

— No laudo anterior foi dito que esse dente se encontrava no estômago, não?

O legista não respondeu e Robin foi até um pouco sarcástico, como se estivesse se divertindo com aquela situação.

— O senhor ainda acha que foi apenas um roubo?

— Pouco importa. Não me interessa e não é da alçada da minha profissão. Pode ser um crime racial, e daí?

— Crimes raciais neste país se notabilizaram pela publicidade, como, por exemplo, incêndios planejados, enforcamentos em praça pública, espancamentos e coisas assim. Quem comete crime racial quer que ele seja conhecido como racismo. É um ato de rejeição a outra raça, e quem faz isso não esconde o ato.

Robin falava com calma, procurando ser didático, e David estava quase mandando-o parar quando, de repente, o legista se mostrou interessado.

— O senhor me espanta. O que seria isso então?

— Isso não foi apenas um crime, doutor, mas também uma mensagem. Em cada circunstância está escrita alguma coisa, e cabe agora à polícia ler essas mensagens. Não foram mensagens dirigidas à polícia, mas a alguém, e nosso trabalho já começa com essas conclusões. Como pode ver, chegaremos logo a essa organização.

A palavra organização deixou o ar frio da sala ainda mais gélido. Robin, pelo visto, estava com vontade de falar.

— O professor Blackburns não tinha nenhum tique nervoso com a língua. Ele apenas forçou o dente o mais forte que pôde para soltá-lo e o veneno descer para o estômago e o matar. Os socos no abdome e no rosto facilitaram o trabalho da língua. Ele estava preparado para uma situação dessas. Tenho a impressão de que o dente funcionava como uma pequena caixa de veneno, removível com facilidade. Ele não iria, por exemplo, fazer mastigações ou correr riscos desnecessários do lado desse molar. Penso que era um dente móvel que colocava sempre que se sentia ameaçado, com medo de tortura.

O médico fungava.

— E tem mais — disse Robin. — Os assassinos não conseguiram o seu intento. Minha conclusão é de que o homem engoliu o veneno assim que começou o espancamento. Ao perceberam que ele arroxeava e caía, ficaram com raiva e bateram mais, porém já era tarde, o homem estava morto e não disse o que os sequestradores queriam ouvir. Eles então deixaram os bens de valor e ainda jogaram o relógio fora, como um recado a outras pessoas que podem saber o que o professor escondeu, e onde.

— A mulher que veio aqui ontem! – exclamou o médico.

— Bobagem! A preparação para o suicídio leva à conclusão de que a mulher não sabe nada. Só ele conhecia esse misterioso segredo, e o suicídio foi para evitar que sua família fosse torturada. Os assassinos sabiam disso. Deixaram o relógio longe do corpo para desviar o foco das investigações. Mas há um fato intrigante: o senhor notou o horário do relógio?

— Não sou relojoeiro, sou legista – respondeu o dr. Grudenn com mau humor.

— Sem dúvida, mas não é estranho que um relógio Rolex, automático, tenha parado às 9 horas e 17 minutos? Pode estar certo de que o relógio foi ajustado intencionalmente nesse horário. É como um código, algo que vamos descobrir, sem dúvida.

David estava calado, e Robin deu fim à representação:

— Estamos à espera do seu laudo, dr. Grudenn.

Ao saírem, David se mostrou reticente com os exageros de Robin:

— Na sua opinião, não foi então um crime comum? Um latrocínio?

— Lembra o que dizia o nosso professor de criminologia? Ele gostava de repetir que num país que se desenvolveu matando índios e negros, o crime é um produto. Al Capone só foi preso porque não pagou imposto de renda.

Se tivesse pago, seus crimes estariam no PIB americano, para maior glória do nosso país.

CAPÍTULO 14

Lá fora a multidão enchia as ruas, e atos de violência foram aos poucos levando ao vandalismo e a uma forte intervenção policial. Séculos de submissão à raça branca vieram à tona, despertados pelo assassinato de Blackburns. O que parecia ser um movimento ordeiro logo foi se transformando. Primeiramente os mais jovens, indignados e revoltados, gesticulavam e gritavam "morte aos brancos". Não adiantou as lojas fecharem as portas. Nem mesmo a polícia previu que os capotes para proteção contra o frio seriam usados para esconder machados e ferramentas de destruição.

Como um enxame de abelhas, a multidão avançou sobre uma grande loja de departamento que não tivera tempo de proteger todas as vitrines. Machados, facões, pedaços de madeira, enfim, para aquele povo aquilo não era violência, nem destruição, mas uma justa catarse de séculos de sofrimento. Até a chegada de um destacamento policial, jogando água fria e gás lacrimogêneo, várias lojas foram destruídas.

Da janela do hotel, Maurício observava a rua e ouvia o noticiário. O contingente policial aumentou e os manifestantes foram dispersados. Resolvera permanecer no hotel naquele dia, não apenas porque era mais seguro, mas também porque poderia acompanhar melhor as notícias e ainda receber informações do seu motorista. Pouco antes do almoço, a televisão alardeou, numa notícia extraordinária, que o professor Ernest Kelly, titular da cadeira de Antropologia da Universidade de Chicago, fora assassinado. Era uma notícia que de certa maneira resgatava a moral do inspetor Robin, que quase chegara a tempo de evitar essa morte, num verdadeiro exercício de intuição policial. Para Maurício, porém, era uma notícia preocupante, pois aquele já era o terceiro crime.

Logo depois do almoço, veio a informação de que o inspetor saíra, acompanhado do diretor do Departamento de Polícia, e fora ao laboratório da universidade encontrar-se com o legista. Coisas novas deveriam surgir, e Maurício continuou preso à televisão. Teve sorte: o noticiário das 7 horas da noite, depois de uma encenação para valorizar o furo jornalístico, informou que o inspetor novamente mostrara sua competência, levando à realização de um novo laudo, porque duvidara das conclusões anteriores sobre a morte do professor Blackburns. O noticiário dizia que, na parte da manhã, o inspetor Collins já tivera a percepção de que algo errado poderia acontecer ao professor Ernest e, no período da tarde, acompanhara uma nova autópsia, solicitada por ele, que negou validade ao laudo anterior. "E assim," pensou Maurício, "o inspetor assinara a sua condenação, procurando talvez um meio mais rápido do que a garrafa para acabar com seus problemas." Em menos de uma semana, três homens foram mortos e seus instintos o alertavam de que o quarto crime estava para acontecer, talvez ainda naquela noite.

A natureza do homem o leva a comemorar seus feitos. Criticado e muitas vezes visto com piedade ou desprezo, o inspetor recuperara em apenas dois dias todo o seu prestígio. Passara a ser ele um perigo, deduziu Maurício. Talvez o inspetor nunca viesse a descobrir quem seriam os criminosos, porém a sua comprovada argúcia era um obstáculo às pretensões desse grupo. O quarto crime? Era possível. Mas onde iria ele comemorar a sua celebridade? Embora o tivesse visto apenas uma vez, parecia muito à vontade no Bar do Joe, e o mais provável era que voltasse lá. Eram oito da noite quando entrou no bar e acomodou-se num canto que permitia uma boa visão. Meia hora depois o inspetor chegou, indo direto à mesa que tinha uma placa de "reservada". Um outro homem agora, provavelmente o proprietário do estabelecimento, aproximou-se e cumprimentou-o:

— Boa noite, Collins. Hoje é por conta da casa.

Maurício pediu o seu costumeiro Hennessy, que pagou imediatamente, e ficou esfregando-o com as mãos. Habituara-se a observar as pessoas e situá-las no ambiente em que estavam. Havia negros, brancos, loiros, morenos, gordos, magros e poucos casais. O estudo de um casal é problemático, porque nos habituamos a ver uma normalidade, apesar das diferenças. Pois lá estava um casal cuja normalidade era diferente. Os olhos dos dois corriam discretamente o salão. Parou de observar o casal, imaginando que estava vendo coisas demais, e prestou atenção aos agrupamentos de homens e mulheres falando mais alto que o jazz que animava a noite.

O tempo foi passando. A noite escura de ruas vazias criava um conjunto de circunstâncias que facilitariam a eliminação de um bêbado, e era essa a certeza de Maurício. Era pouco provável que alguém entrasse no bar atirando contra o inspetor. Seria mais fácil e menos comprometedor esperá-lo na saída, quando estaria sem condições de se defender. Nada acontecia, a não ser o vozerio da ruidosa clientela. Num certo momento, dois homens passaram pela porta de entrada e se dirigiram à recepção, de costas para o salão, como se não quisessem ser reconhecidos. Um garçom os levou para o outro lado do bar. Um deles limpou o nariz com um lenço. Eram dois tipos altos e fortes, bem encapotados, e mantinham a mão no rosto, protegendo-se. Não trocavam uma palavra e de vez em quando movimentavam o rosto para os lados do inspetor.

Passado o tempo de quem já se sentia suficientemente bêbado, o inspetor se levantou e saiu andando, com passos firmes, suportando com altivez os efeitos do conhaque. Ao chegar perto da porta de saída, Maurício ouviu a moça da recepção dizer:

— O táxi já está vindo, inspetor.

Logo em seguida, os dois outros tipos saíram e Maurício procurou vê-los de frente. Sua reação foi instintiva: lá estava o grandalhão de verruga no nariz. Sem esperar mais, levantou-se bruscamente, chamando a atenção do homem da verruga, que se voltou para ele e continuou mais rapidamente em direção à porta. Maurício correu para tentar pegar o assassino, ali dentro do bar, e segurá-lo, até que a polícia chegasse, mas os dois saíram em disparada e desapareceram no nevoeiro.

O inspetor estava parado, respirando o ar puro, lançando vapores brancos pela boca, num exercício de recuperação da normalidade, e nem percebeu a rápida fuga dos dois. Será que Maurício se enganara e os grandalhões não iriam matar o inspetor, ou eles se assustaram e fugiram? Não podia ser.

Alguma coisa aqueles dois prepararam, talvez a simulação de um acidente para evitar uma investigação, mas o que poderiam ter planejado? Não podia se descuidar. Haveria algum atirador escondido atrás de um prédio, ou numa das janelas fechadas e escuras? Talvez fosse mais fácil um carro passar e atirar. Um táxi se aproximava, provavelmente o que a recepção pedira. Embora frustrado por não prender os assassinos, era melhor que o táxi levasse logo o inspetor.

Seus instintos, porém, não se conformavam e o mantinham alerta. Em vez de reduzir a velocidade, o motorista acelerou e ia bater no inspetor, que se mantinha indiferente, equilibrando-se sobre as crostas de gelo. Qualquer pessoa que saísse de um bar, depois de várias doses, como aquele homem, não teria reflexos para perceber a tempo a derrapagem de um veículo. O táxi já estava perto da calçada e vinha numa velocidade perigosa. O inspetor seria atingido em cheio.

A neve caía, o chão estava fofo e, em alguns lugares, liso. O inspetor podia escorregar e também ser atingido pelo carro, mas o momento não era para prudência. Num movimento rápido, Maurício jogou-se sobre o inspetor e foi rolando com ele, a tempo de se livrar das rodas do táxi, que não desistiu e manobrou para cima deles. Maurício continuou a rolar, conseguindo desviar-se do táxi, enquanto o inspetor resmungava e se debatia. Naquele afã de salvar a si e ao inspetor, imaginando estar salvando um homem indefeso, teve uma surpresa. Demonstrando uma recuperação admirável, o inspetor pegou o revólver e deu dois tiros, atingindo as rodas da frente do carro, que derrapou sobre a sarjeta e parou.

Eles se levantaram para pegar o motorista, que saíra correndo. Foram mais dois tiros, um em cada perna, e o motorista caiu. O inspetor quis correr até ele, mas Maurício o agarrou e o jogou atrás do carro, num movimento brusco que o inspetor podia ter interpretado mal, mas ainda havia perigo. Logo ouviram o tiro. Esperaram uns minutos e se levantaram com cuidado. O motorista era agora um corpo imóvel com a cabeça estilhaçada.

— O senhor teve uma iniciativa surpreendente e salvou a minha vida. Já fui melhor. Em outras épocas, não teria me descuidado.

— Melhor que isso? Seus reflexos e precisão foram impressionantes.

O inspetor tirou do bolso um cartão e o entregou a Maurício:

— Meu nome é Robin Collins. Trabalho no Departamento de Homicídios da Polícia de Chicago. A quem devo agradecer por ter salvo a minha vida?

Maurício entregou ao inspetor um cartão no qual se lia "Francisco Negrão de Mello – Agente de Turismo" e disse que estava hospedado no Hotel Savoia.

O inspetor pegou o cartão, pensou um pouco e disse:

— Para agente de turismo, o senhor é muito observador e ágil. Posso dar-lhe uma carona até seu hotel? Antes, porém, se me permite, preciso tomar umas providências. Aqui fora está muito frio. Por favor, me espere na recepção.

Voltaram ao bar, e o inspetor foi direto para a mesa onde estavam os dois grandalhões, acompanhado pelo gerente. Não havia ainda transcorrido muito tempo e os copos permaneciam na mesa. Fora um descuido que os dois assassinos cometeram, talvez confiantes de que o eliminariam e os copos seriam lavados. Robin embrulhou os dois copos em guardanapos de papel e os colocou no bolso, avisando o gerente que os devolveria no outro dia. Aquela providência interessava demais a Maurício, que tinha agora como descobrir a identidade dos assassinos. Durante o trajeto para o hotel, o inspetor tentou saber como Maurício desconfiara dos dois homens, mas o álcool mantinha seus efeitos e foi fácil conduzir o assunto de maneira a nada revelar e não deixar margem para que o inspetor o vigiasse depois. O táxi o deixou na porta do hotel e eles se despediram cordialmente.

Naquela mesma noite, mudou-se para um pequeno alojamento, indicado pelo motorista, registrando-se com outro nome. O seu desaparecimento iria intrigar o inspetor e todas as vias de fuga seriam vigiadas. Não podia ir embora, porém, sem ter a identificação dos gringos que o inspetor, com certeza, faria com as impressões digitais dos copos. Esse estranho motorista devia ter meios de conseguir uma cópia da perícia.

E, de fato, dois dias depois o laudo lhe foi entregue, junto com um plano de fuga, por um dos caminhos da Underground Railway, que os escravos usavam para fugir. Foi um longo percurso, com disfarces e esconderijos, por uma das trilhas do Sul. Confiando em "condutores" desconhecidos, que se revezavam, Maurício chegou às Bahamas, de onde seguiu para o Brasil.

CAPÍTULO 15

O Mansuetude evitava mares muito navegados e deslizava agora sobre o sul do Pacífico. Nem sempre seus passageiros eram os mesmos, o que se pode interpretar como uma evidência de que tratava do local de reunião dos dirigentes responsáveis por uma grande organização.

Quatro pessoas — um russo, um americano, um chinês e uma alemã —, sentados em sofás confortáveis observavam a tela branca na parede. Sentiam-se seguros, pois a característica principal do Mansuetude era a imperceptibilidade. Devido ao seu elevado padrão tecnológico, podia aproximar-se de áreas de segurança sem ser notado. O sistema de comunicação permitia captar informações secretas de outros países, enquanto suas emissões não eram percebidas nem mesmo pela Agência Nacional de Segurança dos Estados Unidos. Seu projeto obedecera a três princípios: invisibilidade, inaudibilidade e imperceptibilidade. Era algo irreal, pouco mais que uma hipótese. Como um camaleão, se confundia com as cores do mar ou dos lugares por onde passava. Os raros sons que emitia eram dissimulados pelo marulho das ondas ou pelo canto dos pássaros, e seu aperfeiçoado sistema antirradar o tornava invisível. Sua adiantada tecnologia lhe permitia captar imagens e sons de longa distância, como fazer leitura labial e transferi-la para a tela.

Mas que mistério envolvia o Mansuetude? O chinês, que aparentemente era o chefe do grupo, olhou a tela como se não a visse.

— É próprio da idiotice humana. Quando o acúmulo do dinheiro criou o capital, foi aquela festa. Para que o poder? A riqueza já tinha o seu mérito. Surgiram os humanistas. Pouco importa se você construiu o seu capital. O meio, a sociedade, foi que lhe deu condições para isso e, portanto, o capital é social. Com essa ideia de social, a riqueza perdeu o sossego. Daí a necessidade do poder. Capital e poder. Os dois juntos se salvam.

— Capital e poder. Gostei — disse a mulher.

— Para salvar essa conjunção, criamos o Domínio Invisível, um poder do qual os governantes seriam servos inconscientes. Ia tudo bem, até que um grupo de idealistas inventou que a humanidade estava se desfazendo e de nada adiantaria o capital e o poder sem a humanidade. Para eles, passou a ser mais importante salvar primeiro a humanidade e passaram a trabalhar num projeto que achamos impossível. Já tínhamos capital e poder para avançar no plano inicial e nos separamos.

Era este o mistério do Mansuetude: um grupo dissidente de uma organização que pretendia dominar o mundo. O chinês continuou:

— Qual o sentido de uma associação chefiada por um certo Blackburns exigir uma importância absurda de quatrilhões de dólares? Suspeitamos que isso só podia ser coisa do Domínio Invisível. Os contatos de Blackburns com a Irmandade dos Homens Pretos, em São Paulo, chamaram nossa atenção, e tentamos descobrir os segredos do Domínio. Infelizmente, chegamos tarde. Blackburns morreu sem dizer nada, e não conseguimos decifrar a gravação de Geraldo. Que segredo eles guardavam?

Havia um inconformismo no Mansuetude, e o raciocínio de Evelyn os reanimou.

— Pode ter sido vantajoso o nosso agente ter matado o negro Geraldo, porque, mesmo sob tortura, acredito que ele não iria dizer nada. O intruso, porém, ouviu alguma coisa. Descobrimos que ele e Geraldo eram colegas de infância. É um homem habilidoso, esportista e muito perspicaz. Acho que Geraldo o estava preparando para uma missão. Lembrem que o Domínio é invisível e precisa de interlocutores.

— Mas Maurício desapareceu — disse o americano. — Além do que está com os cauris, e só ele conseguiu ouvir o moribundo.

O chinês replicou com ironia:

— Pois é, de repente, surge um fantasma e nossos projetos passam a depender dele.

— Não acredito que ele vá sair por aí com os cauris no bolso. Ele vai escondê-los, mas onde?

— Onde tudo começou — disse o chinês.

— A Irmandade!

O Mansuetude mandou os dois gringos voltarem para São Paulo e vigiarem a sede a Irmandade. Alguns dias depois, veio a informação de que uma pessoa, embora disfarçada, mas com as características de Maurício, entrara na igrejinha do largo do Paissandu e lá passara o dia, saindo só ao entardecer. O chinês suspirou.

— É provável que Maurício tenha entregue os cauris à Irmandade para que lhe sejam devolvidos em algum lugar da África. De qualquer maneira, se ele for para a África, ou levou os cauris com ele ou vai recebê-los por lá.

Mais animados ficaram com a notícia de que Maurício havia comprado uma passagem para Joanesburgo e faria uma viagem através da Namíbia e Botswana até Victoria Falls. Nos descampados africanos, seria mais fácil pegá-lo.

CAPÍTULO 16

Robin acordara indisposto. Lamentava ter ido ao Joe celebrar sua vitória sobre o legista, porque já tinha firmado o propósito de reduzir a bebida. Começara a gostar dessa investigação, não só pelas características diferentes, que lhe davam uma nova visão sobre a cultura americana, mas principalmente por ter conhecido Laura. Lembrou-se do atentado que sofrera e do misterioso agente de turismo, que lhe salvara a vida. Teria sido coincidência? Só então ele teve plena consciência de que quase fora morto. Seria possível que alguém quisesse afastá-lo do caso Blackburns? Com a morte do professor Ernest, terminaram os argumentos para voltar a falar com a professora, e isso o deixava acabrunhado. Tivera pesadelos estranhos, fruto talvez da bebedeira, com caveiras se arrastando sobre as pedras de um pequeno arquipélago num país africano. Transpirava ao acordar. Deve ter sido a caveira no gabinete do professor Ernest e o movimento ostensivo dos negros em Chicago. Seria mesmo isso? Fechou os olhos, sem coragem para se levantar e até mesmo para viver.

Mas ele ainda pensava. Teria alguma ligação a morte de Ernest com a de Blackburns? Se Blackburns morreu por causa das suas pesquisas, talvez Ernest tivesse morrido pela mesma razão. Teria ele descoberto alguma coisa que colocava em risco os interesses de algum grupo poderoso? Talvez nunca viesse a saber e pouco também lhe importava.

As imagens do sonho voltaram e, nelas, uma estante com vários livros de um tal Fischer. De repente, ele pulou da cama.

— Ora essa! — exclamou em voz alta, todo animado.

Tinha uma oportunidade de ligar para Laura. Para sua felicidade, a secretária disse que a professora estava em sua sala e iria atendê-lo.

— Bom dia, professora — disse ansioso quando a ouviu. — Desculpe-me incomodá-la, mas há alguns meses li um artigo sobre as experiências que um certo Fischer fez sobre crânios de indivíduos pertencentes a tribos da Namíbia. O artigo dizia que foram encontradas algumas dezenas de caveiras na Universidade de Berlim. A senhora sabe algo a respeito?

— Bom dia, inspetor — respondeu ela com voz amável. — Imagino que esteja se referindo a Eugênio Fischer, por alguns considerado o pai da genética moderna. É um cientista controverso e foi nomeado por Hitler como reitor da Universidade de Berlim, porque defendia o aborto e a esterilização de pessoas que não fossem brancas. Ele preservava as cabeças de pessoas dos povos herero e nama que eram enforcadas e as mandava para a Alemanha, onde eram dissecadas para pesquisas com as quais tentava provar a superioridade da raça alemã. Mas por que o senhor quer saber isso? Alguma ligação de Fischer com o professor Blackburns?

Era a oportunidade que ele tinha para um novo encontro. Namíbia, Fischer, Ernest e os dois assassinos do Bar do Joe.

— Sim e parece sério, mas prefiro falar pessoalmente, se não se importa.

Armado de uma coragem fermentada pelo seu novo argumento, sugeriu encontrarem-se num restaurante do Navy Pier, no lago Michigan. Ele já havia pesquisado e sugeriu um que ficava no 42º andar do edifício. Na primavera, a praça era um jardim colorido com muitas flores, mas agora parecia um desolado lençol branco. A recepcionista do restaurante o encaminhou para uma mesa ao lado da janela. Quando ela se afastou, ele discretamente procurou por alguma escuta clandestina sob a mesa. Não encontrou nenhum microfone minúsculo, como esperava, mas pequenos aparelhos poderiam estar grudados no batente da janela, na cortina, em alguma das mesas ao lado e mesmo um dos clientes podia estar com um desses eficientes equipamentos de espionagem que filmam e gravam a distância.

Ela provavelmente não seria tão pontual como nos horários das aulas, mas não deveria atrasar muito. E, de fato, quinze minutos depois das oito, horário que haviam combinado, Laura apareceu.

— Boa noite, professora, a senhora está sempre muito bonita, mas hoje está mesmo admirável.

— Obrigada. O senhor escolheu um lugar privilegiado.

Robin pediu um Taittinger Rosé.

— Um brinde à felicidade. Quando passei por uma grande dificuldade da minha vida, convenci-me de que devia fazer exercícios de felicidade, e é uma felicidade estar diante de uma mulher elegante, culta e educada.

— Oh! Não exagere. Mas como se faz exercício de felicidade?

— Nossa tendência é nos desgastarmos com as coisas ruins e não termos uma vibração correspondente com as coisas boas. Tantas coisas boas durante o dia, e basta um pequeno desgosto para nos esquecermos de todas elas.

— Tem razão a respeito das coisas boas, mas as coisas más nos marcam mais fortemente.

Pela primeira vez, enfim, estavam falando de um assunto diferente, até mesmo curioso.

— Já andei lendo algumas reportagens sobre o turismo na Namíbia, e as fotografias eram muito bonitas. Já esteve lá?

— Sim. Fui acompanhar um grupo de alunos que pesquisava o genocídio dos hereros e dos namas, e aproveitei para percorrer o país. Quem percorre aquele país nunca esquece o deserto da Namíbia e suas dunas impressionantes.

Ela falava com entusiasmo sobre como as partículas de ferro da areia enferrujam e ficam vermelhas, formando dunas coloridas. Sobre as plantas do deserto, como a *Welwitschia mirabilis*, considerada a planta mais bizarra do mundo, que pode viver 2 mil anos e durante todo esse tempo produz apenas duas folhas. Outras têm raízes que chegam a quarenta metros de profundidade em busca do lençol freático e das formigas que sobrevivem bebendo a névoa seca que se condensa no corpo de outra formiga.

— Desculpe. Acho que estou falando muito. O champanhe já subiu um pouco.

— Oh! Não! Estou adorando a conversa. Nunca imaginei tantos detalhes sobre o deserto e estou curioso agora para conhecer esse país.

As horas passaram e nem mais se lembraram de Blackburns. Fora uma conversa amena. Eles fizeram o possível para aproveitar a noite agradável e combinaram um novo encontro. Ela viera no próprio carro e Robin a acompanhou até o estacionamento, no pátio do edifício. O carro do sargento Fred a acompanhou de uma certa distância.

Já se considerava o homem mais feliz do mundo. Superara a bebedeira, o cigarro, o desgosto de um casamento desfeito, recuperara o gosto pelo trabalho, o conceito dentro do Departamento e estava amando novamente. A lua lhe pareceu maior, mais colorida, e ele começou a contar estrelas. Quantas vezes contara estrelas? Às vezes conseguia contar todas elas, quando a noite era escura e apenas as desgarradas apareciam. Naquela noite, bilhões delas sorriam para ele e era impossível contá-las. Assim mesmo tentou, parado no estacionamento olhando para o céu, com a chave do carro na mão. Só percebeu o descuido quando sentiu o cano do revólver nas costas.

O longo período de tristezas em que se afogava em bebedeiras o fizera perder o instinto pela vida. Agora essa renascença da felicidade o entorpecera. Nada havia a fazer a não ser obedecer, e ele foi conduzido para um furgão preto. Um brutamonte avermelhado, que o fez lembrar do Bar do Joe, tomou-lhe a chave, e ele e outro grandalhão entraram no seu carro. Era a certeza de que seria torturado, assassinado e seu corpo cremado junto com o carro na simulação de um acidente. Nem mesmo haveria impressões digitais ou outra circunstância que o identificassem. Embora não visse a mínima chance de se livrar daquela situação, mantinha todos os sentidos em alerta, na esperança de uma oportunidade. Estava no banco de trás do furgão, com um revólver de cada lado. Na frente, iam o motorista e mais outro.

Os dois grandalhões que pegaram seu carro não tinham arrancado, permanecendo na vaga onde estacionara. Certamente iriam na retaguarda para proteger o pessoal do furgão, que começava a dar marcha à ré quando aconteceu o inesperado. Um carro, dirigido por um rapaz embriagado, entrou em alta velocidade no estacionamento e bateu na traseira do furgão. O rapaz desceu, cambaleando, com o rosto sangrando, mas seu carro bloqueara o furgão, que em vão forçou a saída. O rapaz andou uns metros e caiu, desmaiado, numa das vagas do estacionamento. Para Robin, aquilo não era normal, diria até que fora muito bem planejado, pois com o desmaio o rapaz evitava uma coronhada na cabeça. O fato de ter caído num lugar afastado o protegia dos outros carros que, na fuga, passariam por cima dele. Quem será que teria preparado aquilo? Certamente não o sargento Fred, porque já tinha ido embora e aquela cena envolvia astúcia, profissionais e outros veículos. Imaginava que o acidente fora provocado, como parte de um plano para resgatá-lo, mas os sequestradores não eram principiantes. Robin foi rapidamente empurrado para fora do furgão com as armas próximas da sua cabeça. Com o desmaio do rapaz, tudo voltou ao silêncio. Olhou para a vaga onde estava seu carro e não o viu.

Os bandidos que estavam na frente desceram e formaram um quadrilátero, com Robin no centro, cada um com a arma engatilhada. Era ele o escudo, e bastava um pequeno deslize para receber quatro tiros e morrer instantaneamente. Ninguém apareceu e o silêncio o intrigava. Os sequestradores não se deixaram enganar e olhavam para todos os lados, na busca do inimigo. De repente, Robin se lembrou do sargento instrutor de Westpoint: *o silêncio é a melhor ferramenta da armadilha.* Dizia isso em exercícios de escape, como o de se jogar ao chão com rapidez. Robin teve uma intuição e, num lance relâmpago, se lançou ao chão, quase ao mesmo tempo dos quatro tiros. Não morrera e tinha agora quatro corpos ao seu lado. Levantou-se e ouviu em tom de gozação:

— Ainda bem que se lembrou dos nossos tempos de Westpoint!

Era Gregory, o diretor da CIA.

LIVRO IV

O TRIBUNAL DOS INTOCÁVEIS

Sem a escravidão não haveria algodão, sem algodão não haveria indústria moderna. É a escravidão que valoriza as colônias, são as colônias que criaram o comércio mundial e o comércio mundial é a condição necessária para a indústria de máquinas em larga escala.

Karl Marx, *Miséria da filosofia*, 1846

CAPÍTULO 17

Era uma noite calma. A lua derramava sobre os edifícios os seus clarões prateados. A maioria das pessoas já havia se recolhido para o merecido descanso após um dia de trabalho, quando uma enorme explosão levantou sobre Nova York gigantescas nuvens vermelhas, como se fossem labaredas querendo engolir os céus. Seguiram-se outras explosões, e uma poeira escura se espalhou sobre os escombros. Quarteirões inteiros foram destruídos, como se a cidade estivesse sendo bombardeada. Cenas pavorosas se repetiam com rapidez. Um edifício desmoronou em cima de um trem de superfície e outros caíram em cima de ônibus e carros.

Imagens começaram a aparecer nas redes de televisão, sem que nenhum cinegrafista as tivesse filmado. Como podia aquilo estar acontecendo? Pessoas despedaçadas e outras mutiladas se arrastavam e gritavam. Não demorou para o pavor tomar conta do país. Dezenas de milhões de pessoas começaram a abandonar as cidades com medo de um inimigo que não sabiam quem era. As transmissões das cenas de carros incendiados, pessoas morrendo, prédios destruídos e destroços lançados longe não cessavam. As perguntas não tinham resposta. O que poderia estar causando aquilo? Terremoto? Mísseis? Algum bombardeio? Nenhum avião, nenhum míssil, nenhum ataque por terra, por mar, ou por ar. A terra estremecia e edifícios inteiros se esfacelavam. Pedaços de arranha-céus voavam para longe e, em poucos instantes, vários quarteirões em torno de Wall Street foram destruídos, sufocando os gritos dos que morriam. O manto claro da lua era agora sangrento. O ruído de prédios caindo foi aos poucos sendo substituído por gritos de desespero e de dor. Impossível descrever o horror. Nem mesmo os socorros podiam chegar porque os escombros atravancavam as ruas. O coração da maior nação do mundo estava sendo destroçado. O fogo se espalhava e o centro da cidade se transformara num crematório a céu aberto.

Não cabia na compreensão humana a dimensão de sofrimento, dor, angústia e desespero que em poucos minutos destruiu a normalidade da vida de milhões de pessoas. Nunca se vira nada tão assustador. Pego de surpresa, o governo pedia calma à população, com mensagens de que logo tudo estaria sob controle, mas nada podia amenizar o pavor que se espalhara por toda a nação e já atingia outros países.

E o terror não terminava. Devido a uma inexplicável interferência, todas as transmissões de televisão, rádio e outros meios de comunicação foram interrompidas para divulgar a sentença ameaçadora de um estranho tribunal.

EXCELENTÍSSIMOS SENHORES GOVERNANTES

Decidiu este Tribunal que a riqueza do mundo ocidental é ilícita, porque oriunda do roubo e do sangue escravo.

Assim, todos os países responsáveis pelo assassinato e escravidão de mais de 100 milhões de africanos devem pagar por seus crimes.

Não se pode recuperar o sofrimento e as vidas das vítimas, mas a África será ressarcida dos danos que sofreu.

As bases para esse ressarcimento são os cálculos feitos pelo professor Harold Blackburns, da Universidade de Chicago.

Wall Street é o símbolo cruel do derramamento do sangue africano e esse símbolo foi o primeiro marco a ser derrubado.

Este Tribunal não é uma instituição transitória, nem uma organização terrorista, mas sim um Tribunal Judicial legítimo que busca justiça para o povo africano.

Data: Primeiro e Último instantes da Eternidade

(ass.) Mansa Kanku Musa
Presidente do Tribunal dos Intocáveis

Tão assustadora quanto os horrores das explosões foi a sensação de medo que tomou conta do mundo. Muitos historiadores começaram a divulgar que a escravidão foi um erro histórico do qual as sociedades atuais ainda se beneficiam. "Um dia isso tinha de acontecer", diziam. Outros alegavam que não podiam ser responsabilizados pelas culpas do passado, e a resposta era que um crime repetido durante séculos e alimentado ainda hoje pelo racismo não pode ser ignorado. Quem se beneficia de um crime é cúmplice dele. As discussões que se seguiram sobre o longínquo passado da escravidão trouxeram mais receios do que dúvidas.

O telefone tocou e o professor Herbert, titular da cadeira de economia da Universidade de Harvard, atendeu. Era Samuel O'Higgins, o secretário de Estado, que se licenciara de Harvard e estava agora no governo.

— Bom dia, Herbert. É uma ironia desejar bom-dia, com o que está acontecendo, mas nesta manhã tenho uma reunião com o presidente e achei melhor trocarmos algumas ideias.

— Demorou, Samuel, mas aconteceu. O mundo ainda não admite como um roubo os benefícios que auferiu com os crimes da escravidão. Nunca vi sequer uma manifestação de remorso por tanta crueldade.

— Mas houve a abolição! — replicou o secretário.

— Pois essa foi a maior farsa da história. Abolição?... A Inglaterra proibiu a escravidão como se estivesse libertando a África de um monstro, quando na verdade o monstro era ela própria. Foi a Inglaterra que mais se aproveitou da escravidão. A rainha e os membros da família real investiram pesadamente no comércio de escravos. Enlutaram a história e não têm coragem de reconhecer.

Herbert demonstrava a sua indignação, talvez como uma reação à sua consciência, que o acusava de fazer parte da elite branca.

— Enquanto destruíamos a África e impedíamos que ela se desenvolvesse, pudemos viver das riquezas produzidas pelo trabalho escravo, sem nos preocuparmos. O que podia a África fazer contra nós? Até então nada, mas acho que isso começou a mudar.

— Mas nunca ouvi falar desse Tribunal. E por que Wall Street? — indagou Samuel.

— Você sabe! Quando os holandeses fundaram Nova York, em 1652, com o nome de Nova Amsterdam, eles construíram um muro — *wall* — para cercar a rua — *street* — e evitar que os negros fugissem. O local passou a ser um mercado, onde se negociavam os escravos e os produtos da escravidão. Esse comércio foi aumentando e dele surgiu o maior centro financeiro do mundo.

— E que ironia. Tudo isso por causa de uma paliçada. Como esse comércio ilegítimo pôde durar quatrocentos anos sem que a mente humana e cristã da época o recusasse?

— Passei o resto da noite ouvindo os comentaristas, políticos e o noticiário. Uma gritaria inútil! Durante séculos os oceanos foram movimentados pelos navios negreiros. Toda a navegação atlântica se resumia à compra de mercadorias na Europa para trocar pelos cativos na África. De lá, os escravos eram trazidos para cá, e daqui os navios retornavam carregados de mercadorias como algodão, café, açúcar, rum e outros produtos. Esse "comércio triangular", como passou a ser chamado, dominou a economia durante quatro séculos e nunca mereceu um tratado de história. E por quê? Porque pesava e ainda pesa na consciência humana.

— Entendo, Herbert, e participo da sua indignação. Veja o caso da Revolução Industrial. Sempre estudamos que ela foi um grande feito da Inglaterra, mas, se não fosse o trabalho escravo, não teria havido a Revolução Industrial. Com milhões de escravos trabalhando nas terras férteis e virgens da América, era tal a quantidade de matérias-primas que foi preciso inventar máquinas para o seu processamento. Foi o trabalho escravo que fez a Revolução Industrial.

Como se num exercício de autoanálise, os dois continuaram a raciocinar, sem conseguir fugir da conclusão de que, durante séculos, a humanidade se beneficiou do maior crime de toda a história. A procura por matérias-primas aumentou e, devido a esse aumento, também aumentou a procura por escravos. A maior circulação de riquezas trouxe a pirataria e, para se protegerem, os navios passaram a ser maiores e mais seguros. Entre sair da Europa, chegar à África, ir depois para a Américas e voltar para a Europa, as viagens duravam até dois anos. Os piratas não eram o único perigo. Havia tempestades, revoltas, doenças, que garantiram o crescimento dos bancos e das seguradoras.

— Toda a economia da época estava voltada para o tráfico de escravos, e do acúmulo de riquezas criadas pela escravidão surgiu o capitalismo. Bancos como o Lloyd's de Londres, o Barclays e o próprio Banco da Inglaterra evoluíram com a escravidão.

O secretário fazia anotações, porque não sabia se iria precisar de alguma dessas informações, e Herbert continuou:

— Não há como escapar da conclusão de que todos os setores da economia moderna tiveram origem na escravidão. A indústria naval, o aperfeiçoamento das armas para o combate à pirataria e os assaltos à África, por exemplo, levaram ao armamentismo e ao militarismo. Foi dessa riqueza que surgiram as universidades, a evolução cultural e toda a tecnologia da qual nos orgulhamos. Enfim, sem o dinheiro dos escravos, o que seria do mundo hoje?

— É verdade.

— Entendeu o drama, Samuel? Por mais que tenhamos a tentação de buscar outras razões, a verdade é que a escravidão deu origem ao capitalismo e foi a base da economia moderna.

— Não sabemos no que vai dar isso, Herbert. É muito forte a conclusão de que, se não tivesse havido a escravidão, a África seria um continente tão ou mais evoluído que qualquer outro.

— E essa cobrança começou com a destruição de Wall Street.

O secretário suspirou e disse com certa melancolia:

— Sempre gostei de ler poesias e livros sobre a escravidão. A literatura romanceou a escravidão. Crescemos lendo histórias de escravos, como *A cabana do pai Tomás*, mas nunca havia pensado na escravidão com essa intensidade. Não sai sangue de poesia.

— Boa sorte na reunião. Se precisar de mim, estarei à disposição.
— Obrigado.

CAPÍTULO 18

Gregory não ficou surpreso ao se ver envolto em um ambiente de guerra. Em torno de uma grande mesa retangular, estavam reunidos o general Brian Dooley, comandante do Pentágono, o secretário de Estado, o secretário da Defesa, comandantes militares, o secretário do Tesouro e os presidentes da Câmara e do Senado. A perplexidade e o nervosismo dominavam a fisionomia de todos. O presidente foi enfático:

— Esse ato de terrorismo não pode ficar sem resposta. Precisamos de uma ação rápida. Pergunto se os senhores têm alguma proposta.

O general Dooley olhou para Gregory e o acusou:

— A CIA falhou, diretor. Como esse pessoal conseguiu fazer isso sem que tivéssemos nenhuma informação desse Tribunal e desse mansa Musa?

Gregory, porém, devolveu a acusação.

— Falhamos todos, general. Isso é um fato novo e inesperado. Mansa Musa morreu no século XIV.

O presidente interferiu.

— Senhores, de fato, estamos sob uma ameaça nova e não vamos ficar nos acusando. Precisamos é de uma iniciativa urgente.

Dooley parecia ter vindo preparado para um pedido desses.

— Há tempos vimos fazendo pesquisas, e nossa conclusão é de que somente a China tem condições para um ato de terror como esse. As forças militares são unânimes na decisão de que já está na hora de tomar uma ofensiva para aniquilar esse inimigo. Nos últimos anos, esse país vem tentando com avidez ocupar posição de superioridade. É preciso cortar o mal pela raiz. A segurança dos Estados Unidos é a nossa primeira preocupação e estamos preparados para um ataque preventivo e eficiente.

Gregory espantou-se, até porque um ato de guerra precisava da autorização do Congresso Nacional. Pensava no que dizer, se lhe fosse permitido falar, o que felizmente aconteceu.

— E teríamos condições de vencer a China, assim, com essa facilidade? — perguntou-lhe o presidente.

— Há evidências de que a China pode nos derrotar com nossas próprias armas. Talvez até sem dar um tiro.

O general reagiu:

— E como seria isso?

— A bomba que a China tem contra nós é o nosso endividamento.

Foi uma encenação bem treinada, de pinceladas curtas. A voz grave e o rosto compenetrado deixaram a sensação de que o que ele iria dizer era muito sério. E realmente era.

— A rapidez com que saímos de superávits comerciais para déficits de quase 1 trilhão de dólares por ano levantou suspeitas. Nosso endividamento já ultrapassa 20 trilhões de dólares. Somos o país mais endividado do mundo. Tudo isso no prazo de pouco mais de vinte anos, tempo muito curto para atribuirmos à normalidade econômica.

Seguiu-se um silêncio constrangedor. O diretor da CIA mostrava que o país mais poderoso do mundo estava vulnerável, e Gregory foi enfático.

— Nossas investigações revelaram que fomos conduzidos a esse endividamento de maneira intencional. Sem percebermos, fizemos do dólar a arma mais destruidora que a China tem contra nós.

O presidente perguntou estupefato:

— De onde o senhor tirou isso?

— Estamos numa situação semelhante à da Guerra Civil Americana, quando o chanceler alemão, o famoso Otto von Bismarck, chegou a propor juros de quase 40% ao ano. Lincoln foi aconselhado a emitir papel-moeda, sem nenhuma garantia a não ser a promessa de que, no fim da guerra, iria pagar. Esses títulos foram chamados de Greenback.

Gregory teve o inesperado apoio do secretário do Tesouro, que interveio com entusiasmo.

— Sim! Bismarck e o Greenback. Foi a minha tese em Harvard. Era uma época em que a Europa temia que os Estados Unidos crescessem como um só bloco e pusesse em risco o domínio econômico europeu. A emissão em grande quantidade de títulos desvalorizaria o Greenback e levaria a um endividamento descontrolado, e a Europa compraria os Estados Unidos para lotear em pequenas colônias.

— Mas ainda é o dólar que governa a economia mundial — esbravejou o general.

— Essa é a questão — disse Gregory —, pois já perdemos o domínio do dólar e ele é hoje o nosso maior inimigo.

— Mas como a nossa moeda pode ser o nosso maior inimigo? — perguntou o presidente, visivelmente preocupado.

— Se me permitem mais uma digressão histórica: com a Segunda Guerra Mundial, os Estados Unidos se tornaram o supermercado do mundo. Todas as instalações da Europa, do Japão e outros países haviam sido destruídas. Aviões, geladeiras, guloseimas, enfim, só nós produzíamos. Foi um período de ouro que criou uma classe média abastada e acostumada a gastar. O mundo se acostumou a comprar produtos americanos. Iniciava-se o período do *made in USA*.

— Sim. A guerra não foi no nosso território e nosso parque industrial foi totalmente poupado. Mas continue — pediu um presidente interessado.

— Há pouco mais de cem anos, a China era o país mais rico e mais poderoso do mundo, responsável por 30% do PIB mundial. Ela possuía a pólvora, mas os ingleses inventaram o canhão e, com o auxílio da França e dos Estados Unidos, destruíram os barcos de junco da China. O imperador teve de se render, e o comunismo tomou conta do seu país. A China se fechou e, no silêncio treinado em milhares de anos, o chinês começou a trabalhar doze horas por dia e a viver com uma pequena porção de arroz.

O general Dooley esfregava os punhos na mesa, numa clara demonstração de que aquela conversa não lhe estava agradando.

— Desculpe, diretor, mas nós estamos aqui para enfrentar esse tal de Tribunal dos Intocáveis.

Gregory fez que não o ouviu.

— E bem ao contrário da disciplina chinesa, a sociedade americana é consumista. Quando, no início da década de 80, abrimos o relacionamento comercial com China, sonhávamos com um mercado de quase 1 bilhão de consumidores, para comprar os nossos *made in USA*. Foi um tiro no pé. Os produtos chineses inundaram o nosso mercado e destruíram a nossa economia. O nosso lastro-ouro acabou. Hoje existe mais ouro nas obturações dentárias dos americanos do que no Forte Knox. Se há vinte anos o mundo vinha atrás do chamado *"made in USA"*, hoje o que temos para vender são os *"made in China"*.

— Não entendo esse seu exagero. Ainda somos a maior economia do mundo e temos a moeda mais forte.

— Uma moeda falsa, general. Caímos no conto da moeda forte, que nos levou a uma moeda falsa. O lastro-ouro foi substituído pela capacidade de endividamento dos Estados Unidos.

— Mas não é meio irônico? O senhor quer dizer que o dólar está sendo sustentado pela nossa capacidade de gastá-lo? Criamos o lastro-consumo?

— Parabéns, general. O senhor resumiu bem, pois, há vinte anos, os países compravam ouro para garantir as suas moedas. Nós preparamos uma armadilha contra o ouro, só comprando produtos de países que substituíssem o ouro por títulos do Tesouro americano, e assim criamos o lastro-dólar. Simplificando: os Estados Unidos hoje pagam as suas compras com cheque sem fundo, garantido apenas pela nossa capacidade de consumo. Todos sabemos que o mundo não confia em nós, mas ainda acredita no dólar. O que acontecerá se mudarem de moeda?

A pergunta deu espaço a um silêncio que o secretário do Tesouro aproveitou para enfatizar:

— Na hora em que a China perceber uma ameaça maior, ela pode colocar à venda, num só dia, todos os seus trilhões de dólares, e nossa moeda viraria pó. Pelo que entendi das preocupações do diretor, é como se esses trilhões de dólares acumulados pela China pudessem agir como um numeroso exército de trilhões de soldadinhos infiltrados dentro das defesas americanas.

— Mas isso seria uma loucura! — esbravejou o general. — Com a desvalorização do dólar a própria China perderia o valor dos seus trilhões de dólares.

— Ela vai sentir muita falta — foi a vez de Gregory ironizar.

— O senhor me dá a sensação de que está escondendo algo — forçou o presidente.

Gregory suspirou. Tinha dúvidas se devia dizer aquilo, mas também não era segredo para ninguém.

— Penso que as armas da China não se limitam à moeda. Ela pode ter criado outra arma poderosa: a velocidade do conhecimento.

Agora eles passaram a olhá-lo com estranheza, e alguns deixaram escapar:

— Velocidade do conhecimento...?

— Em 2013, mais precisamente no dia 21 de janeiro, um artigo do *New York Times* alertou que a China estava investindo 3 trilhões de dólares em aquisições, aqui e na Europa, de indústrias de alta tecnologia, o que implica uma transferência imediata do conhecimento que esses países demoraram anos para desenvolver. Todo o conhecimento que os Estados Unidos, a Europa e os demais países acumularam para criar uma tecnologia própria estava sendo transferido no instante dessas compras.

— Sua conclusão é de que, além do desenvolvimento econômico, a China vem somando ao seu conhecimento o aprendizado de todos os demais países e que ela pode estar mais avançada do que pensamos? — questionou o presidente.

— Já se fala em "velocidade chinesa".

— Mas me parece, pela ênfase com que tocou nesse assunto, que a CIA sabe ou desconfia de algo mais perigoso.

— O mundo da espionagem é pantanoso. Assim que temos uma informação, vem outra que a deforma. Nós temos absoluta certeza de que uma arma muito perigosa está para ser concluída. Estamos envidando um esforço imenso para descobrir do que se trata, até com risco de vida para alguns agentes.

— E quando o senhor acha que poderia nos dar essa informação?

— Um agente deve entrar em contato nos próximos dias. Será que dá para esperar?

Esperar! Numa situação daquelas a CIA pedia para esperar? Nervoso, o presidente desabafou:

— O que me espanta é que, durante todos esses anos, nenhum iluminado chamou a atenção para esse perigo. Onde estão os grandes filósofos ocidentais, os grandes economistas, os grandes estrategistas, que deixaram esse mal crescer, sem nunca terem dado a devida importância à evolução chinesa? E, afinal, em que escolas se formaram esses líderes chineses que passaram por cima das teorias econômicas e hoje nos desafiam? Nunca soube de nenhum líder chinês ter cursado Sorbonne, Harvard ou Cambridge. Como então conseguem mudar o mundo? E de que adianta agora nossos arrogantes pesquisadores se digladiarem para descobrir como poderosos grupos emergiram dos campos encharcados dos arrozais de Mao Tsé-Tung?

Era uma verdade inquestionável. Mas era tarde para descobrir as causas do fenômeno chinês. Só talvez com um bom exercício de arqueologia das ideias.

Gregory se comprometeu a informar o presidente assim que o agente especial voltasse da China. Mas a China não o preocupava tanto quanto o general Dooley, que dava a impressão de já ter propósitos definidos.

LIVRO V

O GENOCÍDIO ESQUECIDO

O exercício da violência e do terrorismo é a minha política. Eu vou destruir as tribos africanas com fluxos de sangue e de dinheiro. Só após essa limpeza pode surgir algo novo, que permanecerá. Eu acredito que a tribo herero deve ser exterminada.

Lothar von Trotha, general alemão responsável pelo genocídio dos povos nativos da Namíbia

CAPÍTULO 19

Maurício sabia que não podia deixar as dúvidas transformarem-se em receios e partiu para a Namíbia. Desconfiava do descuido dos grandalhões em deixar as impressões digitais nos copos de um bar, justo na noite do atentado. Assassinos profissionais não se expõem tão facilmente. A cópia do relatório do inspetor informava que as impressões eram de dois homens, um deles chamado Klaus Endler, com residência em Luderitz. O outro era Jordan Hoffmann, e seu endereço era em Otjinene, ambos na Namíbia. Não confiava muito nessas informações e, para ele, o mais provável é que tivessem preparado uma armadilha para atrair eventuais perseguidores. *Similia similibus curentur*, diziam os romanos, ou, como pensava naquele momento, armadilha com armadilha se paga, mas para isso precisava se expor. Era ele a única pessoa capaz de identificar os assassinos de Geraldo e não se perdoaria se nada fizesse para serem presos.

Foi com esses pensamentos que Maurício desembarcou no aeroporto de Lüderitz, onde o esperava um motorista chamado Samuel Nujoma, um geólogo que o conduziria através da Namíbia até o delta do Okavango. Aproveitou o período da tarde para tentar descobrir o endereço de Klaus Endler. Foi uma busca infrutífera: polícia, prefeitura, bancos e mercados, ninguém conhecia Klaus Endler. Sabia também que não iria encontrar o tal Jordan Hoffmann em Otjinene, mas tinha de se expor, pois só assim os bandidos o encontrariam.

Completaram a tarde com uma visita à ilha Shark, que não era bem uma ilha, mas uma rocha deformada pelos ventos e ligada ao continente por um pequeno istmo. Certas percepções não chegam com todas as emoções nos primeiros momentos. Há lugares em que é preciso dar tempo para a imaginação ir aonde as vistas não alcançam e, aos poucos, foi surgindo em sua mente o cenário de milhares de pessoas amontoadas em cima daquelas pedras. Só mesmo os povos locais têm a verdadeira dimensão do que ali se passou, e o geólogo falou como uma pessoa que faz da história do seu país uma prece.

— Há episódios que machucam a história. Foram muitas as maneiras do sacrifício. Qual teria sido o de maior sofrimento? Que relevância tinha mulheres grávidas serem chicoteadas até caírem desmaiadas e depois abandonadas ao frio e ao vento, para aí morrerem e seus corpos serem jogados aos tubarões? Ou velhos doentes que não conseguiam andar serem atravessados por baionetas para ficarem apodrecendo? Enforcamentos? Fuzilamentos e torturas para simples deleite? Lembrar as escravas sexuais, esbofeteadas e feridas em seus lugares mais íntimos e ainda obrigadas a atos obscenos, sob os riscos da perversidade? Onde na África o branco não fez isso? Mas nada foi pior do que na Namíbia, palco do mais cruel genocídio, com a deliberada intenção do extermínio de um povo para se apoderar de todas as suas terras e de tudo o que tinham.

Maurício ficou surpreso e um tanto chocado com aquela descrição. Não soube o que falar e voltaram para o hotel.

Era uma manhã bonita, quando iniciaram a travessia de um dos mais antigos desertos do mundo, com quase 100 milhões de anos. Do gelo de Chicago ao deserto da Namíbia, a mudança é brusca, as paisagens mudam, o horizonte fica mais longe e a mente tem um campo maior de trabalho. A leste o mar ladeia o deserto, e à direita deste estende-se a imponente cadeia de montanhas que o delimita numa extensão de mais de 2 mil quilômetros. Seus vales e extensos campos são hoje reservas de conservação ambiental, preparados para receber o turismo. Toda aquela paisagem deve ser vista em silêncio, e só algumas vezes o guia dava alguma explicação.

O Namib, que significa "área onde ali não há mais nada", na linguagem dos Nama, um dos povos dizimados pelos alemães, ocupa 50% da Namíbia.

O que impressiona são suas deslumbrantes paisagens e a diversidade de vida. A areia muda de cor, indo do vermelho ao branco, e o capim amarelado se estende por grandes vales que se afunilam no azul-claro do horizonte. A noite esconde a grama seca, o sol vai aos poucos sendo substituído por um céu azul estrelado, a temperatura cai.

CAPÍTULO 20

Foram dois dias agradáveis, até chegarem ao Parque Namib-Naukluft, um imenso vale de setenta quilômetros quadrados cercado por colossais dunas avermelhadas, onde se localizam as dunas de Sossusvlei. A mais visitada delas é a Duna 45, porque fica perto da estrada e sua crista forma um bonito S. Maurício sabia do perigo daquele isolamento, mas não resistiu e subiu até o alto. A paisagem deslumbrante convidava a passar o dia por ali, mas tinham ainda um longo percurso a fazer e voltaram para o vale. Num certo ponto, Nujoma saiu da estrada e subiu uma pequena elevação, onde desceram do carro para ver vários círculos na grama seca.

— Como você explica isso?

— Este é um dos maiores mistérios do planeta. São os Círculos de Fada. Numa faixa de cem quilômetros entre o oceano e a cadeia de montanhas que corta o território da Namíbia, apareceram centenas de milhares de anéis de tamanhos regulares, que variam entre dois e oito metros de diâmetro e se estendem desde a divisa com a África do Sul até Angola, numa distância de 2 mil quilômetros. Devido à falta de explicação científica, passaram a ser chamados de Círculos de Fada.

— E o que você acha que pode ser a causa desses círculos?

— Há mistérios que nunca são desvendados.

Nujoma olhou o cimo das montanhas de areia. Sua voz tinha um certo misticismo.

— Há quem diga que, em épocas antigas, naves espaciais costumavam pousar ao longo do deserto para se reabastecerem, e onde pousavam, a terra morria. Esta é uma região muito rica em diamantes, que poderiam ter sido utilizados como uma energia carbonizada, mas os extraterrestres também poderiam ter vindo em busca de urânio, abundante na costa da Namíbia. Além disso, o mar de um lado e a cadeia de montanhas de outro formavam um alinhamento que poderia ter servido de sinalização para as espaçonaves.

Curiosidades que aumentavam o interesse da viagem e podiam até servir de distração perigosa, porque alguma emboscada deveria estar preparada para o meio do caminho. Nujomo falava sobre os animais do Namib, como o órix, um tipo de antílope, que passa semanas sem uma gota d'água; os elefantes do deserto, com pernas mais longas que os outros e que lhes permitem caminhar vários dias na areia até encontrar um rio seco cujo leito cavam com a tromba até encontrar água; e ainda leões que se adaptaram ao deserto e percorrem lentamente os riachos secos até chegar ao litoral, onde se alimentam de focas ou de baleias encalhadas.

Na opinião de Nujomo, o maior inimigo da natureza é ela mesma. Ele falou sobre a espantosa quantidade de focas que dominam aquele litoral e consomem, todos os anos, 1 bilhão de quilos de peixes e camarões.

— Essas focas consomem um PIB da Namíbia por ano.

Desde Luderitz, foram vários dias através de montanhas, desertos e campos, até que se aproximaram de Waterberg. De longe, os dois morros começaram a mostrar as suas formas imponentes contra um imenso céu azul. O vale de Hamakari é cercado pelos dois maciços de Waterberg, que formam um largo corredor naquela imponente paisagem. Placas sinalizavam a memória da data fatídica do genocídio dos hereros e indicavam o Centro Cultural, no município de Akakarara. Chegara ao coração da tragédia herera e, se estivesse certo, deveria redobrar as precauções e se preparar para surpresas.

Foi no dia 21 de março que a Namíbia proclamou independência, e ele poderia ser uma presa fácil no meio da multidão que se reunira para os festejos. O Centro Cultural herero tinha um pequeno museu com fotografias, quadros e registros da luta heroica de um povo desarmado contra o poderoso Exército alemão.

Um espetáculo diferente esperava por eles em Akakarara, logo depois do Centro Cultural: homens vestidos com uniformes do Exército alemão e mulheres com roupas longas e rodadas, que não combinavam com o clima quente do deserto. Na cabeça, um tipo de turbante com dois chifres de pano. Nujoma explicou com orgulho:

— Quando um herero matava um alemão, ele lhe tirava o uniforme como um troféu. As ordens de von Trotha eram para exterminar o povo herero, e hoje os herero, nas celebrações, vestem o uniforme alemão para mostrar que o povo herero está vivo.

— E essas mulheres com toda essa roupagem neste sol quente?

— São trajes da época vitoriana. As mulheres hereras não usavam roupa na parte superior. Tanto os homens como as mulheres usavam tangas de couro, porque a terra não permitia cultivar algodão ou vegetais de fibras. Os nativos foram obrigados a frequentar a igreja cristã, onde não podiam ir seminus. Nessa época, o estilo vitoriano já tinha dominado a Europa, e nossas mulheres tiveram de usar a roupa do europeu.

— Que coisa mais interessante! E o chifre de pano nos chapéus?

Ele enfim deu uma risada.

— É uma maneira de dizer que, se o vestido é vitoriano, o símbolo do gado herero está acima da vestimenta.

CAPÍTULO 21

Muitas coisas ele aprendera e vira nessa travessia do deserto. Dos assassinos, porém, nenhuma pista. Um pouco frustrado, seguiu com Nujoma para Otjinene, alguns quilômetros à frente, em busca de Jordan Hoffmann. Ao chegarem à cidade, procurou a polícia, a prefeitura, a repartição fiscal, consultou a lista telefônica e, assim como em Luderitz não havia nenhum Klaus Endler, Otjinene não tinha nenhum Jordan Hoffmann.

— Bem. Vamos visitar o poço envenenado e seguir o roteiro para o Okavango. É melhor fazermos uma provisão de água e alimentos.

Ao entrarem no supermercado, foram surpreendidos com a informação de que não havia mais água. Um grupo de turistas alemães havia comprado todo o estoque de água, mas ainda era possível encontrar alguma nos bares e nos restaurantes. Em frente ao supermercado havia um grande cesto de lixo abarrotado de garrafas de água vazias. Tentando antecipar-se à morte, Maurício imaginou o que podia ter acontecido.

— Tiraram a água das garrafas e a armazenam em garrafões grandes?

— É esquisito — disse o rapaz do balcão. Nunca tinha visto aquilo. Eles tinham uma espécie de tanque. Disseram que era para ocupar menos espaço. O motorista e o ajudante esvaziaram as garrafas de água nesses tanques.

— E era um grupo de turistas alemães?

— Sim. Estavam num ônibus e pretendiam conhecer o deserto do Omaheke.

— Por acaso o motorista ou o ajudante eram grandalhões e um deles tinha uma verruga no nariz?

— Não. Eram morenos e não muito grandes.

— E quanto tempo faz que eles saíram?

— Foi logo de manhã. Lá pelas 7 horas.

Já eram 3 horas da tarde. Havia dedicado a parte da manhã ao Centro Cultural, onde chegara depois das 10, e saíra de lá um pouco tarde. Algo o intrigava naquela encenação da água e, se seus receios se confirmassem, estava diante de uma nova chacina, um envenenamento em massa. E também não era coisa dos grandalhões, que deveriam estar mesmo era à sua procura. Certamente o Tribunal dos Intocáveis tinha planejado outro atentado. Não teriam como envenenar uma por uma as garrafinhas, mas poderiam ter planejado o crime e despejar a água num reservatório, adrede preparado, para distribuir a água em copos plásticos. Poderiam ter argumentado que era a melhor maneira de conservá-la gelada.

— E foram para o poço de Ozombu, não?

Nujoma o olhou, curioso, e o homem concordou:

— Foi o que disseram.

Maurício preferiu não levar a polícia junto, porque teria de perder tempo com explicações. Pegaram uma estrada de terra, sem movimento, e o geólogo sentiu a pressa, correndo o mais que podia, desviando de buracos e pedras. Logo chegaram a uma estrada, abandonada, com sinais de pneus no chão. Na frente viram um portão com a inscrição "Ozombu Zovindimba Cultural Heritage". Diante do portão estavam os dois ônibus, vazios e sem os motoristas. Maurício aproximou-se com cuidado e abriu a porta, que estava destrancada. Muitos rastros mostravam que os passageiros haviam contornado o portão e passado pela cerca, que estava até mesmo bamba, devido ao número das pessoas que a haviam forçado. Sem vacilar, Maurício passou pelo mesmo lugar, examinando o chão. Depois de uns mil metros, disse:

— O poço envenenado fica longe daqui?
— Não é longe. É logo adiante.

O mau presságio foi logo confirmado pelo cheiro forte, pois, pelos seus cálculos, já fazia umas oito horas que eles tinham sido envenenados.

— Você conhece algum funcionário graduado na polícia e que seja de confiança?

— Sim — respondeu Samuel. O secretário de Segurança é meu primo.

Correram o mais rápido que puderam e, não longe dali, viram alguns corpos no chão, em posição de quem morrera se contorcendo. O quadro era horrível e os abrigou a tapar o nariz. Quarenta corpos, espalhados pelos arbustos, pela estrada, e alguns em cima de um pequeno morro, onde possivelmente era o poço de água. O veneno deve ter corroído a laringe, o esôfago, o estômago e os intestinos daquelas pessoas. Estavam roxos, os olhos esbugalhados, o sofrimento estampado nas faces, alguns deles parcialmente devorados por animais que não se afugentaram com a presença deles, já sem forças. Besouros mortos ou estonteados, que logo também não dariam mais sinal de vida. Formigas? Sim. Começou a contar. Para quê? Estava aturdido. Eram muitas as já mortas e outras tentando andar, sem conseguir se manter sobre as patinhas. As borboletas que se apoiavam sobre os montículos de terra revolvida pelos besouros estavam paradas e não se moveram quando ele se abaixou, com o lenço no nariz, para ver a cor das asas amarelas, um pouco esverdeadas. Não sabia o que pensar. A tristeza o dominava. Olhou os arbustos, a interminável savana de acácias. Depois delas, vinha o Omaheke, árido e seco.

O geólogo desabotoava os sapatos e a camisa e fazia uma oração a São Kukuri, um chefe herero cristão. Não adiantava interromper aquele canto choroso. Quando os hereros perdem um parente, eles se desvestem num simbolismo de que teriam perdido tudo o que tinham de mais precioso. São fortemente unidos e a desgraça de um contamina todo o clã. Embora fossem turistas alemãs, a cena o fez lembrar dos hereros que morreram no deserto. Assim que voltou à normalidade, o aturdido geólogo conseguiu contato com o secretário e descreveu com certa emoção o que havia acontecido. Maurício voltou para onde estavam os ônibus e, ao chegar ao portão, teve outra surpresa: os dois ônibus haviam desaparecido e havia agora um papel pregado na parede do portão de entrada. Ele não se lembrava de nenhum papel quando examinou aquele lugar, e agora lá estava novamente um ofício daquele estranho tribunal.

AO GOVERNO ALEMÃO

EXCELENTÍSSIMOS SENHORES GOVERNANTES

São inomináveis os crimes que seu país cometeu contra os povos da Namíbia.

Mas Vossas Excelências têm plena consciência disso, pois são crimes devidamente documentados no Arquivo Nacional de Windhoek e já admitidos por esse governo.

Passo a descrever os crimes e as penas:

I – Genocídio de 50 mil hereros.

PENA: Condenação à morte de 50 mil alemães, descendentes de governadores e oficiais alemães da Guerra da Namíbia.

II – Genocídio de 24 mil namas.

PENA: Condenação à morte de 24 mil alemães, descendentes de governadores e oficiais alemães da Guerra da Namíbia.

III – Apropriação de 20 mil hectares de terras dos povos hereros.

PENA: Devolução de igual área para os remanescentes dos povos hereros.

IV – *Apropriação de 24 mil hectares de terras dos povos namas.*
PENA: *Devolução de igual área para os remanescentes dos povos namas.*

Decidiu este Tribunal que as penas de morte poderão ser substituídas pela solução dada pelo Projeto Blackburns, desde que Vossas Excelências se manifestem no prazo máximo de 30 dias.

Data: Primeiro e Último instantes da Eternidade

(ass.) Mansa Kanku Musa
Presidente do Tribunal dos Intocáveis

CAPÍTULO 22

A testa franzida e o rosto embrutecido, qual um guerreiro aceitando o desafio da batalha, Nujoma discursou com o braço direito apontando para a savana que se estendia à sua frente. Contou da milagrosa passagem de Samuel Maherero pelo deserto de Omaheke. Maherero pensava que nenhum deles ficara para trás e tinha consciência de que pelo menos alguns precisavam chegar até o outro lado, para salvar o sangue herero.

— Contava meu avô que Samuel costumava olhar para o seu povo, já sem forças até para os lamentos. Quantos dias sem do que se alimentar e sem nem mesmo água para beber? O sol escaldante dava lugar a noites frias. A areia queimava a sola dos pés, batia nos olhos, levantada pelos ventos, que faziam o frio chegar até os ossos depois que o sol se escondia. Há quantos dias já andavam naquele deserto, no esforço insano de alcançar as terras da Botswana e escapar da perseguição do Exército alemão? Provavelmente, já haviam percorrido a metade do deserto, durante uns vinte dias, e nessa longa marcha vira muitos dos seus morrerem. Uma raiva intensa tomou conta de todo o seu espírito e ele se ajoelhou, pegou um punhado de areia e olhou para os céus, numa oração que meu avô ouviu bem porque acompanhava de perto o chefe.

— *Senhor! Não sejais Vós uma ilusão. Meu povo sempre acreditou nos espíritos dos nossos antepassados, até que o branco trouxe a cruz e, nela, um homem morto, nos dizendo que Ele era a salvação.*

— Mas Samuel compreendeu de repente que aquela prece era ridícula. Que salvação poderia nos dar o Deus trazido pelo branco se a intenção era exterminar os povos da Namíbia para tomar suas terras? Martelava a sua cabeça a ordem de von Trotha de destruir as tribos africanas com fluxos de sangue. Até pouco tempo os hereros perambulavam pelas savanas em busca do capim nativo para o gado, mas os brancos chegaram com promessas e mentiras e foram aos poucos ocupando e cercando grandes áreas de terras. Já não mais podiam circular livremente. Para cruzar as áreas que os brancos diziam serem deles, tinham de pagar com uma parte do rebanho, até que um dia quiseram todo o gado e que eles trabalhassem como escravos. Foram forçados à luta para reconquistar o país e, sob seu comando, os hereros impuseram várias derrotas aos alemães. Os soldados uniformizados não conseguiam se mover na savana e menos ainda arrastar os pesados canhões por aquele mato cheio de pedras e espinhos. Acreditava que, num certo momento, os alemães compreenderiam que não conseguiriam subjugar os povos da Namíbia e os deixariam em paz.

Conduziu então os hereros para o norte, atraindo o inimigo pelas savanas espinhosas de acácias, onde não havia água, nem alimentos. No meio das acácias, os hereros tinham o gado, sua base alimentar, e sabiam onde estavam as poucas fontes de água. No grande vale do Hamakari, ele ordenara uma parada estratégica, imaginando-se protegido pelas montanhas de Waterberg, quando foram surpreendidos pela pesada artilharia que se abateu sobre eles. Von Trotha dispôs suas tropas de maneira a cercar os hereros, deixando-lhes uma rota de fuga: o deserto de Omaheke, onde deveriam morrer de sede. Quando os sete comandos alemães começaram a disparar sua pesada artilharia sobre os 50 mil hereros agrupados no grande vale, estraçalhando corpos de homens, mulheres e crianças, Maharero compreendeu que seriam todos mortos. Só lhes restava atravessar o deserto e tentar chegar ao protetorado inglês, na hoje Botswana. Os sete Exércitos alemães ocupavam as duas cadeias de montanhas de Waterberg e disparavam sem cessar, esquartejando o seu povo. Os ribombos dos canhões e os tiros de metralhadoras e fuzis se misturavam aos gritos dos que eram atingidos. Os corpos despedaçados se espalhando pelo ar o levaram à única decisão que podia tomar e, quase instintivamente, deu a ordem:

— *Vamos para o Kalahari. Fujamos daqui. Deixem tudo para trás.*

Na realidade, era uma marcha para a morte. Contavam com as fontes de água existentes nas margens do Kalahari. Não sabiam que von Trotha dera ordens para envenenar todos os poços de água numa faixa de 240 km, na divisa do deserto. Quando Samuel Maharero percebeu que a água estava envenenada, mais de 4 mil já haviam morrido. As patrulhas alemãs enviadas para confirmar a morte dos hereros encontraram muitos esqueletos em torno de buracos de até meio metro de profundidade, cavados com as mãos no desespero de achar água. Acredita-se que 24 mil hereros conseguiram fugir, mas morreram de sede. Apenas mil deles, incluindo Samuel Maharero, conseguiram atravessar os mais de quatrocentos quilômetros do deserto de Kalahari, sobrevivendo da água extraída de cactos.

Todos eles compreendiam que a única saída era continuar andando e, com um espírito de sacrifício que talvez a história não conheça igual, continuaram sob o sol escaldante. Não é só a sede que mata no deserto. Durante séculos, os hereros viveram em aldeias ou perambulando pelas savanas, protegidos do sol, do vento e do frio. Matavam os animais e se robusteciam com seu sangue quente e a carne forte. Sabiam viver nas savanas, mas não conheciam os desafios do deserto. Com as poucas armas que ainda tinham, chegaram a matar alguns dos poucos animais errantes, mas era pouco para todos eles e o desespero levava à violência. O sereno trazia alguma umidade sobre as folhas do cacto e outras plantas, e era a água de que dispunham.

Cobras, formigas e outros insetos viraram alimentos. Era uma felicidade quando viam mangustos cercando uma cobra. Ficavam de longe para não os afugentar, até que a cobra morresse e eles pudessem dividi-la. Sem sombra, com fome e sede, alguns caíam e ali ficavam. A noite trazia o frio, e o vento jogava contra a pele nua a areia fina. Cavavam buracos onde se deitavam e se cobriam de areia, já sabendo que talvez não se levantassem daquele leito improvisado. Urubus, hienas e animais carnívoros os acompanhavam pacientemente à espera dos corpos inertes.

Maurício manteve um silêncio respeitoso enquanto ouvia o drama dos hereros no deserto, procurando entender o medo de Nojumo. Poderia haver represália por parte do governo alemão, e aquele povo indefeso nada poderia fazer num momento em que o mundo estava assustado com as exigências desse misterioso Tribunal dos Intocáveis.

— As notícias de que o Exército alemão empurrava os povos nativos em direção ao território inglês levaram o comandante britânico a criar uma patrulha na divisa, de onde saíam emissários diariamente para informá-lo da situação. O comandante soube que o Exército alemão havia encurralado dezenas de milhares de hereros nas montanhas de Waterberg e os expulsara em direção ao território inglês. Além de comunicar as colônias inglesas mais próximas, enviou um longo relato a Londres, alertando para o perigo de esse extermínio gerar receios na população local, pois a maneira infeliz de os alemães colonizarem o território africano já levara a várias revoltas. O extermínio de uma nação inteira iria levar o pânico a muitos territórios. Corria a notícia de que havia perto de 60 mil hereros no vale do Hamakari e quase todos foram massacrados num único dia. As patrulhas britânicas vigiavam a longa fronteira e, numa manhã de setembro, o comandante recebeu um emissário com a espantosa notícia de que alguns hereros haviam entrado no Okavango.

— Era uma tarde de setembro e o sol estava quente, fazendo o ar tremeluzir e dando a impressão de que aquelas figuras, lá no fundo do horizonte, eram fantasmas se movendo lentamente. Parecia uma miragem, mas era um milagre. O comandante e seus soldados não podiam atravessar a linha da fronteira e esperaram aqueles esqueletos, talvez uns mil apenas, ultrapassarem a linha. Alguns não conseguiam ficar de pé. Meu avô contava que todos eles choraram quando viram as tropas inglesas, perfiladas diante deles ao se aproximarem da divisa. Emocionados, ouviram o comandante inglês perguntar: "Samuel Maharero?". E nosso guerreiro respondeu, com orgulho: "Sim, comandante! Samuel e seu povo, os hereros. Acabamos de atravessar o deserto de Omaheke". O comandante levou a mão direita à testa, e esse gesto bastou para que a tropa começasse a cantar a uma só voz "Deus salve a rainha". Em seguida, o comandante disse: "General Samuel Maherero, o senhor e seu povo são bem-vindos ao território inglês".

Nujoma falava com emoção, refletida nos olhos marejados.

— O feito de Samuel Maherero não tem similar em toda a história da humanidade. Falam que os judeus atravessaram o deserto, mas Deus não mandou nenhum maná lá do céu para ajudar nosso povo. O episódio percorreu o mundo e a reação da comunidade internacional foi forte, diante dessa desumanidade.

Ele balançou a cabeça de um lado para outro.

— Quando as demais nações acusaram o Império Germânico de que esse genocídio contrariava a Convenção de Genebra sobre os direitos humanos, o Império Alemão respondeu com uma sentença tão odiosa quanto o próprio genocídio: *os hereros não estavam protegidos pela Convenção dos Direitos Humanos porque não eram humanos, mas sub-humanos.*

E então se voltou para Maurício:

— Nossos receios continuam. Somos sub-humanos.

Um ponto escuro apareceu nos céus. Logo um helicóptero baixou e dele saiu um homem moreno, com aparência nativa, que se dirigiu a Nojumo, juntando as mãos e fazendo uma reverência. Foi um gesto surpreendente, como surpreendente foi o que disse em seguida:

— Agente Nojumo, recebi suas instruções e tomei as providências que pediu.

Então o motorista era um agente do governo, fingindo-se de bobo o tempo todo. Nujomo voltou-se para Maurício, agora não mais como motorista:

— Não podemos perder tempo. Tomamos algumas providências, e o secretário vai deixá-lo em lugar seguro. O senhor se diverte com os desafios, mas um deles pode falhar.

Maurício não fez comentários. Ele viera em busca do perigo, mas talvez não tivesse analisado bem as suas dimensões. O helicóptero subiu aos céus e sobrevoou as areias brancas do Omaheke, e não demorou para que a árida paisagem fosse substituída pela impressionante natureza do delta do Okavango. O rio Okavango nasce nas montanhas do sul de Angola e desce como uma grande serpente, encaracolando-se, por mais de mil quilômetros, sobre o planalto interminável e quente do Kalahari. No seu encontro com o deserto, ele forma um leque de 16 mil quilômetros quadrados e é sepultado sob a areia quente. Comumente, os rios correm para o mar. Mas não o rio Okavango! Suas águas desaparecem no deserto do Kalahari, criando uma bacia endorreica, na qual a água não tem saída a não ser por evaporação ou infiltração. A letra D, no grego, tem a forma de um triângulo e, ao se dividir, o rio Okavango forma um grande D grego. Por isso passou a ser chamado de delta.

O piloto evitou passar perto de vilarejos ou cidades maiores como Makakun, o primeiro assentamento dos hereros ao fugirem da Namíbia, e pousou perto de um canal quase encoberto por papiros e outras ramagens. O secretário e ele desceram, ficando afastados do barulho do motor. Que misteriosas "providências" o secretário havia tomado a pedido do chefe Nujomo?

— O senhor deve ficar aqui, oculto entre as ramagens. Alguém virá buscá-lo. Sei que está armado e preparado, mas, por precaução, trouxe alguns complementos.

E se despediu, com um aperto firme de mão.

— Boa sorte.

CAPÍTULO 23

Quem seria esse alguém que viria buscá-lo? Frustrado por não ter encontrado os assassinos, tratou de superar o negativismo e se concentrar no Okavango e seus perigos. Conferiu a mochila, na qual trazia coisas úteis, como remédios, soro antiofídico, repelentes, isqueiros, alimentos e outros produtos essenciais, como uma caneleira de plástico fino e resistente a picadas de cobra. Tinha uma arma especial, uma espécie de fuzil de cano curto e luneta. Gostou de ver que entre os "complementos" do secretário havia uma pistola e munição. O sol era abrasador, e ele se sentou à sombra de uns arbustos, onde ficou oculto e quieto. Já havia passado mais de uma hora. Os únicos ruídos que ouvia, além do farfalhar dos galhos e do zumbido de mosquitos, era o bramido de elefantes e o grunhido de rinocerontes, longe de onde estava. Acostumado às mensagens do silêncio, ouviu de repente um som estranho vindo dos lados de um canal, e logo a ponta de um *mokoro* apareceu por entre os juncos. Um homem o conduzia, mas foi uma jovem que desceu com rapidez, olhando o chão em busca de pegadas. Tinha os traços harmônicos, talvez uns 25 anos, e usava uma roupa apropriada para andar naqueles canais cheios de plantas, mosquitos, abelhas e espinhos. Maurício saiu dos arbustos e ela o cumprimentou:

— Boa tarde, dr. Maurício. Meu nome é Irene. Minha missão é retirá-lo daqui.

Ora essa! Uma jovem de vinte e poucos anos estava ali para salvá-lo.

— Pois muito prazer, Irene – cumprimentou-a sorrindo.

— Temos de agir com rapidez, porque um helicóptero da Namíbia, saindo do lugar de um crime para o Okavango, levanta suspeitas.

O *mokoro* é uma canoa tradicional, cavada em tronco de madeira e utilizada na região desde os primórdios do homem. Seu fundo plano e fino permite navegar sobre um espelho de água de apenas dois ou três centímetros. O condutor, chamado de *poller*, fica de pé, para poder ver de longe se há hipopótamos ou crocodilos. A água do delta é limpa e, se o canoeiro vê água turva em algum lugar, é provável que um hipopótamo esteja lá se banhando. Por mais de três horas andaram por aquele labirinto de canais, como se estivessem perdidos, mas o *mokoro* se dirigia sempre para o poente sob os ruídos incessantes da impressionante vida selvagem. O delta se forma com as chuvas em Angola, no norte, desce por dois grandes canais e vai se esparramando pelo chão arenoso, filtrado pelo capim, que retém os sólidos da enxurrada. Os habitantes locais bebem essa água, utilizando o canudo longo, tirado do talo do capim ali abundante, sem precisar encostar o rosto. Assim se protegem de cobras e outros animais.

O sol se punha e seus raios se estendiam sobre o capinzal amarelo refletindo nas águas, um quadro pictórico de rara beleza. O silêncio e a imensidão destacavam a singeleza das ninfeias, perfumadas e solitárias, que enriqueciam o bucolismo do entardecer. Outro espetáculo do Okavango é ver os elefantes atravessarem os canais no pôr do sol. Um grupo deles saiu de uma das margens e foi andando, em direção ao outro lado, balançando seu imenso corpo a passos lentos.

Não é comum encontrar casa de pescador no meio do Okavango, porque no período chuvoso as águas sobem muito. Mas ali estava uma, construída sobre uma pequena elevação, e a voz de Irene quebrou o silêncio que vinham mantendo:

— Vamos passar a noite aí e sairemos durante o dia. É mais seguro.

Camuflada entre as árvores estava uma Land Rover. A casa estava abastecida de água, frutas, bolachas e algumas conservas e peixes ainda frescos num isopor. O barqueiro limpou os peixes, que ele cortou aos pedaços e colocou no caldeirão com água, batatas, cebola e tomate, temperando com sal, pimenta e algumas ervas da região. O dia fora quente, o fim do inverno trazia um anoitecer agradável e eles saíram. Ali, a margem era mais limpa, sem vegetação, como uma pequena praia. Raios de uma enorme lua atravessavam as árvores e formavam outro espetáculo, para concorrer com os que já vira. Muitas pontas estavam soltas.

— Você não é desta região. Seu porte físico, suas maneiras, seu inglês da BBC, me levam a crer que deve ser da África Meridional, talvez Nigéria ou Gana, e que estudou na Inglaterra. Aliás, diria que tem uma fisionomia axante.

— Muito perspicaz!

Logo o barqueiro avisou que o jantar estava pronto e eles entraram na casa. Foi uma ceia silenciosa, e a fumaça do fogão incomodava. Eles saíram para uma caminhada à margem do pequeno lago que o canal formava ao pé do morro. Maurício levava sua arma e equipamentos indispensáveis para quem enfrenta perigos, como óculos de ver à noite, isqueiro e repelente. A lua e as estrelas concorriam em luminosidade e o leve marulhar da água ajudava a criar um clima romântico. Quem os visse naquela hora, passeando sobre a areia macia, não iria compreender a conversa muito diferente daquela que esperava ouvir.

Andaram pela margem da água, apreciando o canto de algum pássaro e os sons dos animais que davam encanto à vida noturna, e assim ficaram uns longos minutos, quando Irene parou, quase se encostando nele, e disse em voz baixa:

— Espere, preste atenção!

Era uma observação desnecessária, porque Maurício percebera um ruído anormal dentro da casa. Era desses momentos em que a equação da dúvida só tinha uma resposta: ação, e enquanto ela continuava parada, ele se jogou ao chão e rolou para a água, mantendo a arma na superfície para que a munição não se molhasse. Foi sua sorte, porque uma rede de pescador subiu ao ar e caiu onde eles estavam. Irene demorara um pouco para entender o perigo e foi colhida quando saltou para se jogar no meio dos papiros. A rede chegou até perto de Maurício, mas não o pegou porque estava deitado. Arrastando-se, conseguiu entrar no canal. Nem se lembrou de crocodilos, hipopótamos e serpentes. O perigo maior naquele momento era o ser humano. Ele ouviu Irene se debater, presa na rede e sendo arrastada. Maurício pôde se ocultar nas ramagens, mantendo-se agachado, enquanto pensava numa reação. Se estava à procura dos assassinos de Geraldo, certamente os encontrara. Sabiam que seu plano de viagem incluía uma visita ao poço envenenado para, em seguida, entrar no delta do Okavango. Enfim, tinha caído na armadilha que tanto esperava e não tinha de que se queixar.

Seria agora uma guerra de astúcia, porque tinham Irene e iriam esperar até que ele aparecesse. Precisava deixá-los inquietos, indecisos, nervosos. Pegou seu pequeno binóculo ultravioleta, de grande potência, também próprio para visão noturna, e estudou o lugar da casa e seus arredores. Apesar do solo arenoso que formava grandes planícies de capim, as margens têm árvores grandes e frondosas. Examinou o canal à procura de algum animal perigoso e, nada vendo, movimentou-se com o auxílio dos óculos. Tudo estava quieto, num silêncio perturbador. Eles tinham a vantagem da paciência, porque Maurício ia ter de sair da água fria e perigosa do canal.

Pensava no que fazer quando viu a Land Rover acender os faróis e sair em velocidade, deixando os galhos da camuflagem caírem. Não adiantava atirar, porque o veículo estava muito longe e o tiro mostraria a posição dele. Se estivesse certo, havia uma esperança. A estratégia deles era a simulação de fuga para deixá-lo desprevenido. Certamente um deles levou Irene e outro permanecera, acreditando que ele se precipitaria e então seria fácil acertá-lo. Se, no entanto, não aparecesse, o atirador entenderia que ele não tinha caído na armadilha e permaneceria escondido.

Muito lentamente, para não movimentar a folhagem, foi-se esgueirando para dar uma volta, até alcançar um dos lados do arvoredo, e examinou a copa das árvores onde estava escondida a camionete. Apesar da longa seca, a umidade do canal mantinha as árvores enfolhadas e verdes. Com paciência, percorria com o binóculo o arvoredo, escondido atrás de um tronco, e acabou percebendo um pequeno movimento no galho de uma árvore. Prestou mais atenção e viu que outro galho se mexia. Era isso que ele procurava e sorriu ao ver o vulto escondido na copa da árvore, examinando o capinzal com um binóculo. Se o procurava, é porque não o vira sair. Maurício, então, foi avançando, devagar, até conseguir dar a volta e situar-se cerca de vinte metros atrás do homem.

Não gostava da ideia de matar alguém pelas costas, ainda que fosse um inimigo que estava ali para atirar nele friamente e até mesmo torturá-lo, mas como bancar o humano numa hora dessas? Manteve a arma apontada para o atirador, que continuava quieto, facilitando o tiro. Precisava interrogá-lo e para isso teria de derrubá-lo, mesmo com risco de ele cair e quebrar o pescoço. A intuição é uma arma para quem vive do perigo. Em poucos minutos, aquele sujeito iria desconfiar de que agora a caça era ele e olharia em volta. Não podia esperar e apontou para o ombro direito. O tiro saiu preciso, acertando a junta do braço e derrubando a arma do bandido.

— Você consegue descer usando o outro braço — gritou.

A resposta foi um movimento rápido com a mão esquerda, que retirou do bolso uma pistola. Outros dois tiros, um no braço esquerdo e outro na perna direita que lhe dava apoio e o bandido perdeu o equilíbrio, vindo ao solo num tombo ruidoso. Maurício aproximou-se, com a arma apontada para a cabeça daquele corpo que poderia ainda aprontar uma surpresa, mas não havia mais perigo. O ombro e as pernas sangravam e ele estava desmaiado, a carabina a uns dois metros. Não se surpreendeu ao ver a verruga no nariz e sentiu gana de esfolá-lo vivo, tal a raiva que guardava desde aquele dia. Examinou-o e encontrou um aparelho de comunicação, o que lhe deu esperanças de poder salvar Irene. Deu-lhe vários tapas na cara, até ele acordar. Precisava ouvir sua voz para imitá-la e perguntou:

— Para onde foi seu companheiro?

O sujeito não respondeu e cuspiu na direção de Maurício, que pisou na perna direita, bem em cima onde a bala a alcançara, sem piedade:

— Então, vai dizer ou não?

Um gemido e uma praga foram a resposta. Maurício pisou mais firme e o grito foi terrível.

— Você não teve pena do meu amigo Geraldo, e vou fazê-lo sofrer até confessar tudo.

Novamente, levantou o pé, mas o outro disse em inglês:

— Cão nojento. Vão torturar a moça até você se render.

— Obrigado pela informação.

Ligou o aparelho e, antes de falar, pisou com força nas pernas do outro. Ficou pisoteando, não só para que o brutamontes pudesse gritar e com isso confirmar a simulação, mas porque precisava de algum barulho para que o outro lado não desconfiasse da voz:

— Peguei-o. Câmbio.

Desligou e ouviu depois de alguns segundos:

— Parabéns! Estou indo.

CAPÍTULO 24

Sua estratégia funcionara. Agora precisava dos retoques finais para aguardar a camionete e salvar Irene. Amordaçou o atirador com pedaços da sua própria roupa e amarrou-o com os pés e as mãos nas costas, sem nenhum sentimento de pena pelos gemidos que ouvia. Examinou a carabina e gostou. Era uma Accuracy AW50, modelo que já lhe fora útil em várias situações. Entrou na casa, onde o sangue do barqueiro degolado escorria pelo chão, e ficou perto de uma janela voltada para onde o bandido estava.

Lá longe apareceram dois faróis, que foram se aproximando, devagar, como se o bandido estivesse indeciso. Alguma coisa saíra errado, ou estariam tomando precauções? A camionete parou a uma distância de cinquenta metros e o motorista acendeu a luz interna. Irene estava no banco da frente, amordaçada, com uma arma encostada na fronte. A estratégia do rádio não funcionara, e ele estava agora refém de uma situação para a qual não via saída. Com a mão esquerda mantendo a arma contra a cabeça de Irene, o bandido abriu a porta. Ela desceu, de lado, com a arma na nuca, as mãos amarradas atrás das costas, e os dois ficaram de pé, protegidos pela porta da camionete, que ficara aberta. A ordem veio seca e raivosa:

— Saia já da cabana e venha devagar até em frente à luz da camionete, com as mãos levantadas.

Não precisava obedecer e podia fugir, saindo pela porta dos fundos e abandonando Irene. Afinal, se era ela uma policial experiente que fora encarregada da missão de protegê-lo, deveria ter tido mais cuidado ou, então, alguém mais deveria estar com ela. E se tudo aquilo não fosse outra armação e ela própria fizesse parte do bando? Era um raciocínio ilógico, mas sua mente procurava um motivo para fugir dali. Abandonou a ideia, mas precisava de um plano que lhe parecia impossível. Se saísse para fora desarmado, seria um homem morto e ela morreria em seguida. Se não saísse, ela morreria, e ele teria uma chance de vingar mais um crime daquele sujeito. Recusou, porém, esses artifícios da covardia e começou a pensar noutra estratégia. Ali, diante dele, estava um dos assassinos de Geraldo. Não podia deixá-lo escapar.

— Ou sai logo ou o primeiro tiro será no nariz dela.

Maurício pôs a carabina no chão e ficou pensando se teria tempo de usar a pistola que estava presa pelo cinto às costas. Saiu com os braços levantados e ficou parado diante da porta.

— Ande devagar até a luz.

Maurício caminhou, até ficar exposto, num ponto mais claro.

— Mantenha a mão direita levantada e, com a esquerda, pegue os dois cauris e deixe-os no chão, na luz dos faróis.

O bandido não tinha certeza se os cauris estavam com ele e por isso não atirara ainda. Lançar um pouco de dúvidas poderia ajudá-lo a ganhar tempo e pensar numa saída.

— E se eles não estiverem comigo?

O bandido encostou a arma no nariz de Irene e já ia atirar.

— Está bem. Eles estão num bolso interno da camisa, presos por um zíper. Vou agir com cuidado para você não se precipitar. No entanto, não vai adiantar me matar, pois os cauris sozinhos nada representam. Só eu sei o segredo deles e, mesmo se me torturar, você nunca terá certeza. Posso inventar um segredo. Se me matar e o segredo não funcionar, a sua organização não vai perdoá-lo, porque já cometeu vários erros antes.

Houve um momento de hesitação, e Maurício insistiu:

— E então? O que tem a perder? Quem sabe eu possa fazer parte do seu grupo. Acho que vai ganhar muitos pontos com seus chefes se me levar até eles.

— Primeiro, coloque-os no chão. Outros decidirão a seu respeito.

Talvez pudesse aproveitar o movimento do braço, ao jogá-los, e pegar a pistola, que estava nas costas, mas isso seria muito arriscado. Já havia lançado o veneno da dúvida e teria uma oportunidade melhor. Abriu a camisa e retirou dois pequenos objetos de ouro, que mostrou na palma da mão, propositadamente deixando-os reluzir um pouco. Jogou-os perto do jipe, atento aos movimentos do bandido, que os olhou como se não acreditasse que tinha, enfim, aqueles troféus. Maurício percebeu que o momento era apropriado, mas tinha de ser rápido. A mão direita correu pelas costas e o tiro saiu, antes que ele pegasse sua arma. Horrorizado, imaginando Irene já morta, jogou-se ao chão e apontou para o jipe, numa esperança tardia.

Viu então o corpo escorado pela porta aberta do Land Rover, a cabeça descaída com um tiro na nuca. Irene se desamarrou e correu até ele, abraçando-o com um choro convulso. Do meio da escuridão, saiu um vulto que o ignorou e foi até onde estava o outro bandido, no pé da árvore, e deu-lhe um tiro na testa. Com um andar lento, a arma apontada para o chão, veio até a claridade e os dois se olharam em silêncio. Fora um dia tenso, complicado, e agora surgia essa figura.

— Dr. Maurício, eu presumo.

E Maurício respondeu com a mesma ironia:

— Dr. Yuri Kashin, também presumo.

O perigoso espião, que se passava por assistente do professor Blackburns, estava agora sob seu domínio, porque Yuri mantinha a arma apontada para o chão, enquanto Maurício mantinha a sua em posição de tiro. O espião mais procurado do mundo acabava de salvar sua vida e a vida de Irene, mas a troco de quê? Que atitude tomar?

— Você me tirou o gosto de levar esses dois assassinos para a cadeira elétrica.

— Não seria fácil tirá-los daqui e não há nenhuma acusação contra eles nos Estados Unidos.

Mas aquela era uma noite de sustos e surpresas. Irene continuava apoiada nele, como se quisesse protegê-lo, quando Yuri levantou rapidamente a arma e puxou o gatilho num tiro impiedoso que estraçalhou a cabeça dela. Maurício se desequilibrou e olhou espantado para o espião, agora com as mãos levantadas. Sua arma estava no chão.

— A seringa.

Irene segurava uma seringa com a agulha preparada.

— Só eles têm o antídoto.

Maurício estava atônito.

— Mas...?

— Os urubus. Quatro corpos de agentes da CIA, e um deles era o da verdadeira Irene.

Yuri se afastou e desapareceu na escuridão. Maurício olhou novamente para Irene, ali estendida. Manchas de sangue cobriam sua camisa e, ainda trêmulo, dirigiu-se para o lago, onde a água fria o ajudou a recuperar-se do nervosismo.

"Foi por isso que ela se escorou em mim. A rede ia pegar nós dois. O resto foi uma simulação perfeita", pensou, frustrado por não ter percebido isso antes.

Depois de algum tempo, entrou na camionete e saiu dali.

Durante o período das chuvas, as águas cobrem o delta do Okavango, que fica quase completamente inundado. Por sorte, uma longa estiagem mantivera baixo o nível da água e ele pôde chegar a Maun, onde dormiu e tomou o avião para Victoria Falls.

CAPÍTULO 25

Já era tarde quando chegou ao hotel em Victoria Falls. Pretendia voltar dali ao Vale do Níger, mas sabia que isso não seria mais possível. Se mataram Geraldo, Blackburns e foram atrás dele até o Okavango, não iriam desistir. Não estava gostando de ser levado de um canto para outro, como um ser passivo. O sol já se ocultara e o crepúsculo trazia o esperado momento da lua cheia, que surgia luminosa nessa época do ano. Maurício se dirigiu ao restaurante que ficava nos fundos do hotel, quase na margem do Zambeze. Um Black Label com cinco pedras de gelo o ajudou a pensar. Se de dois pontos pode-se traçar uma linha reta até o infinito, ali havia muitos pontos para um só infinito, e seu principal desafio era descobrir os pontos que o ligavam a esse mistério.

O primeiro ponto era saber por que Geraldo o chamara naquela madrugada. Preferira uma conversa a sós, no interior de uma igreja solitária e escura, sem imaginar que estava sendo seguido. Como já vinha doente, provavelmente, iria pedir algum favor, mas foi pego de surpresa e por isso passou uma mensagem truncada. Pelas imagens daquela câmera, seus perseguidores o viram encostar o ouvido no rosto de Geraldo. Não só fora identificado, mas agora pensavam que ele guardava um segredo que lhe fora revelado por um moribundo.

Uma incógnita aumentou suas preocupações. O Domínio só apareceu depois das mortes de Geraldo e Blackburns. Era bem possível que o Domínio viesse preparando suas ações com cuidado e o grupo opositor se adiantou. Pelos valores calculados por Blackburns e cobrados pelo Tribunal, alguma coisa que estava fora da imaginação humana poderia acontecer.

Havia um ponto mais sério em tudo isso. Se Geraldo lhe passara uma missão que devia ser dele ou de Blackburns, era uma missão impossível, pois Geraldo o conhecia bem e confiava nele, mas o Domínio não o conhecia e iria testá-lo, pô-lo à prova, ver o seu desempenho, e expô-lo a perigos dos quais talvez não conseguisse escapar. Não tinha outra saída a não ser enfrentar a situação. Encontrar o cauri de ouro naquele terço não foi difícil. O que o intrigava era o total de 48 contas agrupadas de maneira incoerente. Lembrou-se de Geraldo dizer em seu delírio: *A cruz... no alto... Bed... med... além...*

Imerso na solidão das dúvidas, assustou-se, quando um grupo de bailarinos entrou ruidosamente no grande palco do restaurante, dançando e representando seres animados que povoavam as lendas africanas. A dinâmica dos cantos, a volúpia dos movimentos e o aspecto amedrontador das máscaras o tiraram dos sonhos para a realidade. Estava cansado. Programou-se para percorrer no dia seguinte a trilha de 1.700 metros ao longo das volumosas quedas de água e foi dormir.

Às 8 horas da manhã seguinte, já estava na recepção do hotel, e ficou surpreso ao ver a guia, uma moça branca, bonita, simpática, que o recebeu com um largo sorriso.

— Bom dia, dr. Maurício. Eu sou Ana, sua guia e motorista.

— Bom dia, Ana.

Ela pegou um folheto e explicou:

— Este é o roteiro que vamos fazer. Primeiro, vamos passar a ponte, para o lado de Zâmbia, para visitar a aldeia de um pequeno reino, depois visitaremos o museu de Livingstone, voltando ao Zimbabwe pela trilha da cachoeira, de quase 2 mil metros.

Maurício tirou os óculos escuros para ler o folheto e deixou-o sobre a mesinha, ao redor da qual estavam sentados.

— Parece interessante — concordou ele, e saíram.

Ao descer as escadas na saída do hotel, Maurício pisou em falso e deu um gemido. Um senhor, vestido à moda cáqui, parado na porta, perguntou:

— Posso ajudá-lo?

— Obrigado. Estou bem.

"Roupa inglesa. Sotaque americano", observou.

A guia também mostrou-se preocupada:

— O senhor está em condições de andar?

— Não é nada grave. Estou acostumado a grandes caminhadas. Logo os músculos esquentam e a dor passa.

Eles foram até um jipe, Maurício mancando, e, ao entrarem no carro, ele se lembrou de ter deixado os óculos em cima da mesinha.

— Desculpe. Esqueci meus óculos, vou ter de buscá-los.

Ela hesitou um instante, mas compreendeu que seu papel de guia a obrigava a ir no lugar dele.

— Eu vou pegar. É melhor não forçar esse pé.

Com uma agilidade de esportista, ela pulou do carro e voltou logo com os óculos. Depois de passarem a fronteira, começaram a travessia do rio Zambeze por uma longa ponte de ferro.

— Esta ponte foi ideia de Cecil Rhodes, um dos homens mais ricos do mundo, que queria construir uma estrada de ferro para atravessar toda a África, desde o Cairo, no Egito, até a Cidade do Cabo, no sul do continente. Cecil Rhodes afirmava que nascer inglês é ganhar o melhor prêmio na loteria da vida. Não escondia seu sentimento de superioridade, afirmando que, se Deus existisse, daria a ele a missão de pintar o continente africano com as cores inglesas.

Aos poucos, Maurício voltou a caminhar normalmente e se aproximaram da trilha que acompanha as quedas d'água. Quem visita a cachoeira passa antes pela enorme estátua de Livingstone, em cujo pedestal está a famosa frase do jornalista Stanley, que fora enviado por James Gordon Bennett, fundador do jornal *New York Herald*, para encontrar o famoso desbravador, considerado desaparecido na África. Consta que Stanley, ao encontrá-lo, teria dito "Dr. Livingstone, I presume". ("Dr. Livingstone, eu presumo"), mesma frase que Yuri usou para saudá-lo no Okavango. Ana não poupava críticas aos ingleses. Apontou para a cachoeira e disse:

— *Mosi-mosi-oa-Tunya-Tunya* é o doce nome que os povos locais lhe davam e que Livingstone mudou para Cachoeira Victoria, em homenagem à rainha da Inglaterra.

De fevereiro a julho o volume de água aumenta muito, e os respingos caem como uma chuva sobre os turistas. Em agosto ainda chove, e as correntes de água que se formam na extensão de 1.700 metros caem com forte estrondo de uma altura de 110 metros. Mesmo em agosto é aconselhável uma capa de plástico que se aluga na entrada da trilha, ponto inicial do trajeto de Maurício e Ana de volta para o Zimbabwe. O volume das águas, os estrondos, os respingos e a atração do abismo acompanham o passante ao longo de todo o trajeto.

Ao fim da trilha, pararam depois de um enorme baobá que não fazia parte do roteiro, mas que Ana fez questão de visitar por ser a árvore-símbolo da África e já ter centenas de anos. Os arbustos ali eram mais densos e os turistas que estivessem na trilha não os veriam. Ela ia na frente, a apenas um metro dele, e se voltou, bruscamente, com uma pequena arma de dois canos na mão. Não era mais uma voz irônica, mas austera:

— O senhor tem dois pequenos objetos de ouro que nos pertencem. Sabemos que é um tipo cheio de truques, mas não estou só. Tenho dois companheiros bem às suas costas. Prefere entregar os cauris por bem ou prefere outros meios?

E mostrou o baobá, onde dois canos, certamente de dois fuzis, um de cada lado do tronco da árvore, apontavam para ele.

Maurício pareceu assustado e exclamou:

— Outra vez? Quase me mataram no Okavango!

— Sei o que houve lá, mas tomamos precauções e o russo não vai aparecer para salvá-lo. Agora me dê os cauris. Vamos! E nada de truques. Qualquer gesto suspeito e será morto.

Ainda estavam ao alcance dos respingos da cachoeira e ele mostrou-se cordato:

— Está bem. Queria mesmo me livrar deles, porque nada me dizem. Estão no bolso esquerdo da calça e, para pegá-los, preciso abrir a capa de chuva. Vou fazer isso em gestos lentos, portanto não se precipite.

Abriu a capa devagar e, com a mão esquerda, tirou dois objetos do bolso da calça. Eram duas balas calibre 22. A guia olhou aquela mão aberta, com as duas balas que obviamente eram da sua arma, e ainda teve de ouvir a voz dele soando com certo sarcasmo:

— Pode puxar o gatilho.

Ela grunhiu espantada:

— Como foi isso?

Em vez de responder, Maurício puxou com rapidez a mão na qual ela tinha a arma e a colocou entre ele o baobá.

— Os óculos. Não confio em estranhos e não torci o pé. Gosto de tomar precauções e queria examinar a sua bolsa.

Ela não se deu por vencida e gritou:

— Atirem!

Enquanto a prendia contra o seu corpo, tirou do bolso um pequeno frasco, que se quebraria ao ser jogado no chão e soltaria um gás comprimido, que deixava as pessoas inconscientes por algumas horas. Era um preparado especial que lhe fora dado num treinamento da CIA, depois que se envolvera no caso da independência da Amazônia[1]. Prendeu a respiração e jogou o vidro contra o tronco do baobá. Afastou-se do lugar o mais que pôde, com a respiração presa e os olhos fechados, embrenhando-se no meio dos arbustos, onde soltou o ar e respirou normalmente. O sonífero era poderoso e os deixaria desacordado por uns sessenta minutos, tempo suficiente para voltar ao Hotel Victoria. De lá seguiu para o pequeno aeroporto de Victoria Falls, em tempo de pegar o avião que saía para Joanesburgo.

---

1 Ver *O conceito zero*, deste mesmo autor.

LIVRO VI

O DOMÍNIO INVISÍVEL

O que é inegável, porém, foi que a floresta do sul da Nigéria escondeu um segredo ainda mais surpreendente. Durante a Idade Média, os africanos construíram de longe a maior cidade que o mundo jamais vira. Em tamanho, Bagdá, Cairo, Córdoba e Roma eram cidades anãs perto dela. A descoberta mostrou um feito ainda maior que a Grande Pirâmide de Gizé, o monumento mais famoso da África.

Robin Walker, When we ruled, p. 5

CAPÍTULO 26

O homem estava cansado, ofegante, mas se esforçava para manter os passos rápidos, porque só tinha alguns minutos para cumprir a missão. Mantinha a mão direita no bolso do paletó, segurando uma arma, e olhava para trás e para os lados. O diretor da CIA deveria sair da reunião no Senado e, pelos seus cálculos, chegaria ao carro às 11h45. Estava ainda distante quando viu Gregory aparecer sob as enormes colunas do pórtico do Senado. Olhou no relógio: tinha tempo suficiente, desde que fosse rápido. Começou a correr, chegando no momento em que o motorista abria a porta do carro para o diretor, mas dois seguranças o impediram de se aproximar e ele gritou, alto:

— Gregory! O ataque à China é suicídio!

Gregory o reconheceu e correu até ele, mas o homem cambaleou, caiu e ficou imóvel. Suas costas sangravam, mas ainda disse:

— Eles descobriram um vírus antiatômico e vão empregá-lo hoje contra os nossos mísseis.

Fechou os olhos, nada mais disse e morreu.

"Ataque? Hoje?" Gregory não sabia, mas naquele momento os comandantes militares, assessores e líderes políticos estavam reunidos na Casa Branca, e o presidente dos Estados Unidos dava uma ordem assustadora. Consciente da gravidade da comunicação, falou pausadamente:

— Diante da situação grave e dos perigos que se acumularam nos últimos dias, e após ouvir os líderes do Congresso Nacional, que garantiram a aprovação deste ato, e os comandantes das áreas militares, decidi destruir o poderio militar e industrial da China. Mísseis de longo alcance serão disparados de nossas bases em diversos pontos da Ásia, mais próximos do alvo. O general Dooley vai expor os detalhes que possam interessar no momento a fim de que todos nós nos preparemos para eventuais reações.

Um silêncio fúnebre se seguiu a essa comunicação. Era o início de uma guerra cujo resultado poderia ser a destruição do mundo. O general passou a falar, com voz de quem precisava motivar a tropa, e enfatizou o orgulho americano:

— Salvamos a Europa do comunismo, salvamos a Europa do nazismo, salvamos a Europa do fascismo e agora vamos salvar o mundo do chinismo.

Certo de que havia introduzido um grau suficiente de apoio, explicou sua estratégia:

— O sigilo foi a nossa principal arma e, portanto, no mais absoluto sigilo, negociamos diretamente com os presidentes da Rússia, da França e com o primeiro-ministro inglês um ataque direto ao território chinês. Os Estados Unidos têm 8 mil ogivas nucleares, assim como a Rússia, enquanto a Inglaterra e a França dispõem de trezentas ogivas cada uma. Não ficamos omissos diante dos últimos acontecimentos e posicionamos submarinos nucleares para o ataque. Os primeiros mísseis serão disparados às 12 horas em ponto desta manhã, ou seja, daqui a cinco minutos. Não será um ataque apenas desencorajador, mas devastador.

Houve um longo silêncio, como se cada minuto fosse uma eternidade. O ponteiro menor já estava em cima do número 12 e o maior foi se aproximando do número até alcançá-lo e se afastar, marcando agora rápidos segundos de ansiedade. Eram fisionomias preocupadas, porque alguma notícia já devia ter chegado, como de fato chegou, pelo piscar do telefone de emergência na frente do presidente.

Era Gregory, o diretor da CIA.

— Presidente. Todos os nossos submarinos nucleares nos mares asiáticos acabam de explodir.

O presidente ficou mudo. Concomitantemente, o telão na sala já mostrava os fatos, e estes eram alarmantes.

— Presidente, o senhor está me ouvindo?

— Sim. Vou deixar em voz alta para que todos aqui na sala ouçam. Poderia repetir?

"Todos na sala ouçam? Uma reunião de pessoas tão importantes que precisam ouvir aquela notícia?", pensou Gregory.

— Presidente — insistiu o diretor —, existe alguma coisa que eu não saiba?

Não havia o que esconder, e a resposta foi curta:

— Seguindo a orientação do Pentágono e diante das evidências que o senhor conhece, autorizei a destruição da China com o lançamento de 3 mil ogivas nucleares contra alvos selecionados do seu território.

— Meu Deus! — foi o que todos ouviram.

— O senhor teria alguma coisa nova a dizer, além do que já havia dito na nossa última reunião?

Dependendo do que respondesse, poderia ser acusado de traição, mas o mal já estava feito e ele não podia se calar.

— Neste momento, o corpo do agente encarregado de confirmar as suspeitas da CIA sobre uma arma especial da China está estirado, diante de mim, na calçada do Senado. Suas últimas palavras foram que a China criou um vírus antiatômico.

A sala de reunião pareceu de repente uma câmara mortuária.

— Presidente?

— Sim, diretor. Pode explicar isso melhor?

— Suspeitávamos de que a China houvesse criado um vírus que provoca a explosão dos artefatos nucleares no momento em que eles são acionados contra alvos chineses. Diante dessa suspeita, enviei para lá um agente especial. Ele é chinês naturalizado americano e se infiltrou. Esperava o seu retorno para breve, mas foi atingido por dois tiros nas costas no momento em que se aproximava de mim.

O presidente olhou para o general, que não se rebaixou e perguntou, na esperança de pôr Gregory em xeque:

— E que vírus é esse, diretor?

Era uma pergunta desnecessária, talvez para se esquivar da responsabilidade de ter levado o país àquela catástrofe, e nem merecia resposta, mas Gregory estava irritado.

— Que vírus, general? Por acaso o Pentágono não sabe que se multiplicam mais vírus na informática do que o vírus da gripe? Já notaram que a sabedoria hoje não é mais de filósofos pensativos com o cotovelo sobre uma pedra, mas de hackers, que roubam o conhecimento, selecionam as informações que lhes interessam e destroem o resto, numa luta insana pelo poder? Por acaso não sabemos que uma das maiores armas da China é o seu exército de hackers? Não é um vírus apenas, general. São milhões deles e cada vez mais resistentes às nossas balas de canhões ultrapassados.

— O senhor podia ter sido mais explícito em nossa última reunião — queixou-se o presidente.

— Era uma informação ainda incerta e nós não esperávamos uma precipitação como essa. Não podemos passar ao gabinete presidencial toda e qualquer suspeita que temos. A verdade é que a própria CIA, em associação com a NSA, que é subordinada ao Pentágono, vem desenvolvendo estudos semelhantes para criar um tipo de vírus desse tipo.

Era uma acusação direta a Dooley, mas o presidente cortou a reação do militar.

— Na sua opinião, qual será a reação deles agora?

— Desculpe a minha franqueza, senhor presidente, mas o que mais eles têm a fazer, a não ser rir de nós? Afinal, ganharam a guerra contra o país mais poderoso do mundo sem dar um tiro.

Uma nova preocupação assombrava Gregory. Afinal, o Pentágono sabia dessas pesquisas. Qual seria o jogo de Dooley?

CAPÍTULO 27

Passados dez anos desde que se encontrara com o espião Yuri em Bengasi, na Líbia, Gregory pensava se o risco não teria sido maior do que esperava. Coordenava uma rede de espiões e se passava por um construtor em busca de oportunidades na construção do Grande Rio Feito pelo Homem. Kadafi construíra mais de 1,3 mil poços, com quinhentos metros de profundidade cada um, fornecendo 6,5 milhões de metros cúbicos de água fresca por dia às principais cidades da Líbia, numa extensão de mais de 3,7 mil quilômetros, ao longo dos quais fazendas e plantações eram irrigadas. O Grande Rio Feito pelo Homem ocupa uma área de 2 milhões de quilômetros quadrados, quatro vezes a área total da Espanha, e passou a ser considerada a maior obra de engenharia da humanidade.

Estava ele no restaurante do hotel, em Bengasi, quando um homem, com toda a aparência russa, se aproximou e, sem a menor cerimônia, puxou a cadeira à frente dele.

— Chamo-me Yuri Kashin. Nas pesquisas de Blackburns, você aparece como um descendente direto da Louca de Cape Coast.

Os serviços de inteligência americanos já sabiam de uma misteriosa pesquisa científica financiada por Kadafi e em andamento na Universidade de Chicago, mas a informação de Yuri o deixara chocado. "Blackburns? Pesquisas?" Pôs-se em alerta, porque aquele russo só podia ser um espião e sabia que ele era um agente da CIA. Mostrou incredulidade e perguntou com ironia:

— O senhor não errou de mesa? Acho que está procurando outra pessoa.

O russo, porém, manteve a cara de quadro pendurado na parede e foi bastante explícito para um primeiro encontro entre espiões que não se conheciam.

— O Império Britânico desmoronou e vive hoje de simbolismos. O Império Russo esboroou, o ópio destruiu o Império Chinês, que está se reerguendo e vai destruir o Império Americano.

Depois dessas afirmações rocambolescas, o estranho esnobou, antes de sair:

— Tudo é falso num país que baseia o seu poder numa moeda falsa.

E deixou no ar uma dúvida que Gregory não sabia se era uma despedida ou uma ameaça:

— Voltaremos a nos ver.

Ter sido pego de surpresa pela espionagem russa e ouvir uma declaração daquelas poderia ser ruinoso para a sua carreira, mas ficara curioso. O que estaria por vir? Um ano depois, estava admirando a beleza do vale do Elba, da ponte de Augustus, em Dresden, quando um ciclista parou ao seu lado. Tanto espaço na ponte, não havia motivo para aquele ciclista parar ali.

— Em sua cumplicidade com o crédito, o endividamento passou a ser o maior perigo.

Aquilo era meio misterioso e ele não precisou pedir explicações.

— Vocês armaram o inimigo com sua própria moeda. Sabia que a palavra moeda significa perigo? Vem do verbo latino *monere*, que significa alertar, advertir. Ao lado do templo de Juno, no Capitólio da Roma Antiga, existia uma casa onde era fundido o dinheiro. Durante a invasão dos bárbaros, o templo só não foi tomado porque os gansos que viviam ao redor grasnaram e alertaram do perigo. Depois desse episódio, Juno passou a ser chamada de Juno Moneta e, desde então, o dinheiro adotou o nome de moeda. Simbolismo ou não, a verdade é que o dólar hoje é a maior fragilidade dos Estados Unidos. As condições do Greenback estão de volta, e não por acaso.

Ora, não era possível que aquele espião tivesse uma informação tão importante. Gregory deixou escapar:

— Se não por acaso, por que então?

Confiante de que já tinha conquistado mais um parceiro, o espião citou uma organização que Gregory desconhecia:

— O Domínio Invisível.

— Domínio Invisível...? Nunca ouvi falar disso.

— O Domínio é uma consequência do poder e, assim como todo poder, se não for invisível, um dia desaparece. O Império Britânico durou até a ferrovia ser substituída pelo avião. A Alemanha foi destruída por duas guerras mundiais e se levantou. Os Estados Unidos sobreviveriam a uma destruição como as que a Alemanha sofreu em cada uma dessas guerras? E se acontecer em Boston o que os americanos fizeram em Dresden?

"O espião tem razão", pensou Gregory. Em dois dias apenas, entre 13 e 15 de fevereiro de 1945, as forças aliadas despejaram 3,9 mil toneladas de bombas incendiárias e explosivos sobre Dresden. Até hoje não se sabe ao certo o número de mortos, mas acredita-se que, nesses dois dias, morreram perto de 600 mil pessoas.

Num voo de Trípoli para Paris, a aeromoça precisou ajudar um senhor de idade a sentar-se. Enquanto o avião roncava para levantar voo, ele ouviu:

— Um dia o diretor-geral da CIA será substituído. O seu perfil se enquadra nos nossos planos, e daqui a dois meses você vai ser nomeado chefe da segurança pessoal do presidente do seu país.

Yuri mais uma vez! Olhou discretamente para o espião e nada disse. No fim da viagem, quando o avião tocou o solo, Yuri repetiu o que já dissera no primeiro encontro, em Bengasi:

— Ah! Lembra da Louca de Cape Coast? O filho dela era um vingador perigoso, e muitos dos seus descendentes são médicos, enfermeiros, funcionários de farmácias manipuladores de remédios. Alguns pacientes foram escolhidos.

O recado fora dado e Gregory aceitara o desafio. Se não fosse ele, seria outro. Aos poucos foi assumindo chefias e recebendo instruções, até que seu antecessor teve uma aposentadoria precoce e ele foi guindado ao maior cargo da espionagem mundial. Não viera de graça o cargo de diretor da CIA. Chegara a pensar que pagaria um preço maior e ficou aliviado quando soube que sua missão era evitar uma guerra com a China, de onde vinha o maior apoio ao Domínio.

Quase falhara. Conhecia muito bem a diplomacia chinesa e não haveria reação, pois, afinal, os Estados Unidos derrotaram-se a si mesmos e ele saíra prestigiado do episódio, com o seu telefonema, imediatamente após as explosões.

Vinha tendo êxito em todos os pedidos do Domínio Invisível, como o de influir no resultado das provas da Universidade de Chicago. Yuri acabou sendo contratado como assistente de Blackburns, pois precisava ter acesso às pesquisas desse professor.

Agora, Gregory olhava para o papel sobre sua mesa com um nome: Maurício. Era um recado que soava como uma advertência. O Domínio não admitia falhas, mas como salvar o dr. Maurício se ninguém conseguia encontrá-lo? Apesar de toda a fama da CIA, seus agentes eram funcionários como outros quaisquer e não estavam preparados para uma trama tão perigosa. Tinha de buscar ajuda em outros campos. O casamento de Robin com uma professora especialista em África talvez fosse o caminho.

LIVRO VII

O GENOCÍDIO CONGOLÊS

Quando chegaram ao golfo da Guiné e aterraram em Vaida (na África Ocidental), os capitães ficaram maravilhados com as ruas bem colocadas, limitadas de cada lado por várias léguas com duas fileiras de árvores. Durante dias, eles viajaram por um país de magníficos campos, habitados por homens vestidos com roupas ricas de sua própria tecelagem! Mais ao sul, no reino do Congo, uma grande multidão vestida de "seda" e "veludo"; grandes Estados bem ordenados, até os mais minuciosos detalhes; governantes poderosos; indústrias florescentes — civilizadas até a medula dos ossos. E a condição dos países na costa leste — Moçambique, por exemplo — era praticamente a mesma.

Leo Frobenius, em Robin Walker, *When we ruled*, p. 46

LIVRO VII

O GENOCÍDIO CONGOLÊS

CAPÍTULO 28

Não iriam explodir o avião, porque o queriam vivo, e sequestro de avião era um risco que seus perseguidores não iriam correr. O perigo estava em Joanesburgo. A Irmandade em São Paulo lhe dera um número de telefone, para o caso de ele precisar de ajuda. Ninguém iria atender. Ele deveria tentar duas vezes e aguardar onde estava. Seus pensamentos voltaram para o Okavango. Yuri trouxera uma nova preocupação. Ele desaparecera na escuridão, sem olhar para os cauris, que ainda continuavam no chão, e sem mesmo fazer qualquer referência a eles. Sabia que eram falsos. Será que seus inimigos também sabiam disso?

No saguão do aeroporto, olhava o painel de voos, quando ouviu uma gritaria. Um rapaz vinha sendo perseguido pela polícia e Maurício não teve tempo de desviar. O rapaz chocou-se contra ele e continuou correndo, sendo detido logo adiante. Desconfiado daquela trombada, apalpou a jaqueta e em seguida foi ao banheiro, onde entrou numa cabine e retirou do bolso um envelope que não estava ali antes, com um passaporte no nome de Thomas Martin, uma fotografia sua, com cabelos castanhos e aparência um pouco mais velha.

"Que bela simulação!", pensou.

Havia também um bilhete para o voo da South African 052, às 17h30, para Acra, em Gana. Uma pequena folha de papel dizia que o dr. Maurício iria tomar um voo para a Etiópia. Decidiu arriscar. Usou seu material de disfarce e mudou sua fisionomia para se assemelhar à fotografia do passaporte. Sua mochila era moldável e transformou-se numa maleta de mão.

Devido a uma diferença de quatro horas no fuso horário, eram quase 2 horas da madrugada quando chegou em Acra, onde um homem negro, de terno, aproximou-se, cumprimentou-o e pegou sua bagagem. Chamava-se John e seria seu guia na Costa dos Escravos.

A preocupação agora era o tempo que os assassinos ou mesmo outros órgãos de espionagem gastariam para fazer um levantamento dos bilhetes comprados em Joanesburgo e suspeitarem do italiano que viera para Acra. As fortalezas da Costa dos Escravos sempre estiveram no seu roteiro de interesses e podiam ser agora sua rota de fuga. Combinaram então de começar por Cape Coast e depois seguir até o forte de São Jorge de El Mina.

No dia seguinte, às 8 horas, John o esperava. Como as grandes cidades africanas, Acra se contorcia em sua heterogeneidade e era interessante ver como essa capital aproveitava todas as ideias, planos, doações, ofertas e oportunidades para criar um dinamismo incomum. Sua grande indústria de restauração levou-a a ser classificada como o lixão do mudo. Carros, ônibus, caminhões, geladeiras, micro-ondas, celulares, leitores VHS, máquinas de costura e aparelhos de todo tipo acumulam-se aos montes no bairro de Agbogbloshie, onde são revolvidos por homens, mulheres e crianças que escolhem peças e coletam fios de cobre.

— Os turistas — disse John — acham bonito esse desfile de lojas ao longo da avenida, com geladeiras e outros produtos pintados de branco, vermelho ou azul, mas, se contribuímos para a limpeza da Europa, essa revenda de coisas usadas está impedindo o nascimento de uma indústria própria.

Maurício já lera e ouvira muito sobre os horrores da escravidão, mas foi em Cape Coast que ele teve uma real dimensão da crueldade que a África sofreu. No meio do pátio, um negro ainda jovem, de porte atlético, vestia um uniforme com o crachá de guia. Com gestos e expressões para dar ênfase às suas explicações, começou seu triste discurso:

— O que vou lhes contar não é uma história bonita como as de contos de fadas. O que vou lhes contar foi o maior crime, o mais cruel e o mais sangrento de todos os tempos. Tantos negros morreram ou sofreram sob as chibatas que o seu sangue daria para lavar o planeta Terra, e este forte é um dos templos dessa maldade.

Seu inglês era claro, talvez fruto de uma estadia em Londres, onde provavelmente seu rancor só fez aumentar.

— Este lugar é o símbolo de uma crueldade sem igual, cometida contra mais de uma centena de milhões de seres humanos. Aqui foi praticado o pecado original da escravidão atlântica. Vocês podem estranhar a expressão: pecado original, mas a África vivia na sua pureza interna, buscando o seu progresso e firmando a sua identidade como um casulo que se abre e do qual uma borboleta sai voando. De repente, vindo do nada, como uma grande serpente marinha, chegou o europeu fortemente armado e a tomou de assalto, estuprou-a, assassinou-a, roubou todas as suas riquezas, desorganizou a sua sociedade, lançou pai contra filho, irmão contra irmão, semeou o medo, a fome, devastou as suas lavouras, confiscou o gado e os bens do seu povo, e por isso o europeu enriqueceu, prosperou, enquanto os negros africanos fugiam amedrontados. Uma folha caindo, um animal pisando num galho seco, um som estranho, o voo de uma ave, qualquer coisa que antes era natural passou a ser aviso do perigo.

A voz teatral, os gestos, o ambiente, fosse lá o que fosse, faziam o drama parecer real, e as pessoas imaginavam negros assustados andando pelo mato.

— No começo, foram escravizados os moradores da costa. Com o aumento da demanda de escravos, as razias se estenderam até o centro do continente e as distâncias ficaram longas. Os escravos vinham andando, descalços e sem roupa, com as mãos presas às costas e com troncos de madeira que carregavam sobre os ombros, amarrados nos pescoços. Eram presos uns nos outros, com as canelas dentro de uma tábua. Vocês podem imaginar a dor que essa tábua provocava nas canelas, numa caminhada de centenas de quilômetros?

Se era piedade o que o guia esperava daqueles turistas, o que Maurício via era um ar de enfado.

— Sede, fome, dores, doenças, caindo e apanhando para se levantar ou então morrer. Aqueles que conseguiam sobreviver eram levados até Azi

Manso, o Rio do Último Banho, onde eram alimentados, banhados e tinham a pele untada com óleo de palma para parecerem mais saudáveis.

Os turistas que chegam àqueles fortes querem ouvir o sofrimento que o negro passou, mas não se comovem com a crueldade de séculos atrás. A escravidão, para eles, é apenas um quadro a mais pendurado no museu da história.

— Muitos deles eram vendidos ali mesmo, em Azi Manso. O negro era jogado ao chão e, enquanto o seguravam, o comprador vinha com um ferro em brasa e queimava o couro do negro com as suas iniciais. Naquele momento o negro caía no desespero, já não mais por causa da dor, mas porque a marca o transformava em um objeto e não era mais um ser humano. Era uma "peça", como o escravo passou a ser chamado. Naquele momento, ele compreendia que perdera o seu espírito e nunca mais iria encontrar os seus antepassados ou parentes no outro mundo, e passava a temer que seu corpo fosse usado para bruxarias. Por isso, muitos deles preferiam morrer e se jogavam dos navios para serem comidos pelos tubarões. Eram tantos os negros que morriam de doenças ou se jogavam ao mar que os navios negreiros passaram a ser chamados de "tumbeiros". Os tubarões cheiravam os tumbeiros de longe e já estavam condicionados a segui-los.

Depois dessa descrição tétrica, ele conduziu o grupo para um porão escuro, com pequenas janelas no alto protegidas por grades de ferro.

— Do Rio do Banho, os negros eram estocados neste depósito. Quantas pessoas vocês acham que cabem aqui? Reparem na mancha amarelada que não mais se consegue tirar das pedras. É difícil acreditar que essas manchas ainda estejam aí depois de tanto tempo, porque todo esse barrado de quase meio metro do chão é a mancha das fezes, dos dejetos dos escravos. Aqui neste porão de dez metros por vinte eram amontoados mais de mil negros. Espero também que não esqueçam que quem fez isso foi o mesmo branco que trazia a cruz de Cristo como símbolo de amor ao próximo.

"É o turismo do horror", pensou Maurício.

— Aqui eles faziam as suas necessidades, um em cima do outro, aqui eles esparramavam seus micróbios, aqui eles morriam infectados e aqui eles dormiam amontoados sobre as próprias fezes. E isso durante séculos. Pensem em vocês mesmos, brancos europeus e das Américas, amontoados, uns em cima dos outros, suportando os excrementos, que fermentavam e enchiam de vermes este salão, que entravam pelas narinas, pela boca, para aqui apodrecerem e morrerem.

— Por que o senhor não lembra que foi a Inglaterra que, por razões humanitárias, proibiu a escravidão, com a Lei Aberdeen? — provocou uma das turistas.

— Razões humanitárias, minha senhora? — respondeu com um sorriso irônico. — A Revolução Industrial transferiu a mão de obra rural da Inglaterra para as fábricas das cidades e, devido a essa transferência da mão de obra dos campos para as fábricas, faltou alimento. O que fez a Inglaterra? Proibiu a saída dos negros da África e os fez trabalhar em suas próprias terras, para suprir a Europa de alimentos e matérias-primas.

A mulher silenciou e o guia conduziu o grupo por um corredor. Cruzaram uma enorme porta de madeira, para depararem com a vista do oceano. O guia mostrou a inscrição sobre o umbral: O Portão do Não Retorno.

— Quem passava por este portão não voltava mais, por isso ele tomou o nome de Portão do Não Retorno. Agora, vou mostrar-lhes as consequências dessas ditas razões humanitárias.

Uma cena macabra os aguardava no centro do pátio. Fora montada uma cerca de madeira e sobre cada mourão estava espetada uma caveira. Ao pé da cerca uma pequena fogueira levantava fumaça para a defumação de braços cortados.

O guia esperou que o grupo se aproximasse um pouco mais.

— Sabem o que isso representa?

Ninguém ousou responder.

— O horror! O horror! É uma história de horrores, da qual o mundo tomou consciência com o livro *O coração das trevas*, de Joseph Conrad. O rei Leopoldo II, da Bélgica, primo da "humanitária" rainha Vitória, tomou uma grande área que passou a ser chamada de Congo Belga. De um país rico, o Congo passou a ser a fazenda particular do rei da Bélgica. Os negros tinham a obrigação de trazer 5 quilos de borracha toda semana. Quando um negro não cumpria sua tarefa, seu braço era cortado e, por esse braço, a empresa contratada para produzir a borracha recebia o mesmo valor dos 5 quilos. Logo a empresa descobriu que ganhava mais cortando os braços dos negros do que com a borracha. O horror foi tão grande que até Conan Doyle, o criador de Sherlock Holmes, escreveu a respeito, denunciando a crueldade.

Olhou interrogativamente para o grupo, como um leão raivoso.

— Em poucos anos, Leopoldo II matou 10 milhões de congoleses, praticamente a metade da população do país naquela época, um feito de fazer inveja ao Holocausto de Hitler.

Já começava a haver uma certa inquietação no grupo, mas o guia continuou:

— Quando falei do pecado original, vou explicar por quê. Os brancos que vinham para os fortes não traziam as esposas. As meninas cativas, as moçoilas e as mulheres mais bonitas eram como um pasto para aqueles selvagens, que se endoideciam quanto as viam. As coitadinhas eram levadas aos gritos para os aposentos dos oficiais e ali sacrificadas. Os pais, os maridos e todos os outros cativos ouviam seus gritos, enquanto os brancos europeus se banqueteavam sobre a inocência das nossas jovens.

E fez uma pergunta atrevida:

— O que vocês, mulheres brancas, achariam se fôssemos nós, os negros africanos, que tivéssemos invadido a Europa com canhões e as estuprado, como os seus homens fizeram com as nossas mulheres?

Obviamente, não houve resposta. Algumas baixaram a cabeça, outras olharam para os lados, o que não as impediu de ouvirem ainda:

— E foi assim que a Europa canibalizou a África.

CAPÍTULO 29

Não foi apenas o relato do guia que o impressionou. Uma grande sala, que provavelmente fora, nos tempos coloniais, o salão de recepção do forte, era hoje um museu, com a exposição de quadros impressionistas espelhando o sofrimento. Era triste e bonito ao mesmo tempo. Os quadros enchiam as paredes de cores pretas, amarelas e vermelhas, de onde pareciam sair gritos. Os olhos esbugalhados representavam a dor que os negros sentiam ao serem marcados com o ferro quente, e a maioria das obras mostrava os braços e as pernas separados do corpo, ou então a cabeça sozinha, como se a alma daqueles que morreram ali no forte perambulassem por entre as pedras. John mostrou a gravura de uma mulher com os olhos esbugalhados e os braços erguidos com as mãos crispadas. As unhas eram compridas como as garras de um tigre, e filetes de sangue escorriam entre os dentes afiados.

— Essa é a Louca do Forte. Dizem que era uma princesa axante, uma moça bonita que foi escolhida pelo comandante, com quem teve um filho.

— E o que aconteceu com a criança?

— Quando a mulher do comandante veio visitar o marido, encontrou a princesa e a expulsou, tomando a criança. A princesa enlouqueceu e não saiu de perto do forte, onde matava os soldados com as unhas e os dentes, até que um dia foi capturada e morta a chibatadas pelos captores de escravos lá no Rio do Último Banho. A lenda conta que o filho era ainda adolescente quando soube o que tinham feito com a mãe dele. Saiu à procura dos escravagistas que a tinham flagelado e pegou um a um, matando-os também a chibatadas. Depois sumiu pelo mato e passou a armar emboscadas para os caçadores de escravos, mas foi capturado e vendido para os negreiros.

Numa pequena livraria do forte, John comprou para Maurício um livreto com a história da Louca.

— É uma história pequena. Dá para ler no carro.

— Obrigado, mas me diga uma coisa. Seria possível que Blackburns fosse descendente do filho da louca?

— Ao que consta, o filho da louca foi para as plantações de açúcar na Carolina do Sul e teve grande participação na fuga de escravos para o Canadá. Ele teria sido também um dos responsáveis pela *Ferrovia da Fuga*. Não sei se Blackburns era descendente do Filho da Louca, mas era um homem místico, adepto do movimento Bobo Shanti.

— Bobo Shanti? Do príncipe Charles, na Jamaica?

— O sofrimento é fonte de espiritualidade e o africano foi em busca de um Deus Negro, porque os brancos usaram Cristo para justificar a escravidão. Marcus Garvey foi o maior ativista negro e o principal incentivador da "volta para a África", um dos primeiros a lutar para que as potências europeias desocupassem o continente africano. Ele previu a coroação de um rei negro na África, que levaria os negros do mundo inteiro à redenção e, por isso, quando Selassié foi proclamado rei da Etiópia, com os títulos de Rei dos Reis, Senhor dos Senhores, Sua Majestade Imperial, Leão Conquistador da Tribo de Judá e Eleito Deus, ele foi reconhecido como o Deus Negro profetizado por Garvey, que vivia perambulando pelos Estados Unidos e pregando que Deus era preto. Para ele, Adão e Eva nasceram na África. O imperador da Etiópia, Hailé Selassié, se chamava Tafari Makonnen e Ras era seu título nobiliárquico, algo como duque ou conde. Daí vem o termo rastafári.

— Muito interessante, mas agora me desculpe, porque estou ansioso para ler a história da Louca.

LIVRO VIII

A LOUCA

O que é que vocês esperavam quando tiraram a mordaça que fechava essas bocas negras? Que elas entoassem hinos de louvor? Que as cabeças que nossos pais curvaram até o chão pela força, quando se erguessem, revelassem adoração nos olhos?

Jean-Paul Sartre, *Orfeu negro*

CAPÍTULO 30

Corria o ano de 1761. Da sacada interna do Forte de Cape Coast, o comandante examinava a leva de cativos acorrentados que haviam chegado naquela manhã, depois de terem passado pelo Rio do Último Banho. A maioria deles estava magra, enfraquecida, alguns caídos no chão de pedra do enorme pátio, protegido por enormes muralhas que davam abrigo aos canhões apontados para o mar, porque era do mar que vinha o inimigo. As tribos que habitavam a região já tinham sido amansadas, e alguns chefes participavam do botim da escravidão. Aqueles chefes que haviam se recusado a entregar seu povo foram dominados pelos chefes vizinhos, antes amigos, mas que preferiram receber armas e vendê-los aos traficantes. Foi assim o domínio da África: ou os chefes ajudavam na caça aos negros ou os brancos davam armas para as tribos vizinhas. Não demorou para que aldeias antes amigas começassem a lutar umas contra as outras.

Havia homens, alguns mais velhos, a maioria novos e até mesmo crianças, além de mulheres, muitas jovens e bonitas. A conquista do mundo tinha o preço de separar os soldados das suas famílias, e a conquista de outros povos trazia a recompensa da distância. O comandante, os oficiais e os soldados haviam deixado para trás suas mulheres, e aquele era um momento relevante na vida do comandante. Sempre aparecia uma negra nova, de corpo esbelto e atraente, e era seu o direito da primazia. Depois dele, somente os oficiais mais graduados participavam daquela premiação, à qual os soldados rasos não tinham direito. Enquanto o comandante examinava aquela malta desfigurada em busca de alguma presa, seus olhos pousaram numa jovem nua, cabisbaixa, com as mãos amarradas às costas e os dois pés presos a uma outra corda, que a ligava a um grupo de cativos. A jovem tinha uma postura firme, era esbelta e, embora olhasse para o chão, dava para ver seu rosto harmonioso. Ele apontou para ela:

— Tragam aquela escrava.

Dois soldados foram abrindo caminho com as baionetas na ponta das espingardas até alcançarem a jovem. Soltaram suas pernas, empurrando-a com o cabo das armas, mas ela se voltou para eles, urrando como uma fera enraivecida, e começou a mordê-los. Imediatamente mais guardas chegaram, afastando os outros negros, para evitar que se rebelassem, e a agarraram pelos cabelos e pernas. A moça se debatia, urrava, tentava morder, dar pontapés, mas foi arrastada pelo pátio e carregada escada acima até a sala do comandante, que ordenou a duas outras negras, mais velhas.

— Deem um banho nessa bruxinha e levem-na para o meu quarto, bem amarrada.

Os pés da jovem foram amarrados às costas junto com as mãos, e as negras a carregaram para uma tina, ao lado do quarto do comandante. Não seria fácil lidar com aquela selvagem, como costumava chamar as cativas, e estava entusiasmado com a oportunidade de dominar mais uma. O comandante entrou no quarto, pegou o chicote que estava no armário e esperou que as negras trouxessem a vítima e saíssem. Trancou a porta e examinou aquele achado. Nunca vira uma mulher branca com as formas tão perfeitas. Ela o encarava, desafiadora, sem medo, consciente de quanto iria sofrer, porém disposta a não aceitar impunemente aquele sacrifício. O comandante acenou o chicote diante do rosto dela e, depois, desceu-o sem piedade, com força, sobre as costas daquele corpo inerte. Ela fechou os olhos, espremeu os lábios e de sua boca não saiu nenhum gemido.

— Ah! Gostou, hein? Pois se não se comportar direitinho, vai receber várias chicotadas até esse corpo ficar tão macio como uma lesma. Vou soltar as amarras das suas pernas, mas suas mãos vão ficar presas nas costas, para você não tentar nenhuma valentia.

    Antes de desamarrar os pés da jovem, que estavam presos junto com as mãos, ele a esfregou com força, explorando todo o seu corpo inerte, e soltou os pés, tentando estendê-la sobre a cama. Não contava, porém, com a agilidade da prisioneira, que esticou com rapidez as duas pernas sobre sua cabeça, derrubando-o e ficando com o pé direito sobre o pescoço do comandante, que ia perdendo a respiração, mas conseguiu se livrar e pegar o chicote. As únicas armas que ela possuía eram seus dentes e pés, mas o comandante era também um homem forte e o chicote desceu com violência. Os gritos raivosos do algoz e o ruído do chicote eram ouvidos do lado de fora. Do pátio subia o som de um canto triste, dando mais coragem a ela e mais raiva ao comandante. Aos poucos, ela foi enfraquecendo. Suas energias acabaram e ela se apoiou na parede, escorregando, até cair no chão frio de pedra e ali ficar. Nem seu corpo ensanguentado despertou a piedade daquele monstro, que a estendeu no chão e a possuiu com a mesma brutalidade com que a vinha castigando. Depois se levantou glorioso da sua vitória.

— Sua negra, vagabunda! Enquanto vocês negros não compreenderem que são negros, vão continuar apanhando, e muito. Pois você vai ver como na próxima vez vai estar bem mais humilde.

    Ele se recompôs, colocou a farda e abriu a porta, dando ordem às duas negras, que olhavam para o chão. De seus olhos escorriam as lágrimas que a jovem não derramara.

— Vocês sabem o que fazer. Lavem-na com uma salmoura bem forte.

    Elas mal esconderam o arrepio pela maldade que iam praticar, mas nada podiam fazer. Se não obedecessem, elas mesmas passariam por aquilo. Era o horror. O sangue escorria pelo corpo da menina e seus olhos estavam parados, como se ela estivesse desligada deste mundo, mas ainda viva. A água, saturada de sal, era um castigo maior do que as chicotadas. As negras choravam, aconselhando-a a não mais resistir, porque o comandante a mataria aos poucos e com muito sofrimento. A cativa se encolhia com a salmoura e não conseguia segurar os gemidos, até ficar quieta, desmaiada. Durante vários dias aquele suplício se repetiu, até que as feridas cicatrizassem. Nesse período, o comandante ia até ela, ameaçá-la com o chicote. Até mesmo para a mais indignada e revoltada criatura, o sofrimento era demais e, sem nada poder fazer para evitá-lo, submeteu-se.

O tempo foi passando e um dia seu organismo deu-lhe uma vida nova. Ela teve uma criança que não era da sua cor e nem da cor do comandante, mas era um garoto bonito, forte, que sugava com angústia e a fazia feliz. O amor pela criança era sua única razão de viver, e nem mais se lembrava do sofrimento que passara e do nojo que sentia do homem branco. O menino já sorria e ela sorria com ele. Um dia começou a engatinhar e logo andava pelo quarto e pelos corredores.

Tinha ele 4 anos quando chegou ao forte um navio trazendo a esposa do comandante. A língua dos brancos lhe fora ensinada pelas duas negras, e ela entendeu o motivo das discussões da mulher com o marido. Concordava em ficar com a criança, desde que "aquela negrinha" fosse embora do forte. Não estava preparada para aquilo. A vida lhe restituíra a alegria e agora a substituía por outra enorme tristeza. Nem pôde reagir, pois fora surpreendida pelos soldados que tomaram o menino do seu colo e a amarraram, levando-a para uma tribo conivente, como um presente do comandante para o chefe. Este a reconheceu como uma princesa da etnia axante, um reino poderoso, e a mandou soltar, depois que os solados se foram. Ao ser libertada, voltou ao forte e o ficou rondando, na esperança de reaver o filho. Às vezes se descuidava e era surpreendida pelos soldados, que abusavam dela. Quando isso acontecia, ela implorava para que lhe trouxessem seu filho, que o comandante havia roubado, e eles pensavam que ela estava louca, pois eram soldados que nunca tinham entrado na fortaleza e não sabiam da sua história.

E foi assim que nasceu a lenda da Louca.

Um dia dois soldados foram encontrados mortos, com a garganta cortada. Depois deles, outros também morreram. Não demorou para que os crimes fossem atribuídos a uma louca com poderes de bruxaria que rondava o forte. O comandante procurou saber com o chefe índio onde estava a negra que ele lhe dera de presente e soube que ela tinha fugido. Começou então uma caçada à Louca, uma mulher negra cheia de artimanhas que desaparecia quando os soldados se aproximavam. Chefes escravagistas, caçadores de recompensas, patrulhas, enfim, uma verdadeira guerra foi armada para prender a Louca, até que, por fim, ela foi presa perto do Rio do Último Banho, e ali foi amarrada e chicoteada até morrer. Foi preciso fazer isso porque, enquanto ela vivesse, os compradores de escravos não queriam mais comprar mulheres, com receio de que a Louca viesse entre as cativas. Sua fama de espírito do mal, com poderes de bruxaria, assustava as tripulações e os traficantes. Sua morte restabeleceu a normalidade no comércio de escravos, mas a lenda perdurou e, alguns anos depois, deu origem a outra lenda.

A mãe chamava o menino de Kumani, que significa destino. O comandante, porém, mandara-o batizar com o nome de Arthur Conrad. Ele não se esquecera da mãe. Quando perguntava por ela, respondiam-lhe que ela iria voltar e que, enquanto não vinha, ele tinha outra mãe, que viera de longe para cuidar dele. Era já um mulato forte, com 16 anos, e aprendera tudo o que os brancos puderam lhe ensinar, principalmente as artes militares. Algumas histórias da Louca do Forte chegavam ao seu ouvido, sem que tivesse a noção de que falavam da sua mãe.

A lenda aumentara, e muitos fatos misteriosos que tinham mesmo ocorrido antes de a Louca aparecer eram a ela atribuídos. Poucos tinham coragem de andar à noite nos arredores habitados pelos fantasmas que saíam do cemitério para venerar a lua, caminhando na areia da praia. Sua mãe desaparecera e nunca mais voltara, como prometeram seu pai e sua mãe postiça. Era ele agora um jovem forte, incorporado às forças britânicas. Seu pai voltara para a Inglaterra e o rapaz nunca mais soube dele. Começou então a fazer pressão para que as velhas mucamas contassem o que havia acontecido. Ele precisava saber onde estava a sua mãe. Apesar do receio que ainda tinham, acabaram contando a terrível história da jovem negra que havia sido brutalizada pelo seu pai. Também explicaram que a esposa do comandante expulsara sua mãe e ela ficara rondando o forte, na esperança de vê-lo, até que os traficantes de escravos a mataram e a jogaram no Rio do Último Banho. Numa madrugada escura, quando estava de vigia, ele desapareceu.

CAPÍTULO 31

Era uma noite clara, dessas de luas grandes que amedrontam os lobos, quando os traficantes chegaram com uma nova carga de negros esfaimados e esquálidos e os empurraram para dentro d'água para se recuperarem do cansaço e melhorarem a aparência antes de os compradores aparecerem. Estavam amarrados uns aos outros e eram puxados pelos traficantes quando procuravam se afogar para morrerem ali e interromperem seu sofrimento. Ao saírem do rio, os pés inchados devido às pedras e tocos pontiagudos que pisavam porque não podiam nem mesmo prestar atenção por onde andavam, os corpos ainda sangrando pelas chicotadas foram untados com azeite de palma e alimentados. Durante dois dias ficaram descansando até chegarem os compradores. Uma fogueira foi acesa e os compradores colocaram nela uns ferros com letras nas pontas, que os negros olhavam aterrorizados. O preço de cada peça era discutido e, depois de feito o negócio, o comprador pegava o ferro quente e aplicava no lombo do negro que comprara. Quando, além do mar, bem longe da sua terra natal, o negro descesse do navio, o seu proprietário saberia como identificá-lo.

Os gritos de dor e o cheiro de carne queimada atravessavam a mata virgem. Foi quando uma lança saiu do meio do mato e atravessou o peito do traficante pronto para marcar um menino que chorava desesperado. Os traficantes reagiram e atiraram em direção às árvores, sem nada acertar, mas outro deles caiu com uma flecha na garganta. Sem saber de onde vinham as lanças e quantos eram os inimigos, traficantes e compradores saíram correndo, deixando a carga abandonada. Qual é o poder que faz um momento solene se encher de um silêncio profundo, em que nem o murmúrio das águas é ouvido? Aquele silêncio foi quebrado pelos movimentos ágeis de um vulto saindo da mata. As amarras de todos aqueles negros foram cortadas e eles sumiram pelo mato.

E começou outra lenda, agora a lenda do Filho da Louca do Forte, porque não foi difícil ligar o desaparecimento do vigia do forte à figura do mulato que afugentava os caçadores de escravos. Ele não ficava apenas na beira do Rio do Último Banho, mas preparava armadilhas durante as caminhadas dos escravos. Também não ficava só numa região, mas espalhava o terror por outros cantos e matava os chefes das razias. Alguns diziam que não era o Filho da Louca, mas o chefe axante que era pai dela, e que descera do mundo dos Espíritos para afugentar os brancos que estavam perseguindo o seu povo.

Corria também a crença de que o guerreiro era o fantasma de um escravo morto antes de entrar no navio, cuja sua alma viera assombrar os escravagistas. As lendas prejudicavam os negócios da escravatura. O novo comandante organizou uma caçada intensa para pegar o Filho da Louca. Ele era um só e nem mesmo contava com a ajuda dos chefes de tribos que recebiam armas dos brancos para ajudar na caça a outros negros, mas conseguira semear o medo. Em muitas ocasiões, antes de matar traficantes, soltava um grito assustador com o nome da mãe e dizia que todos aqueles que a maltrataram iriam morrer, assim como todos os outros que estavam praticando o comércio da carne humana. Falava-se dos estalos do chicote do Filho da Louca, e qualquer ruído era motivo para fugas desesperadas. O sussurro da selva amedrontava, e muitos diziam que os dardos e as lanças desviavam das árvores e atravessavam os arbustos com uma velocidade maior que a das balas de um fuzil.

Mas ele era só e, apesar de todas as artimanhas que conhecia, fosse mudando a maneira de atacar ou mesmo mudando de região, um dia caiu numa armadilha ao tentar salvar um grupo de negros amarrados, seus ombros e pernas sangrando na madeira e nas correntes que os prendiam. De longe, não pôde perceber que o sangue era na verdade uma tinta vermelha e que os negros faziam parte de um grupo de caçadores de escravos. Sua lança cortou os ares matando um dos guardas, mas o grupo era grande e se espalhou pela mata, formando um círculo. Ele acabou levando dois tiros e caiu. Foi capturado e no dia seguinte levado até o Rio do Último Banho, para ali ser sacrificado e servir de exemplo para quem mais se revoltasse. Durante dias ficou amarrado, foi chicoteado e deixado sem água e sem alimento. As formigas subiam pelo seu corpo e os mosquitos o atormentavam para sugar o sangue de suas feridas. Ele, porém, era forte e resistiu às inflamações e à febre causadas pelos ferimentos.

O que seus caçadores não esperavam, porém, foi a romaria que começou a se formar todos os dias para ver o Filho da Louca, o novo símbolo da vingança e da força dos Espíritos. Muitos habitantes das aldeias aliadas do forte começaram a ver no Filho da Louca uma esperança de se verem livres dos brancos. O comandante compreendeu que seria perigoso criar um zumbi capaz de unir os povos negros e deu ordens para que fosse levado para as Américas, como escravo, o mais rapidamente possível. Apesar de ser filho do comandante anterior, ele representava um perigo que a dominação inglesa não podia correr.

CAPÍTULO 32

No porão do tumbeiro, onde foram amontoados os quatrocentos cativos, o sol não nascia e nem se escondia no entardecer. Ele contava as vezes em que a tampa do porão era aberta para jogarem os alimentos e as cabaças de água, que os negros que estavam mais perto pegavam e passavam para os outros, numa divisão nem sempre justa, porque os mais fortes ficavam com a melhor e maior parte. A ração era distribuída uma vez ao dia e se resumia a um pão seco e palmito. Estavam todos acorrentados, separados os homens das mulheres e crianças. As fezes, a urina, a fome e a sede logo trouxeram doenças e vômitos. Muitos morriam e ali ficavam acorrentados no mesmo lugar. Seus corpos apodreciam, e passavam-se dias antes que fossem retirados. Homens armados e com o rosto tapado, para não sentirem o ar putrefato, às vezes desciam e arrastavam os mortos, jogando-os ao mar, para a festa dos tubarões. A morte era um prejuízo e, para evitar mais mortes, de vez em quando os tripulantes jogavam nos prisioneiros água do mar com vinagre, mas aquilo ardia. Outras vezes levavam grupos para o convés e os obrigavam a andar e dançar para fazer exercícios. Nos primeiros dias, o choro e as lamentações davam um pouco de vida ao porão. Agora, pelas suas contas, mais de quarenta dias já haviam se passado, e apenas alguns gemidos quebravam o silêncio na esperança de acordar a morte.

De repente, um grande estrondo foi ouvido e o casco do navio, justamente na altura do porão onde estavam os cativos, se rompeu. Logo em seguida um outro, mais acima. Eles esperavam que a água entrasse e matasse todos eles afogados, mas o que ouviram foi outro estrondo, mais forte que os outros, saindo do próprio navio. Compreenderam, então, que estavam sendo atacados. Aproveitando a oportunidade, vários deles se arrastaram, as mulheres levando seus filhos, e se lançaram ao mar. Todos sabiam que, se permanecessem naquele navio, seriam levados para uma terra de espíritos maus, seus corpos seriam cortados em pedaços pequenos para fazer feitiços para curar as doenças dos brancos. Seus próprios espíritos seriam amaldiçoados, porque os brancos eram os demônios que haviam invadido suas terras, e qualquer ajuda a eles seria amaldiçoada pelos Grandes Espíritos Africanos. Ao pularem nas águas, morreriam, e seus espíritos seriam recebidos pelos antepassados como espíritos nobres.

As balas dos canhões do navio pirata que os atacava matara alguns deles, e muitos outros se jogaram ao mar, atravessando o casco do navio pelo buraco formado pelos tiros de canhão. O navio negreiro respondeu aos tiros e continuou o seu rumo. Nuvens vinham se formando desde o dia anterior e o céu escureceu, trazendo ventos e agitando a superfície antes calma das águas. Ondas gigantescas faziam a água entrar pelos buracos dos tiros dos canhões do navio inimigo, que não pôde mais perseguir a sua presa porque tinha também de enfrentar a inesperada procela. A preocupação do tumbeiro, agora, era evitar o naufrágio. A tripulação se concentrou no cuidado das velas e esqueceu a carga humana dos porões. Kumani viu que aquele era o momento de se livrar dos mortos e, com a ajuda de outros cativos, atirou ao mar os corpos apodrecidos. A água salgada que as ondas mais altas jogavam para dentro do porão foi outro alívio, porque limpou o fétido e imundo porão e livrou de novas doenças aqueles que haviam sobrevivido até ali. A tempestade acalmou e alguns marinheiros taparam os buracos feitos pelos tiros do navio pirata.

Passaram-se mais de quinze dias. Numa noite, os guardas desceram ao porão e arrastaram os prisioneiros pela escada até o tombadilho. Ali, foram lavados com a água salgada do mar. Deram-lhes água e alimentos, e ele imaginou que os estavam preparando para a venda ou para a entrega aos compradores, porque alguns deles já tinham as marcas de ferro nas costas. Os traficantes eram pessoas sem alma e sem vida, que não se emocionaram quando viram a mancha escura de terra no horizonte.

Dois dias depois o navio ancorou. Devia haver ainda uns 150 escravos, que foram separados em grupos de mulheres, homens e crianças, e levados para um terreno onde os compradores os examinaram com cuidado. Ele não estava em nenhum desses grupos, mas acorrentado a um tronco de árvore, afastado dos demais. Os compradores passavam, examinando a mercadoria. Os homens traziam um trapo amarrado na cintura que cobria sua genitália; as mulheres estavam completamente nuas. Eram untados com óleo, graxa, pólvora ou fuligem para esconder as feridas. Naquele momento, compreenderam que o seu martírio estava apenas começando. Ninguém queria correr o risco de comprar um escravo aleijado ou com alguma deficiência, e os negros tinham de andar, levantar os braços, falar, abrir a boca. As negras mais jovens eram vistoriadas com olhares lúbricos. Um homem de botas, com um chicote na mão, alto, bem-vestido, cumprimentou o capitão e perguntou:

— E esta peça aí? Quem é?

— Este é uma joia preciosa. Estou pedindo um preço melhor, porque não é um negro comum. Até mesmo fala inglês, sabe escrever e fazer contas. Não existe nada melhor para quem comprar uma boa leva de escravos, porque vai servir de intérprete para essa negrada toda que só sabe falar a língua dos macacos.

— Ora, ora. Já vem você com essa conversa, mas ele é mulato.

— Não importa. Se não é branco, é negro, e vai dar um bom escravo.

O comprador o examinou, apalpou seus músculos, pediu para ele abrir a boca e mostrar os dentes. Ele obedeceu, e o comprador falou com ironia:

— Você me entendeu muito bem, hein! Se continuar me entendendo assim, não vai levar tantas chicotadas quanto os outros.

Voltando-se para o capitão, procurou fechar o negócio.

— Acho que vou ficar com umas cinco peças e mais este mulato. O negro que cuida da casa já está velho, vem desde os tempos do meu pai e preciso de um substituto.

CAPÍTULO 33

Foram dois dias de espera, até que uma grande carroça puxada por dois animais apareceu para os levar. O carroceiro era um negro velho, de rosto sofrido, acostumado a obedecer e a ver os outros sofrerem. Junto com ele, na boleia, estava um branco com uma arma pronta para atirar. Atravessaram canaviais e plantações de algodão, onde escravos trabalhavam sob a guarda de homens armados e com chicote nas mãos. Havia sempre um ou outro a cavalo que percorria a área, aos berros, brandindo a chibata para fazer os que rendiam menos trabalharem mais rápido. Com a carga mais pesada, os animais se cansavam, e só depois de três dias passaram por um grande portão de madeira, tomando uma estrada reta no fim da qual despontava uma grande casa branca, que lhe fez lembrar o forte onde nascera e vivera. Talvez os Espíritos o tivessem levado até ali, para que, num ambiente semelhante, pudesse completar a vingança que ainda não planejara. Outra tristeza o fez tirar essa esperança da cabeça, já que os Espíritos africanos são de uma negritude pura e ele tinha sangue de branco. Era uma conclusão melancólica, porque não tinha antepassados por parte de pai e nem a certeza de que os antepassados de sua mãe o aceitariam. Só mesmo a força da sua vingança iria ajudá-lo, e ele confiava nessa força.

A carroça parou diante de um pátio, em frente ao casarão, com uma grande varanda no andar de cima, de onde uma mulher e uma menina de uns 15 anos os observavam. A mulher abanava o rosto com um leque e a menina parecia indiferente, como se estivesse vendo uma carga de qualquer animal. Sua raiva aumentou, mas ele sabia se controlar. Havia o momento certo para todas as coisas, e ele tinha a vida toda para o seu plano. O senhor que os comprara se aproximou da carroça e os examinou para conferir a compra. Olhou-o meio em dúvida sobre o que fazer. Kumani aceitou com docilidade todas as tarefas que lhe impunham e, aos poucos, foi adquirindo a confiança do senhor, que até mesmo permitiu que ele ajudasse o velho negro a organizar as atividades da casa. Sem demonstrar curiosidade, observava e ouvia tudo o que podia. Seu plano era fugir, mas sabia dos perigos que corria o negro que se aventurasse a isso, porque todos os xerifes da região estavam preparados para caçar os fugitivos, com cães que dilaceravam aqueles que fossem alcançados.

Foi quando ouviu que, na direção do norte, havia um país onde não existia escravidão. Sabia onde era o norte pela posição do sol, mas precisava descobrir os caminhos da fuga. Como era mais letrado que as mulheres que cuidavam da casa, ficou encarregado de limpar e organizar o escritório, o que lhe facilitou muito o estudo de mapas, com a direção de rios, florestas, montanhas e cidades. Faltava, porém, um plano de vingança. O que poderia fazer ali para que os brancos sofressem, temessem os negros assim como os africanos temiam os brancos, e também ajudar a libertar os que estavam lá? Quem sabe se conseguisse fugir pudesse organizar um plano de fuga para todos os outros? Essa era a ideia que ia amadurecendo, mas a sorte parecia querer contrariá-lo.

O entardecer era cinzento e algumas nuvens estavam mais escuras. O ar pesado despertava maus presságios. Os escravos vinham chegando dos algodoais, cansados, carregando suas ferramentas, mas não puderam ir para os seus alojamentos porque o sino tocou e os negros começaram a cantar uma melodia triste. Os olhos de uma jovem amarrada ao tronco da "árvore dos castigos" derramavam lágrimas, enquanto ela balançava a cabeça dizendo que não era verdade. Todos sabiam que, no entardecer do dia anterior, o filho do senhor a arrastara para um terreno baldio e tentara violentá-la, mas ela se debateu, o arranhou, mordeu e conseguiu se libertar, correndo para junto dos demais escravos.

O filho do senhorio encontrou o pai e lhe disse que a negrinha o atacara, de surpresa, sem nenhum motivo. Era a época em que a palavra de um branco valia mais que a de dez negros, esses seminus, que cantavam músicas sensuais com movimentos lúbricos e pecaminosos. A afronta ao filho do patrão era um crime bárbaro que não podia passar sem castigo. Ao ver a jovem chorando, lembrou-se da história que as velhas negras contaram sobre o que acontecera com sua mãe, e o mesmo sentimento de revolta que o fizera vingar-se dos escravagistas voltou a dominá-lo. Cabisbaixos e silenciosos, com armas apontadas em sua direção, os negros foram mantidos a uma distância para verem, ouvirem e silenciarem. Os empregados da casa, ele, o velho mordomo e as mulheres negras também tinham de presenciar o castigo, pois assim era a norma da escravidão. A jovem chorava e dizia que era mentira, que o filho do patrão tentara violentá-la e ela apenas se defendera. Quanto mais repetia isso, mais enfurecia aquele senhor e até mesmo sua mulher, para quem o filho era um rapaz ingênuo e inocente. Por isso, a sentença foi grave.

— Esta negra despudorada tentou se engravidar com meu filho para conseguir a liberdade, não se importando em desonrar a nobre família dos Sullivan. Deus nos deu uma alma limpa e sem pecados, e não podemos deixar que a sujeira daquela África imunda ofenda a vontade do Altíssimo. Todo castigo é pouco para esse crime, e ela será chicoteada até a morte, diante de vocês, para que nunca mais, nem nesta propriedade, nem em todo este país sagrado, negro algum se atreva a tanto novamente.

E, entregando o chicote para o Filho da Louca, ordenou:

— Você vai ser o executor da minha sentença. Serão cem chibatadas bem fortes, porque quero que ela sofra, grite seus gemidos pecaminosos e morra antes de o chicote descer pela última vez.

A lembrança dos sofrimentos da sua mãe levantou uma fogueira de raiva que o enlouqueceu, mas tinha de se controlar. Não podia bater naquela jovem e não podia também ficar parado, indeciso, porque o senhor daria o chicote a outro que a mataria, e a ele também. O risco era grande, o senhor estava com um revólver na cintura e o velho mordomo tinha um rifle apontado para os negros. Estava já desanimado por não ter outra opção a não ser sacrificar aquela jovem, quando ouviu o barulho de uma charrete. Só podiam ser os Espíritos que o protegiam, porque a carruagem veio trotando lentamente, conduzida pela filha do senhor. Era a oportunidade, e o Filho da Louca despertou com um urro assustador. Num instante, arrebatou com uma chicotada o rifle do mordomo e com a agilidade da selva pulou para dentro da carruagem, já com o cano do rifle encostado embaixo do queixo da jovem branca. Engatilhou-o. Aquela reação inesperada surpreendeu o proprietário, que não teve tempo de pegar o revólver.

— Eu vou-me embora, mas vou voltar para matá-lo e a toda a sua família, se fizer algum mal à cativa. E, agora, preste atenção: vou sair nesta carruagem, com este rifle engatilhado na garganta da sua filha. Basta um descuido meu para a arma disparar. Ela vai comigo até o inferno, se não me obedecer. Não quero ninguém me seguindo. Entenderam? Pensem que, em qualquer circunstância, é ela que vai morrer primeiro.

A súbita mudança dos fatos deixou-os sem ação, e mais atônitos ficaram ao verem os cavalos dispararem pela estrada a um comando com o qual não estavam acostumados. O humilde servo transformara-se na figura autêntica e poderosa do diabo assustando gente e animais. Os momentos de espanto deram lugar à raiva e ao desespero, e o possesso proprietário pegou a arma de um dos guardas e apontou para a negrinha, mas o velho mordomo implorou:

— Senhor, por favor, não faça isso. Aquele rapaz é o Filho da Louca. Só fiquei sabendo disso estes dias por um novo escravo da fazenda do vizinho. Ele é um espírito do mal e vai cumprir a promessa de voltar para saber se a escrava sofreu algum castigo. O importante agora é salvar a sua filha.

O homem continuou com a arma apontada para a escrava, raivoso:

— Ela é a culpada disso e vai morrer. Não acredito em espíritos africanos.

Sua mulher interferiu:

— Não faça isso. O nhô tem razão. Precisamos salvar nossa filhinha.

O homem baixou a arma, relutante, e olhou para a estrada onde a poeira escondia a carruagem que se distanciava e logo atravessou o portão, rumo à floresta. A caçada foi organizada, com um dos guardas indo até cidade avisar o xerife, enquanto os outros deveriam seguir o fazendeiro.

Pelos mapas, um riacho atravessava a mata densa, que aparecia como uma grande sombra no horizonte escuro. Fora uma desesperada corrida, e a escuridão trazia a vantagem de esconder a poeira ao passarem perto de outras propriedades. Ele forçou os cavalos a andarem pelos campos até estarem mais próximos da mata e examinou a carruagem para ver o que podia existir ali de útil. Viu uma corda, algumas espigas de milho que serviam para agraciar os cavalos e um facão. Não podia levar muita coisa porque aquele era apenas o começo de uma longa caminhada. Havia um saco com alguns apetrechos que ele esvaziou e encheu com os objetos dos quais poderia precisar.

— Desça! — ordenou à jovem, que chorava e não queria sair. Ele a forçou e a agarrou pela mão, praticamente arrastando-a até a beira da mata. Ela estava vestida com várias sobressaias que dificultavam a caminhada entre os arbustos e árvores, e ele a pegou bruscamente e começou a retirá-las. Ela voltou a chorar, implorando que a deixasse voltar para casa, mas ele foi impiedoso:

— Talvez um dia eu a solte, mas só quando estiver longe daqui e em segurança.

Ele a deixou apenas com o corpete e uma saia, fazendo com o resto da roupa uma trouxa que guardou no saco que pegara da carruagem. Andar na floresta, para quem já viveu nela, não é difícil, mas não era o caso da garota, que tropeçava em raízes, caía, se arranhava. Ele não teve saída senão carregá-la. Procurava o córrego que vira no mapa e que devia estar ainda a umas duas horas de caminhada. Com ela sobre o ombro direito, levava o saco com a mão esquerda. Seus cálculos estavam certos, e finalmente chegaram à beira de um riacho nem muito grande, nem muito profundo e que servia bem aos seus planos.

Os cachorros eram treinados para perseguir fugitivos e encontrariam com facilidade seus rastros. Era o cachorro o maior perigo da escravidão, porque só ele conseguia descobrir o fugitivo. Milhares e milhares de cachorros estavam espalhados pelas plantações do Sul. Dificilmente o chicote ou a forca teriam serviço não fosse o cachorro. Ele atravessou o riacho e andou para o norte um bom trecho; depois entrou na água e voltou, fazendo o caminho inverso, dentro d'água durante toda a noite, parando ao amanhecer, para descansar. O pouco que andara na margem do rio, em direção ao norte, deveria atrasar seus perseguidores, pelo menos o suficiente para ele encontrar outro meio de enganar o faro dos cachorros. A floresta onde vivera era diferente daquela, mas já conhecia as frutas silvestres, como as pequenas frutinhas vermelhas e pretas, raízes e folhagens e outros vegetais que lhes seriam úteis na sobrevivência na selva. Formigas, cupins, lagartos, cobras e outros animais eram um prato comum para ele, mas desagradariam a moça. Precisava caçar alguma ave ou um animal, mas não queria dar tiro e nem gastar munição. Um arco e algumas flechas resolveriam esse problema, se encontrasse a madeira apropriada.

Ela estava agora deitada, dormindo, e ele a examinou. Era bonita, e o contato com o seu corpo, as mãos a segurando pelas nádegas, enquanto estava sobre seus ombros, despertava seus instintos de vingança. O que fizeram com a sua mãe ele teria de fazer com ela, mas num outro momento, longe dali. Andou em volta e encontrou um arbusto, do tipo que chamavam de guatambu, e uma embireira, cuja casca poderia servir de corda para o arco, que ele reforçou com tecido. Ela nem mesmo acordou quando ele a amarrou com a corda, os pés e as mãos, porque ela poderia sair e se perder. Pouco depois, voltou com um pouco de frutas e uma galinha do mato. Ela já estava acordada e ele a desamarrou.

— Aqui tem frutas. Vou limpar esta ave, mas não posso fazer fogo. Você não vai querer comê-la crua. Por enquanto, então, vá vivendo de frutas.

Ela voltou a chorar, um choro de desespero.

— Por enquanto, você diz. Quanto tempo vai me manter presa?

Antes de saírem, ele limpou o melhor que pôde o lugar para não deixar vestígios que os cães e os caçadores de escravos descobrissem, mas achava que isso também seria improvável, porque não saberiam em que ponto do rio eles tinham saído. Pelo que lembrava, ali o rio fazia uma curva e chegava perto de outro riacho. Mudou então de percurso. Nuvens escuras cobriam o céu e ele contava com a chuva para apagar o cheiro que iria guiar os cachorros. Era de tarde quando chegaram a uma região rochosa, com várias pedras grandes servindo de teto. Escolheu uma para se esconder. Seu plano estava dando certo e aquele era o momento para mais um ato da sua vingança. Ela percebeu a maneira como ele a olhava e se encolheu, mostrando todo medo que sentia. Implorou quando ele se aproximou e arrancou-lhe a saia.

— Pelo amor de Deus! Não me faça nenhum mal.

Mas era o mal que ele precisava fazer e, quanto mais ela chorava e gritava, mais ele se lembrava da história que as negras lhe contaram. Sua vingança não iria parar aí, mas só aquele fato já seria bastante para abalar o prestígio do todo-poderoso senhor de escravos. Se os brancos podiam violar as negras, doravante os negros iriam violar as brancas até que a raça branca desaparecesse. A menina caíra numa completa prostração. Ele a pôs de novo sobre os ombros e saiu de debaixo daquela pedra, como um troglodita com sua presa. Vários dias se passaram sem notícia de perseguidores, e ele passou a acreditava que tinham tomado outros rumos. No entanto, já havia caído numa armadilha uma vez e examinava tudo com cuidado. Nos primeiros dias da sua violência, ela chorava e pedia misericórdia. Depois, foi se acostumando e se abandonava. Ele não queria sentimentalismos, pois seu propósito era outro. Fizera bem em trazer as sobressaias, porque o sapato dela estragou e ele embrulhou seus pés com panos.

Sempre andando com cautela e desconfiando de árvores altas e clareiras, prestava atenção ao canto dos pássaros e dos insetos e aos movimentos bruscos das folhagens. Caminhava silenciosamente e não deixava que ela falasse, nem mesmo para reclamar. Um dia, parou de repente e se esconderam entre uns arbustos. Suas narinas treinadas sentiram um cheiro diferente. Parecia de um cavalo. Um cavalo perdido na mata? Seu dono descansando? Fez sinal para ela continuar quieta onde estava e andou com cuidado, escondendo-se atrás dos troncos das árvores. Por entre a vegetação, ele viu o cavalo arreado, amarrado num arbusto, com um alforge de alimentos, e voltou silenciosamente para onde ela estava.

— É uma armadilha e também a sua oportunidade de ir embora. Ali adiante está um cavalo preparado. Eles não a querem, mas a mim. Vá até onde está o cavalo que vou ficar observando. Depois, se quiser, pode ir.

Ela pareceu hesitante. Tinha medo do que poderia acontecer, mas ele fez um gesto firme com a cabeça e ela obedeceu. Ele rodeou o terreno e se escondeu atrás de uns troncos, sem dar a volta para o outro lado, pois os perseguidores deveriam esperá-lo do lado de cima, para o norte. Ela caminhou até a pequena clareira e viu o cavalo. Olhou para os lados, não mais o viu e ficou assustada, sentindo um estranho medo de perdê-lo. O animal levantou a cabeça, soprou as narinas, e ela pegou a rédea, passando a mão pelo seu rosto. Nesse momento, ouviu risos de satisfação e quatro homens saíram do mato, exclamando, gloriosos:

— Pegamos. É ela, e ele deve estar por perto. Vamos ganhar um bom prêmio.

Quatro tiros se repetiram e os quatro homens caíram, numa ação instantânea que não lhes deu tempo de saber de onde vieram. Pálida, ela olhava os quatro caçadores caídos no chão, imóveis. Ele agradeceu aos antepassados da sua mãe, que mais uma vez o estavam ajudando. Armas, munição, alimentos, alguns níqueis e roupas eram importantes. Ele vestiu a roupa que melhor lhe servia, escolheu a melhor arma com munição suficiente.

— Vou continuar. Tenho uma missão a cumprir e não vou desistir. O cavalo é seu. Suas roupas estão neste saco. Procure a primeira fazenda e se comunique com a sua família.

Com o rosto triste e os olhos cheios de lágrimas, ela disse:

— Não posso voltar para casa. Serei rejeitada pelo meu pai. Ele é um puritano. Fui raptada por um escravo e para eles eu não presto mais. É até possível que me mande matar. Não tenho para onde ir.

Ele quase sentiu pena do que fizera com aquela jovem, mas era parte da sua missão e os Espíritos esperavam que ele continuasse a luta que declarara contra os brancos. Ela mordia os lábios, como se quisesse esconder alguma coisa. Acabou deixando escapar:

— Além disso... Além disso, acho que estou esperando um filho seu.

Para ele, não era um filho, mas o resultado da sua vingança que começava a frutificar. Aquele fruto precisava nascer, para que mais tarde também continuasse o seu plano de vingança. Pelo menos até encontrar um lugar seguro para ela, não poderia deixá-la.

— Se é para continuar, melhor vestir uma dessas roupas e parecer que é homem.

CAPÍTULO 34

Evitaram os campos abertos, preferindo as savanas e as florestas, e dormindo encostados em troncos ou barrancos. Já estavam longe do local da fuga, mas sabiam que estavam sendo perseguidos e evitavam lugares povoados. Ele sabia fazer agulhas e instrumentos úteis com os ossos dos animais, e fez um cantil com o couro de uma caça. Nas selvas da África, desenvolvera o senso de direção e a memória dos lugares. Caminhavam para o norte, pensando em voltar um dia para ajudar os outros que ficaram. Ela se já acostumava àquela vida, bem mais difícil do que a que tivera até então.

Um dia viram de longe uma casa protegida por algumas árvores, com uma pequena área cultivada, o que indicava que não era uma grande família e nem moravam pessoas fortes que poderiam trabalhar melhor a terra e cuidar de mais cabeças de gado. Aproximaram-se com cautela, e dois cachorros apareceram latindo, parando ao grito de uma voz feminina. De dentro de um pequeno curral, saiu uma mulher de avental com um balde de leite. Ninguém mais apareceu e os cachorros os rodearam inquietos, mas a mulher gritou novamente e eles voltaram, manifestando seu inconformismo com raivosos grunhidos. Eles a cumprimentaram. Com um ar de preocupação, a mulher respondeu algo que os assustou:

— O xerife está rondando a região com um grupo de homens armados, procurando um casal de fugitivos. Um escravo raptou a filha de um fazendeiro lá para o sul. Quatro caçadores foram assassinados e suas roupas e cavalos foram roubados. Segundo o xerife, a mulher deve estar vestida de homem, para disfarçar, e eles estão indo para o norte.

Ele fez menção de pegar o rifle, preparando-se para uma nova armadilha, mas a mulher o acalmou:

— Não se preocupem. Já ajudei outros fugitivos. Meu marido morreu e moro sozinha. Vocês devem estar cansados e com fome. É melhor entrarem. Vou preparar alguma coisa.

Ele não acreditou que pudesse haver bondade numa pele branca, mas a filha do senhorio desceu do cavalo e acompanhou a mulher. Ela era branca e devia conhecer as pessoas brancas, para mostrar essa confiança. Entraram, mas, em vez de descansar, foi esconder os cavalos e olhar os arredores. Se os perseguidores estivessem por perto, teriam visto os rastos na direção da casa. Ninguém apareceu e, ao escurecer, a mulher pediu para ele colocar um par de cavalos numa carroça e percorrer de volta o caminho que ele tinha feito, até uma certa distância, para apagar os vestígios que eles tinham deixado. Durante alguns dias, ele ajudou a mulher na horta e na limpeza das plantações, e sua companheira aprendeu a cuidar da casa. A mulher disse que era melhor ele seguir sozinho. Ela iria até a cidade levar um pouco de mercadorias para vender e comprar algumas coisas e era muito amiga da dona da mercearia. A menina e a criança ficariam bem com ela.

No dia seguinte, a mulher preparou uma caixa grande com a colheita que tinham feito e ele se escondeu debaixo das verduras, frutas, queijos e até mesmo tricôs e bordados que ela fazia nas horas vagas. A viagem até o pequeno vilarejo demorou o dia todo e lá chegaram ao entardecer. Ninguém os parara para verificar a carga, mas às vezes passava alguém que ela cumprimentava, conversava um pouco, com naturalidade, falando do tempo e das coisas locais. Já era quase noite quando entraram na cidade, parando a carroça diante de uma mercearia. Ela desceu e logo depois apareceu uma senhora que pediu para que levasse a carroça até os fundos, onde era mais fácil descarregar os produtos. Lá ele foi retirado às escondidas e recebeu da dona da mercearia um mapa com uma rota e a indicação de um lugar mais seguro. Ela explicou-lhe que nesse lugar deveria haver uma lanterna acesa na janela, sinal de que seria acolhido e receberia ajuda para prosseguir para o norte. Seu marido saíra de madrugada para avisar as pessoas daquela casa, que também o receberiam e lhe dariam um novo roteiro.

Foi um longo caminho até chegar ao rio Ohio, na divisa com o Canadá, alguns meses depois, escondendo-se durante o dia e vagando durante a noite, seguindo as estrelas para o norte. Ouviu histórias que o entristeciam e mais ainda o revoltavam. Os negros preferiam a morte à escravidão, e muitos deles matavam os capatazes para serem fuzilados ou enforcados. Mulheres grávidas provocavam o aborto ou matavam as crianças para que seus filhos não tivessem o mesmo destino delas. A melancolia era a doença mais grave para os que chegavam, e mais de um terço morria no primeiro ano de escravidão.

Do outro lado da fronteira, o Filho da Louca não se sentia feliz. Era preciso fazer alguma coisa para ajudar os seus irmãos negros. Ele vira que outros negros que tentavam fugir eram presos, enforcados, ou entregues a cães selvagens para serem devorados diante dos outros escravos, para que desistissem de quaisquer planos de liberdade. Uma maneira de enfraquecer os brancos era ajudar a libertar os seus escravos, e ele então regressou. Não havia se passado ainda tempo suficiente para seu filho ter nascido, e ele errou, sem destino certo, para o sul, até chegar aos arredores de uma grande fazenda. A madrugada já se distanciava e o amanhecer coloria o horizonte. Era esse um dos momentos mais gratificantes do dia, quando pássaros sonolentos começavam a mexer as asas e o canto choroso dos negros ressoava nos algodoais. Movia-se no sentido contrário dos ventos, para que os cães não o farejassem, e viu um garoto com dois grandes baldes de água nas costas. Devia estar ainda com sono, pois tropeçou e caiu. O capataz era também um negro, mas não perdoou o garoto, e a chibata subia e descia, na gritaria dos xingatórios. Embora Kumani tivesse uma carabina e uma garrucha, suas armas preferidas eram o arco e as flechas. Um tiro chamaria a atenção. A seta foi direto na garganta do negro e o fez cair sem um ruído sequer. O primeiro a perceber que havia alguma coisa errada foi o garoto, que vira de onde a flecha viera e começou a correr na sua direção. Aquele foi o seu primeiro liberto. Deixou-o no Canadá e voltou.

Numa noite em que se esgueirava pelas ruas de uma cidade do estado de Illinois, encostado nas paredes e oculto na escuridão, ouviu latidos de cães e gritos raivosos de um homem. No alpendre de uma casa branca, de madeira, estava um casal assustado e, na frente da casa, com mais três guardas e dois cães, o xerife gritava para o casal:

— Soltem os negros ou nós entramos aí e vocês serão presos por esconderem fugitivos!

O casal tentava convencer o xerife de que não havia ninguém mais na casa, mas ele estava feroz:

— Já temos a denúncia de que vocês escondem escravos fugitivos num porão subterrâneo. Se estão falando a verdade, não tenham medo, mas se estiverem mentindo, vou pô-los na cadeia e castigá-los como merecem.

E deu a ordem:

— Cães!

À voz do chefe, os animais avançaram latindo ferozmente, mas caíram sobre as pernas dianteiras, com um grunhido, e não se levantaram. O xerife demorou um pouco para entender que os cães estavam mortos, atravessados por duas flechas certeiras, no coração. Não teve tempo, porém, para reagir porque outras duas flechas acertaram seus braços, na altura dos ombros, e, com uma rapidez que supunha a presença de vários assaltantes, outras flechas inutilizaram os três guardas. Havia pessoas ocultas por trás das janelas ou escutando atrás das portas, com receio da rua, e o que viram em seguida os espantou. Um mulato forte, com um arco preparado já com outra flecha, surgiu das trevas e falou alto:

— Se existem escravos nesta casa, eu vou levá-los. Se fizerem algum mal a este casal, não viverão muito. Eu voltarei numa noite dessas.

E, dirigindo-se ao casal:

— Soltem os meus conterrâneos. Doravante esta casa passa a ser um templo sagrado para o Filho da Louca.

Aos poucos, formou-se uma rede de casas e lugares que ajudavam os negros a fugirem para o norte e, assim, se formaram algumas trilhas de fuga que o imaginário chamou de Ferrovia Subterrânea. Não era uma ferrovia real, mas caminhos clandestinos com o nome de ferrovia para confundir os perseguidores.

As "linhas" eram os diversos trajetos de fuga, e "passageiro" era o escravo foragido. "Condutores" eram escravos foragidos que voltavam para buscar parentes e amigos, ou até mesmo brancos abolicionistas. As "estações" eram casas de pessoas brancas onde podiam se abrigar e eram sinalizadas com uma vela na janela ou uma lanterna no jardim. E, como em toda estação ferroviária, havia os "terminais", que eram vilarejos onde outros "passageiros" eram entregues a outros "condutores". Essas rotas passavam por catorze estados do Norte, e o fim da linha era o "céu" ou a "Terra Prometida", o Canadá. Na surdina, foi-se criando uma rede de contatos, meios de transporte e códigos que permitiram a fuga de dezenas de milhares de escravos, e serviu de modelo para os sistemas de espionagem atuais. Há até quem diga que foi dessa sofisticada rede de fuga que surgiram a CIA e o FBI.

LIVRO IX

A COSTA DOS ESCRAVOS

As revelações dos navegadores dos séculos XV ao XVII dão provas incontestáveis de que a África negra, que se estendia desde o sul do deserto do Saara, ainda estava em plena flor, cheia de civilizações harmoniosas e bem ordenadas. E essa floração fina os conquistadores europeus aniquilaram até onde penetraram no continente. Como a América precisava de escravos, eles foram levados da África: centenas, milhares, cargas inteiras de escravidão. No entanto, o tráfico de negros carecia de uma justificativa, e assim o negro foi feito meio animal, para ser vendido como mercadoria.

Leo Frobenius, em Robin Walker, *When we ruled*, p. 69

CAPÍTULO 35

O primeiro forte construído pelos portugueses para levar o ouro da região é conhecido como Forte de São Jorge da Mina, ou Elmina, uma das mais belas construções da época e que até hoje impressiona pela harmoniosa brancura que se projeta sobre o mar verde. Os primeiros escravos foram trazidos do reino do Daomé para trabalhar nas minas de ouro, e a produção foi tão grande que a região passou a ser chamada de Costa do Ouro. A quantidade de ouro armazenada fez o rei de Portugal dizer que o forte era uma mina, o que acabou dando nome ao forte. Foi dali que saiu o ouro que financiou as navegações portuguesas no século XVI. O ouro, no entanto, escasseou, e os traficantes passaram a vender os negros para as plantações do Novo Mundo. Os escravos que saíam desse forte eram chamados de "mina", e, desde então, a Costa do Ouro passou a ser conhecida como Costa dos Escravos.

Chegaram a Elmina em tempo de uma visita. John indicou o lugar onde o esperaria e Maurício seguiu a trilha em direção à bilheteria. Perdido em pensamentos, só percebeu a aproximação dos dois rapazes quando eles já estavam bem perto, chamando-o de *obruni*, que significa homem branco na língua akan. Um dos meios de vida dos jovens ao redor de Elmina era perguntar o nome dos turistas, ou a nacionalidade, e se afastarem. O turista pensa que se trata de mera curiosidade ou cortesia e, quando sai do castelo, um rapaz o está esperando com uma pulseira ou outro objeto com o seu nome gravado. É preciso ter paciência, não responder e continuar em frente. Os dois infelizmente estavam bem próximos e Maurício continuou andando com firmeza, mas eles voltaram a se aproximar. Para se livrar da insistência deles em saber seu nome, disse:

— Thomas Martin.

— Obrigado, sr. Martin — e se afastaram.

Um profundo fosso rodeava o castelo que, na época, era cheio de água e crocodilos para os cativos não fugirem. Passou pela ponte e dirigiu-se à bilheteria, onde pediu um ingresso para a visita guiada. A senhora do guichê lhe avisou que o grupo dos brancos só começaria dentro de uma hora.

— Grupo dos brancos? – estranhou.

— Sim — respondeu secamente a mulher. — Os africanos não gostam de se misturar com os brancos, que veem a nossa história com ironia.

Era uma informação inesperada. Lembrou que em Cape Coast o grupo era só de brancos e o discurso do guia era preparado para brancos. No entanto, ele não tinha tempo para esperar e saiu. Lá fora, viu os dois rapazes que lhe haviam perguntado pelo nome. Eles se aproximaram, mostrando uma pulseira de couro, com uma fivela de metal, dizendo que custava 10 dólares.

— Vocês estão loucos? Dez dólares por isso aí?

— Mas é feita à mão, artesanato africano, uma lembrança para recordar sua visita a Elmina.

Diziam coisas assim, quase ao mesmo tempo, e se colocaram bem na sua frente, impedindo que passasse. Aquele que estava com a pulseira mostrou o nome gravado:

— Por favor, sr. Martin.

Embora já vivesse preparado para o inesperado, assustou-se. Como o descobriram assim tão rapidamente? Imaginava que, caso estivessem à sua procura, demorariam pelo menos dois dias para encontrá-lo. A viagem a Acra fora decidida na véspera, já na hora do voo, mas ali estava gravado na pulseira: "Dr. Maurício". Havia sido identificado, e o melhor era agir como um turista. Primeiro deveria pechinchar, pois assim haveria tempo de eles lhe darem outras informações. Continuaram discutindo o preço da pulseira enquanto caminhavam para o mercado de peixes, que fica logo abaixo, descendo o morro até chegar à foz do rio Beni. Barcos serenos enfeitavam com cores alegres o movimentado ancoradouro e ele procurou inutilmente por John. Entendeu que o mais prudente era seguir os dois meninos e esperar pelo que poderia vir.

Os garotos o levaram por entre a multidão que todos os dias toma conta da ponte, com a chegada dos barcos, para a compra dos pescados. Gana é um país cristão e aquele porto era um testemunho do que havia ouvido alhures: que no país se desenvolvem as mais diferentes formas de cristianismo. Os barcos tinham nomes de santos e profetas, como Cristo, Jesus Cristo, Cristo Salvador, Salvador Eterno, Josias, e tantos outros, grafados em letras grandes e tintas firmes no seu testemunho de fé. Em outras circunstâncias, teria ficado ali, sobre aquela ponte, durante horas, mas a situação mudara. Sua preocupação aumentou quando ele percebeu um dos rapazes conversando com John, enquanto o outro o levava ao morro onde fica o Forte de São Jago, chamado pelos holandeses de Forte Coenraadsburg.

Sabia quando devia manter o sangue frio, a mente alerta, os músculos preparados para a ação. O sol já ensaiava o entardecer e o calor era ainda grande. Chegaram ao alto do morro. Lá embaixo ficara o castelo Elmina. Uma torre alta sobressaía à sua entrada, e as paredes de pedra eram como uma mortalha que escondia o seu passado monstruoso.

Ao começarem a descer o morro, depois do Forte Coenraadsburg, Maurício notou a aproximação de dois homens. Sua "escolta", se assim pudesse chamá-la, era agora de quatro pessoas. John lhe parecera confiável, e era o momento de ir pensando no que fazer caso não visse a Land Rover. Estava disposto a não entrar em outro veículo. Sua mente fervilhava para descobrir a estratégia certa para aquela situação, quando viu a Land Rover estacionada e John andando de um lado para outro, inquieto. Um dos rapazes aproximou-se de Maurício e disse:

— Não podemos acompanhá-lo a partir deste ponto, mas estes dois senhores o seguirão até estar em completa segurança e receber instruções de como sair de Gana.

No carro, um dos homens ocupou o assento da frente, ao lado de John, enquanto outro homem, vestido com uma túnica colorida e malcheirosa, sentou-se ao seu lado, bem atrás do motorista. O homem ao lado de John mandou-o seguir a estrada para Asin Manso.

— Asin Manso, a esta hora? O que vamos fazer lá? — perguntou John surpreso.

"Último banho", pensou Maurício, não se sentindo nada bem com a ideia de ser marcado a ferro quente.

— Temos instruções e devemos segui-las. Não temos escolha.

John olhou para trás, mas o homem insistiu:

— Precisamos sair daqui com urgência. Logo a polícia vai chegar e prender o seu cliente por falsa identidade. Depois vão desaparecer com ele e certamente com você também.

— Melhor seguir as instruções — disse Maurício.

O veículo seguiu por uma estrada de asfalto esburacada, cercada de vegetação por ambos os lados, e John dirigia visivelmente nervoso, às vezes olhando para o lado do homem, que estava com o braço direito apoiado na porta e o esquerdo estendido no banco, de forma oculta. Escurecia e, quando passaram por um lugar descampado, já longe de Elmina e sem movimento, Maurício disse com receio:

— O hotel me informou que esta é uma região de muita malária. Vocês não costumam passar repelente?

Ele estava com uma jaqueta de safári, de cor cáqui, cheia de bolsos, própria para turistas carregarem documentos, dinheiro, máquina fotográfica, repelentes e todas as quinquilharias que o comércio de safári produz. Com a maior naturalidade, tirou um frasco de repelente spray do bolso da jaqueta e começou a passar pelo pescoço e pelas mãos. Num momento em que John olhou para ele pelo espelho retrovisor, Maurício piscou duas vezes e aspergiu o repelente nos olhos do homem que estava ao seu lado. Foi um movimento rápido e o homem gritou, esfregando os olhos com as duas mãos. O acompanhante da frente olhou para trás para ver o que tinha acontecido, num gesto instintivo, e Maurício foi rápido. No mesmo instante em que aspergiu o repelente nos olhos do sujeito, John deu uma freada brusca, jogando o homem contra o painel e tomando sua arma, que havia caído no banco. Foi tudo muito rápido, e o homem que estava no banco de trás abriu a porta e saiu correndo, mato adentro, sem tempo para Maurício segurá-lo, mas isso também não era importante, porque o da frente estava sob a mira da arma.

— Bom trabalho, John!

— Mas o senhor também não descuida, hein! Não sabia que repelente de mosquito era uma arma tão eficiente.

— Aprendi isso com um caboclo da Amazônia. Ele me disse que espantou uma onça com repelente, esguichando-o no rosto do bicho e pondo fogo com um isqueiro no líquido aspergido. É o que vamos fazer agora com o nosso amigo, se ele não explicar direitinho essa história.

Desesperado, o homem gritava que ia ficar cego e pedia pelo amor de Deus para que o ajudassem, mas Maurício estava impiedoso.

— Primeiro você vai dizer quem o mandou organizar isso e o que iam fazer conosco. Depois vamos pensar se vale a pena lhe dar um pouco de água para lavar os olhos. Mas se demorar não vai ter mais jeito. Tenho uma garrafinha de água comigo, vai ser suficiente para evitar que fique cego. Então? Vai falar ou não?

— Eu falo, eu falo, mas meus olhos estão queimando!

— Problema seu. Abre logo o bico se não quiser mais repelente.

O homem falou choramingando:

— Foi um oficial da polícia. Ele se chama Holley. Não sei mais nada. Trabalho como informante e ele me disse que o senhor era um criminoso internacional e eu ia ganhar um bom prêmio se fosse capturado.

— É ele que está nos esperando em Asin?

— Não sei, juro que não sei.

Maurício pegou a garrafa de água que ainda estava pela metade e entregou-a ao homem, mandando que sumisse no mato, mas ele estava praticamente cego e não viu o carro que vinha se aproximando. O motor ligado da Land Rover não deixava ouvir o ronco do outro carro que passou ao lado deles, em velocidade, justamente no momento em que o bandido descia. O impacto o jogou longe, e um motorista assustado desceu do carro, olhou o corpo que havia caído perto de uns arbustos ao lado da estrada, e começou a gritar desesperado que não tivera culpa, que o homem atravessara a estrada. John o acalmou, dizendo para ir embora e esquecer aquilo, pois eles eram testemunha de que fora um acidente provocado por um pedestre imprudente, sugestão que o agradecido homem aproveitou para desaparecer. Eles também entraram no carro e tomaram uma estrada de terra, pouco movimentada. Maurício perguntou:

— Conhece esse oficial Holley?

— É praga. Nome falso. Foi meu subordinado no Exército. Eu era tenente, e ele, um cabo vagabundo e trambiqueiro. Deixei as armas e ele é hoje um oficial do Serviço Secreto do Exército. É perigoso porque conhece os podres de vários outros. Formaram uma quadrilha. Com certeza ele sabe que sou seu motorista. Os próprios malandros que nos pegaram devem ter passado a chapa do meu carro. Não gostaria de me envolver com ele. Família! O senhor sabe o que um homem desses é capaz de fazer.

Maurício compreendia a situação. O tal oficial pegaria os filhos, a mulher, até que ele se entregasse.

— Mas o senhor não pode ficar aqui e precisa de proteção. O repelente, a mesma coisa que o senhor fez com eles, vai ter de fazer comigo. Vou fechar os olhos, porque posso argumentar que vi o que fez com os outros e fui mais ágil, mas preciso de provas de que fui agredido e não o ajudei.

Era um homem corajoso e leal.

— O sujeito que conseguiu escapar com vida vai contar que a iniciativa foi sua e isso é bom, mas é preciso que roube o carro e este revólver. Tenho aqui um GPS que vai levá-lo a um lugar seguro. O destino é "casa do pescador". Não mora ninguém lá. É apenas um rancho abandonado que conheci casualmente levando um pessoal que queria pescar na praia e gostei do lugar. Marquei essa casa no GPS para um dia ir lá de novo, mas agora ela pode nos ser útil. Lá estará uma pessoa que o levará a um lugar seguro. Não se preocupe comigo. Sei como agir neste país.

CAPÍTULO 36

Não havia muito o que discutir, e o motorista estava certo. Tinham de agir com rapidez porque logo passariam outros carros e veriam o homem morto. Embora com pena, Maurício pegou o revólver e deu uma coronhada bem forte na cabeça de John, que sentiu a pancada e deitou-se no acostamento, como se estivesse desacordado. Em seguida, saiu dali atento às instruções do GPS. Passou por um carro velho abandonado no acostamento e lembrou-se da reclamação de John de que esses carros recondicionados acabavam sendo abandonados no meio das estradas por falta de peças. Isso lhe deu uma ideia, pois, se John fosse preso e dissesse que o carro havia sido roubado, iriam procurá-lo pelo número de registro. Voltou até o carro e trocou a chapa do Land Rover.

Maurício seguiu a orientação do GPS e dirigiu por umas duas horas até chegar a uma casa de madeira, numa praia deserta. Escondeu o carro no meio de uns arbustos e se esgueirou com cuidado até chegar à choupana. Ninguém lá dentro. Não convinha, porém, ficar exposto, e ele se ocultou entre as palmeiras espalhadas pela areia da praia.

A lua estendia seu manto branco sobre o mar e as estrelas cintilavam no firmamento. O céu, o mar e o balouçar das palmeiras! Era bonito de ver e sentir aqueles momentos que aliviavam as tensões do dia, mas esses minutos de contemplação foram interrompidos pela luz de uma motocicleta, que se aproximou da choupana e apagou as luzes. Uma pessoa desceu, olhou em volta e entrou. Logo depois saiu e ficou de pé na porta. Era o vulto de um homem alto, vestido com túnica muçulmana. Maurício continuou quieto, no meio das palmeiras. Uns trinta minutos depois ouviu o som de outra moto, que foi abandonada. Uma pessoa saiu com a camionete. Era o que esperava. Alguém chegaria com outra moto e levaria embora a camionete, deixando a moto para Maurício, que deveria seguir o seu novo guia. E foi como previra. O vulto saiu na sua moto e parou perto da estrada, esperando por Maurício.

Foram dias complicados, e agora estava acompanhando um desconhecido que parecia ter saído desses livros ilustrados de danças vodu. Era prudente manter alguma distância. Eles se dirigiram para o norte, entrando num caminho estreito dentro de uma mata à beira da estrada, onde pararam e desligaram os motores. Começava uma luta nova, em que a invisibilidade era a arma principal. Não seria perseguido abertamente, com mandados de prisão e fotografias expostas em rodoviárias ou nas esquinas das cidades. O inimigo se manteria oculto, e aquele pessoal estava fazendo o mesmo.

Um foco de luz apareceu na estrada, ainda distante, e foi se aproximando, até que ouviram o motor de um carro que reduziu a velocidade e, ao chegar perto da mata, piscou três vezes. Era o sinal que o vulto esperava de que o caminho estava livre. Sem dúvida iriam sair de Gana, mas para onde o levariam? Tinha de confiar naquele pessoal, mas sabia que seu destino agora era incerto e inseguro.

CAPÍTULO 37

Os dias de tensão o aproximaram mais de Laura. Os encontros já não eram apenas na faculdade, e os assuntos eram outros. Assim como ele, ela era divorciada, mas sem filhos. Laura o ajudou a voltar a uma vida normal e o noivado aconteceu naturalmente. A decoração de Rose a agradara e agora era ela que ia lá ajeitar uma coisa ou outra para dar o seu toque pessoal.

Num domingo de agosto, Robin se preparava para um passeio com Laura, quando o telefone tocou. Era Gregory.

— Bom dia, Robin.

— Olá, Gregory.

— Estou saindo para Chicago e gostaria de almoçar com você e Laura.

Gregory não falou do que se tratava, e Robin lembrou-se da noite no píer. A felicidade do jantar com Laura o fizera cometer um descuido imperdoável, e Gregory milagrosamente o salvara.

— Claro. Será um prazer. Espero-o no meu apartamento. Você tem o endereço.

Em seguida, foi buscar Laura e explicou-lhe sobre o atentado no píer. Nada lhe dissera antes para não a assustar, mas devia sua vida a Gregory, e, certamente, agora era ele quem precisava de ajuda. Era pouco mais de meio-dia quando Gregory chegou. Examinou o apartamento com olhar de aprovação:

— Gostei. Muito bem arrumadinho.

— Obrigado. Mérito da Laura e da minha irmã Rose, que é decoradora.

Laura fez um café, e Gregory explicou o motivo da visita.

— Vou ser bastante objetivo. Se vim aqui à sua procura, é porque não tenho ninguém em quem possa confiar uma missão muito especial.

— Se eu puder ajudar, é claro que pode contar comigo. Afinal, devo-lhe a vida.

— Nem pense nisso. Não estou lhe cobrando nada, mas preciso de um favor. Podem existir centenas de agentes mais preparados do que eu e você, mas uma convivência que vem desde a juventude ajuda muito nos momentos críticos. E talvez o assunto lhe interesse, visto que anteriormente já esteve com a pessoa em questão.

— Não me diga que se trata de um agente de turismo.

A pergunta saiu com espontaneidade, porque nunca lhe saíra da cabeça o agente de turismo que também lhe salvara a vida. No dia seguinte ao atentado, voltara ao hotel onde o deixara, mas o sr. Mello já havia partido. Pedira a Glenda para localizá-lo, mas ela não encontrara registros com esse nome em nenhum hotel de Chicago ou em outra cidade por perto. Terminada a investigação, Robin passara a se dedicar a Laura e ao Departamento, mas nunca esquecera o agente de turismo. Afinal, o que estaria ele fazendo no Bar do Joe justamente naquela noite? Laura o olhou com estranheza porque não sabia de que se tratava, e Gregory pareceu confiante com o interesse de Robin.

— Houve um crime no Brasil, poucos dias antes do atentado do Bar do Joe, e esse agente de turismo quase chegou em tempo de evitá-lo. Eram amigos de infância, colegas de escola, um menino negro e um menino branco. O negro fazia parte da Irmandade dos Homens Pretos, numa igreja no centro de São Paulo. Vou mostrar a vocês uma coisa. Tenho aqui um pequeno vídeo. Posso projetá-lo na parede?

— Sim. Claro.

Gregory ajeitou um pequeno aparelho, mais parecido com um laptop, e na parede branca na frente deles surgiu a imagem de Robin saindo do Bar do Joe e passando diante da mesa de um homem distraído, esfregando um copo. Assim que acabou de passar, dois homens altos vieram dos fundos do bar e se dirigiram para a porta. Nesse momento, o homem olhou para os dois e se levantou rapidamente. Eles pareceram surpresos ao vê-lo e saíram apressados. Gregory pegou um outro vídeo, tirado de fora do estabelecimento, que mostrava o homem já na calçada, olhando os dois outros atravessando a rua e desaparecendo no nevoeiro. Laura levou as mãos aos olhos ao ver aquele estranho jogar-se sobre Robin e um táxi quase passar por cima deles.

— Ai! — gritou ela. — Você nunca me falou disso.

Robin passou o braço direito pelo seu ombro e deu uma resposta que a comoveu:

— Depois que me chamaram de ébrio na televisão, achei que você não iria me aceitar. Naquele momento, a vida já não me importava tanto.

Ela o olhou pesarosa e ele questionou Gregory:

— Você andou me vigiando.

Gregory sabia que tinha de ser pelo menos parcialmente sincero se quisesse ter a ajuda de Robin.

— Há alguns anos, um grupo se organizou para proclamar a independência da Amazônia, o que não interessa aos Estados Unidos, ao menos não por enquanto. Foi um brasileiro que nos ajudou a desvendar esse complô. Registramos essa trama como "O Conceito Zero"[1]. Ele passou a ser o alvo principal de vingança de remanescentes desse grupo, e nós nos comprometemos a protegê-lo onde estivesse. E essa vigilância foi muito oportuna porque em seguida ele se envolveu no caso que foi arquivado como "O Enigma de Compostela"[2], outra conspiração impressionante. Desnecessário dizer também que uma das preocupações da CIA é catalogar indivíduos especiais. Esse homem mostrou-se extremamente sagaz e preparado. Queremos mantê-lo do nosso lado e foi essa uma das razões de o termos seguido até agora.

---

1 *O Conceito Zero*, romance deste mesmo autor.
2 *O enigma de Compostela*, outro romance deste autor.

Laura havia se recuperado do inesperado momento de tensão, e Gregory contou uma estranha história sobre o agente de turismo.

— Nosso homem se chama Maurício da Costa e Silva e, pela reação deles no vídeo, é de se concluir que ele e os dois assassinos se reconheceram.

— Então, Negrão de Mello é um nome falso e esse Maurício já era conhecido da CIA — comentou Robin. — E também posso concluir que não foi coincidência ele estar no bar. O crime em São Paulo está ligado ao caso de Blackburns, e esse Maurício estava me seguindo. Mas por quê?

— No dia seguinte ao enterro do irmão Geraldo, ele apareceu em Chicago e passou a visitar as casas noturnas. Veja a sequência dos fatos. Até parece coisa de novela de televisão.

A tela projetava agora Robin entrando no bar e indo direto para uma mesa, onde não esperou muito e um senhor se aproximou e o cumprimentou:

— Boa noite, inspetor Collins. Está frio, hein?

Um homem, na mesa ao lado, olha discretamente para Robin e o examina quando ele sai, controlando os passos.

— Querido — disse Laura com ironia —, até que você está bem firme depois de tanto conhaque.

Eles riram, e Robin confirmou:

— Sem dúvida, é o agente de turismo.

— O que você não sabe, e nós só concluímos isso depois da análise de várias câmeras, é que ele colocou algumas pessoas para o vigiarem e por isso o seguiu até o laboratório. Só um homem como ele poderia ter adivinhado que você iria ao bar do Joe comemorar a sua vitória sobre o laudo e que estaria correndo perigo deliberado.

— Difícil de acreditar. Como poderia ter adivinhado isso?

— Onde mais um herói poderia buscar a glória, a não ser nos lugares que mais frequenta? É fácil concluir isso agora, mas o que me espanta é que ele previu o perigo e pôde salvar a sua vida. O seu relatório, concluindo que as mortes de Blackburns e Ernest não haviam sido crimes comuns, foi bem profético. O caso revelou-se preocupante e precisamos entrar em contato com esse dr. Maurício, como é conhecido.

— Ele é médico?

— Ele é doutor em Direito e, sem dúvida, uma peça-chave nesse mistério.

Robin começou a raciocinar em voz alta:

— Lembro-me de um vulto que podia ter me seguido naquela noite. Ele pode ter entrado no laboratório e roubado a abotoadura e o dente de Blackburns. Gostaria de revê-lo. Onde estaria agora?

— Recentemente esteve na Namíbia.

— Ora! Não me diga que estava no poço envenenado no dia da morte dos turistas alemães!

— Precisamente. E aí está outro mistério. Da Namíbia ele foi para o Okavango e lá os dois gringos que tentaram matá-lo apareceram mortos. Depois, ele foi para Victoria Falls e ficou desaparecido por algum tempo.

— Por algum tempo? Então voltou?

— Veja este vídeo.

Agora Maurício saía do hotel, acompanhado de uma moça, que seria a sua guia numa excursão. Ao descer um degrau, pisou em falso e deu um gemido. Eles trocam algumas palavras e a guia volta para dentro do hotel. Assim que ela sai, Maurício examina sua bolsa. Nela encontra um pequeno revólver, do qual retira as balas. A guia volta logo com um par de óculos e saem em direção às cataratas.

— Não acredito! — exclamou Laura. — Ele fingiu que torceu o pé?

Gregory deu uma boa risada.

— Às vezes me divirto com ele.

— Havia motivo para ele desconfiar da guia? — perguntou Robin.

— Ele desconfia de tudo. Temos de lembrar que havia escapado de uma armadilha no Okavango. O homem na saída do hotel era um dos nossos agentes. Ele tinha pequenas câmeras de filmar presas ao corpo e um gravador. Depois que Maurício entrou no carro, ele deu a volta e as câmeras registraram a vistoria que ele fez na bolsa da guia. Na trilha da cachoeira, entre Zâmbia e Zimbabwe, ele desapareceu. Chegamos a pensar que tivesse sido jogado no precipício, até que foi sequestrado em Gana.

— Sequestrado...?!

— Pelo que sabemos, ele conseguiu escapar. Precisamos encontrar esse homem, mas ele tem fugido dos agentes da CIA. Tem um faro especial para sentir de longe quem o está seguindo. É um especialista em disfarces e desaparece.

Robin não gostou.

— Bom, mas em que eu posso ajudá-lo, se ele está tão longe?

— Conforme já disse, não tenho nenhum agente com a sua perspicácia e habilidades.

— Mas encontrar um homem que mal conhecemos em todo um continente é como o velho ditado da agulha no palheiro, ainda mais sendo ele um mestre em disfarces.

— Foi por isso que me lembrei de vocês. Tenho a impressão de que ele irá ao encontro de vocês, ao saber que estão na África.

— Por que o plural? Onde Laura entra nisso?

— Vocês se casam no dia 1º de setembro. O governo americano vai pagar toda a lua de mel de vocês, começando pela Europa. Podem escolher os países, os hotéis e tudo o mais.

Houve um momento de hesitação. Robin olhou para Laura. Nem ainda tinham se casado e ela já era exposta aos perigos da sua profissão.

— Admitamos que aceitemos essa aventura maluca. Por onde começaríamos?

— Depois que ele escapou do sequestro em Gana, pus vários agentes fazendo sondagens, e a lógica diz que ele vai se encaminhar para o delta do Níger e, de lá, seguir para a região dos Grandes Impérios.

— Os Grandes Impérios! Mansa Musa! O presidente do Tribunal dos Intocáveis — exclamou Laura entusiasmada.

— Ele deverá fazer um desvio para confundir seus perseguidores, seguindo a região do Volta, até a Nigéria e é aí que vêm os arranjos.

— Arranjos? O que está aprontando agora?

Gregory abriu uma pasta e retirou um envelope que entregou a Robin.

— Aí está um convite da Universidade do Benim, para a professora Laura fazer uma palestra. Se nossos planos estiverem certos, ele vai ficar curioso com a sua presença. Fizemos vários estudos sobre os seus períodos de desaparecimento e concluímos que, de Gana, ele vai seguir para o sul da Nigéria, onde deverá chegar em meados de setembro.

Robin balançou a cabeça, incrédulo, e abriu o envelope. Dentro estava um documento oficial autorizando-o a contatar governos, cartões de crédito sem limite de saque contra o Tesouro Americano, tanto para ele como para Laura, porte de arma internacional, emitido pelo Conselho de Segurança da ONU, e o ofício da Universidade do Benim.

— Você me deixa assustado. Não posso expor Laura dessa maneira.

Mas ela pensava diferente.

— Querido, se ele está tendo ajuda, como parece, e, se a CIA nos der apoio, acho que podemos aceitar. Sempre quis visitar o antigo reino da Cidade do Benim e a região dos antigos impérios. Mas...

Ela esperou um momento e perguntou:

— Não existe nada errado nesses episódios? A minha dúvida é: onde há um crime ele está presente, ou seria o contrário: ele sempre está onde há um crime? Crime em São Paulo, crime em Chicago, na Namíbia, no Okavango, Victoria Falls, Gana. Será que não o estão empurrando para outro crime na Cidade do Benim? O que será que pretendem com ele? Só um par de abotoaduras?

Era uma colocação nova, com uma elevada dose de sensatez, e tanto Gregory como Robin a olharam espantados.

— Não tinha pensado nisso. Vou pôr os analistas da CIA para fazerem exercícios de multiplicação de hipóteses.

Robin preferiu encerrar a reunião com mais objetividade:

— E se não o encontrarmos?

Gregory respirou fundo, como se já tivesse meditado sobre os efeitos de um fracasso, mas falou com confiança.

— Ele vai aparecer. Mas se não o encontrarem, precisamos saber em que erramos.

— A propósito do Okavango — perguntou Robin —, quem matou os dois gringos? Maurício?

— Não é o estilo dele. Acredito que tenha sido Yuri.

Os planos do casamento não mudaram, mas em vez de uns dias sossegados num *resort* no sul da Flórida, iriam para luxuosos hotéis da Europa.

LIVRO X

O GENOCÍDIO DO POVO EDO

As artes humanas podem ter alcançado o seu ponto mais elevado de estilização, diversidade e articulação nos estúdios dos artesãos da Cidade do Benim, no período entre a Idade Média e o fim do século XV. No Benim, havia corporações de metalúrgicos, ferreiros, carpinteiros, tecelões, profissionais de trabalho em couro, entalhadores e ceramistas, muito bem organizadas. As artes domésticas, que incluíam a escultura em madeira, provavelmente começaram no reinado de Ere (900-980 a.C.), época em que eram esculpidas cabeças de madeira e colocadas nos santuários dos ancestrais.

Richard W. Hull, *African cities and towns before the European conquest*, p. 105

CAPÍTULO 38

Era fim da tarde quando chegaram a uma pequena aldeia, com casas de adobe, redondas e cobertas de capim seco, que lhes dava um tom amarronzado. Havia animais soltos e a maioria das casas tinha um cercado de paus, bem próximos uns dos outros e amarrados por fios, arames ou cordas. Ao chegarem a um conjunto de casas, cercadas, foram recebidos sem surpresa e com muita amabilidade, pois os donos já os esperavam. René apresentou o chefe da família, que se chamava Zaci, e mostrou a choupana onde ele ia ficar. Havia uma casa principal, onde moravam Zaci, a mulher, uma filha de 15 anos, duas crianças de colo e mais um rapaz já adulto que se chamava Taú, que significa "forte como um leão". Ele e o pai passavam o dia na pesca, que era o sustento da casa. A mãe e a menina cuidavam da pequena roça que mantinham nos campos livres. A cozinha era do lado de fora, assim como o poço e uma casinha com a fossa sanitária. No chão da choupana havia um colchão de painas, provavelmente a cama, e perto dela um toco servia de mesa. Não havia eletricidade, mas ele trouxera uma lanterna forte, com pilhas de reserva. Renê voltou naquele mesmo dia.

— Obrigado pela ajuda — disse Maurício. — Voltaremos a nos ver?

— O senhor nunca me viu. O chefe vai ajudá-lo a sair daqui.

Já era tarde e Maurício foi deitar-se, depois de participar do jantar com a família. Longas horas em cima de uma motocicleta por estradas ruins, mal alimentado e cansado, não foram suficientes para o sono chegar. Ele se perguntava o que viera fazer naquele lugar. Organizava as ideias e se convencia de que a sequência dos fatos não fora uma mera coincidência. Embora cansado, seus pensamentos atrasavam o sono, porque cismava com aquela aldeia.

O sono enfim chegou e, na manhã seguinte, ele se levantou disposto. Era um dia de sol ameno, e sua primeira providência foi procurar saibro para fazer um filtro de água. Num pequeno comércio na aldeia ele comprou vasilhames para seu uso e, já no primeiro dia, ferveu a água para beber. Não foi difícil convencer o chefe de que a diarreia que afetava as crianças era porque a água do lago continha pequenos bichinhos que levavam doenças para dentro do corpo. Alguns dias depois, o hábito de ferver a água antes de bebê-la começou a ser seguido pelas outras famílias. O chefe o levou até um lugar na margem do Volta, onde de uma argila branca e saibrosa ele fez dois filtros. Dando um ao chefe, explicou que não bastava ferver a água, porque as pequenas coisas que restavam, como grãos de areia e insetos mortos, desciam pelo estômago agindo como mensageiros dos maus espíritos, trazendo doenças.

Dias agradáveis se sucederam, ele também se levantando nas madrugadas frescas para sair pelo Volta num barco de madeira acompanhando Zaci e Taú. Numa pequena comunidade como aquela, quem tem um pouco mais não se sente bem em ver o vizinho com alguma necessidade, e todos compartilhavam espaços, utensílios e alimentos, apesar da árdua rotina de cada dia. A amizade os unia numa convivência que dá à vida valores já perdidos pela humanidade nos grandes centros urbanos. Maurício se sentia tocado pela simplicidade da vida e pela solidariedade na pobreza. Os dias passavam sem serem notados, e ele não se cansava de admirar as redes se abrindo sob o colorido do amanhecer para se afundarem em seguida nas águas cinzentas do lago. Voltavam lá pelas 2 horas da tarde e vendiam tudo no pequeno ancoradouro, reservando o necessário para o consumo. Normalmente as compradoras eram donas de casa que vinham com uma pequena bacia e limpavam o peixe ali mesmo. Ao entardecer, Taú saía para visitar a noiva, porque iria se casar em pouco tempo.

Um dia soube que a noiva de Taú ficara doente e o sacerdote conseguira curá-la. Ela morava na aldeia vizinha e estava agora presa, e não poderia mais sair enquanto não fosse levado um bode em sacrifício para Xangô. A moça se chamava Nanyamka, que significa "presente de Deus", e o rapaz estava nervoso. O dinheiro do peixe mal dava para sustentar toda a família, e se demorasse muito para comprar o bode, o sacerdote a escolheria para ser um templo vivo de Xangô e ela não sairia mais de lá. Taú vendeu sua bicicleta velha, com a qual saía para visitar Nanyanka, juntou o que pôde, mas o dinheiro não foi suficiente. Era um assunto delicado, que nem todos os ocidentais conseguem entender. Por que um bode e não um boi? Acontece que o bode, até mesmo nas crendices do cristianismo, é a representação do demônio e, nas religiões africanas, passou a ser um inimigo de Xangô, que exigia o seu sacrifício.

Quando, séculos atrás, o europeu chegou à África, viu nessas cerimônias apenas atos de barbarismo, esquecendo-se de que a Bíblia relata que Deus exigiu de Abrão o sacrifício do próprio filho como demonstração de fé, e vendo que Abrão ia cumprindo Sua exigência, substituiu o sacrifício por um cordeiro, que um dia passou a ser a representação do próprio Cristo. Como entender as mensagens que as religiões nos dão? Maurício se sentiu na obrigação de ajudar o rapaz. Sua intenção era comprar o bode, mas conhecia a sociedade africana: o rapaz poderia se ofender, porque a liberdade da sua noiva passaria a depender de um estranho. Além disso, se era um sacrifício, seria o rapaz que tinha de fazê-lo. Vendo o rapaz triste num canto, perguntou:

— Onde fica o templo?

— Numa aldeia aqui perto.

— Mas é a única solução? Seu pai não pode ajudá-lo?

— O problema é o sacerdote. Ele é muito rígido. O antigo sacerdote, pai do atual, sabia se entender com Xangô, mas ficou cego e velho.

Então havia dois sacerdotes, e o que estava exigindo o sacrifício era o filho. Na percepção de Maurício, havia uma esperança, porque os velhos são muito respeitados na sociedade africana.

— Como faço para encontrar o velho?

— Amanhã de manhã ele vai ficar na porta do templo fazendo adivinhações, com o tabuleiro sagrado.

— Vamos conversar com seu pai.

A família estava entristecida e o pai ouviu em silêncio a oferta de Maurício.

— Sei que é um assunto delicado, mas devo ir-me embora por estes dias. Em vez de um bode, compro dois. Devo um favor muito grande a vocês, que me receberam e me trataram como uma pessoa da família. Xangô vai aceitar o sacrifício. Tenho certeza disso.

Ele falou com convicção e houve choro na família. No dia seguinte, os três saíram numa carroça com dois bodes, que Maurício comprou na vizinhança. Ao chegarem perto do templo, pediu para o rapaz ficar com a carroça, enquanto ele e o pai iriam conversar com o sacerdote. Sentado num banco de madeira, um velho com olhar inexpressivo mexia num tabuleiro de vodu. Maurício chegou devagar e ficou de pé diante do velho. Algumas pessoas se aproximaram e um silêncio temeroso tomou conta da praça. Quando a porta do templo se abriu, um sacerdote vestido de branco com um gorro vermelho e uma pena vermelha de papagaio na boca, simbolizando o poder e os segredos de Xangô, apareceu com olhar severo, que Maurício desconsiderou e continuou de pé, em silêncio, observando o tabuleiro. Era uma situação estranha. Pessoas iam chegando, e ele, o velho e o sacerdote nada diziam.

Mais estranho ainda era o tabuleiro sobre o qual as mãos do velho se moviam. Não era de xadrez ou de algum jogo conhecido, mas três fileiras de entalhes, que lhe fizeram lembrar alguma coisa. Será que enfim encontrara alguma pista do segredo de Geraldo? O que lhe chamou a atenção foi a fileira do centro, com 48 entalhes que coincidiam com o terço. Havia nela três entalhes esculpidos ao lado de outros seis, depois quatro ao lado de oito, depois nove riscos e mais um, depois dez, separados em dois grupos de cinco, e então sete, num total de 48 entalhes.

Seu coração começou a bater forte, a respiração mais pesada, e ele se concentrou na fileira de 48 riscos. Que ligação haveria entre o osso e o cauri de ouro? Embora tivesse memorizado aqueles números do terço de Geraldo, nunca tinha imaginado que iria encontrar ali, naquele canto escondido do mundo, a explicação daquele conjunto de peças que nem pareciam um terço. Tinham-no levado até ali para ver o tabuleiro.

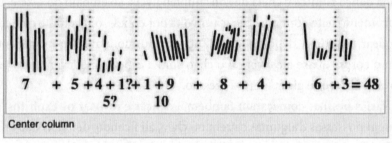

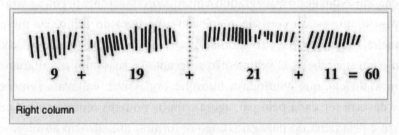

— O osso de Ishango — murmurou pensativo, despertando o misticismo do velho.

— Se é o Espírito do Vento, ele traz os segredos dos Grandes Espíritos.

Maurício manteve a expressão séria. Ele também estava transtornado, mas estava ali para salvar a noiva de Taú e aproveitou o momento de exaltação.

— Xangô é o deus do bem e do mal. Para satisfazê-lo é preciso agradar os seus dois lados. Os Espíritos presentearam Nanyamka com os dois bodes que estão na carroça.

O velho ficou quieto, porque o sacerdote agora era seu filho, de pé, ali ao lado. Havia uma tensão no ar. O sacerdote estava sério, com a testa franzida, e se voltara para o templo, com os braços estendidos. O velho, porém, já o chamara de Espírito do Vento, protegido dos Grandes Espíritos. Cabia ao filho decidir, mas este também não podia contrariar o pai, que um dia iria ser seu antepassado e de cuja proteção precisava. Para as religiões africanas, a matéria e o espírito se confundem, e é por isso que o homem morre e continua circulando pela Terra, participando da vida cotidiana, o que é motivo de um respeito sagrado aos mais velhos. E aconteceu o esperado: numa dança rítmica e cheia de sons ininteligíveis, ao embalo do *sekere*, um instrumento feito com uma cabaça envolta por contas, o sacerdote começou a rodear Maurício, depois rodeou Zaci e continuou fazendo movimentos com o corpo, quase alcançando o chão com a cabeça e se levantando para mover os braços e girar sobre si mesmo.

Várias pessoas começaram também a dançar e invocar os Espíritos, até ficarem possessas e algumas caírem no chão, ali ficando, deitadas e se estrebuchando. Num gesto que agradou a multidão, o sacerdote pegou a pena do papagaio, que estava com ele, e colocou-a na boca do velho. Da mesma maneira, tirou o gorro e, curvando-se reverenciosamente diante do pai, colocou-o em sua cabeça. O velho então se levantou e suas pupilas voltaram-se para Maurício, que continuava imóvel e impassível. Faltava a sentença, que deveria ser dada pelo pai, agora com os poderes representados pelo gorro e pela pena do papagaio. Logo se formou um silêncio absoluto e o velho pronunciou-se:

— O sacrifício é do agrado de Xangô.

Se tivesse sido ensaiado, não seria tão emocionante. O velho devolveu a pena e o gorro ao filho, e o povo voltou a dançar. Cantaram o som melancólico da música africana e, quando sossegaram, o sacerdote olhou para a carroça, depois para Maurício e em seguida para o velho cego e disse:

— O sacrifício será feito durante a cerimônia do casamento.

Em seguida, entrou no templo, trazendo uma moça de uns 18 anos, vestida com uma tanga branca, limpa, o que indicava que ela estava ali havia poucos dias apenas, pois as eleitas de Xangô não podem lavar suas roupas. Era uma menina bonita, totalmente nua da cintura para cima, mostrando seus seios virgens. A multidão olhava, admirada, aquela moça imóvel, de cabeça baixa, ainda receosa, com a pele preta contrastando com a tanga branca. O rapaz se aproximou da moça e ela o olhou com os olhos marejados. Era mesmo um presente de Deus, como dizia seu nome: Nanyamka.

De volta à aldeia do pescador, Maurício foi recebido como um dignitário, e o chefe o fez sentar-se no lado principal da mesa, à direita dele. A dona da casa preparara um verdadeiro banquete, com pratos típicos da região: fufu (banana amassada, azeite de dendê e amendoim); kelewele (banana frita temperada com gengibre e pimenta); arroz de jollof (arroz branco, tomate picado, cebola, tomilho e açafrão) e tchepo-dien (peixe cozido no arroz, legumes e abacate com amendoins).

Movido mais pelo instinto do perigo do que pela vontade de ir, Maurício decidiu que já era hora de voltar ao Níger. Logo as notícias do seu feito correriam de aldeia em aldeia. Naquela mesma noite, comunicou ao anfitrião que partiria. Zaci o olhou sem dizer nada, mas seu olhar revelava a afeição que os unia. Com um bom café da manhã e um farnel generoso, deixou-o saber que ele fora bem-vindo.

— Você deverá acompanhá-lo, até quando ele não precisar de você.

Foram as palavras de Zaci para Taú, dando a entender que o casamento podia esperar. Partiram no dia seguinte, com Maurício pensativo. Não saíam da sua cabeça os entalhes do osso de Ishango com as mesmas sequências que as *lacryma-jobi* do terço de Geraldo.

CAPÍTULO 39

Nos dias que se seguiram, acampavam em choupanas abandonadas nas margens do lago, ou dormiam no barco nas bonitas noites enluaradas, e Taú se mostrava um companheiro cuidadoso. Maurício vinha preparado para emergências como cobras, malária e ferimentos, mas algumas providências eram ainda necessárias. Uma delas era uma boa lança de madeira, uma defesa útil contra répteis e que também serviria para caçar porcos-do-mato e crocodilos. Não queriam entrar em povoados e até mesmo combustível suficiente haviam trazido. Ficavam o mais que podiam no meio do lago, pois a silenciosa planície das águas permitia ver e ouvir de longe. Com uma extensão de quatrocentos quilômetros, o lago Volta é o maior lago artificial do mundo, formado com a construção da barragem de Akosombo.

Nos horários em que o sol subia, eles procuravam abrigo entre a ramagem dos barrancos e aproveitavam o entardecer para caçar e visitar as armadilhas e arapucas que deixavam em vários lugares. Já vivera tempo suficiente na África e andara por seus campos e savanas, aprendendo seus truques e mistérios. Procurava estar preparado para o perigo, que podia vir de todos os lados: seres humanos, animais e doenças. Evitavam dar tiros, não apenas para economizar munição, mas porque o estampido é uma denúncia a longa distância. Outras precauções eram importantes, como evitar o fogo, e salgavam os alimentos para conservá-los e poderem levar quando saíssem.

Numa dessas tardes, quando o sol amainava e eles se acomodavam junto a um pequeno morro, ouviram um barulho. Pensaram, a princípio, tratar-se de um barco com motor mais potente que o normal. Com um movimento brusco, porém, Taú empurrou Maurício para debaixo de um grande arbusto e se jogou, escondendo-se.

— Caçadores de órgãos — disse o rapaz em voz baixa.

Permaneceram sob a acácia enquanto um helicóptero sobrevoava baixo e devagar, como se os tivesse visto de longe e tentasse encontrá-los. Depois de várias voltas, o helicóptero afastou-se. Por cautela, permaneceram onde estavam, até escurecer.

— Eles jogam rede ou dão tiros para a gente dormir e depois nos levam para algum lugar para retirar os órgãos. Às vezes eles ficam alguns anos sem voltar, porque as autoridades patrulham a área. Vão para outras regiões e, quando são perseguidos por lá, retornam, como agora.

Era tempo de sair daquele lugar em busca de outro mais seguro. Seguiria para o sul da Nigéria e voltaria ao Níger. Se estavam na margem do rio Volta, teriam de atravessar uma estreita faixa do Togo e do Benim, mas era preciso ir. A savana era agora um grande lençol verde formado pela copa dos arbustos, que davam proteção a quem se movia embaixo deles. Porém, também facilitavam que se visse o movimento das ramagens que, por mais cuidado que se tome, é inevitável.

Estavam ainda sob o arbusto quando ouviram um leve ruído, como se alguém estivesse por perto. Ficaram em silêncio, imóveis. Três vezes a pomba cantou o som monótono que se repete por toda a savana africana, a cada vez com um som diferente que só o ouvido aguçado de Taú pôde notar. Ele então repetiu os três cantos da pomba, com as mesmas diferenças do outro. Um novo canto, já mais perto, que Taú repetiu, e logo um rapaz apareceu andando abaixado sob os arbustos. Os dois perderam o receio dos caçadores de órgãos e se abraçaram com alegria. Deviam pertencer à mesma família. O rapaz, que se chamava Kehinde, passou a ser uma companhia muito útil, pois alternava as vigias noturnas e ajudava na busca de alimentos.

Taú e seu pai costumavam ir às cidades grandes, de onde traziam produtos mais baratos que vendiam nas aldeias vizinhas. Às vezes chegavam até a Nigéria. Por isso, Taú já era conhecido de muitos chefes de aldeias por onde passavam. Em muitas aldeias o chefe espiritual é o próprio chefe do clã. Isso ajudou-os a contratar motocicletas, carros velhos, barcos e até mesmo bicicletas para os levarem para um ponto mais adiante, onde repetiam a operação ou se embrenhavam no mato. Andavam pelas savanas, florestas e evitavam os campos, sem fazer ruídos para que as pombas, ali chamadas de *dove*, não interrompessem seu canto monótono, indicando que alguém estava passando. Não era fácil andar no meio das acácias espinhosas e o calor forte, sob o qual até a natureza dormia e a vida se escondia. Uma ou outra borboleta voava de um arbusto para outro, e às vezes se ouvia o som modorro de uma ave.

Numa aldeia, o chefe os orientou a andarem pelas estradas internas, indo de vilarejo a vilarejo, para evitarem o policiamento que era ostensivo e achacador. Era um velho falante e parecia excitado com as notícias de que haveria em breve uma grande batalha entre os espíritos do mal e o deus Xangô, que tomara a forma de um *iogo*, bebera o sangue de dois demônios de chifre que matara com um só golpe, e salvara a Deusa da Beleza. Todos os assentos do firmamento já estavam esgotados, ocupados pelos espíritos que se levantavam do passado para assistir à luta do mal contra Xangô.

Depois que saíram da aldeia, pararam embaixo de um pequeno arvoredo para descansar e comer alguma coisa.

— O que você entendeu da história que o chefe contou? — perguntou Maurício a Taú.

O rapaz o olhou preocupado e Kehinde se mostrou interessado, pois certamente Taú já lhe havia contado sobre a libertação da sua noiva.

— Não são espíritos, mas homens maus. Acho que o helicóptero não pertencia a caçadores de órgãos e deve ter voltado para dar informações sobre a nossa localização. Os espíritos do mal são os nossos perseguidores.

Maurício pensou um pouco e disse:

— Eles não estão à procura de vocês, porque é a mim que querem. É melhor você voltar para Nanyamka e Kehinde para o seu povo. É mais fácil para um homem só se esconder. Eles estão procurando duas pessoas e não um homem sozinho.

Kehinde olhou para Taú, fez um cumprimento reverencioso com a cabeça e se afastou, embrenhando-se nos arbustos. Era fácil compreender o afastamento de Kehinde, que ainda estava assustado e com medo de ter seus órgãos retirados para os corpos dos brancos.

— Você devia fazer o mesmo.

— Minha família não me receberia e minha noiva não iria me querer se eu o abandonasse.

Para Maurício, a presença do rapaz era fundamental, porque ele conhecia bem aquela região e ali tinha amigos.

Taú olhava para o sul, de onde tinham vindo e para onde seguia Kehinde. Seu olhar distante compunha uma fisionomia calma e segura. Escurecia e o sol se deitava, cauteloso.

CAPÍTULO 40

O turista que passa alguns dias nos safáris e se deleita ao ver animais e danças folclóricas não consegue perceber a rica variedade de culturas da África. Até mesmo pode estranhar se lhe disserem que toda as diferenças culturais, sociais e religiosas que se estendem desde o Saara até o Cabo da Boa Esperança têm uma origem comum. E vai ainda ficar mais confuso ao descobrir que as religiões africanas dão explicações diferentes para a criação do universo, apesar de terem essa origem comum. Para os povos akan, de Gana, por exemplo, o universo foi criado por Nyame, a deusa lua, que se esticou no céu como uma grande serpente que formou o arco-íris. No deserto do Saara, os tuaregues denominam essa grande serpente de Minia, enquanto no sul ela se chama Chinaweji. Essa visão cósmica da serpente é um dos maiores mistérios das crenças africanas. Nas regiões de Angola, Congo e Malawi, existia a crença num deus criador (Iesa ou Chiuta) associado a uma grande serpente, que nos tempos das chuvas passava de colina em colina e recrutava mulheres como sacerdotisas.

Mas não é apenas na serpente que está a criação do mundo. Há concepções mais profundas, como a dos Bambaras, no Mali, para quem antes existia apenas o vazio, que chamam de *Fu*, e esse vazio criou o conhecimento, O. Essas duas forças desencadearam as energias que criaram o universo. É essa uma concepção surpreendente porque une o conceito bíblico do Gênesis com o entendimento científico do Big Bang.

Acostumado a fugir da escravidão e das guerras que assombram o continente, o africano aprendeu a gostar do silêncio, porque nele fica mais fácil ouvir os recados do perigo. Durante séculos, oculto ou se ocultando, o negro sabia que um pequeno descuido o levaria ao cativeiro. Aquele que não tinha sido ainda capturado sabia que um dia seria. Então aprendeu novos costumes, como a se alimentar de outras maneiras e a caçar animais sem se expor. Aperfeiçoou a armadilha, evitou os cantos ruidosos das caças coletivas, enquanto o medo desenvolveu seus instintos. Os sinais da natureza são uma rede de comunicação. Quem mora na cidade não distingue o movimento diferente de um galho, um uivo no momento errado, um som isolado ao longe, ou a luminosidade diferente do anoitecer. Maurício sabia, porém, que quem o procurava sabia ler os sinais da floresta e do silêncio. Era contra esse tipo de pessoa que devia se preparar, e confiava na lealdade da natureza para emitir os sons corretos.

Seus perseguidores não estavam longe e, agora, só podia contar com ajuda de Taú, que, de repente, fez um sinal com a mão e parou. As pombas haviam parado de cantar. Era o sinal da presença de um animal estranho. Logo, porém, uma pomba cantou três vezes e Taú respondeu. Em poucas ocasiões Maurício havia se sentido tão aliviado como ao ver Kehinde sair de um arvoredo e juntar-se a eles. Falou em dialeto com Taú, que sorria e depois explicou:

— Kehinde buscou ajuda e emboscaram quatro homens. Tinham muitas armas e munição.

Seguiram agora confiantes e chegaram a Porto Novo, a capital da República do Benim, onde Maurício alugou um táxi para levá-los até a fronteira com a Nigéria. Foi em Ile-Ife que os deuses se reuniram para criar o universo e ali o Bem, o Mal, a Matéria e o Sobrenatural continuam se empenhando numa contínua luta contra seus próprios instintos. Nessa luta, arrastam os seres mais fracos. Envolto nesses pensamentos, Maurício foi esquecendo os perigos que viveu e sua mente passou a se ocupar do que estava por vir. Perigos e surpresas se alternavam. Na fronteira com a Nigéria, aconteceu um fato inesperado.

Havia duas alfândegas e dois serviços de Imigração, pois precisava sair da República do Benim para entrar na Nigéria. Não houve problema para eles saírem do Benim, mas, no serviço de imigração da Nigéria, Maurício pediu para Taú ir na frente e dizer quais procedimentos deveria seguir, já que ele tinha mais experiência nessa fronteira. O guarda pegou os documentos de Taú e tratou-o rispidamente. Falaram em inglês, que é a língua oficial da Nigéria, e o guarda deixou claro que Taú não teria permissão para entrar porque estava sendo processado por contrabando de armas. Em seguida, levou-o para uma sala, onde ficaram por vinte minutos. Taú saiu de lá visivelmente constrangido e se aproximou de Maurício, cabisbaixo. Eles se afastaram para que ninguém os ouvisse.

— Nem eu nem meu pai fomos processados aqui na Nigéria. O que fazíamos continua sendo feito por várias pessoas ainda hoje. Pode ser que alguém não tenha ficado feliz com algum negócio, mas estou estranhando que tenham me reconhecido assim tão facilmente. Ele perguntou se eu o estava acompanhando e respondi que sim. Então disse que por menos de 200 dólares não me daria o visto e não me deixaria voltar para casa. Ficaria preso na Nigéria e não sei se sairia vivo daqui.

Não era uma importância grande e, afinal, Taú estava passando por aquele problema apenas porque o estava ajudando. Maurício ia pegando o dinheiro, quando um jipe do Exército nigeriano parou em frente ao serviço de imigração e dele desceu um oficial que se apresentou, com uma continência.

— Boa tarde, dr. Maurício, sou o tenente Osuanlele Okizi Erupê.

Um nome confuso, um aparecimento inesperado e surpreendente. A memória agia com rapidez, tentando trazer de longe uma informação quase apagada pelo tempo. Aquele oficial deveria ter uns 40 anos. Quem seria ele? Outra armadilha? Imerso num passado que não conhecera, deixou transparecer suas dúvidas naqueles poucos segundos. O oficial, então, disse com voz de soberano:

— Meu tataravô foi o primogênito do oba do Benim e herdeiro do reino. Depois que o Império Britânico o obrigou a renunciar e a se exilar, ele preferiu ir morar no Brasil. O Conselho Real me pediu para indicar-lhe caminhos seguros.

Embora andando pelo mato e sem condições de fazer a barba todos os dias, Maurício procurava lavar suas roupas quando passava por algum riacho. Mantinha assim o aspecto de uma pessoa asseada, mas estava barbudo, queimado de sol e se vestia como um africano. O capitão o identificara com muita rapidez.

— É muita gentileza do Conselho se preocupar comigo, mas minha identidade aqui é outra e não avisei ninguém da minha chegada.

— Meu tataravô foi um dos grão-mestres da Irmandade dos Homens Pretos — disse o tenente.

A memória foi-se abrindo, e, de um passado remoto, surgiu o fantasma do príncipe Custódio, cuja história ouvira em criança, como uma espécie de conto de fadas. Mas seria mesmo uma ajuda ou outra armadilha? Havia uma maneira de verificar. Embora não fosse um teste definitivo, poderia lhe dar mais segurança naquela situação. O oficial abriu um sorriso de satisfação quando Maurício falou:

— Meu avô conheceu o oba Osuanlele Okizi Erupê, seu tataravô, que se refugiou no Brasil com o nome de príncipe Custódio. Foi numa cerimônia no mercado de Porto Alegre.

Após um curto momento de espera, o tenente disse com reverência:

— O Bará do Mercado.

Para as religiões africanas, o Bará é o orixá que abre os caminhos. O Bará do Mercado fica no mercado público de Porto Alegre, e consta que tenha sido o príncipe Custódio que o assentou no mosaico de pedras e bronze, no centro do mercado. Era bom ter um orixá para lhe abrir novos caminhos.

A história é injusta. Esquecido no passado, o lendário príncipe Custódio ainda paira no imaginário negro do Rio Grande do Sul, onde morreu em 1936 aos 103 anos e cultivou sua origem divina como curandeiro e líder religioso. Aquela ajuda inesperada era providencial, porque a Nigéria é um país dominado pela violência. No norte muçulmano, um grupo radical chamado Boko Haram vem cometendo chacinas em escolas e igrejas cristãs. Nos dialetos locais, Boko Haram significa "educação sem islamismo é pecado". Eles pretendem implantar o islamismo em todo o país, e a cada dia seus adeptos vêm aumentando, a ponto de enfrentar o próprio Exército nacional. Cortam cabeças, braços e pernas, cegam, queimam vivas as pessoas e põem fogo nas casas, igrejas e escolas. Embora não esperasse encontrar o Boko Haram, aquela era uma ajuda bem-vinda.

CAPÍTULO 41

Era hora de separar-se de Taú. Foram muitos dias em que, juntos, atravessaram lagos, rios, campos e bosques, caçaram, pescaram e se livraram de assassinos. Mas Taú precisava voltar para a sua Nanyamka, e

Maurício deu-lhe uma importância suficiente para as despesas de volta e para uma bonita festa de casamento.

A travessia da Nigéria seria longa. Hospedou-se num hotel na periferia de Lagos, para seguir depois para a Cidade do Benim e, ao acordar no dia seguinte, teve uma surpresa agradável. No saguão do hotel estava o seu amigo bozo. Nem foi preciso perguntar, pois, sorridente, o rapaz disse:

— As notícias subiram o Níger.

Começava agora uma nova etapa e sentia-se mais seguro, porque logo estaria com um povo amigo. Várias vezes, nos últimos anos, viera à África para viver ao lado dos bozos, vagueando pelas planícies infindáveis do Níger. Aprendera a distinguir no movimento da água as ondas encaracoladas por onde passava a enorme píton, ou o movimento retilíneo da superfície mostrando o deslizar de um crocodilo. Aproveitavam as tardes sossegadas para saírem em busca de alimento, quando faziam armadilhas para os animais nativos e armavam arapucas para as galinhas-d'água, pombos ou outras aves. O bozo era como uma sombra o seguindo, desde que salvara sua vida com o soro antiofídico que comprara no Instituto Butantã, em São Paulo. Maurício tratava-o simplesmente por bozo.

Duas noites dormindo numa cama confortável foram suficientes para se recuperar do cansaço e das tensões que passara nesses meses. Também era bom atualizar-se com as notícias do mundo, e pegou o pequeno jornal que estava sobre a mesa da recepção. Era um jornal local e trazia uma notícia inquietante. Estampada na primeira página estava a fotografia da professora Laura Muller, da Universidade de Chicago, que visitava a cidade para uma palestra sobre o genocídio praticado pelos ingleses contra o povo edo. Ela vinha acompanhada do marido, o inspetor Robin Collins.

Não gostara da notícia. Precisava sair dali o mais rápido que pudesse, pois o que quer que esse inspetor estivesse fazendo ali, não viera apenas para acompanhar a esposa. Já fora reconhecido pelo tenente e estava preocupado com a informação do bozo de que "as notícias subiram o Níger". A palestra seria às 10 horas daquela manhã, aberta ao público, no auditório da universidade, e contava com a presença de dezessete universitários ingleses, descendentes de antigos conquistadores do Reino do Benim. Havia perdido a noção do tempo e então olhou de novo o jornal em busca da data: era dia 17 de setembro.

Tomou uma xícara de café, voltou para o quarto e arrumou suas coisas. Na frente do hotel estava o jipe do Exército nigeriano. O oficial aproximou-se e prestou continência, colocando-se à sua disposição para levá-lo aonde quisesse. Maurício apresentou o rapaz e explicou que era sempre bem recebido pela sua família, na região de Mopti.

— Tinha planos de permanecer uns dois dias por aqui, inclusive para chegar até Ibadam e visitar o Bosque Sagrado de Ile-Ife, mas mudei de ideia. Melhor continuar para o Níger e chegar logo a Asaba, onde pretendo comprar um barco para subir o rio. O senhor pode nos levar até lá?

O tenente estranhou:

— Sem dúvida. Algum problema?

— Talvez não.

Amarradas na capota do jipe, havia duas bicicletas. Quando saíam para seus passeios de barco, sempre levavam duas bicicletas para andarem pelas planícies. A subida do Níger seria longa e o bozo as trouxera.

Já estavam uns vinte quilômetros longe da cidade e ele não se sentia confortável. Dezessete de setembro! Fazia um esforço para adivinhar por que aquela data o preocupava. O que será que aquele casal tinha vindo fazer na Cidade do Benim justo nesse dia? O inspetor não era um especialista em África, mas sua mulher sabia que o 17 de setembro era um dia simbólico para aquela região. De repente, sua memória foi buscar em Chicago a explicação para o que poderia ser outra chacina como a da Namíbia. Na língua inglesa, o nome do mês vem antes do dia, e o relógio de Blackburns marcava 9h17. Várias circunstâncias se juntavam: o lugar, a data, o número de alunos descendentes de pessoas que participaram da destruição do reino do Benim. O momento podia ser perigoso para o casal americano e para os estudantes ingleses. Nada falaram desde que saíram de Benim. O tenente e o bozo o olhavam, curiosos, entendendo que Maurício fugia de alguma coisa, e foram surpreendidos com uma pergunta estranha:

— Por acaso o tenente tem algum rádio transmissor e um fone de ouvido?

— Aqui comigo, não. Posso conseguir. Teríamos de voltar.

— Se não estiver enganado, meu caro príncipe, estamos apenas a algumas horas de um crime, talvez uma chacina, na universidade.
— Não pode ser. Há uma proteção especial por lá hoje.
— Imagino que sim, mas uma armadilha muito bem preparada está pondo em risco a vida de várias pessoas. Chegaríamos à universidade antes das 10 horas?
— Sim. Estamos com tempo.

CAPÍTULO 42

Combinaram de o tenente entrar no auditório com um rádio transmissor, enquanto Maurício ficaria no jipe com um fone de ouvido. Assim que a professora terminasse a palestra, o tenente voltaria e eles veriam que providências tomar. Era uma maneira de ter uma visão interna do auditório sem o risco de ser reconhecido pelo inspetor. O tenente seguiu as instruções e logo informou que, depois da palestra, os dezessete universitários fariam uma excursão, de ônibus, até o túmulo do cônsul do Protetorado Britânico, James Phillips.

— Uma excursão só para os dezessete universitários ingleses? E o inspetor e a professora vão com eles?

— A professora, o inspetor e o reitor da universidade irão logo atrás, em um carro da universidade – respondeu o tenente.

"Excursão ao túmulo de James Phillips?" O perigo estava claro. Nem precisava ser adivinho para saber o que iria acontecer. Um carro seguindo um ônibus. Como manter o carro bem afastado do ônibus? Depois das apresentações iniciais, feitas pelo reitor da universidade, a professora Laura começou a falar, de uma maneira que impressionou Maurício. Era uma mulher corajosa.

— O Benim era um reino rico, respeitado, e não se envolvera com a escravidão até o século XVIII, quando os ingleses começaram a avançar sobre a nação e, aos poucos, foram exportando para as Américas as pessoas mais fortes e inteligentes do reino: os artesãos, os sacerdotes, os instrutores, os comandantes de exército, os ferreiros, debilitando a sociedade, que se desestruturou. Viajantes descreviam a sociedade edo como uma democracia de nível mais elevado do que qualquer outra até então conhecida. E diziam que suas obras de arte, feitas em bronze e marfim, superavam as europeias. Enquanto a Europa pintava a figura dos seus reis, o reino do Benim criou a técnica da "cera perdida", que permitiu a representação de reis, rainhas e nobres com a metalurgia do bronze, surpreendendo os europeus, que tiveram de reconhecer o Reino do Benim como autor de uma arte que desconheciam. A fama do reino aumentava a cobiça dos ingleses, que tentaram enganar o oba Ovonramwen fazendo-o assinar um tratado comercial que era, na verdade, a anexação do território ao Império Inglês. Quando o rei descobriu a farsa, proibiu os oficias ingleses de entrarem em seu território. Mas havia um problema: os europeus precisavam do óleo de palma, também chamado dendê, que a África produzia em quantidade e era da maior importância no mundo dos brancos, que o usavam nos alimentos, nos cosméticos, nos sabões e na indústria metalúrgica.

Nesse momento, o tenente deu uma informação.

— Há um mal-estar entre os universitários ingleses. Alguns olham para os lados como se quisessem sair, mas foram colocados no centro, praticamente cercados.

— E o inspetor?

— Ele disfarça o olhar, mas parece interessado no meu uniforme.

— Certo. Finja que não o vê e vamos ouvir a professora.

— A ambição inglesa aumentou e aconteceu o episódio que deu causa à destruição do Reino do Benim, com o chamado genocídio do povo edo. O capitão James Phillips, vice-cônsul do Protetorado Britânico, preparou a armadilha para o oba, em novembro de 1896, e armou um exército de dez oficiais e 250 soldados, cada um levando uma caixa com armas letais. O rei, porém, fora alertado, e seu exército emboscou a missão de Phillips, que foi pego de surpresa e morto com todos os seus soldados. Somente dois oficiais ingleses escaparam, abandonando todas as suas mochilas e cargas, que comprovaram posteriormente que as intenções de Phillips não eram amistosas.

— Com esse feito, Ovonramwen passou a ser endeusado, as nações indígenas de ambas as margens do Níger começaram a se organizar para tentar se livrar do jugo britânico. Para o Império Britânico, aquela era uma afronta inaceitável, e sua ira não demorou a chegar. O almirante Harry Rawson, comandante das forças do Cabo da Boa Esperança, recebeu ordens para atacar o Benim. Rawson chegou ao território em 9 de fevereiro de 1897, com uma força de 2.500 homens, metralhadoras e armas modernas, com a instrução de queimar todas as cidades, incluindo a Cidade Palácio de Benim, eliminar todos os oponentes e enforcar o rei onde e quando fosse capturado. Assim que as forças cercaram a cidade começou uma orgia de roubo e destruição. Monumentos, palácios, tesouros e relíquias foram destruídos ou roubados, e depois de três dias a cidade foi totalmente incendiada. Um total de 2.500 obras de arte, como artefatos em ouro, cobre e marfim, em relevo, representando a história do Benim, foram levados para a Inglaterra para serem leiloados e custear a invasão, que passou a ser conhecida como "a expedição punitiva do Benim".

— O povo foi perseguido através da floresta numa fúria assassina impensável. A resistência dos soldados do Benim foi heroica, mas nada podiam fazer contra as pesadas armas de destruição do Exército inglês. O rei acabou sendo preso e levado para o pátio do palácio, onde todos os seus antigos servidores que restavam vivos e os chefes e povos vizinhos ao reino do Benim foram obrigados a testemunhar o ritual de humilhação, que os povos locais jamais esqueceram. Uma enorme multidão, cabisbaixa e triste, assistiu ao comandante militar obrigar o rei a ajoelhar-se diante dele e beijar o chão junto das suas botas por três vezes. Algumas semanas depois, Ovonramwen foi julgado pelo assassinato de Phillips por um tribunal e condenado ao exílio. Ralph Moor, um dos juízes, disse gloriosamente ao rei oba: "Agora só existe um rei nesta região, e ele é branco".

— Não se pode dizer que esse crime foi uma conquista histórica, mas um latrocínio documentado, pois, no final de 1897, toda a riqueza artística do Benim foi leiloada em Paris, tendo a maioria dessas obras de arte sido comprada por museus da Alemanha. Mataram dezenas de milhares de pessoas, destruíram um reino e cometeram um genocídio, com a finalidade única de roubar, como provam os leilões dos bens que pertencem ao reino edo.

— Era tão desenvolvida a arte do Benim que a dispersão desses objetos pelos museus do mundo levou muitos artistas a copiarem o seu estilo, surgindo dele a *art déco* e a arte moderna. E o maior testemunho dessa influência é nada menos que Pablo Picasso, principalmente após a pintura do quadro *As senhoritas de Avignon*. O episódio serviu para revelar ao mundo o valor da arte africana, e o próprio Picasso chegou a afirmar que não pintava sem uma máscara africana por perto para lhe dar inspiração.

E assim a professora terminou sua palestra. O tenente informou que a excursão ao túmulo de James Phillips partiria logo em seguida.

Maurício estava pensativo e preocupado. Passados apenas cem anos, fantasmas começavam a surgir dos porões da história. Destruída, dividida e barbarizada por todos os tipos de crueldade que a mente humana pode imaginar, a África talvez estivesse buscando seus pedaços. Seus reclamos não teriam sucesso nos tribunais e organizações internacionais, dominados pelos grandes países, que continuam se banqueteando com a riqueza e o trabalho dos mais fracos, utilizando-se dos mesmos métodos de Harry Rawson.

O ônibus saiu e, atrás dele, o carro, no qual iam o inspetor, a professora e o reitor. Ele não sabia o que poderia acontecer, mas sua intuição o alertava para a coincidência de local, data e o número de ingleses. James Phillips fora morto com seus soldados, e aquele ônibus se dirigia para o seu túmulo. Formulando uma hipótese, mandou o tenente parar. O bozo pegou uma das bicicletas e Maurício deu-lhe instruções sobre como agir. Ao mesmo tempo, pediu para o tenente se interpor entre o carro e o ônibus, para dar espaço à bicicleta.

CAPÍTULO 43

Através de um sofisticado aparelho, o topógrafo olhava a direção de onde deveria vir o ônibus com os dezessete alunos ingleses, os professores e alguns visitantes. Atrás do ônibus viria o carro do diretor com o casal de americanos. Fora uma preparação de mais de um ano, com cuidados especiais para não despertar suspeitas, inclusive providenciando motoristas do grupo. A seleção dos alunos nas universidades do Reino Unido seguira o critério de premiação dos melhores trabalhos sobre a colonização britânica na África, de maneira a conseguirem trazer para o Benim dezessete universitários ingleses, todos descendentes de James Phillips, Ralph Moor e Harry Rawson, responsáveis pela destruição do reino. Sutilmente a professora Laura Muller fora convidada para essa palestra. O Domínio acompanhara o casamento dela com o inspetor e cuidadosamente, sem despertar suspeitas, preparara o convite para que estivessem na Cidade do Benim na mesma data.

O ônibus apareceu no meio do trânsito caótico, seguindo para o mausoléu de James Phillips. Atrás dele vinha o automóvel, levando a professora Laura, seu marido e o reitor. Não era a intenção matar o casal de americanos, que poderia ser útil ainda, mas eles estavam no carro do reitor. "E", pensava o topógrafo, "o importante é que enfim o governo inglês vai receber sua primeira punição." Algo, porém, o preocupou. Um jipe do Exército forçou a entrada entre o ônibus e o carro da universidade. Logo em seguida saiu, dando espaço para uma bicicleta que ficou pedalando em zigue-zague na frente do carro, que teve de diminuir a marcha, distanciando-se do ônibus. Sem dúvida, o motorista iria acelerar para recuperar a distância e não deixar que outros veículos se interpusessem entre ele e o ônibus, mas o ciclista continuou atrapalhando o trânsito. O topógrafo teve a imediata percepção de que o jipe do Exército abrira de propósito espaço para a bicicleta, ao ver o ciclista se aproximar imprudentemente, esbarrar no carro do diretor e cair. Rapidamente o ciclista se levantou, gritando para o motorista, porém deixando a bicicleta no chão em frente ao carro, impedindo-o de sair ou desviar. Se o topógrafo estivesse perto, teria ouvido o xingatório do ciclista, perto da janela do motorista.

Para o inspetor, porém, a imprudência do ciclista pareceu proposital. Já se preparava para uma emergência quando o ciclista se aproximou da janela e gritou em voz alta, num inglês carregado que mal pôde entender:

— Fujam! Fiquem longe do ônibus!

Robin sacou o revólver e encostou o cano na nuca do motorista, que abriu a porta e saiu correndo. Robin não hesitou em atirar na sua perna direita, porque aquele homem precisava dar explicações. O veículo militar desaparecera, e Robin passou a ter certeza de uma combinação entre o carro militar e o ciclista para alertá-lo de algum perigo. Não perdeu tempo dando explicações a Laura e ao reitor, que também já abandonavam o carro.

Correu para o motorista que fugia mancando, mas viu o impacto de uma bala alcançá-lo na testa e paralisá-lo. Jogou-se no chão, olhando em volta, mas não viu ninguém. O motorista os levava para uma armadilha e por isso fora silenciado. Procurou em volta pelo ciclista e não se surpreendeu ao não o ver mais. Uma certeza, porém, ele tinha: o homem branco ao lado do militar não lhe era estranho. Seu treinamento de visão, que lhe permitia fixar a vista num determinado ponto e enxergar os campos laterais, lhe deu a certeza de que já o vira antes.

Quando o topógrafo viu o ciclista gritando ao lado do motorista, compreendeu que havia ali também um plano de ação para boicotar seu trabalho. Planos precisam prever surpresas, e o motorista não podia ser pego vivo. Em seguida, enviou um recado para o motorista do ônibus, que já se adiantara e tinha condições de chegar ao lugar da explosão. Pelo menos a explosão não poderia falhar.

CAPÍTULO 44

Logo que o ônibus partiu da universidade, Maurício percebera o perigo de o carro, no qual iam o inspetor e a professora, estar muito perto do ônibus. O bozo fizera um bom trabalho, e agora era preciso chegar mais perto e tentar furar os pneus do ônibus com alguns tiros, mas o trânsito não permitia ultrapassagens. O ônibus se aproximou do túmulo e deixou-o para trás, para surpresa de Maurício.

— Mas como? – exclamou. — Onde mais pode ser esse atentado?

Fizera ele bem em prestar atenção na palestra da professora. Apesar de ele conhecer a região e toda a sua história, a professora fizera uma observação que fermentava ideias. Dissera que a destruição do Benim passou por três fases: a Expedição Punitiva, que levou ao genocídio; a Espoliação, que foi o roubo dos tesouros do reino; e o Ritual da Humilhação, quando o oba foi obrigado a beijar o chão, diante do comandante inglês. Três circunstâncias que levavam a um só lugar. Inicialmente pensava que esse lugar seria o túmulo do capitão Phillips, mas o ônibus passou devagar diante dele e logo em seguida, como se tivesse recebido alguma orientação, aumentou a velocidade, afastando-se. Se o destino não era o túmulo, qual seria? A humilhação a que foi submetido o rei, de beijar o chão junto das botas do inglês por três vezes, não satisfez o desejo de vingança de Ralph Moor, o cônsul inglês que presidiu o julgamento.

— O ritual da humilhação! — gritou para o tenente. — Você deve saber onde o rei foi obrigado a beijar o chão diante do comandante militar que o aprisionou. Temos de ir para lá.

No mesmo instante em que praticamente dava uma ordem ao oficial do exército da Nigéria, porém, ele compreendeu que aquele seria um crime maquiavélico, sem possibilidade de que as vítimas recebessem ajuda. Sua conclusão era agora de que o plano não era um atentado com metralhadoras, relembrando a emboscada de Phillips, mas o perigo estava dentro do próprio ônibus, que se dirigia ao local da humilhação apenas para que não houvesse dúvidas sobre as razões do crime. Ralph Moor, o julgador do oba, suicidara-se no dia 17 de setembro de 1909, tomando cianureto de potássio. Era bem possível que em algum lugar do ônibus houvesse uma quantidade grande desse veneno que seria derramado sobre os passageiros. Dependendo da quantidade de ácido, nem mesmo conseguiria chegar perto, pois o cheiro afetaria as narinas, os olhos e a garganta de quem se aproximasse do local.

Seguindo as instruções de Maurício, o tenente deu a volta na praça e estacionou numa rua lateral, protegida por alguns prédios, a uma distância razoável e de onde poderiam observar. O ônibus não demorou a aparecer e entrou na praça. As janelas do ônibus estavam fechadas, mas os vidros eram transparentes e era possível ver as cabeças dos passageiros, que começavam a se levantar para saírem. Em vez deles, porém, foi o motorista que desceu, correndo, e, com um controle remoto, fechou a porta. Logo em seguida os gritos começaram a ser ouvidos, mãos se levantando para limpar a cabeça, como numa dança macabra no centro do inferno. Era um espetáculo horrível, e os transeuntes se aproximavam, curiosos, uns tentando abrir a porta, mas logo saíam de perto, porque o ácido já começa a vazar pelos vãos das janelas e portas.

Era preciso impedir que o motorista fugisse. Maurício começou a correr pelas ruas que circundavam a praça, sem perdê-lo de vista, mas subitamente o motorista parou, abriu os braços e caiu de bruços. O tenente vinha a seu lado e os dois chegaram até o homem já inerte, o sangue saindo pela fronte, perfurada por uma bala de grosso calibre. Quem poderia ter dado aquele tiro e de onde viera? Pela posição do corpo, a bala teria vindo de leste para oeste, atravessado a fronte, e deveria ter atingido algum outro objeto ali por perto.

Rapidamente, Maurício olhou em volta e viu o topógrafo guardando um tripé de apoio que lhe pareceu mais apropriado para tiro do que para levantamento topográfico. E lá estava também a motocicleta que ele reconheceu como sendo a que fugira do lugar da morte do motorista do inspetor. Precisava esclarecer suas dúvidas, que se desfizeram quando o topógrafo olhou para trás e o viu. Foi um olhar revelador, um olhar de quem procurava confirmar o que havia feito. O homem deixou o tripé e entrou numa camionete que saiu em disparada.

No local onde a camionete estava, Maurício viu um papel pregado numa tábua. Pegou-o, para não servir de curiosidade de pessoas que poderiam destruí-lo e continuou a correr, para fugir da praça, seguido pelo tenente. Não demorou para uma grande explosão levantar para os ares pedaços do ônibus e dos veículos que estavam perto. O papel trazia um desenho de mansa Musa, sentado no seu trono de ouro, e a sentença do Tribunal dos Intocáveis.

AO IMPÉRIO BRITÂNICO

Conforme foi decidido por este Tribunal, toda a riqueza do mundo ocidental é originária do saque ao continente africano e da escravidão que esse império praticou durante séculos.

Roubos e crimes como os cometidos contra o Reino da Cidade do Benim se repetiram por toda a África.

Não há como voltar ao passado e evitar as tristezas, as lágrimas e as dores de séculos de abuso.

Porém, os danos humanos e materiais praticados contra o nosso continente devem ser ressarcidos.

Data: Primeiro e Último instantes da Eternidade

(ass.) Mansa Kanku Musa
Presidente do Tribunal dos Intocáveis

O cheiro do ácido contaminava a praça. Eles voltaram para o carro e saíram dali, tomando um outro caminho, para não encontrarem o inspetor. Sabia que, no dia seguinte, aquele ofício estaria estampado em todos os grandes jornais do mundo.

LIVRO XI

TIMBUKTU, A SÁBIA

Em Timbuktu, existem inúmeros juízes, doutores da lei e clérigos, todos recebendo bons salários do rei. Ele tem grande respeito aos professores. Há uma grande demanda por livros manuscritos, importados do norte da África. Mais lucro é obtido com o comércio de livros do que com qualquer outra linha de negócios.

Leo Africanus, em Robin Walker, *When we ruled*, p. 386

CAPÍTULO 45

Apesar de passados muitos séculos, ainda vejo bem aquele momento épico, porque o tempo não existe para os Espíritos. O passado, o presente e o futuro se confundem nas partículas da eternidade. Mas os Espíritos guardam as sensações humanas e eu olho incrédulo os 3 mil barcos deslizando como uma enorme serpente em direção ao mar. Meu reinado durou de 1312 a 1337. Um dia, o erudito árabe Al-Umari quis saber como é que eu ainda jovem tinha assumido um reino tão rico e poderoso. E o que falei ele escreveu e divulgou para o mundo.

O governante que me precedeu acreditava ser possível alcançar a extremidade do oceano que circunda a Terra. Ele queria chegar a esse final e estava determinado a prosseguir o seu plano. Assim, ele equipou duzentos barcos cheios de homens, e muitos outros cheios de água, ouro e provisões suficientes para vários anos. Ele ordenou ao capitão não voltar até que eles chegassem do outro lado do oceano, ou até que ele tivesse esgotado as provisões e a água. Então eles partiram em sua jornada. Eles ficaram à deriva por um longo período, e, por fim, apenas um barco retornou. Quando questionado, o capitão respondeu: "Ó, príncipe, navegamos por um longo período, até que vimos no meio do oceano um grande rio que flui de forma maciça. Meu barco foi o último, outros foram antes de mim, e eles foram *afogados num grande redemoinho e nunca mais saíram de novo. Eu naveguei de volta para escapar da corrente". Mas o sultão não iria acreditar nele. Ordenou que 2 mil barcos fossem preparados para ele e seus homens, e mais mil para a água e provisões. Em seguida, conferiu a mim a regência durante o termo de sua ausência e partiu com seus homens, para nunca mais voltar. Nem mesmo deu um sinal de vida.*

Eu vivo sempre aquele momento. Dez mil cavaleiros, uniformizados para a guerra, com capacetes, espadas de ferro nas selas e lanças na mão direita, prestavam homenagem a Abu Bakari II, o imperador do Mali, em sua saga pela busca de um continente novo, do outro lado do oceano.

Vi comovido o barco real se aproximando. Na frente, ao lado do capitão, a figura altiva de Abu Bakari dava a certeza de que o empreendimento seria outro grande êxito do Império do Mali. Afinal, era ele herdeiro de Sundiata Keita. As águas já haviam distribuído sobre a planície as riquezas que traziam das distantes montanhas da Guiné e as margens do Níger estavam prontas para o cultivo de sorgo, alho, berinjela, milheto, arroz, além do pastoreio das cabras, bois e carneiros, mas as centenas de milhares de pessoas que habitavam as cidades ao longo de quase cem quilômetros do grande rio o olhavam incrédulas, como eu.

Desde sua peregrinação a Meca, onde se encontrara com geógrafos árabes, o mansa Abu Bakari dizia que, além do oceano, onde o sol escondia suas cores, havia terras ainda não descobertas. Quando os europeus ainda acreditavam que a Terra era como uma grande mesa e as águas dos oceanos derramavam quando chegavam às bordas, meu avô ouvira que a Terra era redonda como uma cabaça. Ele trouxe de Meca a informação de que, ao invadirem o norte da África, os árabes souberam que os egípcios já tinham se aventurado através do Atlântico, em busca dos fins da Terra, e, desde então, seu sonho era recuperar os caminhos que os egípcios tinham traçado sobre as águas. Na primeira tentativa, armou duzentos barcos cheios de homens e muitos outros barcos com água e provisões para vários anos, para avançarem sobre o mar e não voltarem até que chegassem ao outro lado. Eles partiram em sua jornada e, depois de um longo tempo, só um barco voltou. O capitão falou das águas de um grande rio que formava fortes ondas e que levou os barcos ao naufrágio no meio de um redemoinho. Ele conseguira escapar da correnteza e navegou de volta.

Abu Bakari entusiasmou-se e passou a dizer que, se já havia atravessado as areias do deserto infinito, poderia atravessar as águas que chegavam até o horizonte, e decidiu que ele próprio iria em busca do outro lado do mundo. Implorei para não me abandonar e não abandonar seu povo, não se atrever àquela aventura, mas nem eu e nem os conselheiros do reino conseguimos convencê-lo.

Meu avô me ensinou muita coisa. Aprendi com ele que o deserto do Saara tem esse nome por ser um "oceano" de areia. Por isso os camelos eram chamados de "navios do deserto" e os caranvançarais onde aportavam passaram a ser chamados de "portos". O Sael, a grande faixa ao sul onde o deserto perde sua força, significa "litoral", e a identificação da areia com os oceanos era tão grande que os tuaregues que atacavam as caravanas eram chamados de "corsários".

Se o mar era de areia ou de água, para ele pouco importava, e ordenou a construção de 3 mil barcos, 2 mil deles para levar seus guerreiros e mais mil para levar água e provisões, ouro e riquezas, para negociar com os povos que fosse encontrar. É difícil acreditar que milhares de barcos tenham sido construídos em tempo curto. Milhares de carpinteiros, ferreiros, militares, estrategistas, geógrafos e outros profissionais vieram de todo o mundo, chegando mesmo a afetar o desenvolvimento dos países de onde eles saíram. Estudiosos e sábios vieram do mundo árabe, que era muito mais adiantado que o dos brancos da Europa, que quase nem existia ainda. Adivinhos e mágicos chegavam de todos os horizontes e passavam dias e noites estudando com os sábios do islã os detalhes e riscos da viagem. Abu Bakari levou consigo os melhores generais e os nobres mais leais. Todos eles tiveram suas vestimentas bordadas a ouro. Quantos tecelões e ourives passaram anos fabricando e bordando trajes para realçar as cores dos arco-íris que embelezariam os céus e os mares a atravessar? Centenas de milhares de árvores foram derrubadas e seus troncos lapidados com as ferramentas fabricadas pelos ferreiros do Império. Não foram suficientes, e muitas outras foram importadas do norte. Pelo menos um barco se perdia para a fabricação de outro que ficasse bom, e ninguém sabe quantos servos neles trabalharam. Árvores ocas ou com nós nos troncos eram descartadas, assim como eram escolhidas as espécies próprias para resistir à umidade e ao sal.

Eu montava um ginete imponente, dominado na sua inquietude pelo espetáculo fantástico de centenas de milhares de pessoas saudando os barcos coloridos que seguiam as águas do rio em direção ao desconhecido. Não usava o capacete dos guerreiros, mas a coroa de ouro sobre um turbante branco, pois Abu Bakari me deixara responsável pelo reino até que ele voltasse. Minhas roupas de seda bordadas com metais preciosos e um leão também de ouro no peito despertavam a reverência de todos que me olhavam, porque era eu agora o mansa do grande Império do Mali. Por isso mesmo, não empunhava nenhuma lança, como os demais guerreiros, mas segurava um grande cetro ricamente adornado, o símbolo do poder. Meu cavalo se portava com a nobreza de uma estirpe rara, com arreios cobertos por uma malha de ouro cravejada de pedras preciosas. Uma espada de ouro pendia na aldrava. Eu, Kanku Musa, era um jovem e seria lembrado pelo resto da eternidade como o mansa Kanku Musa, o mais rico e mais importante de todos os imperadores da face da Terra.

Os griots, encarregados da divulgação das notícias e ordens do reino divulgaram as feições do novo mansa e tentavam descrever os sentimentos que saltavam dos meus grandes olhos, bem abertos, onde o medo se escondia e se espelhava a responsabilidade que tinha assumido. Os notáveis do reino me rodeavam e servos seguravam um grande guarda-sol que protegia a mim e ao meu corcel contra o sol e o vento.

Meu espírito nunca esqueceu a tristeza de ver o vulto do último barco desaparecer no horizonte.

O mansa Abu se foi e não voltou. Assumi o reino com a idade de 25 anos e tornei-me o grande mansa Kanku Musa, senhor do Grande Império do Mali, com o domínio de todos os reinos circundantes, numa extensão maior do que a Europa de hoje. Gana, Mali e Songai — três nomes para um só império, que dominou as maiores riquezas do universo até a Idade Média.

Tão rico era esse reino que, no ano de 988, depois do profeta Cristo, o maior de todos os profetas depois do profeta Maomé — e que Alá os tenha sempre com Ele —, Muhammad Ibn Hawqal, o geógrafo árabe que cruzou todo o deserto do Saara, no século X, para descobrir a região dos Antigos Impérios, no Vale do Níger, escreveu que o rei de Gana era o homem mais rico do universo. Um dia o grande Império de Gana começou a enfraquecer. Foi quando surgiu o grande herói Sundiata Keita, que hoje é o presidente da Assembleia dos Espíritos, em Ile-Ife, e uniu os vários reinos dos povos mande, dando origem aos Grandes Impérios do Níger.

Lá no norte, os historiadores árabes souberam de um grande rio, ao sul do Saara, cujas margens eram povoadas e onde se formaram reinos de riquezas intermináveis. Alguns deles chegaram até Wagadu, nome original do império, e voltaram contando coisas de uma terra que deveria ser a Terra Prometida por Alá, porque o ouro abundava na superfície, o mel e o leite brotavam das rochas e o povo era rico e feliz como em nenhuma outra região deste planeta. Aventureiros começaram a atravessar o deserto e voltavam contando das fabulosas riquezas do Império de Gana, chamado de "Terra do Ouro" pelo astrônomo Ibrahim-al-Fazari, no século VIII da era cristã. Diziam que nessa fabulosa região as águas faziam o ouro brotar do solo, grandes pedras brilhavam ao nascer do sol e grandes lascas amarelas cresciam dentro das cavernas, e até as plantas tinham raízes de ouro. O historiador e geógrafo persa Ibn al-Faqih al-Hamadani disse, no século X, que no país de Gana o ouro cresce na areia como plantas. Apanha-se ao nascer do sol. Mas não só de ouro vivia minha terra. A planície fértil, onde se situava Niani, a capital, produzia colheitas abundantes de legumes e cereais. O milheto já era produzido no sul do Saara 4 ou 5 mil anos antes de Cristo, e foi de lá que ele seguiu para a Índia. Era grande a produção da fibra milagrosa que os árabes chamaram de "al-qutum" — algodão —, e foi de lá que o al-qutum se espalhou pela Europa. O arroz, o trigo, as verduras, as peles, o marfim e muitos outros produtos os dioulas — assim eram chamados os comerciantes — levavam para além de milhares de quilômetros.

Durante mais de um milênio, o camelo carregava o Alcorão no seu lombo e voltava carregado de ouro. Alá abençoou nossa terra com a noz de cola, vinda de uma árvore da família do cacau. Como não podiam beber bebidas alcoólicas, o suco da noz de cola, muito rica em cafeína, foi o grande alívio para os dias abrasadores e as noites frias do deserto. Muito consumida pelas milhares de caravanas, tornou-se um produto de grande valor comercial.

Cumbi-Salé, a capital do antigo Império de Gana, floresceu entre os anos 300 a 1240 desta era e tinha 30 mil habitantes, já várias vezes maior que a capital inglesa da mesma época. Sua fascinante história empolgou os viajantes do passado, que se surpreenderam com o poder e riqueza dos impérios que ali se desenvolveram. Gana foi uma civilização rica, próspera e poderosa, que começou no século IV antes do Profeta Cristo e foi conquistando territórios até se tornar um império. Eles conseguiram fundir o ferro e com lanças e espadas foi fácil vencer os povos que ainda lutavam com armas de madeira.

Seu exército de 200 mil homens e 40 mil cavaleiros assombrava os estrangeiros, que o comparavam com o precário Exército britânico, o qual na mesma época contava apenas 15 mil soldados. Do enfraquecimento dos governantes de Gana surgiu o poderoso Império do Mali. As riquezas aumentaram, assim como o saber. Timbuktu se tornou o maior centro comercial e cultural do mundo, vindo a ser a capital do Império que sucedeu ao de Mali, após a minha morte.

Caravanas de centenas e às vezes milhares de camelos cruzavam o deserto levando ouro, marfim, cereais, escravos, couro, produtos industrializados de madeira, tecidos, vegetais, incluindo colchões, sacos e cestos, condimentos, ervas medicinais, gado, instrumentos e armas de ferro e outros produtos, e quanto mais as riquezas de Wagadu cruzavam o deserto, mais a cobiça dos povos do norte os fazia enfrentar o imenso areal, trazendo sal, cobre e outros bens que faltavam em Wagadu. As rotas comercias se expandiam. A aristocracia wago mantinha a organização social em torno do rei e, assim, por muitos séculos, Gana, ou Wagadu, dominou o comércio do deserto através do Saara até o Mediterrâneo.

Nenhum império até hoje foi tão rico e tão poderoso. Muitos cálculos foram feitos sobre a minha riqueza e todos eles são unânimes em afirmar que jamais houve fortuna maior que a minha. Meu reino produzia metade do ouro de todo o mundo conhecido. Assim como meu avô, eu também fiz uma peregrinação a Meca, que ficou famosa.

Foi no ano que vocês chamam de 1324 que reuni 60 mil homens, 12 mil auxiliares, todos vestidos de seda, e fiz a mais famosa peregrinação à Terra do

Profeta. Só para transportar o ouro em pó havia oitenta camelos, cada um levando até 300 quilos. Foi tanto ouro que levei para o Egito, onde acampei, que o ouro caiu de preço e arruinou a economia daquele país por mais de vinte anos.

Ao voltar, trouxe muitos sábios que ensinavam filosofia, religião, astronomia, farmácia, medicina, arquitetura, política, comércio, leis e outros conhecimentos. Investi em escolas e fiz de Timbuktu uma cidade cinco vezes maior que Londres. Era a cidade mais rica e o maior centro universitário do mundo, com mais obras escritas que Roma, Paris e Londres. Viajantes voltavam para seus países dizendo que suas ruas eram calçadas de ouro. As caravanas pontilhavam no horizonte, cruzando o Saara em diversos pontos até chegar a Timbuktu. O calor do deserto mais quente do mundo não impediu que se multiplicassem as rotas comerciais, vindas do norte, do leste e do oeste, para chegar até meu reino. Durante todos esses séculos foram se formando vilas que se transformavam em grandes cidades

São famosos os Manuscritos de Timbuktu, ainda hoje considerados um tesouro de sabedoria. Os sábios ulemás ministravam suas palestras, e era tamanha a avidez pelo conhecimento que, quando faltava o papel vindo do Egito, os alunos as transcreviam em cascas de árvores e peles de carneiro. Até os ossos das omoplatas dos camelos eram aproveitados para esse fim. Em nenhuma época e em nenhum outro lugar o quilo do livro chegou a valer mais que o quilo do ouro, um fenômeno que só ocorreu em Timbuktu. Ainda hoje a Universidade de Sankoré e a Mesquita de Djeneé testemunham esse progresso, em nosso continente. Durante meu governo, o reïno se expandiu por todo o rio Níger, que ficou densamente povoado, com mais de quatrocentas cidades e 50 milhões de habitantes.

Nunca tolerei a injustiça, e ninguém precisava andar em grupos para se sentir protegido. Os historiadores confirmam que meu império era densamente povoado e abundante em bens e alimentos, sem a necessidade de pilhagem ou assaltos. E havia respeito aos brancos, que um dia se aproveitaram das ciências e técnicas que lhes ensinamos para nos traírem.

Muitos outros reinos poderosos já haviam florescido na África. Não podemos esquecer que o Egito e os reinos do sul, onde hoje é a Etiópia, eram ricos, mas nada se comparava à riqueza dos Grandes Impérios. E essa sua riqueza foi sua desgraça, porque despertou a cobiça do homem branco, que se lançou sobre a África dilacerando-a em crueldades que ainda não cicatrizaram.

Foi em Ile-Ifẹ que os deuses se reuniram para criar o universo, e foi desse solo sagrado que os espíritos mais poderosos do norte da África, desde Aquenáton, Aníbal e suas mulheres guerreiras, conclamaram os outros espíritos para a formação de um tribunal que julgasse os crimes que os países que se consideram intocáveis cometeram contra a África. Foi lavrada uma sentença e fui eleito como seu executor.

Em sua prepotência, os humanos não percebem que estão caminhando para o desaparecimento. Eu, mansa Kanku Musa, o mais poderoso e sábio de todos os reis, fui incumbido pela Assembleia dos Espíritos de reorganizar os legítimos tronos da África e recuperar o seu poder, para evitar o desaparecimento do ser humano, pois, se isso acontecer, nós, os Espíritos, ficaremos vagando pelo infinito, sem mais a nossa descendência, que é a razão da eternidade.

Foram os mouros, povos de Meroé, do sul da África, que, no ano de 711 desta época, levaram para a Península Ibérica as artes da navegação, da guerra e toda a sabedoria que a África acumulou durante milênios. Das ricas bibliotecas de Córdoba e Toledo saíram os livros dos quais os europeus tiraram o conhecimento que chamaram de Renascentismo.

Como eram povos bárbaros, assim que aprenderam as artes bélicas e as ciências africanas, entraram pelo continente e assaltaram, mataram, roubaram, destruíram, escravizaram e construíram o mundo moderno com as riquezas e o sangue africano.

Agora a África quer suas riquezas, sua cultura e seus poderes de volta, e eu fui eleito pelos Espíritos para organizar a Renascença Africana.

Mansa Kanku Musa

LIVRO XII

O FESTIVAL DO VODU

O Império Iorubá consistia de cidades-Estados semelhantes à da Grécia antiga [...]. Alguns desses Estados tinham 150 mil a 250 mil habitantes. [...] Suas profissões eram organizadas em associações com suas próprias leis, seus filhos eram criados em campos de ensino, seus assuntos públicos eram dirigidos por uma aristocracia de alto nível e uma burocracia exuberante e em constante aperfeiçoamento.

Robin Walker, *When we ruled*, p. 323

CAPÍTULO 46

Com uma sensação de alívio, Maurício olhava a superfície das águas que se estendiam até além de onde a vista alcançava. Era enfim o delta do Níger, e voltou a sonhar com a liberdade que sentia naquelas imensas planícies. No fundo, sabia que não estava tão livre, e essa sensação se confirmou logo adiante.

O bozo tinha vindo com seu irmão, e os dois se revezavam no comando do *pinache*, que cortava sossegado as águas turvas do rio. Escureceu, e perto de Anwain eles atracaram num banco de areia, uma espécie de ancoradouro de pescadores onde o bozo tinha pousado na ida.

Foi ali que começou outra aventura, dessa vez bem perigosa.

Mal se acomodaram, foram surpreendidos com um vulto na beira do barranco. Rapidamente Maurício pegou a arma, mas o vulto permaneceu imóvel, com as palmas das mãos unidas, como um monge budista. Após um momento de hesitação, o monge apontou a mão direita para Maurício e o bozo e mostrou um jipe parado a uns vinte metros dali. Em seguida, fez sinal ao irmão do bozo para permanecer no barco.

O que seria esse novo mistério? Com certeza previram que o *pinache* iria parar no mesmo local e os esperaram. Ainda em dúvida, mas vendo que o monge não oferecia perigo, ele e o rapaz entraram no jipe. Foram mais de quatro horas através de um bosque nativo até saírem numa clareira.

De longe, podia-se ver uma construção diferente dos padrões locais. O jipe aproximou-se devagar e a luz revelou um templo chinês.

Deixando os sapatos na porta do templo, calçaram chinelos para entrar. Não podia faltar o Buda, revestido de ouro, com serenos olhos de esmeralda. A calma do ambiente lhe fazia bem, e ele e o Buda procuraram se entender. Percebeu que o mestiço se afastara com o bozo e ele ficara só. Ouviu passos e se virou. Um monge um pouco mais velho e com uma fisionomia que emanava paz fez uma reverência, que ele retribuiu.

— Por favor, vou levá-lo aos seus aposentos e amanhã cedo começaremos os treinamentos.

Treinamentos? O Buda continuava imóvel e indiferente, mas a preocupação ainda superava a curiosidade. Seu quarto de dormir era uma célula monástica, com uma esteira no chão e um colchão fino em cima. Pelo menos era tudo limpo, e ali mesmo ele se estendeu até acordar com os primeiros raios de sol. Havia uma pia e um banheiro, e um monge o esperava do lado de fora. Foi levado ao refeitório, onde o bozo e o monge que os recebera na véspera o aguardavam. Apenas uma leve inclinação e lhe serviram chá, frutas e cereais. Após a refeição, o monge os conduziu a um escritório, decorado ao estilo ocidental, com escrivaninha, uma mesa de centro e poltronas. O monge sentou-se com eles nos sofás e falou de uma história espantosa: a CIA planejara uma viagem do casal americano pelo interior da África até Timbuktu.

Maurício estendeu-lhe um olhar de quem não tinha nada com isso, mas o monge mostrou-lhe uma fotografia.

— Conhece este homem?

Era um barco de turistas com um guia espalhafatoso, vestido como um tirolês, subindo o rio, em Mopti. Maurício pegou a foto, balançou levemente a cabeça e passou-a para o bozo.

— Alguma coisa de especial com esse guia?

— É uma fotografia do ano passado. Ele não os reconheceu porque o senhor e o rapaz mudavam sempre de disfarce. Saíam com um tipo de roupa e voltavam com outra. Mas ele não era o único agente. Com os últimos acontecimentos, o interesse da CIA pelo senhor aumentou. Eles querem saber o que foi fazer em Chicago e o que sabe.

— Então, como eu imaginei, a palestra da professora na Cidade do Benim foi um plano para me atraírem. Eles sabiam que eu perceberia a coincidência do horário do relógio com a data do suicídio de Ralph Moor.

O chinês sorriu.

— Os perigos são um treino para o raciocínio.

— Agora a CIA planejou uma viagem do casal pela África e esse agente será o guia deles, mas vocês aparentemente têm outros planos.

— O casal é um alvo fácil. Será sequestrado, e a moeda de troca será o senhor.

Maurício sentiu o perigo. Iriam torturar o casal, arrancar as unhas, as orelhas; mostrariam os pedaços nos jornais até ele se entregar. E, se se entregasse, fariam o mesmo com ele para falar o que não sabia.

— E por que vocês não confiam na CIA?

— Nós conseguimos catalogar todos os agentes americanos na África. Se fizemos isso, nossos inimigos também.

— E quem são os inimigos?

— Um dia saberá e, nesse dia, saberá quem somos.

— Se os senhores não confiam na CIA e existe o risco de o casal ser sequestrado para que eu me entregue, posso concluir que o seu plano é que eu substitua esse agente e sirva de guia turístico. Desculpe, mas nunca trabalhei em teatro, será que vou saber representar esse tirolês?

— A viagem do casal está marcada para janeiro. Temos tempo para treiná-lo. O rapaz será o seu motorista e passará por treinos especiais, além de um disfarce, porque na Cidade do Benim ele chegou perto da janela do carro do inspetor e pode ser reconhecido.

Então ele já vinha sendo seguido. Talvez não soubessem quando ele iria chegar à Cidade do Benim, mas sabiam do inspetor e sua mulher.

— O nome do agente é Klein, e ele irá para um mosteiro no Tibete até o fim da viagem.

O chinês de levantou, uniu as palmas das mãos uma contra a outra sobre o peito, fez uma reverência e saiu.

CAPÍTULO 47

A imprensa e os governantes não tinham ainda superado a ameaça do manifesto de mansa Musa, na verdade, quase uma autobiografia, quando Laura e Robin saíram de Paris, num voo direto para Cotonou, cidade mais populosa da República do Benim, onde começariam uma excursão através das savanas africanas em direção à lendária Timbuktu, localizada em terras tuaregues, no sul do Saara. Na opinião de Gregory, essa viagem chamaria a atenção do dr. Maurício, e caberia a Robin forçar uma situação para uma conversa pessoal. Agora ali, pousando na realidade da África, tinha sentimentos conflitantes. Pois se Maurício só fosse aparecer em uma situação de perigo, era porque ele e Laura estariam em perigo, mas como Maurício iria saber que eles estariam em perigo? Ainda que ele os identificasse, era improvável que os fosse seguir através da África, como uma espécie de segurança pessoal.

A estratégia dera certo na Cidade do Benim, quando Laura fora convidada para uma palestra na universidade. Mas assim como apareceu de repente, de repente sumiu. O argumento agora foi o convite que a professora Laura recebera do governo do Benim para assistir ao festival do vodu, na cidade de Uidá, e fazer um longo roteiro pela região dos Grandes Impérios. Essa notícia correu os jornais das capitais dos países da África Ocidental.

Como era de se esperar, assim que saíram no saguão do aeroporto, a imprensa já os esperava, e tiveram de perder algum tempo com fotos e entrevistas. Meio confusos, eles viram a figura de um tirolês elegante, na faixa dos 50 anos, com um chapéu de feltro com pena de galinha parda do lado esquerdo, afastar os jornalistas e se apresentar como o guia daquela viagem. Chamava-se Klein, e Robin logo antipatizou com o homem, por ele pegar a mão de Laura e simular um beijo cavalheiresco, num cumprimento solene, mais apropriado para bailes de gala em Viena do que um aeroporto da África. Aquilo era o agente da CIA que iria lhes servir de guia e protegê-los durante essa viagem? Era por isso que nunca conseguiam encontrar o dr. Maurício! O motorista era um rapaz forte, aparentando uns 25 anos, de pele escura, e pouco falava, mas parecia simpático.

— Bem, tenho muito prazer em conhecê-los, senhora e senhor Collins. Será uma honra ser seu guia nesse roteiro maravilhoso.

— Oh, sim! — respondeu Robin, que sentiu um certo desconforto ao se dar conta de que aquele sujeito os acompanharia, dentro do mesmo carro, durante vários dias, e teria de ser cavalheiro com a sua esposa.

O motorista levou a bagagem até a saída e foi buscar o carro no estacionamento. Robin estranhou também a van. Era um jipão todo equipado de aparelhos estranhos, mas felizmente confortável. No caminho para o hotel, o guia começou a tagarelar as costumeiras informações turísticas. Robin estava sentado atrás dele e Laura atrás do motorista. O guia se virou para eles, com o corpo obviamente voltado para o lado esquerdo, onde estava Laura, mas também olhando para Robin.

— Roteiro bonito e interessante — disse com sotaque meio carregado. Primeiro, teremos algo inteiramente diferente, que é o festival vodu, em Uidá. Visitaremos cidades históricas como Djeneé e Mopti, para chegar à misteriosa e lendária Timbuktu. Temos a dança excitante do povo dogon, cujas origens podem ter sido a lendária Atlântida, a cidade submarina, e finalmente o Festival de Música do Níger, em Segu. Vibro muito com Cumbi-Salé, berço dos poderosos reinos do Níger. É um pouco fora de caminho, mas faremos o possível para chegar até as ruínas do reino.

Logo ao saírem do aeroporto toparam com o trânsito caótico de Cotonou, uma cidade de mais de 1 milhão de habitantes, a maior do país, embora a capital do Benim seja Porto Novo. Um número inimaginável de motos dominava as ruas e cruzavam desafiadoramente na frente dos carros, que pouco faziam para evitá-las. O guia falou um pouco sobre o clima, a moeda, as precauções contra a malária, contra o sol e os levou a um moderno hotel, na beira da praia. Depois que eles se instalaram, Maurício subiu para o seu quarto e sentou-se diante da janela que dava para um imenso mar azul, com um copo de Black Label na mão. A temporada no mosteiro chinês, estudando, treinando e pensando, lhe foi muito útil, mas ainda havia temores em seus pensamentos.

A espionagem pusera agentes para tentar descobri-lo. Como não conseguiu, fez de isca o inspetor e a professora. A missão que o monge lhe deu não era fácil. A CIA montara toda uma operação de guerra, e o guia contratado não era propriamente um guia, mas um agente, que já o vinha procurando e, para não levantar suspeitas, trabalhava como guia turístico naqueles centros históricos. Havia lógica nessa troca de guias. Maurício tinha o apoio das comunidades locais, enquanto os agentes da CIA estariam sozinhos numa região que lhes era pouco acolhedora. Outra falha da CIA foi acreditar que uma van de guias turísticos seria segura. Por sorte, o chinês notou essa falha e em Cotonou um técnico lhe entregou um veículo reforçado, blindado e cheio de truques. Segundo o chinês, o maior perigo estava nas estradas, porque nos hotéis seriam vigiados.

Sentia-se seguro e, se não cometesse nenhuma falha nessa farsa, não iriam imaginar que o homem que procuravam estava tão perto deles. Sorriu daquela situação que lhe pareceu burlesca e ficou excitado com o desafio. Foram dois meses de treinamento e até aprendera os cacoetes de Klein, em alemão, para soltar de vez em quando. A primeira providência — enfatizada no treinamento — era esquecer o seu nome, adotar "Klein" como se fosse o próprio.

Depois de relaxar com o uísque, Maurício foi encontrar-se com o casal para apreciar o entardecer junto à praia, onde um violeiro desfiava canções românticas.

CAPÍTULO 48

A cultura e o turismo ainda giram em torno dos grandes palácios e capitais. Multidões se concentram no Louvre, em frente ao Palácio de Buckingham ou na praça do Vaticano, enquanto João e Maria, o Lobo Mau e as bruxas saídas dos campos e florestas da Europa ainda alimentam os sonhos das crianças de todo o mundo. Os contos de fada deslizam sobre as águas do Danúbio, do Loire, do Reno, do Tâmisa. Quem conhece as lendas dos países pobres?

— Quem vem a Ganvie não volta o mesmo — disse o guia.

Era como um sonho deslizar numa piroga sobre a superfície límpida do lago de Nocué, cruzando barcos pilotados por mulheres fortes, bonitas e alegres, com seus penteados criativos e roupas coloridas que fulguravam sob o sol claro da manhã. Com a habilidade natural de quem fazia aquilo desde criança, elas circulavam por entre estranhas cercas de bambu no meio das águas. Eram as fazendas de peixe. Um barco de turistas passou por eles. A guia era uma moça loira, atraente. Klein a olhou com interesse, e continuou olhando para ela até que o barco se adiantou. Não fora um olhar comum. Laura fingiu não notar, enquanto Robin considerou o comportamento do guia uma falta de respeito. O outro barco se perdeu no meio das palafitas e Klein ficou uns tempos mudo, pensativo, mas se refez e voltou a falar.

— O barco é um artigo de primeira necessidade em Ganvie, e as mulheres os dominam com facilidade e elegância, nesse fantástico comércio sobre as águas. Ao pedir a noiva em casamento, o rapaz já lhe dá um barco de presente.

As redes de pesca, abrindo-se contra o azul do céu para se esparramarem sobre a superfície da água, criavam um ambiente quase místico.

— Parece irreal — disse Laura. — O colorido das casas sobre as águas forma uma verdadeira pintura a óleo.

— Ganvie transcende a simplicidade rústica do africano. É mesmo uma grande pintura em movimento. São mais de 3 mil casas de madeira e uma população de 30 mil habitantes, sobre a superfície do lago Nocué.

— E por que esse povo veio morar no meio da água, com tanta terra em volta? — perguntou Robin.

— Essa é uma das bonitas lendas da África. Esta era a região do poderoso reino do Daomé, dominado pela etnia fon, que capturava elementos de outras tribos para vendê-los como escravos. Mas sua religião não permitia atacar uma comunidade protegida pelas águas. Então, o sacerdote de uma tribo chamada tofinu se transformou num crocodilo gigante e levou o seu povo para dentro do lago. Por isso a cidade se chama Ganvie, que significa "aqueles que fugiram". A palavra *gan* significa "vida salva" e *vie*, "comunidade". Em 1996, Ganvie foi declarada pela Unesco patrimônio cultural da humanidade.

Passaram uma manhã calma sobre as águas do lago e à tarde se surpreenderam com o mercado internacional de Dantokpa, um dos fenômenos mais surrealistas de toda a África, às margens da laguna de Cotonou. Ali, um imenso conjunto de tendas coladas umas às outras exibem as cores dos tecidos, os sacos de especiarias, as bancas de frutas e de artesanatos, calçados e produtos de feitiçarias, que se misturam na agitação ruidosa de pessoas desviando de motos em meio aos estreitos corredores sujos que serpenteiam entre as tendas, deixando o turista aturdido. Foi uma longa caminhada, com o guia Klein à frente, mostrando o milhete, o sorgo, o inhame, a mandioca, apresentando os quitutes expostos em bandejas, cremes de beleza feitos com produtos regionais, ele próprio animado como se estivesse ali pela primeira vez.

Saíram de Dantokpa ao entardecer e chegaram ao hotel em tempo de um bom banho para o jantar à beira da piscina. Robin pediu a carta de vinhos e escolheu um Sancerre, branco, que veio num balde de gelo, e seus copos se tocaram num brinde à África. Klein, ou Maurício, deixou-os a sós nessa noite.

— Contrastes e curiosidades, não acha? — perguntou Laura.

O entardecer passou, mas o céu continuou claro. Ficaram alguns minutos apreciando o luar e as estrelas. Laura lembrou que o dia seguinte seria cansativo, com muitos assuntos novos, e foram para a cama.

CAPÍTULO 49

Maurício pensava na moça do barco. Não era coincidência que ela aparecesse logo no início da viagem. A programação devia, porém, seguir normalmente, e logo cedo foram para Uidá, situada a quarenta minutos de Cotonou, também declarada patrimônio cultural da humanidade pela Unesco. Devido ao festival do vodu, um dos acontecimentos mais esperados da África, as ruas de Uidá estavam tomadas, e procissões seguiam pessoas vestidas de personagens espirituais, ao som lamentoso de tambores e cantos.

Já vinham contaminados pelo misticismo de Ganvie e se impressionaram com a Floresta Sagrada de Kpassè, onde se concentram todas as forças do vodu. Guardaram alguns minutos de silêncio diante da árvore de iroco, que, segundo o vodu, guarda a alma do rei Kpassè, que nela se transformou. Dali foram para o Corredor dos Escravos, por onde os negros saíam das prisões do forte até chegar ao porto. Percorreram a pé o trajeto de pouco mais de três quilômetros. Logo no seu início o guia mostrou uma árvore de cimento.

— A escravidão teve muitos símbolos que ainda são lembrados. São chamados de símbolos da maldade, como este que estamos vendo. É a "Árvore do Esquecimento". Os traficantes faziam os cativos dar voltas nessa árvore, dizendo que o espírito das árvores ia fazê-los esquecer o passado. Os homens tinham de dar nove voltas e as mulheres, sete. A árvore não existe mais hoje, e no seu lugar foi construída essa de cimento porque a África não quer esquecer o seu passado.

Chegaram a uma bonita praia, e o guia mostrou uma construção simbolizando o Portão do Não Retorno, com um grande alambrado cheio de pessoas vestidas de branco. Eram dignitários do vodu.

Pararam diante do grande portão construído na areia da praia e Laura disse quase como um lamento:

— A história não imaginava que um dia o turismo iria revelar o que ela escondeu.

O programa era corrido e depois de um rápido lanche foram assistir ao festival, cujo palco era um grande terreiro, cercado por barracas e arquibancadas. Vários grupos representando divindades se sucediam em evoluções rítmicas ao som dos tambores e instrumentos musicais, reverenciando o rei e dignitários do vodu, que estavam sentados numa fileira de cadeiras especiais. Robin ficou um pouco decepcionado com o festival, porque imaginava mulheres e homens negros girando sobre si mesmos num ritmo frenético e caindo ao solo, espumando saliva, como chegara a ver em certos terreiros de macumba nos arredores de Chicago. Laura, porém, se entusiasmou com a demonstração organizada de danças e a representação de espíritos ornamentados de vestimentas coloridas.

As apresentações eram bonitas, como a de Zangbeto, uma lenda que nasceu quando não havia policiamento nas cidades e os espíritos saíam do mar para dar proteção às pessoas; a lenda das mulheres serpentes de Dansi; a divindade Atchinan, o gongo e pequenos tambores, as roupas e o ritmo impressionante. Os pensamentos de Robin, porém, iam longe, perdidos na imensidão da África, em busca de um ser tão misterioso como os espíritos ali representados, mas que existia de verdade. Sentiu-se um pouco aliviado quando o guia os alertou de que tinham agendado uma visita ao Templo das Serpentes, o santuário sagrado do vodu, e depois, ainda, ao rei, às 3 horas da tarde.

CAPÍTULO 50

Treinado a desvendar os mistérios do pecado aqui na Terra, Robin achava que não fora catequisado para ganhar os céus, mas para evitar o inferno. Sem inferno, para ele, já estava bom, mas começava a pensar em toda a espiritualidade que o rodeava. Durante horas ouvira explicações que, embora não tivessem quebrado seu ceticismo, despertaram uma sensibilidade que supunha não ter mais.

Iriam agora visitar o chamado Templo das Serpentes, e o dia terminaria com uma visita ao rei do Vodu. Laura estava ansiosa para conhecer pessoalmente esse misterioso personagem, senhor dos mistérios do animismo. Devido ao festival, o número de pessoas para ver as serpentes sagradas era maior que o usual, e Maurício aproveitou a fila para dar suas explicações.

Visitar serpentes, venenosas ou não, causava receios, principalmente quando mistérios e lendas as envolviam. Laura quase pediu para ficar do lado de fora, mas se encheu de coragem, porque entrar no Templo das Serpentes, no meio da África, era uma experiência que precisava contar em aula. Um sacerdote os levou até uma pequena construção circular, talvez com dois metros de altura e cinco de diâmetro, de alvenaria e telhas francesas. O sacerdote abriu a porta da pequena capela e eles ficaram no umbral, sem coragem de avançar ao se verem diante de várias cobras com um metro e meio a dois de comprimento, grossas, umas dormindo, outras se esticando no chão ou andando pelas paredes. Klein disse para entrarem, pois não havia perigo. O sacerdote pegou uma das cobras do chão, com as duas mãos, e a colocou em torno do pescoço.

— Como podem ver, é uma cobra mansa.

O réptil se enrolou no seu pescoço. Ele a recolheu e se aproximou de Robin, com a cabeça da serpente apoiada nas costas da sua mão direita. A cobra abriu a boca e se esticou, movimentando a língua delgada.

— Pode pegá-la. É inofensiva — insistiu o sacerdote.

Robin estendeu os braços e a serpente deslizou sobre o seu corpo. Sentir a pele fria de uma cobra daquele tamanho, subindo pelo antebraço e se enrolando no pescoço, não era uma sensação que se poderia dizer agradável, mas ele tinha vindo até ali, chegara a uma África desconhecida e estava dentro do seu centro religioso mais tradicional. O sacerdote pegou outra do chão e as duas se puseram a descer e subir mansamente sobre o corpo de Robin. Laura o olhava com espanto, mas nem teve tempo de dizer nada, porque uma outra cobra se aproximou de seus pés. Com um grito, ela se afastou, permanecendo perto da porta, do lado de fora.

Naquele momento, o mesmo grupo de turistas guiado pela moça que atraíra a atenção do Klein aproximou-se. O sacerdote tirou as cobras de Robin e devolveu-as ao chão. Depois pegou outra, que subia pela parede, e disse para a moça:

— A senhora viu que são inofensivas. Quer viver a experiência de um dos maiores mistérios da África?

Klein pegou Laura pelo braço e a afastou dali, fazendo um sinal para Robin os seguir. Sem dar tempo para a dúvida, o sacerdote estendeu os braços para o animal alcançar a moça, mas algo inesperado aconteceu. Antes calma e dócil, a cobra ficou agitada, encolhendo-se, nervosa. A moça tentou tirá-la de si, mas ela deslizou rapidamente sobre seus braços e enrolou-se em seu pescoço, ficando com a cabeça bem diante dos olhos da jovem, que começou a gritar, assustando mais ainda o réptil que balançava ameaçadoramente a ponta do rabo e agitava a língua, nervosamente. Tudo fora muito rápido. A cobra começou a se encolher, formando algumas voltas em torno do pescoço da moça, que já não conseguia mais gritar e soltava fungos com os olhos arregalados e cheios de lágrimas. Outras cobras se aproximavam, e a moça, em desespero, tentou sair do templo, mas elas se enrolaram nas suas pernas, e ela caiu, já roxa, sem poder respirar.

Nesse ínterim, todos os presentes, aos berros, já tinham corrido para fora do templo, inclusive Laura e o inspetor, empurrados por Maurício. Robin notou novamente o interesse do guia, que observava a moça. Ele olhava para os seus tênis e a observava, da mesma maneira como no lago de Ganvie. Não podia ser uma pessoa amiga, pois teria ido em seu socorro. Então, o que representava aquela moça para ele? Um assobio suave, porém penetrante, semelhante ao silvo de uma cobra, aquietou as serpentes, que se desenrolaram do corpo caído e voltaram sossegadas para o interior do pequeno templo.

Não havia mais clima para a visita ao rei do Vodu, e o retorno para o hotel foi silencioso. Laura procurava se controlar para não cair no choro. Assistira de perto à morte de uma moça bonita. O guia também já não era o mesmo. Estava taciturno e despediu-se tentando justificar o episódio:

— Desculpem pelo ocorrido. Nunca imaginei que podia acontecer uma coisa dessas. Foi uma fatalidade. Sairemos amanhã às 9 horas. Muito boa noite.

Subiram para o quarto e Robin procurou tomar logo um banho com bastante sabão, na tentativa de tirar a sensação daquelas cobras passando pelos seus braços, pescoço e nuca. Laura também se arrumou e desceram para o restaurante, de onde podiam apreciar o entardecer romântico e esquecer o Templo das Serpentes. Ele pediu o mesmo vinho branco e, em vez de brindarem, olharam um para o outro e levantaram os copos num gesto mudo. O vinho, o ambiente, a calma do entardecer e o canto melancólico do violeiro os mantinham mudos e pensativos. Robin estava sério e Laura tentou encontrar um assunto que os ajudasse a dissolver o peso de um dia cheio de emoções contraditórias.

— Não imaginava que a África fosse capaz de desestruturar uma pessoa em tão pouco tempo. Fui jogada de um lado para outro nestes dois dias e estou com medo de perder o equilíbrio interior.

Robin, porém, estava quieto, olhando longe, com um olhar ausente que a inquietou:

— O que houve, querido?

— A moça. Era a mesma guia do barco em Ganvie, que o guia tanto admirou. A memória me diz que já a vi antes. Onde, não sei, mas vou me lembrar.

Era muita coisa para um só dia, e eles subiram para o quarto, porque na manhã seguinte começariam a grande aventura de viajarem mais de 10 mil quilômetros pelo interior da África. A noite estava bonita e, da janela do quarto, ficaram apreciando a esteira prateada que a lua derramava sobre o mar. Era enfim um momento romântico depois de dois dias movimentados, e eles se estreitaram numa união terna, antes do sono profundo.

CAPÍTULO 51

A poesia ainda deve muito à savana. Além de inspiradora, abriga uma vida rica e dinâmica. Nela vivem insetos, pássaros coloridos, elefantes, hipopótamos, antílopes, hienas, lobos, serpentes, girafas, rinocerontes, leopardos. Em suas águas abundam crocodilos e outros anfíbios. O viajante às vezes para e perde horas admirando o solitário baobá, que se destaca pelo seu porte e a cor verde das folhas na época das águas. Na seca, ele as deixa cair, para não desperdiçar a pouca água que o mantém vivo. Por suas múltiplas utilidades, é uma árvore sagrada. As folhas são usadas para tempero, as frutas parecem uma pequena abóbora, das quais os nativos comem a polpa e usam a casca para fazer chocalho, a raiz tem valor medicinal e a casca do seu enorme tronco é aproveitada para fazer corda e tecido. Os galhos servem para lenha, cerca, cobertura de palhoças e outras finalidades.

As aldeias tinham seu lado poético, uma maneira livre e romântica de viver, mas aos olhos de um turista ocidental eram uma bagunça: carroças, bicicletas, motocicletas, pessoas com túnicas longas carregando coisas, carros e ônibus parados, cabritos e ovelhas andando pelo meio da estrada, barracos, caminhões descarregando, tudo ocupando o mesmo espaço, num desafio às leis da física, enquanto veículos se cruzavam sem se chocarem. Crianças ofereciam frutas e mulheres vendiam água e biscoitos, misturando dialeto com palavras em francês e inglês.

— Mas isso existe? — perguntou Robin, provocando risos.

Já fazia mais de uma hora que tinham deixado Cotonou, quando chegaram a Abomei, a antiga capital do poderoso reino de Daomé. Um impressionante conjunto de doze palácios de terracota era protegido por uma enorme muralha.

— Esse é um lugar histórico, capital do reino do Daomé. Há um labirinto de salas e muitas histórias que vão tomar algum tempo. A professora sabe que foi um dos mais poderosos reinos da África e chegou a ser chamado de Esparta Negra, devido à disciplina do seu exército. Os covardes eram levados a uma corte marcial e fuzilados, como se faz hoje nos países civilizados. O mais perigoso exército do Daomé eram as 6 mil guerreiras chamadas de amazonas.

Fazia parte do roteiro a visita aos palácios dos reis.

— Aqui também há um guia especial. Vou levá-los até o guia e esperá-los no pátio.

Foi uma visita de duas horas. Poderiam ter passado o dia ali, estudando a história desse poderoso reino, mas tinham um longo caminho a percorrer. Antes de entrarem no carro, Laura parou e se voltou para a grande muralha de argila que protegia os palácios e que chegou a ter uma circunferência de dez quilômetros. Seu rosto era inexpressivo, como se estivesse longe dali.

— O que foi, querida?

— Você acredita em espíritos?

— Ora essa! O vodu a contaminou?

Ela sorriu.

— Nada disso, apenas gostaria de saber quem escreveu o manifesto de mansa Musa.

"O que será que essa mulher tem na cabeça agora?", pensou Maurício.

A paisagem infindável e doce da savana, com seu cheiro místico, lembrando incenso, os fez esquecer a morte da moça no Templo das Serpentes. São momentos que fazem sonhar e até não acreditaram quando viram ao longe uma construção que parecia um castelo.

— Aquilo é uma miragem? — perguntou Robin.

Era uma grande casa que parecia um castelo do Loire.

— Esta é a região de Natitingou e seus castelos, chamados Tata Somba, um dos mais característicos estilos arquitetônicos do Benim, que provavelmente começou no século XV, com os povos que habitam a região de Atacora, no noroeste.

— Mas aqui, no meio da África?

Ao se aproximarem da casa, viram um homem na beira do asfalto fazendo gestos para eles pararem. O motorista olhou para Maurício, que o autorizou a ver o que o homem queria. O homem se aproximou do lado de Maurício e falou em dialeto:

— Podem dormir em Natitingou. No parque Pendjari também não há perigo, porque os animais os protegem, mas cuidado em Burkina Faso. Os *jihadistas* estão matando civis.

Maurício respondeu em francês, que é uma das línguas do Benim:

— Ah! Sim. Muito obrigado, mas estamos com pressa. Outra hora passaremos para visitar o seu palacete.

Essa resposta parece ter satisfeito o casal, que entendeu que o homem os estava convidando para uma visita. Delicadas cicatrizes, levemente inclinadas, começando na fronte e terminando nas faces, moldavam sua fisionomia. Laura ficou curiosa, e o homem explicou:

— São as marcas da identidade da nossa etnia. É costume antigo, para não sermos confundidos com os inimigos. Nós fomos contra a ocupação francesa e lutamos contra eles. Um dia meu avô foi cercado pelas tropas francesas, comandadas pelo senegalês Dodds, que tinha muitos soldados negros. Sua sorte foi que o comandante do grupo reconheceu a marca como sendo a de seu próprio povo. Falaram então no nosso dialeto e descobriram que foram vizinhos na infância. Quando o homem branco jogou um povo contra o outro para poder vender armas e levar escravos, essas marcas ficaram muito importantes.

Robin fez uma observação que Laura achou deselegante, mas o homem não se ofendeu.

— Mas a escravidão não derrubou os seus castelos?

O pobre homem sorriu e, como se fosse uma doutrinação que repetia a todos que passavam por ali para mostrar o sofrimento do seu povo, fez uma pequena dissertação.

— Não só derrubou castelos, mas acabou com os sonhos da África. Vou lhes contar. Depois da escravidão, veio a colonização. Meu pai trabalhou na estrada por onde os senhores vieram. Os franceses chegavam armados, confiscavam nossos alimentos, faziam das nossas casas seus alojamentos e obrigavam homens, mulheres e crianças a trabalhar para eles, sem pagar nada. Os homens trabalhavam na estrada, as mulheres cozinhavam e lavavam, e as crianças carregavam alimentos e água. Meu pai dizia que os aterros às vezes eram estreitos e as carriolas de pedra escorregavam. Os homens estavam fracos porque quase não comiam ou dormiam, e muitas vezes caíam nas valetas, e ali eram enterrados sob as pedras que carregavam, não importando se estavam ainda vivos. Foram muitos os que morreram, e a estrada é respeitada pelos africanos porque é um longo cemitério de negros, e dela os espíritos saem para se vingar dos brancos, escondendo os perigos do caminho. Mas não se preocupem. Pedirei ao espírito do meu pai para protegê-los.

Laura sentiu um arrepio e eles voltaram ao cemitério negro do asfalto.

CAPÍTULO 52

Dormiram uma noite em Natitingou e seguiram para o Parque Nacional do Pendjari, uma reserva com 2.755 quilômetros quadrados entre o Benim e Burkina Faso. Graças à sua diversidade biológica, a reserva foi considerada como patrimônio da humanidade. Era início da tarde quanto entraram no parque, onde o fogo caminhava sobre a relva e queimava os arbustos. A fumaça e a queima da natureza deixaram Laura indignada:

— Mas, se aqui é uma reserva biológica, como podem pôr fogo na mata? Que coisa triste! As árvores, os pássaros, os animais, tudo queimado. Seria ponta de cigarro?

— Pode ser — disse Robin —, mas vejo pouca gente fumando.

O guia deu uma explicação interessante:

— Tem razão. O tabaco chegou à África negra com a escravidão, trazido das Américas. Era um privilégio dos reis e seus assessores, um produto caro, trocado por escravos. O povo não tinha acesso ao tabaco. Depois da escravidão veio a colonização, que manteve o povo pobre, sem condições de adquiri-lo, e as quantidades que aqui chegavam eram destinadas aos brancos. Essas razões históricas e a pobreza vêm mantendo o povo afastado do cigarro, felizmente.

Conforme as chamas avançavam sobre os arbustos, abelhas, mariposas e uma grande variedade de insetos saíam voando e se encontravam com os pássaros, que os pegavam em pleno ar. Para o turista, a cena era excitante, mas para aqueles pequenos insetos não havia como fugir do bando de pássaros que esvoaçavam de um lado para outro, subindo e descendo em voos velozes para pegar com o bico os pequenos fugitivos do fogo. A fumaça branca se estendia sobre os arbustos e o número de pássaros aumentava, vindos de todos os lados. Tão encantados estavam com aquela fartura de alimentos que não notavam que alguns gaviões chegavam, e eram eles então as vítimas. Talvez não houvesse descrição melhor para o inferno do que aquele cenário que misturava fogo e sacrifício. Enquanto os pequenos pássaros se deliciavam com os insetos, os gaviões desciam do alto em velocidade espantosa e voltavam com um deles se debatendo no bico. O crepitar do mato se misturava com o chilrear dos pássaros dançando no ar para acompanhar os movimentos dos insetos que deles tentavam fugir. O desespero de uns aumentava o delírio dos demais, naquela mistura de fogo, fumaça e sons em que uns morriam para que outros vivessem.

O fogo ficou para trás e eles chegaram a uma pequena lagoa, com uma casa de madeira que servia de observatório. Grandes crocodilos, deitados nas margens da lagoa com as bocas abertas, ficavam imóveis.

— É um animal estranho — explicou o guia. — Ele não mastiga suas vítimas, apesar dos oitenta dentes bem afiados, mas arranca pedaços e os engole com osso, pele e tudo o mais. Sua mordida equivale a um impacto de uma tonelada. Quando está engolindo, as mandíbulas se abrem e comprimem a glândula lacrimal, e então ele lacrimeja. Daí a expressão "lágrimas de crocodilo".

— Ora, ora! — disse Robin.

— Cultura descartável — completou Klein, sorrindo.

Chegaram enfim ao *lodge*, um conjunto de chalés distribuídos ao redor de um grande quiosque redondo, onde ficava o restaurante. O entardecer e o amanhecer são os melhores horários para ver os animais, porque durante o dia, com o sol quente, eles se escondem. Eram ainda 2 horas da tarde e, às 5, saíram com um guia do próprio parque. Ele ia devagar, olhando para um lado e para outro, na esperança de encontrar algum animal perigoso, desses que entusiasmam os turistas. Os leões e elefantes causam admiração, mas ver uma cobra venenosa assusta, principalmente porque elas vivem ocultas e só ocasionalmente se mostram, como aquela cobra verde-escura, quase negra, que cruzou o caminho diante deles com grande rapidez. O motorista parou e eles puderam vê-la entrando no capinzal. Devia ter uns quatro metros, e fora um aparecimento inesperado e assustador.

— Mamba-negra. Uma das cobras mais venenosas do mundo. Pode matar uma pessoa em vinte minutos.

Bandos de antílopes, *waterbucks*, alguns porcos e zebras começaram a aparecer, e logo viram um grupo de pelo menos dez elefantes arrancando a casca das árvores.

— Que coisa estranha! Por que eles arrancam as cascas? Acho que todo mundo faz essa pergunta, mas fiquei curioso.

— A natureza tem uma maneira curiosa de resolver as coisas. Ao mesmo tempo que ela se protege, também se destrói. Os elefantes comem a casca das acácias, e isso porque é pela casca que a seiva sobe. Na casca os elefantes encontram os elementos nutritivos que sustentam as árvores e dessa maneira eles também vivem, mas a árvore morre, porque não recebe mais o alimento que sobe das suas raízes.

Klein notou que o guia do parque tinha um fetiche interessante na cintura. Não compensaria as explicações que perderam em Uidá, mas o rapaz era um praticante do vodu, e ele buscou uma explicação.

— Esse seu fetiche parece ter os poderes de vários espíritos da selva. Poderia nos explicar esses poderes?

O rapaz ficou em dúvida, porque o fetiche é um amuleto sagrado que deve ficar longe da vista alheia. Deixara-o exposto por descuido. Era um objeto esquisito, que parecia ter corpo de cobra e rabo de crinas.

— Esse meu fetiche é muito forte porque o rabo é formado de fios tirados do rabo dos cinco animais mais fortes da África: o leão, o elefante, o rinoceronte, o búfalo e o leopardo, unidos ao corpo da serpente, que é sagaz. Os olhos são de cauri, a riqueza da África. Quanto mais rico é o fetiche, mais forte o espírito. Então ele me traz riqueza, sagacidade e força.

— Que explicação bonita! — exclamou Laura. — Já compensou a visita ao rei.

CAPÍTULO 53

Ao saírem do Pendjari, continuaram para o norte, em direção a Uagadugu, a capital de Burkina Faso, uma cidade moderna de avenidas largas e asfaltadas. O hotel ficava num bairro com privilegiadas condições urbanas, diferente dos demais bairros da cidade. O hotel, chamado Líbia 2.000, era portentoso e moderno, e o guia informou ter sido construído por Kadafi. Laura não podia acreditar que no mais pobre país da África existisse um hotel daquele nível. Ao entrar no quarto e deitar-se na cama, disse rindo:

— Abençoado Kadafi! Quem diria que, se não fosse ele, não teríamos uma acomodação tão boa neste país!

Era visível a transição territorial que ia separando o fetichismo cristão do Benim do islamismo do norte, onde se desenvolveram os Grandes Impérios Africanos, criando cidades imemoriais como Segu, Goa, Djeneé, Mopti e Timbuktu. Era uma região diversificada e de grande riqueza cultural. Aproximavam-se do Saara, onde a predominância islâmica é marcante. No Mali, 95% da população praticam o islamismo.

— É interessante que a colonização europeia e as influências ocidentais não conseguiram extinguir os idiomas locais como fizeram na América, por exemplo. Existem ao menos cinquenta idiomas no Mali, e treze deles são considerados idiomas nacionais, dos quais os mais importantes são o bambara, o fula e o songai. Menos de 20% da população fala o francês, apesar de mais de um século de colonização francesa. E nada sabem da história da França.

— Mas, também, que interesse tem para os africanos a vida de Maria Antonieta ou de Napoleão? — ironizou Robin.

A savana era aos poucos substituída por campos trabalhados sob árvores frondosas. Para quem vinha das grandes cidades e convivia diariamente com a rotina torturante de trânsito, horários, poluição e obrigações, aquela mansidão de campos, árvores e arbustos verdes despertava a vontade de viver por ali. O calor do dia fora maior que os esforços do ar-condicionado, e não havia esperança de algum chuvisqueiro refrescar as horas que restavam de estrada.

Retas intermináveis, pouco trânsito e construções de adobe escuro e desabitadas, porque a população estava no campo, vendo-se apenas uma ou outra mulher, com suas roupas estampadas de cores vivas, preparando a refeição. Na maior parte do dia, o silêncio e a imensidão africana os envolviam como um mantra misterioso e entorpecente.

Mas era uma viagem rica e interessante. Passaram por Bamako, a capital do Mali, e deixaram para visitá-la melhor na volta.

— Enfim — disse Laura —, chegamos às terras dos Grandes Impérios.

CAPÍTULO 54

Pouco antes de Segu, o carro se aproximou de uma grande aldeia de casas de taipa, que criavam um cenário irrealista sob a luz do sol. O vermelho, o amarelo e o cinza das construções davam ao vilarejo a aparência de uma pintura a óleo.

— Estamos em Segu-koro, fundada no século XVII, capital do reino dos bamaras no auge da sua existência. Sempre paro um pouco na entrada da cidade para admirar suas casas de taipa. O colorido e o estilo das construções ainda fascinam e são um registro da arquitetura malinense. O descendente de Coulibaly, o fundador do Império Bamara, nos espera em seu antigo palácio.

— Vamos ter uma entrevista com o rei dos bamaras? — Laura se entusiasmou.

À sombra de uma árvore, um cachorro dormia. As patas amarelas, o focinho comprido e o corpo rajado de cores escuras escondiam a sua origem. O motorista se aproximou devagar, mas ele não se mexeu. Parecia sem vida. A cidade estava deserta. A sombra projetada de uma viela começou a se movimentar lentamente. Desde o início da viagem, eles vinham se preparando para situações como aquela, e nem foi preciso Maurício dizer nada, porque o rapaz fez uma manobra rápida e voltou para a estrada. Imediatamente um carro de polícia surgiu de uma rua transversal e veio atrás deles com a sirene ligada, mas o carro do rapaz ganhou velocidade e se distanciou.

Tinham a intenção de dormir em Segu, uma das mais bonitas cidades do Mali, mas Maurício mandou o motorista ir em frente, sem parar. Robin olhou para trás e não viu a viatura.

— Desistiram muito facilmente.

Em vez de responder, Klein pegou um binóculo. Uns vinte quilômetros depois de Segu, ele viu a distância um veículo no meio da estrada. Era outra viatura policial.

— Parece que não.

Aproximaram-se devagar e, ao chegarem a uma distância de uns cinquenta metros da viatura, dois policiais saíram de trás de uns arbustos e começaram a atirar na frente do carro, arrancando lascas do asfalto. Era uma ameaça. Foi um susto para Laura, porque a polícia não costuma agir daquele jeito. O motorista parou o carro. Justo naquele momento, surgiu uma camionete na direção contrária e, ao chegar perto da viatura, um outro policial, que estava atrás dela, atirou nos pneus da camionete e obrigou os passageiros a sair correndo pela savana. No acostamento saíram mais três policiais também com armas apontadas para eles.

Aquilo não era normal, e Laura começou a chorar. Robin, inquieto, observava o guia, que parecia calmo demais. Os três homens se aproximaram. O mais graduado, com insígnia de tenente, encostou o cano da arma no vidro da janela do lado do guia. Maurício ligou um microfone ao lado do porta-luvas, que servia para se comunicar com o lado de fora, e disse com calma:

— Pois não. Bom dia.

— Houve um crime em Segu-Koro e o casal americano é suspeito. Não temos nada contra você e o motorista. Só queremos o casal. Entregue os dois americanos e podem ir embora.

O guia, no entanto, respondeu com firmeza:

— Não podem ser suspeitos porque não saíram deste carro, e, além disso, estão sob a minha proteção.

— São seis fuzis. Ou abre as portas para os gringos saírem ou vou atirar nesta janela, bem na sua testa.

— Olha, meu amigo, esses seus tirinhos de bala de chocolate não vão quebrar esta janela, feita de vidro à prova de metralhadora. E, além disso, seria uma descortesia com a senhora que está no carro. O calor aí fora está muito forte.

Robin não estava entendendo aquilo. Seis homens fortemente armados e o guia com essa ironia. Klein fustigou mais ainda o policial já furioso:

— Uniforme chique, hein! Novinho, novinho. Aliás, todos vocês estão com uniformes novos, saídos da forma, como se tivessem sido feitos especialmente para este momento. E não foram feitos por profissionais, porque a sua insígnia está fora de lugar, meio inclinada, acabamento ruim. Não é um uniforme digno de um tenente.

Laura apertava a mão de Robin, mas os dois se mantinham quietos. Se esse Klein era mesmo um agente da CIA, devia ter um plano. O oficial gritou:

— Ou abre essa janela, ou vou acabar com o seu blefe.

— Experimente.

Um tiro seco. Laura deu um grito e colocou a mão no rosto, imaginando Klein caído para o lado com a cabeça ensanguentada. A bala, no entanto, ricocheteou e acertou um dos assaltantes na altura do estômago. Nesse momento, o telefone celular tocou e um guia calmo atendeu.

— Alô! Como? Um grupo suspeito de seis homens? Eles estão aqui comigo.

Olhou para o oficial:

— É a polícia verdadeira. Estão vindo para cá.

Um som distante de sirene se fez ouvir, e imediatamente rajadas de metralhadoras soaram das moitas da beira da estrada. Os assaltantes se assustaram e olharam em volta, mas uma nuvem de gás lacrimogêneo saiu de debaixo do carro e eles tiveram de jogar as armas para esfregar os olhos. Entraram pelo mato para fugir do gás. O motorista buzinou forte e seguiu em frente, desviando da viatura e dos pretensos policiais, que andavam como zumbis, sem nada enxergar. O guia mantinha um sorriso irônico e, já longe do perigo, Robin o elogiou:

— Que percepção! Pegou-os logo pela roupa. Parabéns. E o som da sirene? A metralhadora?

— Coisas do garoto aí. Ele gosta de aparelhos de som, de informática, e a ideia dele é que um som suave de sirene, vindo de debaixo do carro, dá a impressão de distância. A metralhadora é uma gravação. Este é um país tranquilo, mas também há salteadores e, agora, os *jihadistas*, que descem do deserto. É bom andar prevenido.

Maurício não podia dizer que aquele jipão já lhe tinha sido entregue pelos chineses com todos esses equipamentos.

— E o gás lacrimogêneo? Genial!

LIVRO XIII

O HOMEM QUE FILTRAVA ÁGUA

No entanto, na costa oeste ocorreu talvez a maior tentativa na história humana antes do século XX de construir uma cultura baseada na paz e na beleza, para estabelecer um comunismo da indústria e distribuição de bens e serviços de acordo com a necessidade humana, mas foi crucificada pela ganância e sua própria memória foi manchada pelo método histórico moderno. Não resta dúvida de que o nível de cultura entre as massas de negros está na África Ocidental no século XV. O século foi superior ao do norte da Europa, segundo qualquer padrão de medição — casas, roupas, arte, criação e apreciação, organização política e consistência religiosa.

Professor W.E.B. Dubois, RW, p. 353

LIVRO XIII

O HOMEM QUE FILTRAVA ÁGUA

CAPÍTULO 55

Fora um grande susto, pois iam ser sequestrados, mas, após os momentos de tensão, Laura olhou para Robin e sorriu. Era inacreditável o que tinham passado. Encorajada pela habilidade do guia em tirá-los daquela situação, ela voltara a apreciar a paisagem. Até Mopti seriam apenas cinco horas de viagem e teriam tempo para apreciar o encontro das águas do Bani com o Níger, ao entardecer.

Atravessavam um cenário de grupos étnicos variados, que deram ao Mali um estilo único de majestosas construções de adobe em diferentes formatos. Gigantescos baobás impunham-se sobre os demais arbustos, e o povo trabalhava pacientemente a terra como há milhares de anos. O motorista mantinha o seu costumeiro silêncio, como se fosse apenas uma peça mais evoluída do carro. A interminável e doce savana começava a dar sinais de esgotamento. A vegetação foi ficando escassa, e a planície, mais aberta.

Laura olhava a paisagem como se fosse um sonho. Quantas vezes explicara que aquela transição entre a savana e o Saara tinha um significado histórico! Sael, do árabe, *sahil*, que significa costa, era a borda do deserto. Os caravaneiros chamavam o Saara de mar de areia, e essa faixa de transição entre a savana e o Saara, de litoral. Sempre sonhara em fazer uma viagem como aquela e agora tudo aquilo era uma realidade. Ela apreciava a paisagem, tomada de uma sensação de felicidade, já se acostumando com as surpresas do inesperado.

Logo chegaram a Mopti, passando sobre um longo aterro erguido para a construção da estrada, porque durante o período das águas os arredores de Mopti ficam totalmente inundados, e desde as épocas mais remotas aqueles campos eram aproveitados para o plantio do arroz. Numa alameda ao longo do rio, com grandes árvores plantadas dos dois lados, estava o hotel. O calor era grande, tomaram um banho frio para se reanimar e saíram.

Mopti significa encontro, devido à confluência dos rios Bani e Níger. A cidade é também chamada de Veneza do Mali, porque antes havia um grande número de canais que ligavam ilhas naturais, mas, devido ao desenvolvimento de Mopti, que foi durante séculos um grande entreposto comercial, os canais foram aos poucos sendo entulhados de lixo e as ilhas desapareceram. Hoje a cidade é um conjunto de apenas três ilhas.

A cidade é ainda um dos principais portos do Mali, e tudo ali era surpreendente. Laura admirava as mulheres altas, fortes, bonitas, com dentes perfeitos, carregando crianças amarradas às costas, cestos nas mãos e na cabeça, cheios de mercadorias. Quanta pose naquele andar dengoso e cadenciado! Crianças se abraçavam sorrindo, alegres.

Aproximaram-se do Bar Boso, um lugar estratégico para ver o sol descer sobre aquela excitante paisagem. Eles ficaram um longo tempo sentados, com os pensamentos soltos e os olhos acompanhando as pinaças apinhadas de gente e carregadas até a capota com fardos enormes, que subiam e desciam o rio. Era inacreditável que aquilo não afundasse. As pessoas se apertavam umas contra as outras, os fardos no colo, na cabeça, no fundo do barco, crianças amarradas às costas. O encerado amarelo, que servia de teto, também vinha carregado. O silêncio traduzia o privilégio de viver um momento como aquele. Os barcos eram pintados de cores alegres e as roupas das pessoas também tinham cores vivas. Se à primeira vista pareciam todas iguais, com um pouco de atenção notavam-se as diferenças nas listas e nos desenhos.

— Tecido diferente — comentou Robin.

— É o bogolan — explicou Laura —, um símbolo de identidade do Mali. Bogolan deriva de *âbogoâ*, que é "lama", e *âlanâ*, que significa "feito de". Então, é um tecido feito de lama. A aplicação da lama em torno dos desenhos é uma arte. Repare nas diferenças de linhas, pontos e círculos.

Lá longe, com um binóculo emprestado pelo guia, Robin viu um barco solitário, com dois condutores que não estavam pescando e sem nenhum passageiro. Era uma pinaça bonita que saíra da confluência entre os dois rios e vinha sossegada em direção a eles, carregada pelas águas mansas do largo rio. Laura filmava o barco que se aproximou da margem e ancorou em frente ao bar.

O sol já estava quase se pondo, e o guia os informou de que a volta seria naquele barco. Percorrer o Níger, deixando a vista escolher as cenas, como a animação das pessoas no mercado, ou as mulheres saindo do rio com os seios à mostra, onde passaram o dia lavando roupas e utensílios, foi um entardecer poético, gostoso para ser lembrado. De volta ao hotel, foram ao restaurante, tomados por sensações indefinidas. Laura olhava as fotografias da viagem, como sempre fazia, para recordar os acontecimentos do dia. Para ela, fotografia é um pedaço da viagem, e era melhor levar os pedaços mais bonitos.

— Que coisa impressionante a rapidez como tudo muda. Não faz muito tempo e tínhamos de comprar filmes para tirar fotografias. Eram rolos com 12, 24 e 36 filmes, que depois mandávamos para revelar. Hoje não. A gente passa o dedo de um lado para o outro e as fotos estão lá, centenas delas, que podemos enviar pela internet aos amigos e parentes. Olha que imagens lindas!

Ela passou o celular para Robin. Era uma paisagem cheia de cores e movimentos, barcos chegando, outros saindo, o bucolismo de mulheres lavando roupa na margem do rio e, lá longe, o sol se pondo. Ele voltou o vídeo, interessado, e depois outra vez. Ela o olhou enciumada.

— O que o interessou tanto?

Ele não respondeu. Teve a impressão de reconhecer alguém, mas o vídeo não focou muito bem o rosto. O vulto, os gestos e a imagem, no entanto, não lhe eram desconhecidos. Apesar de não ter identificado ninguém do seu conhecimento, a imagem lhe trazia uma má lembrança. Devolveu o celular para Laura e, sorrindo, para não despertar nela mais apreensões, disse:

— Nada, nada! Mas tudo isso é realmente bonito.

Ela o conhecia bem.

— O que houve? Você ficou pensativo. É o dr. Maurício?

— Não, querida. Antes fosse. Ando tão atarantado que tive a impressão de reconhecer o legista Grudenn numa das fotos.

— O dr. Grudenn aqui? Agora você me deixou com medo. Me mostre a foto.

Ela não conhecia o legista tanto como Robin, que olhava a foto com a testa franzida, mas a noite chegara e foram dormir.

No dia seguinte partiram para Timbuktu. Uma situação criada pela CIA, no entanto, despertava receio em Laura. De Mopti a Timbuktu, a viagem seria de avião e, pelo protocolo do turismo local, haveria outro guia os esperando na chegada. A segurança do casal estaria por conta de outro agente. A ida de Klein poderia ser mal-interpretada e, por isso, Maurício ficaria em Mopti. No aeroporto, Laura não estava muito animada. O episódio da estrada em que quase foram sequestrados a deixara nervosa e passara a ter mais confiança no guia Klein. Maurício a tranquilizou:

— Vocês estarão bem vigiados. Não se preocupem.

— Também acho que não haverá problema, querida. São só dois dias e teremos também proteção.

Nem mesmo Maurício acreditava no que dizia. O avião chegou e logo saiu, levando o casal.

CAPÍTULO 56

Era uma noite escura e o barco se deixava levar pela correnteza mansa do rio. Um homem segurava um caniço com a linha solta na água, mas não havia isca no anzol. O perigo rondava o caminho daquele casal. A programação da morte estava preparada e ele precisava se antecipar ao surgimento daquele esqueleto fatídico. Ninguém é mais preciso que ela na escolha do momento. A morte apenas transige quando encontra melhor diversão, e ele tinha de estar preparado para distraí-la.

O barqueiro era um bozo, alto, forte, conhecedor do rio e das manhas da região. Seu olhar alcançava o fundo das águas e ia além do universo. Não se alterava, e, se tinha emoções, não as deixava transparecer no olhar apagado de quem não se interessava por aquilo que via. Mas nada passava despercebido dos seus ouvidos ou do seu olhar, fosse de dia ou de noite, pois conhecia os diferentes marulhos da água, os diferentes sons dos pássaros, dos animais e do cotidiano dos homens, como se concentrasse os milhares de anos de vida daquele rio. Os bozos são chamados de donos do Níger e conhecem todas as suas reações.

O pescador confiava no barqueiro e se virou quando ele acelerou o motor, para ganhar mais velocidade e se afastar dali. Imediatamente recolheu a linha e se acomodou no centro do barco. O bozo então apontou para alguma coisa que vinha descendo na direção deles. O Níger é famoso pelos seus enormes crocodilos, e aquele vulto podia ser de um deles. O pescador pegou a lanterna e iluminou o objeto, que continuava descendo. Puderam ver então que não era um crocodilo, mas o corpo de um homem, vestido como um guerreiro tuaregue, que milagrosamente não tinha sido devorado pelos crocodilos ou pelos peixes. O bozo pegou uma rede de pesca e lançou sobre o corpo, arrastando-o para a borda do barco, e os dois o puxaram para dentro. O pescador examinou as mãos e os pés do homem.

— Pele lisa. Não forçava as mãos ou os pés no seu trabalho. Não arava, pescava, ou fazia artefatos de cerâmica ou madeira.

— E o que dizem as mãos? — perguntou o bozo.

O pescador iluminou as mãos do morto, examinando agora com mais cuidado cada um dos dedos, e então rasgou com uma faca a vestimenta na altura dos dois ombros.

— Atirador profissional. Veja os leves calos nas pontas dos dedos e as marcas no ombro direito. No esquerdo não existem marcas, como também no indicador da mão esquerda. Era destro e treinava muito.

— Quem seria e o que estaria fazendo aqui?

— Ele está longe das áreas em combate.

O pescador tirou a roupa do morto e examinou-a cuidadosamente em busca de algum papel ou qualquer outra coisa que o identificasse. Depois virou-o várias vezes, iluminando cada centímetro do seu corpo, para ver se encontrava algum indício de como teria morrido. Não tinha buracos de balas, ferimentos de faca, apenas manchas roxas em torno do pescoço. Os olhos ainda estavam arregalados.

— Asfixia, e foi pego de surpresa. Certamente, pensava estar entre amigos e deve ter sido agarrado por vários deles, enquanto alguém o enforcava. Não apresenta sinais de decomposição. Deve ter morrido há umas duas horas, no máximo, e provavelmente quem fez isso já tomou outro rumo.

O bozo olhou para alto do rio, onde alguns barcos ainda se movimentavam.

— Espião?
— Provavelmente.

O pescador empurrou o corpo para fora. O grande rio o transformaria num crocodilo ou outro animal da água, porque ali tinha sido o seu último estágio neste mundo. O bozo mostrou o céu escuro, dizendo que as migalhas da noite apagavam as suas luzes, e o rio não gostava que o perturbassem enquanto se lavava com as águas limpas que logo cairiam. O corpo descia mansamente e eles voltaram para a terra.

O pescador estava tenso.

— Esse deve ser o corpo de um dos agentes da CIA, designados para proteger o casal. Eles estão indo para uma armadilha. Tive certeza disso hoje à tarde, quando vi uma pessoa suspeita, e agora esse agente morto.

— Não podíamos ter ido com eles?

— Não havia mais tempo para mudar o roteiro e uma eventual mudança de última hora levantaria suspeitas. Os guias de Timbuktu também são agentes da CIA, o inspetor está armado, é bom atirador, mas não estão preparados para uma armadilha no deserto.

O bozo olhou para o céu, onde as migalhas se apagavam.

— Ainda há tempo — disse ele para Maurício.

CAPÍTULO 57

O voo sofrera um atraso, mas no saguão do pequeno aeroporto de Timbuktu um homem, com a cabeça coberta por um turbante e vestindo uma túnica marrom que chegava até os pés calçados com sandálias, veio ao encontro dos dois e os cumprimentou com a saudação islâmica. Era alto, magro, face angular e pálida, típica dos tuaregues brancos.

— *Allahu akbar*.[1] Eu me chamo Ahmed e serei o seu guia em Timbuktu. Apesar do atraso, espero que tenham feito boa viagem.

Eles corresponderam ao cumprimento. Ahmed pegou as maletas dos dois e levou-as até uma van preta, com tração nas quatro rodas. Um senhor abriu as portas e o guia o apresentou:

— Este é Kalifa, nosso motorista.

Era um homem pouco mais velho, mas atlético e simpático. Ahmed era sério, porém gentil, e explicou que, como o avião atrasara, eles teriam pouco tempo para todo o roteiro.

— Infelizmente, perdemos duas horas e vamos ter de correr um pouco com o programa. Como podem notar, o calor, neste horário, é forte, em torno de 45 ºC. Meu conselho é ficarem no hotel, almoçarem e descansarem um pouco. O calor começa a diminuir lá pelas 5 horas. Apesar de pequena, Timbuktu tem muita coisa para se ver, mas vamos aproveitar bem o tempo para um estudo histórico da cidade. Hoje podemos caminhar um pouco, ver a mesquita de Djinger-ber, construída pelo mansa Musa no século XIV, a Universidade de Sankoré, chamada de universidade porque mais de 50 mil sábios ali estudaram e, ainda, o Cedrab, que é o Centro de Documentação e Pesquisas Ahmed Baba, criado pela Unesco em 1970, para salvar os manuscritos de Timbuktu.

Embora olhasse a cidade com tristeza, Laura estava entusiasmada por estar em Timbuktu, a "cidade da sabedoria", a cidade "santa", a cidade "misteriosa", a cidade "inacessível", a "cidade depositária do saber", a "cidade das 333 encruzilhadas sagradas", fundada por volta de 1100 pelos tuaregues, no sul do enorme deserto do Saara. Timbuktu, a Paris da Idade Média, é ainda um mistério que desafia a mente dos intelectuais.

O hotel era simples, sem luxo, porém confortável, com apartamentos espaçosos e banheiros privativos. Um hotel vazio. Eram os únicos hóspedes. Estavam em um mundo diferente, uma região pobre, tomada pelo Saara, que

---

1 "Alá é grande".

implacavelmente empurrava suas areias sobre as terras cultiváveis do Mali, num processo contínuo de desertificação. Os mitos que se criaram em torno de Timbuktu deram-lhe a fama de cidade misteriosa, mas hoje é uma cidade-fantasma. Eles estavam acostumados com o guia Klein, um europeu educado, e agora estavam em mãos de um tuaregue, numa região dominado por muçulmanos inquietos. Timbuktu estava sem telefone e sem internet. Estavam, portanto, no deserto do Saara sem comunicação com o resto do mundo.

Seguindo o conselho do guia, descansaram no quarto, onde o ar-condicionado mal se aguentava contra o forte calor que passava por baixo da porta do banheiro. Era grande a diferença de temperatura do quarto e do banheiro. Havia um chuveiro elétrico, totalmente dispensável. Esperavam tomar um banho frio para refrescarem-se melhor, mas só saía água quente do chuveiro, mesmo desligado.

Ficaram no quarto, cada um lendo um pequeno livro, até que, pontualmente, às 5 horas, bateram na porta para continuarem o passeio. Laura ia observando as construções, muitas delas de tijolos e a maioria de adobe, enquanto Robin olhava as pessoas, com o instinto do policial que via por debaixo de cada túnica uma AK-47. O veículo parou em uma grande praça, diante da mesquita de Sankoré, a Universidade do Deserto, uma das grandes obras-primas dos "edifícios de terra". Não podiam entrar porque não eram muçulmanos.

— Um dia — falou Ahmed —, o rei do Mali, mansa Musa, saiu daqui e atravessou o deserto para uma peregrinação a Meca. Era o homem mais rico do mundo e ficou tão impressionado com a cultura dos árabes que quis transformar o seu reino em um centro da cultura universal. De lá da Arábia, ele trouxe muitos sábios, e aqui, no meio do deserto, se formou o maior centro de estudos do mundo. É inacreditável que esta cidade, hoje mergulhada na areia, fosse cinco vezes maior que a Londres da época, e tivesse mais livros que qualquer cidade europeia.

O fascínio os prendia ali, mas havia ainda o museu e suas dezenas de milhares de manuscritos, preservando a sabedoria da Idade Média. Ao entrarem, um senhor os guiou até uma sala pequena, onde uma grande estante protegida por vidros exibia manuscritos em árabe, abordando os vários ramos do conhecimento: religião — obviamente o islamismo —, farmácia, medicina, astronomia, arquitetura e leis — também leis do Alcorão, a Xaria. O encarregado do museu informou que ali estavam guardados 40 mil manuscritos jamais estudados, que exigirão um grande esforço para serem traduzidos, lidos e interpretados. É possível que muitas descobertas daquela época venham a ajudar a esclarecer problemas de hoje.

Já era tarde, tinham se levantado cedo para pegar o avião e o dia fora exaustivo. Não estavam acostumados com tanta areia, vento, sol e calor, e Robin reclamou que já estava na hora de voltar à sua Castel, a cerveja popular do Mali. Jantaram ao ar livre, num pátio no fundo do hotel, e foram descansar.

CAPÍTULO 58

Aproveitaram a parte fresca da manhã para visitar os locais históricos de Timbuktu, começando pelo porto de Kokrioumé, distante vinte quilômetros da cidade, por onde fortunas imensas circularam durante vários séculos. Timbuktu era um entreposto comercial, por ali passavam todas as riquezas do Império do Mali e as riquezas que vinham de outros continentes pelo deserto do Saara, no lombo dos camelos. Até porcelanas chinesas foram encontradas nas escavações arqueológicas. Devido à escassez na região, o sal valia mais que o ouro. Os seus principais depósitos ficavam no deserto, na região de Tagaza, e eram controlados pelos berberes, que também forneciam tâmaras, cavalos, tecidos e produtos de todo o mundo para serem trocados pelo ouro da região.

Um grande canal acompanhava a estrada, e Ahmed se lamentou mais uma vez:

— Vejam que coisa. Os países ricos conseguiram que a África continue pobre e sem lideranças. Esse canal liga o rio Níger a um hotel cinco estrelas que Kadafi estava construindo para promover Timbuktu. A água formaria um grande lago que seria arborizado, com um paisagismo muito bonito. Agora tudo está parado e se deteriorando, porque não há interessados.

Lembrando-se da advertência de Klein — estavam numa região em que Kadafi tivera muita influência —, Robin achou melhor retomar seu silêncio costumeiro. À tardinha, nesse mesmo dia, visitaram uma aldeia tuaregue. A ideia de visitar uma aldeia tuaregue, no deserto do Saara, sempre evoca imagens de filmes, romances e mesmo relatos pouco encorajadores, mas aquela era uma experiência fascinante, que poucos podem ter.

A van rodou sobre a areia até se aproximar de um lugar onde algumas tendas isoladas pareciam abandonadas. Havia poucos animais — vacas, cabras, ovelhas —, todos magros e preguiçosos, sem coragem de andar. O veículo parou perto de uma tenda e um casal recebeu os visitantes, estendendo um tapete sobre a areia, do lado de fora. Era uma família jovem, com duas crianças que apareceram e se sentaram na areia de pernas cruzadas. O homem serviu o chá, como se participasse de uma cerimônia religiosa, e explicou:

— Quando recebemos uma visita, a primeira xícara de chá tem apenas uma colher de açúcar, para mostrar a nossa hospitalidade. Depois servimos outra xícara com duas colheres de açúcar para mostrar o nosso agradecimento. A terceira, servimos com três colheres de açúcar, para mostrar a nossa amizade.

O chá foi assim servido e chegaram outros tuaregues, das tendas vizinhas, homens, mulheres e crianças, com artefatos para oferecer. Eram brincos, braceletes, anéis, punhais, bolsas, artigos diversos que podiam fabricar naquele deserto. Laura comprou alguns presentes, inclusive a cruz do sul, também chamada de cruz de Agadez, considerada a mais importante peça da joalheria tuaregue, que representa os quatro cantos do mundo e é usada tanto por homens como por mulheres como símbolo de boa sorte. Com as lembranças de uma tribo tuaregue de Timbuktu, eles se levantaram e se despediram dos donos da tenda.

Entardecia, e o harmatã, o vento do deserto, levantava um pouco de areia, trazendo com a brisa agradável uma inesperada euforia. Afinal, estavam no deserto do Saara. O carro rodava sobre a areia e parou no alto de uma duna alongada, de onde podiam avistar Timbuktu, a cidade misteriosa que mostrava apenas os mistérios que desejava, guardando os outros para que ninguém deles se apossasse. A rampa, na frente deles, formava uma espécie de meia-lua, como se os isolasse deste mundo. A paz é apenas uma expressão diferente da inquietude. Ali não era propriamente o lugar ideal para apreciarem a natureza durante o crepúsculo, e o instinto policial de Robin o alertou de que poderiam estar em perigo.

— Vamos sair daqui, já — disse com rispidez.

O motorista e o guia ficaram surpresos e hesitantes com a súbita decisão, mas aquele não era um pedido, e, sim, uma ordem. Uma ordem seca, determinada. O veículo fez o retorno e então eles viram dois outros veículos, vindo um de cada lado, bloqueando a passagem. Não tinham como fugir. Atrás deles estava a rampa, profunda, com arbustos que ali haviam nascido aproveitando o pouco de umidade das esparsas gotas de água que iludiam aquela terra. Se tentassem descer, cairiam, poderiam morrer e, de qualquer forma, seriam alcançados. Os dois veículos se aproximaram e uma rajada de metralhadora estourou os pneus dianteiros da van. O guia e o motorista falavam em dialeto e estavam assustados. A primeira impressão de Robin foi a de que haviam caído numa emboscada preparada por aqueles dois, mas tanto o guia como o motorista estavam realmente preocupados e repetiam a palavra *Al-Quaed*. Sabiam que o casal seria sequestrado. O governo americano daria dinheiro aos sequestradores e a mulher e o marido seriam salvos, mas eles, guia e motorista, seriam eliminados ali mesmo. Os dois veículos pararam a uma distância de vinte metros e de cada um deles desceram dois homens encapuzados. Em árabe, gritavam ordens, certamente para eles descerem. O guia e o motorista olharam um para o outro e se abraçaram, falando em Alá e seu profeta Mohamed. Beijaram-se, deram adeus aos americanos e abriram a porta, um de cada lado, para sair. O pior havia acontecido. Laura chorava, angustiada, e Robin analisava a situação, mantendo-se alheio aos reclamos da esposa, porque aprendera em muitas lições de perigo que o inimigo sempre comete uma falha. Aqueles quatro sequestradores não estavam ali por conta própria, mas obedecendo a ordens de uma organização que pensava apenas no resultado da operação. A esperança era de que tinham de levá--los vivos para pedirem um resgate.

Se não fosse um momento tão trágico, poderia sorrir ao pensar que Laura teria uma história fantástica, uma experiência inédita, para contar aos alunos, mas seu olhar acompanhava pesarosamente os dois homens se encaminhando para a morte. Iria assistir a uma execução, um assassinato frio, impiedoso, e puxou a cabeça de Laura para o seu ombro, atento, porém, ao que poderia acontecer. Os tiros foram rápidos, vários tiros de fuzil seguidos de gritos histéricos. "Tiros de fuzil? Ora, como assim, se os sequestradores estavam com metralhadoras?" Então viu Ahmed correndo em direção a um dos sequestradores, para pegar a metralhadora, que ele deixara cair. Imediatamente, soltou Laura e saiu do carro para pegar outra metralhadora também caída na areia. Os quatro sequestradores estavam feridos nos braços e as armas no chão. Os motoristas dos carros tentaram sair de ré, para fugir daquele inimigo inesperado, mas outros tiros atingiram os pneus e os tanques dos dois veículos. Era incrível o que acontecera. Jamais Robin poderia acreditar que uma cidade-fantasma, abandonada no deserto, sem recursos, pudesse ter um corpo policial tão bem preparado.

Mas quem mais poderia aparecer ali senão a polícia local ou uma patrulha militar preparada para evitar sequestros? Ele voltou os olhos para o local de onde tinham vindo os tiros, mas não viu viaturas, motocicletas ou homens fardados empunhando fuzis, protegidos por coletes à prova de bala. Apenas dois vultos cobertos por uma túnica branca, um de cada lado da rampa. Da mesma maneira como saíram do nada, para o nada se foram como dois fantasmas. Um murmúrio, que não dava para saber de quem vinha, emitia palavras ininteligíveis em árabe. Ahmed olhava para a rampa, completamente aturdido, enquanto os sequestradores continuavam a dizer palavras que Robin não entendia.

— O que eles estão dizendo? Quem eram aqueles homens?

O guia respondeu emocionado:

— O Homem que Filtrava Água. Ele e seu amigo bozo. Eles voltaram.

— Voltaram como? Quem é ele?

— O Homem que Filtrava Água. Ele havia desaparecido, mas, antes de ir, dissera ao bozo que voltaria. Ele é a alma do Níger.

O motorista e Ahmed trocaram os pneus e voltaram para o hotel.

LIVRO XIV

O REINO MISTERIOSO DOS DOGONS

Em 1931, o antropólogo francês Marcel Griaule visitou a tribo dos Dogon e ficou intrigado com sua mitologia e os conhecimentos da constelação de Sirius. Em 1946, ele voltou com a etnóloga Germaine Dieterlen e juntos publicaram um trabalho no qual indagam: "Jamais se fez e nunca se decidiu a respeito da pergunta: de onde esse povo, que nenhum instrumento ótico possui, poderia conhecer a órbita e os atributos específicos desses astros, praticamente invisíveis?".

Un systeme soudanais de Sirius, *Journal des Africainistes*, 1950, p. 274

LIVRO
XIV

O REINO MISTERIOSO DOS LOCONS

CAPÍTULO 59

Eram 8 horas da manhã quando o avião pousou no aeroporto de Mopti. Fora um voo desagradável, pessoas olhando para eles como se fossem uma espécie extinta de rinocerontes. Robin mantinha a naturalidade, mas Laura não conseguira dormir à noite e de vez em quando seus olhos marejavam. Ficaram em silêncio durante todo o voo para que as demais pessoas não prestassem atenção no que diziam, porque obviamente todos os passageiros sabiam que eram eles as vítimas da tentativa de sequestro. O controle para o embarque havia sido severo, o que apenas servira para aumentar o clima de hostilidade. Nos países que sofreram com a escravidão e com a colonização, americanos e europeus eram ainda vistos como invasores que roubaram as suas riquezas. Era essa a sensação que eles tinham, a sensação de que muitos daqueles passageiros teriam preferido que o sequestro tivesse tido êxito.

Foram 45 minutos de um voo interminável. Eles ocupavam dois lugares no meio do avião e ficaram sentados até que todos os passageiros saíssem. Em silêncio, aparentando total indiferença aos olhares curiosos ou hostis, ficaram nos seus lugares até o avião ficar vazio e então se levantaram.

Klein os esperava e veio ao encontro deles, mostrando uma fisionomia preocupada. Laura sorriu aliviada ao vê-lo e não conseguiu agora conter o choro que reprimira durante o voo.

— Bom dia, madame. Soube do ocorrido — cumprimentou o guia, esboçando o gesto cavalheiresco de baixar a cabeça e simular o beijo na mão, atitude realmente incoerente no litoral saariano, e que Robin acompanhou com um olhar de ironia.

Não faltava muito mais para completarem a viagem, que vinha se revelando mais perigosa do que imaginavam e, após um breve relato, o guia compreendeu que o casal poderia estar propenso a desistir do resto da viagem. Deixou-os à vontade.

— Compreendo que estejam traumatizados com o que houve. Se preferirem, voltamos daqui para Bamako, mas, na verdade, já estamos voltando.

Robin ficou com pena dela. As emoções do dia anterior foram fortes até para ele. Laura, porém, preferiu cumprir o roteiro.

— Se já é a viagem de volta, podemos continuar.

Quase não se percebe, mas aos poucos a alma vai esquecendo as rotineiras cenas da realidade e se deixa envolver pelo imaginário da fantasia. Casas e celeiros construídos de pedra e barro, em forma cônica e cobertos de caniços para amenizar o calor, lembravam o conto da Branca de Neve e os Sete Anões. Baixas, próximas umas das outras, em escarpas e colinas que se projetam contra o sol, essas pequenas construções fantasiosas levam o turista para um mundo encantado.

E foi essa a sensação ao chegarem ao alto da serra de Bandiagara, porta de entrada para o país dos dogons. Sobre aquele planalto e escarpas, vivem aproximadamente 500 mil dogons, espalhados por 289 aldeias, um povo rico em mitos e tesouros históricos, que só ficou conhecido em 1931, pelo antropólogo francês Marcel Griaule.

A combinação daquela estranha geografia de pedras com o grande número de baobás frondosos, esticando seus galhos sobre o cristalino riacho que acompanhava a estrada, formava uma paisagem muito diferente do deserto, do qual tinham saído naquele mesmo dia. Naquele cenário, o baobá é o que mais prende a atenção. Grotescamente gordo, seu tronco chega a trinta metros de circunferência, enquanto ele mesmo não passa de quinze metros de altura. Dizem que Deus os plantou de cabeça para baixo, distraído com a grande diversidade do que Ele pôs na África. E ali tudo era diferente. Sobre as lajes de pedra, havia canteiros, adubados com o húmus retirado das margens do riacho, para o cultivo de cebola e milheto. Tinham formatos irregulares, num bonito conjunto de figuras geométricas que os acompanhou ao longo da estrada. Mistérios escondem a origem e a cultura desse povo que habita a falésia de Bandiagara.

A estrada prosseguiu sobre uma grande laje de pedra, cheia de buracos, até entrarem num vilarejo de pouco mais de 20 mil habitantes, chamado Sangha e considerado sua capital. Não apenas Laura, mas também Robin teve a impressão de que estavam em outro planeta.

— É um povo diferente — disse Klein. — Talvez o mais místico da África.

Apesar de cansados e tensos, não queriam perder as sensações que aquela aldeia lhes transmitia e resolveram descer a falésia. Afinal, tudo ali era novidade e o dia estava muito bonito. Guiados por um dogon, meio baixo, magro, caolho, aparentando 50 anos, com um chapéu cônico de couro, desceram a famosa falésia e não se arrependeram. Lá embaixo, após uma longa escada de degraus de pedras, quase sempre soltas e numa inclinação que dava vertigem, começava o deserto.

Às vezes, passavam por estreitos corredores naturais e se encontravam com pessoas subindo, que o caolho cumprimentava de uma maneira estranha, como se repetissem uma sequência de palavras previamente decoradas. Klein explicou que os dogons sempre que se encontram repetem os mesmos cumprimentos: como vai você? Como vai seu pai? Como vai sua mãe? Como vai seu filho? Como vai seu cunhado? E até perguntam como vai o cachorro, como vai o gato. Se, dois minutos depois, eles voltam a se encontrar, repetem a mesma saudação, embora vivam ao lado um do outro.

Descer o grande abismo de Bandiagara, guiados por um dogon, no meio daquele povo misterioso, fora outro acontecimento que ficaria gravado, uma aventura que não sairia mais das suas lembranças. O imenso painel de pedra, com trezentos metros de altura e de um marrom avermelhado que contrastava com o azul do céu e o verde da savana, era uma pintura inimaginável.

— Estão vendo aqueles buracos nas pedras? Eram as casas dos tellem, que em dogon significa "aqueles que foram antes de nós". Os tellem eram pigmeus e tinham o poder de voar. Eles habitavam esta região e cavavam casas nestes penhascos.

Foi uma caminhada cheia de informações interessantes sobre os costumes, a religião e as lendas que certamente surgiam espontaneamente daquela mística formação geológica. Dali seguiram para a grande praça, que já estava repleta de crianças, mulheres, adultos e velhos, que também esperavam pelos dançarinos como se nunca se cansassem do espetáculo.

E logo eles vieram, saindo de trás das construções de pedra de uma pequena elevação, com roupas exuberantes e uma grande plumagem. Aproximavam-se com gritos estranhos, agudos, e com movimentos ágeis, ao som dos tambores e cantos provocadores. O movimento dos dançarinos era alucinante. Com o rosto coberto de máscaras eles pulavam, gritavam e corriam, enquanto os cantores os animavam e os tambores estimulavam sua coragem, como se estivessem em uma batalha. Era uma dança guerreira e ao mesmo tempo artística, expressão de uma arte esquecida. As plumas vermelhas da roupagem eram uma atração especial e davam mais vida aos movimentos, que se alternavam num ritmo cada vez mais agressivo, ao som dos tambores e do canto animado de homens e mulheres. Uma inesperada atmosfera mística foi evoluindo e, depois de uma hora de dança, os guerreiros começaram a passar na frente deles, fazendo uma última exibição individual. Depois voltavam para a praça, onde ficavam esperando pelos outros, que também vinham e pulavam, gritavam e iam para junto do grupo, depois de uma reverência para os dois.

Após várias demonstrações, os guerreiros formaram um painel colorido, com suas plumas, máscaras e seus escudos, restando um último, que portava uma enorme máscara e uma lança. Era um guerreiro forte e alto, como aliás todos eles, pois, além da dança em ritmo atlético, ainda tinham de carregar aquelas máscaras grandes e pesadas. O homem chegou, dançando, pulando e gritando, seus movimentos mais rápidos do que antes. Parecia nervoso. Jogava a lança para a frente e trazia o braço para trás, cantando e gritando. Os tambores, os cantores e os gritos dos demais guerreiros intensificaram-se. De repente, o clima começou a ficar tenso. Primeiro ele veio em direção a Laura e gesticulou, a lança ia e vinha, depois voltou-se para Robin. Diante dele, sua gesticulação era outra, como se o desafiasse.

Laura olhou para Robin, que estava imóvel, atento, o olhar fixo, apesar da movimentação rápida do dançarino. E foi num momento desses, quando ela olhava para o marido, com um instinto que não a perdoava, que o guerreiro avançou com a lança levantada, como se fosse atirá-la, e esticou o braço num movimento tão rápido que ela levou as mãos ao rosto e cobriu os olhos, soltando um grito de angústia. O silêncio misterioso, como tudo o mais que estava acontecendo, a fez abrir os olhos devagar. Escorregando as mãos pela face, ela viu seu marido, impassível, olhando o guerreiro, que segurava a lança encostada na altura do coração de Robin.

O guerreiro abaixou a lança, pegou-a pelo meio e entregou-a a Robin, que a segurou e fez um leve aceno de agradecimento com a cabeça. O guerreiro saiu pulando, gritando, às vezes voltando e se curvando diante de Robin, enquanto os outros se reuniram a eles e envolveram os três, Laura, Robin e Klein, para mais alguns minutos de pulos e gritos. Logo em seguida, saíram em fila, rumo às mesmas casas de pedra de onde tinham vindo.

O hotel ficava perto da praça, num ponto mais elevado, e, assim que terminou a dança, o caolho os levou até a recepção, onde um funcionário os acompanhou até o quarto. Robin pegou o canivete suíço que havia trazido e gravou as iniciais LR no meio da lança. Depois foram jantar e encontraram Klein na recepção. Não pretendiam sair à noite para ver o povoado, porque o dia fora cansativo e nervoso, mas depois do jantar sentaram-se em frente ao hotel para apreciar o céu estrelado. Olhar a abóboda iluminada do firmamento levava a divagações ou a silêncios sem explicação. Laura se deixava enlevar por aqueles instantes que talvez não vivesse mais.

— O céu de Chicago é apenas o céu, mas aqui eu me sinto parte do universo.

Maurício olhava o céu, também admirado:

— Um chefe me disse uma vez que o universo é tão absurdo que nem os Espíritos conseguem entendê-lo. Existe um ditado islâmico segundo o qual Alá criou o universo para ele próprio poder estudá-lo.

— E será que Ele consegue nos explicar como esse povo tinha conhecimento da estrela Sirius?

A pergunta de Laura era sobre um dos maiores mistérios da humanidade. Como poderiam os dogons saber da existência de Sirius, uma estrela 8,56 anos-luz distante da Terra, que só foi vista pela primeira vez depois que Copérnico inventou o telescópio? Não apenas Sirius, mas também sua companheira, a estrela Sirius B, que só foi vista pelos cientistas em 1862. E, ainda, como sabiam das luas de Júpiter e dos anéis de Saturno?

— Sem dúvida, esse é um dos maiores mistérios da África — concordou Klein. — Os sacerdotes dogons dizem que quem lhes contou foram deuses vindos do sistema Sirius. Esses deuses, chamados "nommos", eram anfíbios. Consta que os antigos nommos tinham forma de réptil, levando os místicos a acreditarem que esses "nommos" eram os povos de Atlântida, a cidade submarina que teria existido na costa da África, perto do delta do rio Níger.

"Estranho agente da CIA", pensou Robin. Tinha ele mesmo convivência com chefes africanos? Pouco depois, Maurício retirou-se e deixou o casal com seus próprios assuntos. Laura notou que Robin o observava com um interesse que não tinha antes, mas não perguntou por quê. Era uma noite estrelada, e ela pensava na volta ao dia a dia.

— Estamos voltando outra vez para casa e às rotinas de Chicago. Todos os dias no mesmo horário, saindo de casa para a escola e da escola para casa, as mesmas reuniões, as mesmas festas de aniversário, casamentos, os encontros religiosos, o supermercado, e tanta coisa sem nenhum interesse, além da rotina sem graça de viver, correndo atrás de expectativas. Já aqui parece que não há uma rotina organizada e obrigatória, mas uma tradição. É isso aí! Aqui eles cultivam tradições, e lá nós cultivamos rotinas.

Robin estava quieto. Era como se procurasse números numa tabuada inexistente. Os crimes e as ameaças eram reais, mas quem os praticava?

— Blackburns tinha um conceito estranho sobre os americanos. Para ele, os Estados Unidos não são uma nação, mas um condomínio de interesses, que subsistirá enquanto proporcionar vantagens para as pessoas que nele investem. Nos outros países, as raças se uniram e moldaram um outro povo, enquanto nos Estados Unidos as etnias se mantiveram distintas e não formaram um tipo característico.

— Talvez tivesse razão. Os africanos podem dizer que são da raça africana — concordou Robin.

— É verdade. O alemão é uma raça, o judeu é uma raça, o inglês é uma raça, o espanhol é uma raça, mas nós não podemos dizer que somos a raça americana, porque os conquistadores mataram todas as raças que viviam lá. O que seria então o americano?

— Um adjetivo.

Ela sorriu e comentou:

— Tantos perigos e o dr. Maurício não apareceu!

As pessoas foram rareando, o silêncio tomou conta do vilarejo e o peso do dia começou a se manifestar. Retiraram-se e esperavam uma noite repousante, sem a preocupação de se levantarem de madrugada, como acontecera naquele mesmo dia. Sentiam-se seguros agora, sem os receios de Timbuktu, tomados apenas pela sensualidade dos aventureiros que respiram o ar afrodisíaco da natureza, e se deixaram dominar por ela.

LIVRO XV

O MISTÉRIO DE KLEIN

A minha decisão de destruir a autoridade dos negros em São Domingos, no Haiti, não se baseia tanto em considerações de comércio e dinheiro, mas na necessidade de bloquear para sempre a marcha dos negros no mundo.

Napoleão Bonaparte, Museu de Nassau, Bahamas

CAPÍTULO 60

O trajeto até Segu era de quase quinhentos quilômetros, e se levantaram dispostos para outro dia presos dentro de um carro. Tiveram, porém, uma surpresa emocionante. Quando estavam entrando no carro, ouviram o som dos tambores, inicialmente lento e triste, acompanhado de um canto choroso, que foi ficando mais agressivo e os dogons, em sua plumagem e máscaras, começaram a sua dança de guerra. São coisas que nunca mais se esquecem e muitas vezes os sonhos revivem. Fora uma despedida emocionante e a única maneira que Robin encontrou para mostrar o quanto estavam agradecidos por aquela acolhida foi deixar com o caolho uma gratificação que o deve ter agradado muito, pelas suas gesticulações.

Atravessaram de novo os grandes bosques de baobás, as plantações de cebola nas lajes do rio e os misteriosos vilarejos de pedra. Uma estrada à direita levava à caverna da circuncisão, também um dos pontos obrigatórios do turista, porque esse procedimento é uma prática milenar, com sérios riscos para os jovens, às vezes levando-os à morte. Hoje ainda a prática existe, como a da mutilação feminina para extração do clitóris. O ocidental tem dificuldade para entender a mutilação feminina, mas, na sociologia dogon, os gêneros masculino e feminino carregam os dois símbolos sexuais: o prepúcio, que é considerado feminino, e o clitóris, que é considerado masculino. Dessa maneira, com a circuncisão e a mutilação, cada sexo se define fisicamente. Há estimativas de 200 milhões de mulheres mutiladas em trinta países.

A lança ia sobre a van, porque era comprida demais para caber dentro do carro. Robin perguntou ao guia como despachá-la, porque seria um tanto incômodo andar com ela nos aeroportos.

— Não se preocupem. Eu me encarrego de entregá-la aos senhores.

No caminho para Segu ficava Djenné, habitada desde o ano 250 a.C. Em 500 d.C., a cidade tinha 20 mil habitantes, quando Londres era apenas um vilarejo. Ali se encontra o maior edifício de adobe do mundo, a imponente mesquita de Djenné, declarada patrimônio mundial pela Unesco em 1988. Foi construída em 1280, pelo rei Koy Konboro, no lugar do seu antigo palácio. As chuvas que ocorrem no meio do ano levam uma parte do revestimento do edifício e, no mês de outubro, dá-se a rebocadura, uma grande festa na qual o povo se reveza para amassar o adobe com os pés e os pedreiros empoleiram-se em escadas para tapar os buracos das paredes. Suas imponentes torres de vinte metros de altura e os robustos pilares dão sustentação às paredes espessas. Há quase mil anos o adobe, uma mistura de argila com palha picada e excremento bovino, vem sendo refeito e cuidado pelo povo de Djenné, uma das grandes cidades que resistem aos efeitos nocivos da presença europeia.

CAPÍTULO 61

Ao saírem de Djenné, notaram que Klein não parava de olhar o celular com a fisionomia preocupada. E não demorou para ele comunicar as razões.

— Recomendam não pousarmos em Segu. O festival foi cancelado, diante da suspeita de que grupos de guerrilheiros tuaregues estavam infiltrados na população. Melhor seguirmos direto para Bamako.

Não era o que Laura esperava e ela comentou meio frustrada:

— E vamos embora sem o nosso festival. O Mali é um país de grandes músicos. Até mesmo os blues americanos nasceram aqui. Gostaria de ter ficado mais tempo.

Embora frustrado por não ter encontrado o dr. Maurício, Robin sentia a nostalgia do fim da viagem.

— Foi uma viagem muito interessante — disse ele. — Diria até que foi mais que uma viagem. Foi uma aventura no estilo Indiana Jones, só que, ao contrário dos filmes, foram aventuras verdadeiras. Muita coisa para lembrar. Fiquei impressionado com Timbuktu e imagino qual não foi a reação do europeu quando descobriu que, no século XIII, lá havia escolas de especialistas para treinar aprendizes e até mesmo uma associação de alfaiates.

A descontração aumentava à medida que se aproximavam da capital. Por mais cansativa e complicada que seja uma viagem, o que resta dela são apenas os bons momentos, e a pergunta de Klein foi como a brusca volta à realidade.

— De acordo com o roteiro, os senhores vão diretamente para os Estados Unidos, não?

— Sim — disse Laura, já esquecida das serpentes. — Apenas preciso de um dia livre em Bamako, para visitar a universidade.

De certa forma, deixava para trás um pouco de si mesma. A personagem que fora aos poucos sendo construída naqueles dias tinha de ser desmontada. Ela era a professora Laura, esposa do inspetor Robin, e estavam voltando para as suas rotinas. Deu um suspiro de lamento.

— A África e sua diversidade. A riqueza humana, os animais, as florestas, as savanas, o Sael e o Saara! Aqui surgiram a humanidade, a civilização, a religião, as artes e as ciências. Há mistérios, como a lenda de Ofir, e outros maiores ainda, como o grande enigma da Esfinge de Gizé, que pode ter sido construída há mais de 10 mil anos, por um povo altamente desenvolvido.

Ela teve de frear seu entusiasmo, porque, à frente, um comando do Exército examinava todos os veículos. O trânsito estava lento e, quando chegou a vez deles, um militar pegou os documentos do motorista e estranhou o tipo de carro.

— Isto parece mais um tanque de guerra. Posso ver os documentos dos senhores?

Ao ver os papéis de Robin, notou que se tratava de uma autoridade americana com poderes especiais e o olhou com respeito.

— Ah! Agora entendo por que um veículo blindado — e deixou-os passar.

Pouco depois da 1 hora da tarde, chegaram a Bamako. As novidades, os bozos, os bamaras, os tuaregues, os impérios antigos, os manuscritos, a dança dos dogons, o vodu de Uidá, as duas tentativas de sequestro, o rio Níger, tudo parecia evaporar enquanto aquele motorista silencioso tirava as malas da van e punha-as diante da recepção. Não era um sonho, pensava Laura: ela vivera tudo aquilo. O guia cuidou da recepção e um funcionário do hotel tomou conta das malas, enquanto eles se dirigiam até a porta.

— Bem — disse Maurício —, espero que tenham gostado da viagem. Para mim, foi uma alegria muito grande conviver com os senhores. Eu, com muito pesar, me despeço aqui.

Era um momento meio constrangedor, porque a praxe obrigava a dar uma gorjeta para o guia e o motorista, mas parecia que isso não ficava bem com aquele guia, que, repetindo o mesmo gesto com que cumprimentara Laura quando os recebera no aeroporto de Cotonou, pegou a mão dela e simulou o beijo cavalheiresco. Robin, porém, tinha outros propósitos e já havia calculado 20 dólares por dia para o guia e 10 dólares para o motorista. Enquanto tirava a mão do bolso, perguntou:

— Vou lhe pedir um último favor. Preciso encontrar o Homem que Filtrava Água. O senhor sabe como eu poderia encontrá-lo?

O guia franziu a testa, olhou para o relógio e, nesse instante, vozes alteradas começaram uma confusão. Eles se viraram para ver o que estava acontecendo e foram envolvidos por um aglomerado de pessoas, aparentemente turistas discutindo despesas que não tinham feito. Quando se voltaram para se despedir de Klein, ele tinha desaparecido. Fora tudo muito rápido, e Laura perguntou, confusa:

— Mas onde está esse homem?

Apenas a van continuava parada na frente do hotel, com o motorista no volante, quieto e olhando para a rua, mas a lança tinha desaparecido.

— Robin, você ouviu a minha pergunta?

Nesse instante, um homem branco, de terno cinza, gravata vermelha e camisa branca, se aproximou.

— Inspetor Collins?

Era Alex, o agente da CIA.

— Ora, você por aqui?

Foi um cumprimento seco de dois homens que desde o primeiro encontro, no gabinete de David, não sentiam simpatia um pelo outro.

— Não se espante. Vim lhe pedir um favor. Agora é 1 e meia da tarde. Vocês acabam de chegar e devem estar cansados. Proponho sairmos às 5 horas para um passeio de barco no Níger.

CAPÍTULO 62

Logo Alex tinha de aparecer para atrapalhar a despedida de Klein e estragar aquela viagem. Por que Klein desaparecera daquele jeito? Será que reconhecera Alex, já que também era um agente da CIA? O tempo fora suficiente para um banho, o almoço e um descanso. Às 5 horas da tarde, encontraram-se na recepção e saíram num carro da embaixada americana, seguidos por duas viaturas do Exército malinense, para o encontro com Alex.

O carro seguiu ao longo do cais e os deixou no mercado do porto, com seu costumeiro mau cheiro e a confusão de pessoas vendendo verduras, peixes, frutas e outras coisas, como em todos os mercados que visitaram. Ao caminhar entre as tendas, ouviram várias vezes mulheres e crianças chamá-los de *iogo* e entraram na pinaça, que um barqueiro segurava com uma corda, enquanto outro ficava de pé, na proa, para ajudá-los.

O barco afastou-se da margem e alcançou o centro do rio, que pareceu maior do que visto da terra. Apesar do dinamismo do mercado e do movimento dos barcos, havia paz sobre as águas. Depois de vários dias praticamente dentro de um carro, aquele passeio inesperado agradava a Laura. Que sentimentos a embalavam agora? Seria a tristeza de pensar que talvez não mais visse aquele rio? O horizonte se pintava para acolher o sol e tudo aquilo lhe dizia que sua viagem acabara. O tempo se encarregaria de embaçar aquelas imagens e ela não se lembraria mais do que estava sentindo naquele momento.

Alex tomara algumas precauções, como a de que os barqueiros não falassem inglês, mas apenas francês. Robin não ficou surpreso quando ele falou sobre o atentado contra eles em Timbuktu e sobre os dois fantasmas que os salvaram.

— Quando tomamos conhecimento do atentado em Timbuktu, fomos pesquisar quem seria esse Homem que Filtrava Água e, para nossa surpresa, esse fantasma já roda o Níger há tempos.

— Muito tempo? Como a CIA sabe a respeito dele?

— Você vai se surpreender. O Homem que Filtrava Água apareceu no Níger na época em que o dr. Maurício começou a frequentar esta região. Nas suas andanças pela África, ele foi se fixando ao longo do rio e passou a conviver com o povo das aldeias, e filtrava a água para beber e cozinhar. Aos poucos, foi ensinando os aldeões a fazer filtros, a se proteger da malária e até mesmo tinha uma pequena farmácia, com remédios úteis ou de emergência. Ajudava nos trabalhos do campo, caçava, pescava e praticamente virou um deles. Ajudava as pessoas em dificuldade e assim foi se tornando uma figura lendária.

— Lenda não se cria só porque alguém filtra água.

Alex sorriu, balançou a cabeça e completou, num tom irônico:

— Não foi só Cristo que ressuscitou os mortos. As águas do Níger começaram a divulgar a existência de uma pessoa misteriosa. Isso não nos interessou de início, porque a África é cheia de misticismos. No entanto, certos fatos nos levaram a saber mais a respeito desse ser misterioso. Um desses fatos foi a ressurreição de um morto.

— Não diga! — foi a vez de Robin ser irônico.

— Pois é! Um dia ele chegou a uma aldeia e viu todos chorando em volta da casa do chefe, que era um importante sacerdote vodu, com quem ele mantinha uma grande amizade e lhe ensinava o jogo de búzios.

Enquanto Alex dava essas explicações, Robin pensava: "Seria possível?".

— Não fazia muito tempo que o chefe tinha morrido. As tradições na África são muito rígidas e, no quarto, só podiam entrar os familiares. Ele teria chegado, silencioso, e o povo começou a fazer reverências, como se ele fosse um dos antepassados daquela tribo, enviado pelos Espíritos para levar o morto, que estava deitado de costas, no chão, sobre uma esteira e com uma vela acesa na mão direita. Os familiares choravam, mas a maneira como ele entrara, com calma, olhando para o morto, com as duas mãos fechadas sobre o peito, impressionou, e os familiares pararam de chorar. O quarto ficou quieto, as janelas e portas estavam fechadas e, então, segundo a lenda, ele se abaixou, com a respiração presa e movimentos muito lentos, olhando fixamente para a vela. Não havia vento no quarto, porque todos estavam quietos, as portas e janelas fechadas, era uma noite sem brisa. E ele então se levantou e saiu às pressas. Ninguém entendeu o que acontecera para ele sair tão depressa do quarto do morto, pois isso era até mesmo uma falta de respeito, mas ele pediu uma moto emprestada a um rapaz e deixou a aldeia, voltando em seguida, com uma maleta de remédios. Entrou no quarto, de novo, e falou para os familiares que podia ser que o chefe não estivesse morto e que ele conhecia um feitiço novo, que podia não dar resultado, porque já se haviam passado várias horas desde que ele ficara imóvel. Os familiares o olharam, espantados e esperançosos. A mulher pegou sua mão e a beijou, dizendo que ele podia tentar.

O agente falava com frieza, mas até mesmo ele admirava a iniciativa e o oportuno conhecimento desse estranho personagem.

— Pois bem. Descobrimos que o chefe participara de uma cerimônia de vodu e bebera mais de um litro de uma mistura de gin e ervas, caindo num estado de coma alcoólico. Os médicos da CIA informaram que o coma alcoólico deixa a pessoa imóvel, como se estivesse morta, mas a chama da vela se movia, e ele imediatamente presumiu que o homem respirava e poderia estar vivo. Não é sem razão que sua fama corre por vários territórios. Ele costumava carregar uma pequena farmácia e tinha injeções de glicose. Acreditem ou não, o milagre aconteceu. Dizem os relatos que ele nem tinha ainda acabado de ministrar toda a dose e o morto abriu os olhos.

— Maldito Klein! — exclamou Robin.

— O guia austríaco? O agente da CIA? — perguntou Alex.

— Ele não é austríaco — respondeu Robin, para surpresa de Alex e Laura.

— Mas como? Se foi a própria CIA que preparou a viagem? Eu selecionei o roteiro, os hotéis e ajudei a treinar o Klein!

— Então foi substituído.

— Querido, de onde você tirou essa conclusão? — perguntou Laura, assustada.

— O cabelo dele teve vários retoques durante a viagem, mas, ainda assim, num lugar ou noutro, aparecia um fundo escuro, com cabelos que não puderam ser corretamente retocados.

— Mas, Robin, como é que eu não notei isso?

— Agora tenho certeza de que a moça do Templo das Serpentes é a mesma do vídeo que Gregory mostrou sobre o passeio do dr. Maurício na Cachoeira Vitória. E ele deixou escapar, lá nos dogons, que convivia com chefes africanos. Não acredito, Alex, que o verdadeiro Klein tivesse essa convivência.

Robin estava agitado e contou o episódio da tentativa de sequestro pouco antes de Mopti.

— Incrível! Nem soubemos disso. Recebíamos notícias resumidas, de onde estava e dizendo que tudo corria bem, mas nada desse tipo de acontecimentos.

Robin balançava a cabeça, de um lado para outro.

— Mas é o óbvio! Como é que ele poderia nos ajudar, a não ser que já estivesse perto de nós? Como iria adivinhar uma situação de perigo como a dos sequestradores da estrada? Ele não iria pegar uma moto e nos seguir como um guarda-costas.

Mas ainda havia fatos inexplicados.

— Timbuktu! Por que que ele apareceu por lá, de surpresa? O que você está escondendo? O que foi que o levou lá? Deve ter acontecido alguma coisa grave e vocês sabiam disso.

Alex ficou constrangido, mas teve de contar.

— Um dos nossos agentes estava infiltrado num grupo de tuaregues, possíveis sequestradores. Ele foi morto na véspera de irem para Timbuktu.

Laura ainda tinha suas dúvidas:

— Nós o deixamos em Mopti, quando fomos para Timbuktu. Como ele poderia ter chegado até lá e principalmente voltado em tempo de nos pegar?

— Ele deve ter seus meios e, na volta, o avião atrasou, talvez um atraso provocado, para que ele tivesse tempo de chegar antes de nós em Mopti e se preparar, como também aquela bagunça na recepção do hotel foi algo arranjado, para ele ter tempo de escapar. Sabiam que Alex estava lá a nos esperar.

— Que coisa esquisita! Investigadores e fantasmas têm raciocínios tão estranhos — comentou Laura, com desalento.

— Pensando bem — disse Alex —, não seria difícil sequestrar o guia original e Maurício se preparar para segui-los nessa viagem. Aliás, foi a sorte de vocês, porque só ele poderia salvá-los em Timbuktu. O maior mistério disso tudo é que o envolvimento do dr. Maurício não pode ser coisa somente dele. Alguma organização, que inclusive sabia que vocês vinham para cá, deve ter se encarregado das artimanhas.

— Bem! E desde quando você está aqui? — perguntou Robin.

Alex não entendeu bem o porquê daquela pergunta, mas não havia motivo para não responder.

— Cheguei há dois dias. Ia procurá-lo em Segu, mas soube que anteciparam a volta para Bamako. Por que a pergunta?

— Nada. Algo que me passou pela mente, mas sem importância.

Foram três horas naquele rio e, depois que eles se distanciaram, um dos barqueiros desceu e se encaminhou até uma pequena barraca, onde um homem vestido de túnica branca e gorro muçulmano examinava umas lanternas de fabricação chinesa. O barqueiro passou por ele e entregou-lhe um pequeno gravador. O homem pagou a lanterna chinesa e desapareceu.

Na hora do jantar, Laura quis saber por que era importante para Robin saber desde quando Alex estava em Bamako.

— O barco que Alex contratou para o passeio de hoje é o mesmo que usamos em Mopti. Você não deve ter notado, mas em Mopti, o nome do barco era Bandiagara II. O barco no qual saímos hoje chama-se

Bandiagara H. A tinta do traço do meio do H era fresca, com uma tonalidade levemente mais forte que os dois riscos verticais dos algarismos romanos. Alex não esteve em Mopti, mas, como agente da CIA, falhou em não identificar o barco.

— Mas que homem artificioso! Klein foi avisado e mandou o barqueiro para cá, num desses arranjos fáceis para quem ressuscita mortos.

— E com certeza gravou toda a nossa conversa.

LIVRO XVI

O ROUBO DO OBELISCO

Sangramos a África durante quatro séculos e meio. Roubamos suas matérias-primas, depois disseram-nos que os africanos não são bons para nada. Sua cultura foi destruída em nome da religião e agora, como temos de fazer as coisas com mais elegância, roubamos suas mentes com bolsas acadêmicas. Depois vemos que a África infeliz não tem uma boa condição, não gera elites. Ainda lhes damos lições depois de termos enriquecido nas suas costas.

Jacques Chirac, ex-presidente da França

CAPÍTULO 63

Quando François entrou no gabinete de Antoine, inspetor-geral da Polícia Nacional da França, encontrou sobre a mesa algumas fotografias dos desfiles militares do dia 14 de julho, na avenida Champs-Élysées. François era fotógrafo profissional e já tinha auxiliado a polícia algumas vezes em trabalhos de perícia. O inspetor o cumprimentou:

— Bom dia, François. Bonitas fotos, não?

— Pois é o que sempre digo: que seria da França sem Napoleão e Maria Antonieta? Veja: lá na ponta está o Arco do Triunfo, que Napoleão mandou construir para celebrar as suas 128 vitórias, e aqui, no outro extremo da Champs-Élysées, está o obelisco, que fomos buscar no Egito para a plebe ignara esquecer que Maria Antonieta foi ali guilhotinada. Se tirarmos Napoleão e Maria Antonieta da história da França, vai restar o quê? Richelieu? Deus me livre!

— Está bem, François. Em outros tempos você seria considerado um anarquista. Dê uma examinada nessas fotos e veja se nota alguma coisa estranha nelas.

Tudo é filosófico na França. Até mesmo um pequeno ponto de discordância entre fotografias gera conjecturas à moda do existencialismo.

— Não é mesmo impressionante? Durante anos tirei fotografias deste mesmo ângulo, no mesmo horário, no mesmo desfile, com uma máquina de alta precisão. No começo do ano, comprei uma nova, mais sofisticada, mais precisa, e as fotos melhoraram. Vejo aqui, por exemplo, o brilho do ouro na pirâmide do topo do obelisco.

— Compare o topo com os outros anos. O que me diz?

François se aproximou e o inspetor lhe emprestou uma lupa. O detalhe era pouco visível, mas François pôde ver a pequena diferença no alinhamento com o Arco do Triunfo, entre a última foto e as demais.

— Seu pessoal enxerga bem!

— Nesses tempos complicados, a perícia criminal trabalha cuidadosamente na análise de fotografias que envolvem paradas militares e multidões. Precisamos das suas máquinas, a antiga e a nova, para um estudo comparativo. Pode emprestá-las a nós?

— Claro, mas não vão apreendê-las, não é? Vivo disso.

— Apenas dois dias.

Peritos do Instituto do Patrimônio Histórico buscavam, juntamente com os peritos policiais, justificar a diferença por um erro fotográfico, enquanto Antoine ia em busca de uma explicação mais racional. Com alguns telefonemas, soube que não houve nenhum abalo sísmico na região que pudesse alterar, ainda que minimamente, a posição do obelisco ou do Arco do Triunfo. Aliás, abalos sísmicos, se tivessem havido, não iriam alterar apenas a disposição de um ou outro objeto, mas de tudo o que despontasse da terra naquela região. De acordo com o departamento de obras da Prefeitura, não foram executadas obras de expressão nos últimos dois anos, mas apenas reparos sem consequências.

Ele não podia deixar dúvidas sobre o seu trabalho e tinha de fazer uma investigação completa. Várias vezes esteve no alto do terraço da Orangerie, nas Tulherias, com um binóculo, estudando o obelisco e a pirâmide de ouro que a encima. Agindo com normalidade, como se estivesse apenas numa inspeção de rotina para atualização de informações, solicitou à prefeitura uma grua de trocar lâmpadas em postes altos. Subindo até conseguir tocar a pirâmide com as mãos, bateu nela com os cantos dos dedos. Aquilo não era ouro, nem sequer era metal, mas um material chocho, como um plástico metalizado. Fez sinal para a grua descer um pouco e bateu no granito um metro abaixo, desceu mais, e o material era o mesmo da ponta que deveria ser de ouro. Não tinha como negar a assombrosa verdade de que todo o obelisco era uma farsa. O original, trazido do Egito, desaparecera.

O terrorismo já era a maior preocupação para a segurança social, agravada pelos crimes desse tal Domínio Invisível. A divulgação de um fato tão imprevisível como o roubo do obelisco iria provocar o pânico. Com a mesma normalidade de quando subiu, desceu da grua e se dirigiu ao gabinete do diretor-geral, que se encarregou de comunicar o ministro da Defesa. A ordem de sigilo absoluto até que as investigações apurassem o que realmente acontecera foi infrutífera, pois, no dia seguinte, os maiores jornais das principais cidades do mundo alardeavam a sentença do Tribunal dos Intocáveis:

AO POVO DA FRANÇA

Os franceses sentem orgulho ao verem o Obelisco pairando sobre a Praça da Concórdia, tendo ao fundo o Arco do Triunfo. Mas deveriam sentir-se envergonhados do sacrilégio que foi a profanação do Templo de Osíris.

Amon jamais perdoou a ofensa de usarem o ouro sagrado do Templo para esconderem o sangue podre da guilhotina. A pirâmide de ouro que fica no topo do Obelisco é considerada carne dos Deuses, que ordenaram à Assembleia dos Grandes Espíritos que o devolva ao seu lugar de origem, sem os vestígios pecaminosos dessa profanação.

Por esse crime e pelas centenas de milhares de africanos assassinados, a França foi condenada a ressarcir o povo africano, conforme cálculos feitos pelo Projeto Blackburns.

Data: Primeiro e Último instantes da Eternidade

(ass.) Mansa Kanku Musa
Presidente do Tribunal dos Intocáveis

CAPÍTULO 64

As primeiras reações foram de estupefação. Para um povo que não digerira ainda os terríveis atentados em Paris e em Nice, era como se agora tivessem roubado a identidade da França. Nem a Torre Eiffel, nem o Arco do Triunfo, nem a Ópera eram tão simbólicos para a França quanto aquele exótico objeto africano. O pavor sucedeu ao medo, e os pronunciamentos governamentais na tentativa de acalmar a população apenas aumentaram o receio dos trabalhadores, que passaram a evitar os transportes públicos e a concentração nas fábricas e outros locais de trabalho, desorganizando a produção e a vida social.

Era uma reunião agitada, e o presidente da França, bastante nervoso, cobrava o primeiro-ministro:

— Quero o obelisco de volta e a prisão desses terroristas. Se não tomarmos medidas urgentes, daqui a pouco vão destruir a Catedral de Notre-Dame!

O passado se repetia diante deles, e passaram a ter o mesmo sentimento que os franceses tiveram ao descobrir que não haviam cortado apenas as cabeças da nobreza, mas também a cabeça da história da França. Após a Revolução Francesa, a Praça da Concórdia passou a ser a lembrança do terror, e era preciso fazer alguma coisa para apagar esse trauma. Uma ideia foi mudar o nome da praça, criar algum emblema. Primeiro, foi colocada a estátua da Liberdade, mas o nome "liberdade" ainda lembrava o pesadelo da época e acabou sendo retirada. Houve outros projetos, como uma estátua de Carlos Magno e até uma fonte, simbolizando a limpeza. Nada, porém, apagava a imagem da guilhotina e dos corpos decapitados.

Foi o obelisco, de 3.300 anos, tirado da entrada do imponente Templo de Luxor, no Egito, que afastou os pesadelos da Praça da Concórdia. Apontando para os céus, simbolizava o destino das almas dos que ali morreram e apaziguou a consciência dos franceses. Mas a história gira sobre si mesma, e o desaparecimento súbito do obelisco trouxe de volta o medo de um novo terror.

— Sim, presidente. Já falei com o ministro da Defesa e todas as forças militares estão reunidas para uma ação rápida.

— A Otan?

— Já falei com o comandante das forças da Otan e isso não vai ficar de graça, como a destruição de Wall Street.

— Tem razão. Talvez possamos mostrar a esses americanos que somos melhores que eles. Semearam a morte por todo o planeta e é isso que vem causando o terrorismo.

O episódio repercutiu. O mundo se indagava como fora possível retirar do coração de Paris um monólito de 23 metros de comprimento e 230 toneladas sem que as autoridades francesas percebessem. Investigações tiveram início imediato, e não se descartava que os articuladores dessa proeza tivessem deixado armadilhas para dificultar a perseguição. Apesar do receio, as buscas foram intensas. Toda a área em volta da Praça da Concórdia foi isolada, para que peritos vasculhassem os subterrâneos de Paris, desde o Louvre até o Arco do Triunfo. Nada encontraram que desse uma pista sobre o destino do obelisco ou sobre quem o roubou.

As reuniões se sucediam e, numa delas, o ministro da Defesa questionou o administrador do oitavo *arrondissement* — a oitava região da cidade, onde se localizava o obelisco. O ministro se mostrava bastante abalado e deixou essa emoção transparecer em suas palavras:

— Não preciso dizer que o sistema de segurança e de defesa do nosso país está desmoralizado. Não é hora de críticas, mas outra surpresa é que a empresa que ganhou a licitação de limpeza da avenida Champs-Élysées, para as celebrações do 14 de julho, desapareceu. Nenhum rastro. Nenhum funcionário. Nenhum registro dela em nenhuma das nossas repartições. Nem conta bancária, internet, luz, água.

O administrador do *arrondissement* estava consternado.

— O que posso dizer, senhor ministro, é que conferimos todos os documentos apresentados e eles atestavam a idoneidade da empresa, especializada em monumentos históricos. Mais que isso, por se tratar de uma concorrência pública, os editais saíram com os nomes de todas as empresas que se candidataram, e nenhuma das concorrentes fez qualquer restrição. Não entendo o que houve.

— Lamentável — disse Antoine —, mas compreensível. Aproveitaram o entardecer para colocar um revestimento sobre o obelisco e o desceram por um buraco que fizeram na base. Depois projetaram um material com o formato do obelisco. Foi algo como a técnica da cera derretida.

— Mas como esse obelisco saiu dali? — era a pergunta generalizada.

O próprio ministro olhou para o inspetor, como se fosse ele o responsável por aquele insólito episódio. Compenetrado, Antoine lembrou do aparecimento da egiptologia:

— Talvez estejamos com os pesquisadores errados. Acho que que devemos pedir ajuda a alguns arqueólogos.

— Estou de pleno acordo — concordou o ministro — e enquanto isso vamos à caça de todos os muçulmanos que vieram para a França nos últimos cinco anos. Temos de considerar que já são mais de dez ataques terroristas, com a morte de mais de cem pessoas, praticados por radicais do islamismo e, numa situação dessas, não dá para adivinhar quem é ou quem não é radical.

Um grupo de arqueólogos se juntou aos peritos, e deram início a uma análise minuciosa do solo embaixo da praça. O consenso geral era que não havia como aquele enorme bloco de granito ter sido retirado pelo ar, ainda que se utilizassem poderosos helicópteros. A cidade de Paris é fervilhante: ônibus, carros, polícias, pedestres, a movimentam dia e noite, e alguém teria visto o obelisco sendo levantado. A concentração foi no subsolo, que passou a ser estudado meticulosamente com aparelhos de alta tecnologia, com base na hipótese de ter sido escavado um túnel por onde o obelisco deslizou. De fato, um túnel havia sido escavado, até a margem do rio Sena, e depois entupido, provavelmente num longo e lento trabalho, para não chamar a atenção. Ficaram espantados com a perícia com a qual alteraram a rede elétrica e se desviaram do sistema de esgoto durante essa escavação. A surpreendente descoberta de vestígios de granito sobre o calçamento da margem do rio Sena, justo na direção da Praça da Concórdia, motivou uma nova versão para esse desaparecimento misterioso. Eram pequenos pedregulhos, quase pó de pedra, que, analisados, levaram à constatação de que se tratava de granito da antiguidade egípcia, embora não se pudesse precisar a data. Teriam destruído o obelisco? Pelo teor do manifesto do Domínio Invisível, isso era impossível! Com certeza o tinham removido intacto. Mas como? E para onde o levaram?

Essas e outras dúvidas predominavam naquela reunião, e o nervosismo do ministro era o retrato da França.

— Esses pedaços de granito devem ter-se soltado quando o arrastaram para algum barco.

— E como esconderam um monumento tão grande? É uma tarefa impossível — era a dúvida de um dos peritos que se dirigia a Antoine.

— Talvez o senhor ministro tenha razão. Esses barcos do Sena, que chamamos de *péniche*, podem medir quarenta metros e, em uma semana, eles chegam à embocadura do rio, no porto de Havre. Em algum lugar debaixo de algum oceano um submarino está aguardando o momento apropriado para aparecer.

O silêncio voltou à sala, e o ministro dispensou-os secamente:

— Emitiremos um alerta internacional para busca em alto-mar.

CAPÍTULO 65

Aproximadamente 50 milhões de turistas visitam as Tulherias todos os anos e todos querem conhecer o Museu da Orangerie, onde estão os quadros de Monet. São pessoas de todas as origens, e tipos humanos diferentes não chamam a atenção num lugar para onde as diferenças são atraídas. O fato de essas pessoas serem chinesas, árabes, espanholas ou suecas não é um acontecimento nas Tulherias, porque a diferença entre elas é um predicado turístico, como o estranho cavalheiro de terno cinza, bigode e guarda-chuva que que chegara de manhã e se sentara num dos bancos, para observar a Champs-Élysées. Não havia previsão de chuvas, mas o hábito de carregar objetos dispensa a meteorologia. Os dias tinham sido bonitos e os bancos estavam sempre ocupados por casais de namorados, ou pessoas absortas olhando sem ver o que se passava na frente, ou outras lendo, sem que ninguém as visse virar as páginas. Havia também dessas pessoas que aceitam a vida apenas pela sua essência e passam o dia vagando pela praça, dando comida aos pássaros, como o mendigo, com o chapéu no chão, de onde tirava os grãos de milho.

Antoine saiu da reunião com o ministro e se dirigiu até as Tulherias, sentando-se no mesmo banco do homem do guarda-chuva. Depois de uns minutos, apenas para ter certeza de que não seria ouvido, começou uma conversa com o velho, de uma maneira incomum, ora por metáforas, ora por frases curtas.

— Por acaso poderia me dizer se existe curiosidade sobre o que é sempre igual?

— Nada é sempre igual enquanto guardar mistérios – respondeu o velho.

— O momento foi oportuno. Com esses ataques terroristas, colocamos toda a polícia atrás dos muçulmanos.

O inspetor percebeu sua indiscrição e mudou de assunto.

— Praça da Concórdia! Nunca houve concórdia. Um lugar de passeio e encontros românticos de repente passou a ser uma grande mancha de sangue. A turba enlouquecida passava diante das prisões improvisadas com as cabeças espetadas na ponta de um pau para que os nobres as vissem através das grades. Alexandre Dumas contou que a rainha Maria Antonieta via por entre as grades da prisão a turba carregando as cabeças das suas amigas. Os cadáveres eram amontoados para mais tarde serem levados em carroças para as valas abertas na periferia.

Do alto do terraço, o inspetor olhava a Praça da Concórdia, com sentimentos contraditórios. Ali se passara o maior drama político do século XIX. Lavoisier, o pai da química moderna, foi decapitado simplesmente porque era casado com a filha de um nobre. Quando o mundo todo, indignado, apelou para que fosse poupado o maior cientista da época, o presidente do Tribunal Revolucionário rejeitou os apelos, alegando que "a República não precisa de sábios". O inspetor falou para o velho:

— Lavoisier era casado com a filha de um nobre e estava atrás de uma daquelas grades, esperando a sua vez. Era advogado e, se tivesse ficado na sua profissão, não teria morrido na guilhotina. No entanto, foi bisbilhotar outras ciências e acabou sendo um dos maiores sábios da humanidade, criador da Lei da Conservação das Massas: *"Na natureza nada se cria, nada se perde, tudo se transforma"*. E, de fato, tudo se transforma, como esse objeto que logo derreterá e se esparramará sobre a praça para encobrir o sangue de Lavoisier.

O velho não estava interessado em Lavoisier. O que então o levara a ouvir em silêncio a história do inspetor? Fora ele, o velho, que traçara toda a estratégia do roubo do obelisco, e estava ali para curtir seu êxito.

— Um longínquo parentesco com Lavoisier, aos poucos, foi cultivando em mim uma grande indignação.

O passado perseguia Antoine.

— Meu pai era um estudioso da vida de Lavoisier e, além de me dar o seu nome, insistiu para eu estudar química. Fui bem no vestibular, e os veteranos me fizeram passar por um trote que não podia ser diferente. Tive de pôr o pescoço numa guilhotina, no mesmo lugar onde Lavoisier teve a cabeça cortada. Prepararam tudo com uma realidade assustadora. Fechei os olhos, tremendo, quando ouvi o grito: "Soltem a lâmina". Um objeto frio bateu no meu pescoço e desmaiei. Soube depois que era um cordão com éter.

Antoine esperou um grupo de turistas entrar na Orangerie.

— A primeira coisa que vi, quando acordei, foi o obelisco, e jurei que iria explodi-lo. Entrei para a polícia e fui para a área de explosivos. Ali poderia preparar um plano para explodir esse lugar. Fiquei frustrado quando soube que Kadafi havia dito que "o islã não precisava de terroristas ou de bombas homicidas. Os mais de 50 milhões de muçulmanos da Europa a transformarão num continente islâmico em poucas décadas". Ora, eu havia jurado que ia arrebentar essa praça e pôr a culpa nos muçulmanos. Afinal, eu era um especialista em combatê-los, e, numa França traumatizada com o islã, seria fácil culpá-los. Felizmente, Kadafi errou, e o terrorismo islâmico continuou ativo. Podemos lançar a culpa sobre eles.

Não era o lugar apropriado para tais revelações, mas o inspetor estava empolgado.

— Foi quando você apareceu, com um plano que me encantou: roubar o obelisco e devolvê-lo para o Templo de Karnak. Ainda não me disse como descobriu que eu vinha agindo para explodir a praça, como também só agora soube que minhas promoções foram arranjadas, até ocupar um cargo que me permitia executar todo esse plano. Foram anos de paciente retirada de terra e escavação do túnel sob o rio, até que o obelisco pudesse ser afastado de Paris e recolhido por um *péniche* especial.

O velho levantou-se, apoiado no guarda-chuva, e colocou a mão nos ombros de Antoine, perto do pescoço, como faria qualquer amigo e companheiro de lutas. Ficaram os dois em silêncio. O velho se despediu com um tapinha no joelho do inspetor, caminhando devagar, e desapareceu nas Tulherias.

Antoine ficou um momento imóvel. Depois estremeceu e tombou para o lado.

"Falou demais!", disse Yuri para si mesmo.

LIVRO XVII

AS MINAS DO REI SALOMÃO

Há uma notícia dizendo que no interior destes países, se diz que na corte do Monomotapa, há uma torre ou um edifício de pedra lavrada que não parece ser obra dos negros do país, mas de alguma nação poderosa e política como os gregos, os romanos, os persas, os egípcios ou os hebreus, e diz-se que esta torre ou edifício é nomeado pelos negros Simbaboé e que há dentro uma inscrição em letras desconhecidas. E diz-se que há fortes razões de afirmar que esta terra é a mesma que Ofir, e que Salomão aí enviava as suas embarcações em companhia dos fenícios. E esta opinião podia ser provada de maneira indubitável se o caso da inscrição pudesse ser verificado, porque não há ninguém que seja capaz de a ler.

W. G. L. Randles em Elikia M'Koholo, *África negra – História das civilizações*

LIVRO XVII

AS MINAS DO REI SALOMÃO

CAPÍTULO 66

Não era hora de ter dúvidas, e Maurício lamentava que o Exército tivesse interrompido o entusiasmo da professora Laura ao chegarem a Bamako. Não poderia revelar sua identidade a eles, mas a professora era especialista em África, e um pouco mais de tempo iria ajudar. "Lenda de Ofir", disse ela, e "Enigma da Esfinge". Como não havia pensado nisso antes? Dois dias depois de Bamako, descia no aeroporto de Bulawayo para visitar o "Great Zimbabwe", ou "Grande Zimbabwe" — a terra de Ofir, segundo alguns historiadores.

Já não era mais Klein e até sentia uma alegria interior por estar só e quase no fim de todo esse mistério, mas teve de frear o seu entusiasmo. Ia atravessando o saguão do aeroporto quando se aproximou dele um rapaz de uns 30 anos.

— Dr. Maurício, meu nome é Lisumo e serei o seu guia ao Grande Zimbabwe

Já não se surpreendia mais. Tal como em Chicago, não tinha contratado nenhum guia e sua intenção era alugar um carro, mas agiu com naturalidade.

— Muito prazer, Lisumo.

Em seguida, o rapaz mostrou-lhe o roteiro da viagem, com o papel timbrado de uma empresa chamada Yukatour. "Ora essa!", pensou. "Yuka!... *Yu* pode ser de Yuri e *Ka*, de Kashin, o espião russo".

Lisumo explicou:

— Nós vamos direto para o Lodge Ancient City, perto do Grande Zimbabwe, e amanhã cedo faremos um passeio guiado para as ruínas das cidades de pedras. Tomará o dia todo e às vezes uma parte da noite.
— Seu nome é Lisumo de quê?
— Umbopa Lisumo, a seu dispor.
— Umbopa? O rei dos cacuanas?
— O senhor leu o livro de Henry Rider Haggard?
— Há tempos, na juventude. Não imaginava que um dia viria para estas terras.

O hotel em Ancient City era um portentoso *lodge*, com uma decoração impressionante de pedra e madeira, imitando o Grande Zimbabwe. Era muito bonito, e Maurício poderia ter apreciado melhor aquele ambiente não fossem outras preocupações. Após se registrar, Umbopa se despediu e, às 8 horas do dia seguinte, estava de volta.

O portão do Parque Nacional do Grande Zimbabwe se abriu e ele parecia sentir que cada passo o afundava nos milhares de anos nos quais mergulha a história do Zimbabwe. Era natural que os povos locais defendessem suas lendas, e era isso que fazia Umbopa, durante a caminhada até o pequeno museu do Grande Zimbabwe.

— Sem o ouro do Zimbabwe, Salomão não teria construído o Templo de Jerusalém. As lendas suprem o silêncio da história. Hoje a versão dada por Karl Mauch já encontra muitos adeptos.

O guia estava se referindo ao geólogo que, no ano 1871, chegou ao Grande Zimbabwe, com dois caçadores de elefantes, e espalhou a versão de que aquela era a cidade bíblica de Ofir. Verdade ou não, a notícia se espalhou, e caçadores de tesouro pilharam aqueles sítios durante décadas.

— Segundo o Livro dos Reis, Salomão se associou a Hirão, rei de Tiro, para buscar ouro em Ofir.

— Pena que a Bíblia não tenha sido mais explícita.

— Sim, mas nós acreditamos em coisas mais duvidosas da Bíblia, como a Arca de Noé, e aqui nem é preciso ter fé. Basta um raciocínio óbvio. Diz a Bíblia que os navios de Salomão partiam de um dos braços do Mar Vermelho rumo ao sul, ou seja, em algum lugar junto ao Oceano Índico. Ora, o único lugar com essa indicação e que tinha tanto ouro era esta região. Consta que somente no reino de Mwenemutapa havia entre 60 mil e 70 mil minas de ferro, cobre e ouro.

Entraram no museu, que fica logo após a entrada do parque. Numa vitrine estavam oito estátuas de falcões, esculpidas em pedra-sabão, que combinam características humanas e de aves. Lábios em vez de bicos e dedos nos pés podem ser símbolos do poder real na representação do deus Hórus. Maurício observou as estátuas atentamente e saiu pensativo do museu.

— Pela maneira como analisou os falcões, vejo que está compreendendo. Os fenícios saíram desta região e eram adoradores de Hórus, simbolizado por um falcão. Salomão negociou com Hirão, o rei dos fenícios, para que levasse as riquezas de Ofir para Israel. E por que negociar com Hirão? Fácil de entender. Por ser fenício, Hirão sabia que aqui no Zimbabwe o ouro abundava.

Maurício franziu levemente a testa, pois viera até ali para ouvir de perto o que se contava sobre o ouro de Ofir. Mas não era no ouro de Ofir que estava interessado, nem no Templo de Salomão. Seu interesse era Jerusalém. Bastam dois pontos para traçar uma linha até o infinito — costumava dizer —, e ali estava um deles. O outro estava em Gizé.

— Andei lendo um pouco sobre as civilizações da antiga Abissínia. Teriam saído daqui os povos que colonizaram o norte da África?

— Não podemos esquecer que foi por aqui que começou a humanidade. Ta-Setti foi o primeiro reino organizado, e foi esse reino que deu início à civilização. Foi daqui que saiu a concepção de um Deus único, e foi daqui que saíram todos os povos que formaram o Egito — respondeu o guia.

Foi então daquela região que saíram os povos que construíram a esfinge de Gizé, o colossal monumento construído num único bloco de pedra, com 73,5 metros de comprimento, 19,3 de largura e 20,22 de altura, que nos diz mais que engenharia e arte. Esse era o "enigma" de Geraldo. Se não estivesse tão preocupado em salvar a própria vida, teria feito há mais tempo a ligação com a Esfinge e a Etiópia.

Sua ansiedade aumentava. Tinha de ir ao Cairo ver o rosto da esfinge. Concentrava-se nas explicações de Umbopa e estava agora na Cidadela, também chamada de Acrópole, no topo de uma colina. De lá a vista corre o Vale das Ruínas e suas impressionantes estruturas. Eram mais de quinhentas casas de pedra, numa área de quatrocentos quilômetros quadrados.

Do alto da colina desceram para o Grande Cercado, um círculo de 250 metros e uma altura de onze metros, dimensões que lhe garantem o posto de maior obra pré-colonial ao sul do Saara. Para Karl Mauch, o palácio da colina representaria o Templo de Salomão, do monte Moriá, e o Grande Cercado seria cópia do palácio da rainha de Sabá, quando visitou Salomão.

Em 1553, João de Barros, o historiador da corte portuguesa, fazia referências ao Grande Zimbabwe, que significa "casa de pedra" na língua dos povos xona, que habitam a região desde 300 d.C. Quando o colonizador europeu ali chegou, ficou tão estupefato com sua monumentalidade que atribuiu a construção a algum povo perdido, acreditando que o africano não estava preparado para a imensidão daquela obra. Logo essas misteriosas e monumentais edificações motivaram hipóteses místicas, como as de que foram construídas por uma raça branca perdida mais de mil anos antes de Cristo. Perdura ainda a tese dos astronautas, como sempre acontece diante de um fenômeno difícil de entender. Outros alegam que eram obra de uma raça pré-histórica, como Stonehenge. A verdade, porém, é que Stonehenge e outras misteriosas edificações de pedra espalhadas pelo mundo não eram nada perto do Grande Cercado, uma monumental construção protegida por duas muralhas altas que formavam um corredor circular no meio.

Eles entraram no corredor, mas logo em seguida Umbopa parou de repente e fez sinal com a mão para Maurício ficar onde estava. Era um perigo previsível, e Maurício viu, numa das saídas de água que ficavam embaixo da muralha, a enorme cabeça de uma píton, que avançava lentamente, jogando a língua, enraivecida. Umbopa estava entre ele e a serpente, que só não dera ainda o bote porque o estreito bueiro a embaraçava. Maurício pegou a pistola que trazia presa nas costas, mas compreendeu que havia caído numa armadilha, porque estava num corredor com uma única entrada e uma única saída, e não teria como escapar se o estivessem esperando nas pontas. Atento à cobra e às reações do guia, nem teve tempo para perceber como tudo se desenrolou. Apenas o viu levar as mãos à garganta e cair de costas, em cima dele, enquanto um tiro seco, vindo de trás, atingiu a cabeça da serpente.

Continuavam atirando contra as pedras da muralha, para que as balas ricocheteassem e fossem ziguezagueando pelo corredor. Foram vários disparos, que só pararam com um gemido e o som abafado de alguém caindo no solo. No mesmo instante, alguém pulou por cima dele e da cobra e correu atirando.

Maurício desvencilhou-se de Umbopa e chegou quase ao mesmo tempo que o atirador, que estava junto a um homem no chão. Era um negro, vestido como um guerreiro xona, alto e forte, ainda novo, com um pequeno dardo na garganta e um tiro no peito. O mais prudente seria recuar, porque quem enviara aquele dardo para a garganta do guerreiro xona estava preparado para enviar outros. Diante deles havia uma enorme torre de pedra na forma de um cone, e atrás dela uma árvore coposa e alta. Era o lugar perfeito para uma tocaia e, em vez de recuarem, eles correram para a beira da torre, ficando rente a ela. Pequenos raios de sol se infiltravam por entre os galhos e era possível distinguir qualquer objeto ou animal que neles se ocultasse. Nada havia por ali, e eles começaram a dar a volta pelo outro lado. Era certo que havia dois homens, e um deles, ao ver que o companheiro levara um tiro, acabou de matá-lo para impedi-lo de falar. Tanto Maurício como seu inesperado companheiro permaneceram imóveis, à espera de alguma surpresa. Ao olhar para o rosto do intruso, a surpresa aumentou. Era um chinês, magro, talvez de uns 40 anos, mas não chegou a se espantar com o que ouviu.

— Eles o queriam vivo. Mataram o guia. Iam esperar que a cobra se enrolasse em você e o deixasse um pouco aturdido e sem condições de se defender. Depois iam lhe aplicar o soro que não conseguiram no Okavango.

Espantoso! Quem seria esse chinês? Examinaram as ruínas e o terreno em volta, sem encontrar ninguém. Maurício perguntou:

— Você não está aqui por acaso. Explique o porquê de tudo isso.

— O senhor já tem uma ideia formada, e é por isso que está na região de Ofir.

CAPÍTULO 67

O chinês o levou até umas pedras no chão, colocadas numa posição semelhante ao zodíaco.

— Alguns historiadores sugerem que este círculo era um ponto especial de onde os xonas estudavam o universo.

Numa postura de concentração, o chinês olhou para os céus, onde aos poucos foi se destacando uma luminosidade que não era nenhuma estrela ou astro. A luz parecia se aproximar da Terra e foi aumentando de tamanho, como um meteoro prestes a se chocar com ela. Com as explicações do chinês, sua apreensão cedeu lugar ao espanto.

— Aquela é *Siderius I*, uma nave que não pode se aproximar muito da Terra porque sua extensão é maior que a Argélia, a Líbia e o Egito juntos.

Maurício sentiu uma leve tontura, os olhos ficaram pesados e ele perdeu a consciência. Não sabia quanto tempo tinha se passado, mas quando acordou estava um pouco entorpecido. Recuperou-se e se viu dentro de uma aeronave semelhante a uma grande cápsula espacial, que voava perto de uma plataforma de dimensões continentais.

Aquilo não podia ser real.

— Que maluquice é essa? Uma simulação?

— O Ocidente vive realidades curtas atrás do sucesso. A velocidade dos acontecimentos desorientou a ciência.

Em torno da grande nave, outras menores voavam, ora entrando nela, ora a rodeando, num jogo de cores fantasioso. O que poderia ser aquilo? Estaria sonhando? Conhecia bem a si mesmo e sabia que não estava. Compreendeu que participava de uma experiência avançada que só podia ser obra do Domínio Invisível.

— É melhor você me explicar que fantasia é essa.

A resposta do chinês o surpreendeu.

— Cada estudioso transmite a sua sabedoria, mas não consegue transmitir a capacidade de desenvolvê-la. Aprendemos com Newton a lei da gravidade, mas não aprendemos as percepções que seu cérebro desenvolveu para levá-lo a esse conhecimento. E acontece isso com todos os sábios.

Estava difícil acompanhar aquele raciocínio e, se ele fez questão de não perguntar, o chinês também se calou. Esse silêncio era outro desafio. Suas conclusões eram espantosas, e até ele se assustou ao dizê-las:

— Ou seja, não interessa o conhecimento, mas como ele se produziu. Não interessa o que cada sábio estudou, mas as articulações que seus cérebros fizeram para chegar ao que aprenderam.

E Maurício continuou para não perder o que estava pensando.

— O conhecimento está ao alcance de todos. O que vocês fizeram foi extrair das descobertas de cada sábio uma maneira de entrar nos seus cérebros, para buscar em Newton, Galileu, Sócrates, os cientistas, os profetas, as articulações mentais de cada um para chegar a um estágio que vai adquirir velocidades que nem mesmo vocês terão condições de acompanhar.

Ele não conseguia raciocinar sobre o que estava falando, mas as palavras saíam.

— Se conseguiram isso, o que virá com a inovação dessas ideias?

— Nossos centros de pesquisa deram nova velocidade ao conhecimento, que adquiriu vida própria e descobriu que, não existindo a humanidade, ele mesmo deixaria de existir. É da mente humana que o conhecimento se alimenta, e então o conhecimento passou a conduzir as nossas ações para salvar a humanidade.

— É difícil de acreditar.

Mas o chinês era insistente.

— Todo o conhecimento acumulado desde os egípcios, os gregos, e o conhecimento dos cientistas modernos pode de repente desaparecer com algumas bombas atômicas. Aqueles que sobreviverem não terão armazenado todos esses conhecimentos. Sábios, museus, cientistas e laboratórios serão destruídos. A humanidade recomeçará do zero, se ainda existir.

Pensando como o chinês, na hipótese de uma guerra catastrófica, o que não parece difícil de acontecer, não restarão muitos para recompor o atual acervo de conhecimentos.

— Ao sabor de seus êxitos, os ocidentais estão procurando um planeta como alternativa à Terra. Todas as pesquisas até agora feitas indicam que isso não existe, então resolvemos construir esse planeta ideal. Aliás, o projeto é de vários planetas.

— Mas isso é a construção de outro mundo!

— O Projeto *Siderius* prevê a construção de naves continentais, que se chamarão *Siderius I*, *Siderius II* e assim por diante, com toda a estrutura da Terra, como agronomia, vida urbana, rodovias, transportes, enfim, uma realidade nova e segura. Haverá até mesmo voos de um *Siderius* para outro. A vantagem desses continentes voadores é que, sendo móveis, poderão avançar rumo ao infinito, desviar de meteoros, procurar planetas habitáveis, que nossos conhecimentos a uma distância fixa não conseguirão descobrir. Os *Siderius* circularão pelo espaço como planetas artificiais.

Siderius! Certamente aproveitaram o título de um estudo publicado por Galileu em 1610, *Sidereus Nuncius* — em latim, *Mensageiro do espaço*. Mas tinha de esclarecer uma dúvida:

— E como surgiu o Domínio Invisível?

O chinês hesitou um pouco. Talvez nem ele mesmo soubesse, mas deu uma explicação até mesmo óbvia.

— Os grandes chefes da África foram estudar em universidades estrangeiras, e os mais sábios formaram uma associação do tipo da maçonaria, com grandes poderes sobre os governos africanos. A China precisava de um novo continente, e as duas regiões se uniram. Se para a China a África é um fornecedor inesgotável, para a África essa união significava o seu Renascimento.

— Está bem. Admitamos que tenham todos esses propósitos, mas, como vimos há pouco, vocês têm concorrência.

O chinês respondeu como se o estivesse alertando:

— Miguel Strogoff percorreu 5,5 mil quilômetros enfrentando toda sorte de perigos para entregar uma mensagem ao tzar e salvar a Rússia.

Ao dizer isso, o chinês desapareceu, e tudo ao redor mergulhou numa forte escuridão.

Era ainda madrugada quando Maurício acordou e reconheceu seu quarto no *lodge* onde estava hospedado. Aos poucos lembrou-se de Umbopa caindo sobre ele e do surgimento de um chinês misterioso. Quem o teria levado de volta para o hotel? O chinês? O dia clareou, e Maurício tomava café quando levou um susto.

— Mas você não morreu?

Era Umbopa, que se aproximava sorrindo.

— Eu tinha um revestimento protetor. Aliás, me desculpe por tê-lo derrubado, era a única forma de protegê-lo.

— Pois fico muito feliz que nada tenha lhe acontecido.

— Pela sua reação ontem, deduzi que o senhor ia sair daqui para o Cairo. Já providenciei a passagem e reserva num bom hotel.

Maurício o olhou, sem nada dizer. Qualquer pergunta que fizesse receberia uma resposta que talvez não fosse verdade.

CAPÍTULO 68

O impacto do inexplicável roubo do obelisco assustou o mundo. Até mesmo o ataque cardíaco do inspetor-geral da polícia francesa, enquanto observava a Praça da Concórdia, foi atribuído a uma extrema tensão. Os órgãos de segurança foram longe nas suas divagações em busca de hipóteses, causas e consequências, e a figura do ditador Kadafi, o rei da África, como se intitulava, irrigou, durante dias, o campo fértil da imaginação. Ninguém acreditava que tanta ciência e técnica para roubar o obelisco tivesse como finalidade sua destruição. As provas coletadas indicavam mais de dez anos de trabalho oculto. Comparavam esses esforços com os da construção do Grande Rio, iniciado em 1987, que pode ter permitido aos terroristas se aperfeiçoarem para essa outra proeza.

Até então, os filósofos, sempre presentes depois do inevitável, tinham criado, aos poucos, a síndrome do desprezo internacional pelos países que não fazem parte do chamado mundo desenvolvido, e os filósofos de agora reconheciam esse erro. Kadafi foi lembrado como exemplo, pois, quando surgiram as primeiras notícias sobre o início da construção do Grande Rio subterrâneo, elas foram ironizadas como mera invenção do líder líbio. Em 2007, depois de concluída essa obra gigantesca, o mundo silenciou, para não valorizar um líder que abominava.

Com o argumento de que Kadafi estava abusando do seu povo, a Líbia foi invadida e, em poucos meses, os mortos somavam 30 mil. Kadafi foi deposto e assassinado. O açodamento de Sarkozy para matar Kadafi levava à desconfiança de que ele não pressionara a ONU pela invasão da Líbia simplesmente por razões humanitárias. "De humana essa França não tem nada", raciocinava Gregory. Depois de sair derrotada da Indochina, onde fez a "guerra suja", matou mais de 230 mil argelinos, com terríveis técnicas de tortura, no que veio a ser chamado de "guerra da tortura".

E agora a África estava cobrando esses desmandos.

Em seu gabinete, em Langley, Gregory lembrou de seu compromisso com Yuri: evitar a guerra com a China. Por que motivo, Yuri não explicou. Não tivera êxito com o general Dooley, e então aconteceu aquela catástrofe da destruição dos submarinos nucleares. Não era sua missão convencer os Estados Unidos a ceder às pressões do Tribunal dos Intocáveis porque o Domínio Invisível se encarregaria disso, com argumentos convincentes.

A secretária anunciou a chegada de Laura e Robin. Gregory notou no casal um leve ar de receio, e os dois o cumprimentaram com cordialidade quase formal. Ele próprio sentia um pouco de remorso pelos perigos a que os expusera naquela longa viagem à África, mas precisava deles, e tentou valorizar a ajuda que vinham dando.

— Fazendo um balanço do nosso esforço para encontrar esse fugitivo, temos de reconhecer que sempre estivemos perto dele.

— É verdade — disse Robin, com certa frustração. — Como pude ter estado com ele tanto tempo dentro de um carro e só o ter reconhecido depois da ida de Alex a Bamako?

— Não foi o único a se enganar. Vou lhes dar uma informação muito curiosa. Nós tínhamos agentes em vários lugares, para apoiá-los naquela viagem ao Vale do Níger. O corpo de um dos agentes que lhes daria proteção em Timbuktu foi encontrado boiando perto de Mopti. Antes de ser morto, ele nos enviara uma mensagem informando que o agente Klein saíra para pescar com o motorista. Como Alex já lhes explicou, Maurício salvara a vida de um rapaz da etnia bozo. Esse rapaz foi o motorista de vocês naquela viagem.

— Esse Klein! Não me conformo — lamentou Robin.

— Há uma nova oportunidade agora. Ele está sendo atraído para uma armadilha.

— Não é novidade. Ele atrai armadilhas. Mas como sabe disso? — retrucou Robin.

— Se o fantasma sumiu, seguimos a sua sombra.

— O motorista?

— Descobrimos que o ciclista que ficou pedalando em zigue-zague na frente do carro de vocês, na Cidade do Benim, era esse rapaz. Mantivemos uma vigilância em Mopti. Ontem recebemos a informação de que o bozo saiu de lá para a Tanzânia. Para não levantar suspeita, nossos agentes se revezavam como turistas que iam pescar e estavam equipados com amplificadores de som capazes de ouvir conversas a distância. Um deles conseguiu ouvi-lo despedir-se do pai, dizendo que precisava ir ao Serenguéti, tirar o dr. Maurício da caverna onde o mundo começou.

— A Garganta de Olduvai — disse Laura.

— E o que esse sujeito foi fazer lá?

— Pelas observações de Mopti, ele foi atraído para essa região. Não sabemos o motivo, apenas que ele e o bozo estão indo para lá.

— E quem preparou essa armadilha?

— O legista Grudenn.

— Grudenn! Então minhas suspeitas tinham fundamento. Querida, você está com aquele celular aí?

Robin mostrou a Gregory a foto com o vulto de Grudenn e deu sua versão.

— Grudenn estava lá para preparar a armadilha de Timbuktu. Não tendo êxito, porque apareceu aquele misterioso fantasma, Grudenn armou uma estratégia para levá-lo para longe, onde não teria o apoio que tem na região do Níger.

— Grudenn em Mopti. Armadilha em Olduvai. Não tem muita lógica — disse Laura.

— Mas talvez seja a oportunidade de forçar um encontro com Maurício e ao mesmo tempo nos livrarmos do Grudenn. Foi preparado um apoio especial para essa situação. Imaginei que não iriam se negar. Já nos ajudaram muito, e esta deverá ser a missão final.

LIVRO XVIII

O POVO MAIS SÁBIO DO MUNDO

Consequentemente, o livro é uma tentativa de mostrar que os verdadeiros autores da filosofia grega não foram os gregos, mas as pessoas do norte de África, comumente chamadas de egípcios; e o louvor e honra falsamente dado aos gregos durante séculos pertence ao povo do norte da África, e, portanto, ao continente africano. Consequentemente, esse roubo do legado africano pelos gregos levou à opinião mundial errônea de que o continente africano não fez nenhuma contribuição para a civilização, e que seus povos são naturalmente atrasados. Essa é a deturpação, falsa representação, que se tornou a base do preconceito de raça, que afetou todas as pessoas de cor. Durante séculos, o mundo foi enganado sobre a fonte original das artes e das ciências; durante séculos Sócrates, Platão e Aristóteles têm sido falsamente idolatrados como modelos de grandeza intelectual; e durante séculos o continente africano tem sido chamado de Continente Escuro [Dark Continent], porque a Europa cobiçou a honra de transmitir ao mundo as artes e as ciências.

George Granville Monah James, *Stolen legacy*

CAPÍTULO 69

Até recentemente, tinha-se como certo que a Esfinge de Gizé foi construída por volta de 2500 a.C., como parte do complexo funerário do faraó Quéfren. Em 1993, Charlton Heston apresentou na emissora norte-americana NBC um documentário dos pesquisadores John Anthony West e Robert M. Schoch, que lança dúvidas sobre essa data. Para Schoch, a esfinge teria uns 9 mil anos e, para West, pode ter mais de 20 mil anos.

O pesquisador francês R. A. Schwaller de Lubicz já havia notado que a erosão da Esfinge de Gizé era diferente das erosões de outros monumentos e levantou a teoria de que tal erosão teria sido provocada por água em vez de areia arremessada pelo vento. Há 10 mil anos, o deserto do Saara era uma imensa floresta com chuvas abundantes e, acreditando que aquelas erosões foram realmente provocadas pelas águas das chuvas, a Lubicz concluiu que a esfinge era muito anterior ao complexo de Quéfren.

O espanto levantado por essas pesquisas foi geral, pois elas se apoiam ainda no fato de que não há nenhuma inscrição ou documento sobre data da sua construção ou de quem a projetou, apesar de os egípcios sempre terem sido um povo meticuloso em seus registros. A conclusão dos estudiosos foi que essa esfinge pode ter sido construída na Pré-história, período que antecede a invenção da escrita.

Maurício a contemplava pensativo. Já em 1798, o pesquisador Baron D. V. Denon, chamava a atenção para o seu valor artístico. Apesar de colossal, era uma obra graciosa, pura e tranquila. E Baron talvez tenha sido o primeiro a levantar a questão da fisionomia verdadeiramente negra, como os lábios grossos, diferente da fisionomia egípcia.

Maurício não tinha como saber, mas, enquanto contemplava a esfinge, o Mansuetude o estudava. Aquela distração contemplativa não era do seu estilo vigilante e preparado para o perigo.

— Mas o que ele foi fazer lá? E por que essa pose de sábio tirando zero em matemática? E correr o perigo de ser sequestrado só para assistir a uma ópera? — perguntou Evelyn.

Na noite daquele dia, haveria uma apresentação de *Aída*, a famosa ópera de Verdi. A pergunta da alemã era a dúvida que assaltava a todos. Depois de observar o vídeo da morte de Geraldo por alguns minutos, o chinês, normalmente calmo, começou a falar com certo nervosismo.

— Enigma foi sua última palavra!

Ele observava agora Maurício diante da Esfinge.

— Não é cara de sábio frustrado, mas de um ser vitorioso, que admira a obra-prima na qual repousam os segredos que ele vinha buscando. Não é só a beleza e a graciosidade. É um imenso monumento, feito há mais de 10 mil anos.

Às vezes o chinês os deixava mais tensos, pois, em vez de desembuchar logo o que sabia, não saía dos rodeios.

— E então? — insistiu Evelyn.

— Fico na dúvida se ele veio se vangloriar por ter decifrado o enigma de Geraldo ou se veio apenas confirmar o que descobriu. Foi bom não o termos pegado antes, porque agora ele tem o segredo que procuramos.

Era como se ainda reunisse ideias em busca da certeza.

— "Enigma", disse Geraldo ao morrer! E o que nos lembra essa palavra?

— O enigma mais famoso é o de Édipo, mas isso foi na Grécia e estamos na África — respondeu Evelyn.

— Será? Os deuses gregos tinham uma quinta na Etiópia, com uma esfinge, e quando voltaram para a Grécia, levaram-na com eles. A esfinge de Édipo não é grega, mas africana.

Depois de um curto silêncio, o russo disse o que todos já pensavam:

— Os gregos sabiam que a esfinge foi construída por um povo que veio da Etiópia.

— E tem mais. A princesa Aída é da Etiópia, e somente um povo com alto grau de desenvolvimento cultural poderia construir essa esfinge. Os povos do sul subiram aos poucos pelas terras férteis que hoje são o Saara e chegaram até o atual Egito.

— Tudo bem — continuou o russo. — Admitamos que esse raciocínio seja válido. O fato é que ele veio de Ofir. Como se explica que esteja agora no Cairo, se Ofir nos liga com o Templo de Salomão? Afinal, estamos tratando da África, não da Ásia.

— Geraldo não conseguiu passar a mensagem, mas a palavra "enigma" lembrou Maurício que a esfinge de Édipo saiu da Etiópia, e ele adivinhou o resto.

Não conseguiram acompanhar a lógica do chinês, mas sua conclusão soou como uma ordem:

— Ele descobriu como chegar ao Domínio Invisível, e não podemos permitir esse encontro.

— Vamos agarrá-lo — gritou Evelyn.

Era fácil falar. Maurício já havia escapado de várias tentativas. Haviam pensado em tudo isso, mas acreditavam que tinham agora um plano infalível. Não podiam deixar que Maurício se aproximasse do Domínio e, portanto, não podiam errar. A alemã fez a revisão do plano.

— Levantamos todas as hipóteses de fuga ou de dissimulação. Sete soldados egípcios e três oficiais foram substituídos. As cinzas dos seus corpos correm pelo Nilo. Nossos homens estão com máscaras que retratam as faces dos soldados mortos e estão com aparelhos para receber instruções. Nós vamos acompanhar todos os passos dessa operação. Tudo será feito com naturalidade. Não tem como dar errado desta vez. E ainda teremos o Serenguéti, se falharmos aqui.

O policiamento era grande, devido ao receio de atentados terroristas. Já anoitecia, e a Esfinge estava iluminada. Um oficial graduado aproximou-se por trás de Maurício, que tentou se afastar. De repente, porém, viu-se cercado por muitos homens fardados. Sentindo o cano de uma arma nas costas, ouviu de um outro oficial, que tomou a sua frente:

— O senhor tem um revólver de pressão nas costas que injetará um gás sonífero. Prefere ser arrastado por essas pedras ou nos seguir sem resistência?

A alemã estava segura do seu trabalho.

— Observem. Ele está sendo conduzido por dez homens. Nossos agentes estão com o uniforme da guarda especial e ninguém vai interrompê-los. Lá no canto da tela vocês podem ver uma ambulância.

Cercado por dez homens armados, Maurício nada pôde fazer. Calmo, caminhou rodeado pelos policiais até uma ambulância, a uns duzentos metros dali. Foi empurrado para dentro, e a ambulância arrancou com as sirenes ligadas.

CAPÍTULO 70

Lá estava ele de novo sobre o barranco do rio. Forte, imponente como um ginete de corrida preparado para o dérbi, olhando a planície que se estendia à sua frente. Quantas vezes atravessara o mesmo rio levando consigo o rebanho de gnus que comandava? Quantas vezes atravessara o Serenguéti, as "planícies intermináveis", na língua masai? Sempre os mesmos perigos, e o maior deles era travessia do rio Mara. Era assim todos os anos, em busca de pastos renovados.

Nos meses de janeiro e fevereiro, eles descem para o sul, em busca das pastagens verdes da Tanzânia, onde as fêmeas gnus dão à luz os seus filhotes. No mês de abril, quando o capim já está gasto e as crias podem andar, começa o retorno para o norte, em direção à Reserva Nacional Masai Mara, no Quênia, onde permanecem até o final do ano. No janeiro seguinte, voltam para o sul, e o ciclo se repete.

Essa peregrinação, na qual milhões de gnus deixam as colinas do norte em busca das planícies do sul, percorrendo 30 mil quilômetros, perdura há mais de 1 milhão de anos. Sua beleza traz em si o drama da luta pela existência. Em busca da sobrevivência, centenas de milhares morrem de cansaço, por lesões ou atacados por leões, crocodilos, leopardos e hienas. Ali, a densidade dos leões é maior que em qualquer outro lugar da Terra, e a chegada dos gnus é para eles e para outros predadores o tempo de fartura. Diversos animais, como gazelas e zebras, acompanham os gnus, mas são eles que estão na base da cadeia alimentar da savana e, como tal, são o "prato principal" dos carnívoros. A morte de uns permitirá aos outros atravessar em segurança e alcançar a outra margem, sem que isso signifique que ficarão a salvo.

O líder passava longos momentos à beira do rio e depois voltava para o grupo, pastava e, refeito, voltava à margem, levantando a cabeça com seus chifres retorcidos. Os turistas esperavam que ele descesse o barranco para verem o espetáculo da travessia, quando se desenrola diante dos seus olhos uma dramaticidade sem igual no mundo. O animal repetiu a cena várias vezes, aumentando o suspense dos turistas, que muitas vezes desciam os binóculos porque os braços se cansavam. Estava indeciso, receoso. Seus instintos o alertavam e ele hesitava. A natureza se destrói para se manter, e os predadores famintos os esperavam na imensa planície, protegidos pelo capinzal em busca do qual os gnus tinham vindo. Eles chegavam à margem e ficavam quietos, como se assim enganassem os crocodilos, esperando o líder tomar a dianteira para irem atrás, amontoando-se uns sobre os outros no afã de passarem logo para o outro lado. Agachados atrás de arbustos ou no meio do capinzal, leões, leopardos e hienas estavam de prontidão. Após vários dias de dúvida, o líder enfim se lançou barranco abaixo, numa desabalada carreira. Como se essa sua atitude fosse uma ordem para os outros animais, uma multidão o acompanhou. Foi como se uma explosão ressoasse pela planície, que logo se encheu de animais escuros, listados, grandes e pequenos.

Quietos, esperando também pacientemente por aquele momento, os crocodilos começaram a se mover por baixo da água. Na esperança de que os crocodilos atacassem os outros e eles pudessem passar, os animais entravam com rapidez na água, mas alguns ficavam, apesar da luta desesperada para se livrar das enormes mandíbulas. Quando os da frente pensavam que já tinham atravessado o rio, eram agarrados pelos cascos e arrastados de volta. A luta pela sobrevivência não acabava aí. Os que conseguiam cruzar o rio continuavam a correria, passando ao lado de leões e leopardos, que se levantavam com rapidez, escolhiam suas vítimas e se lançavam sobre elas velozmente.

Bem na frente do jipe, passou a uma zebra acossada por duas leoas, uma de cada lado, dificultando a corrida do animal, que desesperadamente tentava escapar, escoiceando ou desviando. Nesse esforço de fuga, descuidou-se e uma leoa pulou sobre seu cangote. Quando a zebra caiu, a outra leoa se debruçou sobre seu pescoço, mantendo-a deitada. Mais leões se aproximaram, alguns pequenos, e deram início ao banquete, rasgando esfaimados as carnes da zebra, que se debateu no início, gemeu, mas logo ficou inerte, indiferente, não mais sentindo as mordidas dos leões, que às vezes resmungavam quando um tentava abocanhar o naco do outro. Quando só restavam os ossos, eles se afastaram. Era chegada a vez das hienas e dos urubus. Os turistas voltaram para os *lodges*, com a sensação de que saíam um pouco brutalizados.

CAPÍTULO 71

Já fazia três dias que eles estavam na Grande Cratera. A vida africana intrigava Robin. Sair dos mistérios do vodu e penetrar na selva, ir a lugares habitados por deuses esquisitos, onde os antepassados são ainda a força dos que vivem, leva a pensamentos novos. Ali ele via de perto a juba do leão, os chifres do rinoceronte e a tromba do elefante e, em meio a isso, vivia uma história diferente, um conto de mistérios e assassinatos do qual fazia parte e talvez até viesse a ser uma das vítimas. O misticismo já começava a tomar conta dele. Os masai não comiam a carne dos animais selvagens e protegiam a natureza. Quando o homem branco chegou ali para caçar por prazer, os masai se revoltaram. Depois que foi criada a reserva, não concordaram com as diretrizes da administração e foram banidos de lá, expulsos de suas terras, porque protegiam a natureza. Era assim que Robin começava entender a África e a entender também a mensagem de Blackburns.

O motorista parava às vezes para olhar as copas das árvores com o binóculo, mas era admirando a cor dos pássaros que Laura procurava esquecer as imagens que ainda perturbavam sua memória. Embora os turistas façam o safári em busca de animais selvagens, as aves são uma grande riqueza do Serenguéti. São mais de quinhentas variedades que dão ao lugar um colorido alegre, e muitos pássaros acompanham os turistas e esvoaçam em torno do jipe, esperando alguma gratificação pelo espetáculo. Para ali também migravam muitas aves de outros continentes.

O jantar foi silencioso. O cenário maravilhoso do grande vale não fora suficiente para fazê-los esquecer as violentas cenas do dia. Haviam sido dois dias esperando o robusto animal criar coragem e se lançar nas correntezas do Mara, e estavam cansados. O sol se punha atrás das montanhas que formam a cratera do Ngorongoro. Quando o vale escureceu, foram dormir.

Fora uma longa viagem. Haviam saído de Chicago, com uma conexão em Paris para chegar a Nairóbi, no Quênia, e agora estavam no Crater Lodge, um luxuoso chalé, à beira da imensa cratera do Ngorongoro, na Tanzânia. Um silencioso passageiro que havia embarcado com eles no mesmo avião também tinha como destino o Crager Lodge. Ouviram-no identificar-se ao motorista do hotel como Francesco Morelli e também os acompanhava pelo Serenguéti. Apesar de terem feito essa excursão como turistas para ver a Grande Migração e visitar a Garganta de Olduvai, Robin estava preocupado. Grudenn desconfiaria da sua presença, justo quando preparara a armadilha para o dr. Maurício.

Quando saíam para o rio Mara, Morelli ia num jipe próprio e procurava ficar perto deles. Mas não era Morelli quem mais o preocupava. Num outro jipe, ia um grupo estranho, com quatro pessoas, além de motorista e guia. Um tinha aspecto de indiano, dois eram brancos e três negros. Durante a espera no Mara, Robin tinha a impressão de que os seis se revezavam para vigiá-lo. Os demais veículos, como também o deles, tinham apenas o motorista, que fazia as vezes de guia. Então por que aquele jipe precisava de uma pessoa a mais?

Gregory prometera segurança nessa nova aventura, como prometera também na Cidade do Benim, em Timbuktu e durante aquela viagem pelos Antigos Impérios, mas fora o Homem que Filtrava Água que os salvara. Não estava tranquilo, e sim arrependido de estar expondo Laura àqueles perigos. Ela pegou logo no sono; ele demorou um pouco para dormir, pensando no privilégio de estar num lugar bonito e ao mesmo tempo selvagem como aquele.

Saíram cedo para a esperada visita a Olduvai, e não foi surpresa o outro turista os seguir. Robin não se descuidava e, num certo momento, pegou o binóculo e ficou olhando os arredores.

— Alguma coisa, querido?

— Nada. Tive a impressão de ter visto um leão, mas era uma moita de capim.

Na verdade, o que ele viu foi a poeira levantada por um outro jipe, que vinha mais atrás. Era o grupo dos seis que os seguia de longe. Os pensamentos de Laura estavam, porém, no enorme complexo arqueológico de 3 milhões de anos, concentrado numa grande fenda de 50 quilômetros de extensão, formado pelo rio Olduvai, onde muitas escavações já tinham sido feitas desde 1930, quando o casal Leakey começou a pesquisar a região.

Depois de passarem por vários sítios arqueológicos e apreciarem a beleza natural, pararam diante de uma fenda que se abria num enorme barranco. Era uma espécie de caverna, aberta por alguém, e ligava a corredores naturais no interior do barranco.

— Esta é uma das escavações mais recentes — disse o guia —, e foi preciso uma licença especial para a visitarmos.

Sem compartilhar dos temores do marido, ela ficou emocionada ao entrar na caverna, onde dois geólogos, auxiliados por três africanos, faziam escavações. Logo depois que eles entraram, chegou o jipe dos seis. Eles desceram cautelosamente do veículo, olhando em volta, a mão direita dentro da camisa cáqui de mangas longas. Ficaram na porta, em posição ostensivamente hostil. Um dos geólogos, de fisionomia dura e tipo saxão, aparentando 60 anos, cumprimentou o grupo do outro jipe:

— Muito bem. Chegaram na hora.

— Nesse momento, o outro geólogo virou-se lentamente, sorrindo para Robin, que não manifestou nenhuma reação:

— O senhor não parece muito surpreso em me ver.

— Dr. Grudenn! — exclamou Laura.

Embora sabendo que iria encontrar o legista na caverna de Olduvai, talvez a viagem e os animais do Serenguéti a tenham distraído, pois ela teve uma reação espontânea que ajudou na farsa que estavam representando.

— Ah! Gosto de ser reconhecido. Vejo que não escolheu bem esse seu novo casamento, pois pode acabar viúva muito cedo. O seu ébrio esposo entrou em campos minados e, de certa forma, até me surpreendeu ao desconfiar tão depressa do laudo e ter entrado no laboratório naquela noite para roubar o dente. Para um alcoólatra desacreditado, foi uma iniciativa elogiável. Apenas lhe faltou perícia para colocar o maxilar do defunto na posição que eu tinha deixado. Assim, pude ver logo que alguém suspeitara do meu laudo.

"Alcoólatra desacreditado!" Robin desconsiderou o sarcasmo e alfinetou o legista:

— Na mesma noite em que a imprensa noticiou o seu laudo, voltei ao laboratório. Já tinha estado lá várias vezes antes e me lembrava bem das gavetas e armários. Você não imaginava que alguém pudesse desconfiar do seu trabalho e se descuidou deixando o dente numa das gavetas da mesa. Percebi logo que o seu laudo era uma farsa e obriguei-o a refazê-lo. Você estava tão comprometido que teve de desaparecer de Chicago. Ninguém mais o viu desde então.

Enquanto falava, Grudenn voltou-se para o turista, que também entrara na caverna e se mantinha calmo.

— Ah! Você vem conseguindo enganar o Mansuetude, mas agora ficou sem saída. Não sei como conseguiu desaparecer lá na Esfinge, mas enfim os três estão juntos, e uma sessão de torturas vai fazê-los falar. Soubemos que vinham para cá e preparamos tudo para não escaparem.

Grudenn abeirou-se dele e continuou se vangloriando.

— De perto, você não parece tão perigoso. Fico até decepcionado em ter diante de mim o misterioso dr. Maurício, o Homem que Filtrava Água, ou sei lá que nome tem.

Robin examinou o grupo que apoiava Grudenn e notou que estavam sem saída. Não acreditava que aquele sujeito esquisito fosse o dr. Maurício e, mesmo que fosse, em que poderia ajudar? Estavam cercados. Estranhava a indiferença do turista, que não demonstrava nenhum receio, o que fazia a tensão aumentar.

Grudenn e Morelli se olhavam fixamente, como dois gladiadores, com os escudos levantados e as espadas prontas para o golpe fatal. Os outros cinco homens cercaram Robin e Laura, e um deles encostou o cano de uma arma nas costas do turista, que não se movia, como se nada daquilo tivesse a ver com ele. Sua tranquilidade era enervante, e a fisionomia do saxão começou a transformar-se, mostrando uma insegurança que não tinha antes. Robin abraçou a mulher, segurando seu rosto contra ele com as duas mãos, mas ela fez questão de não tirar os olhos da cena. O sorriso no rosto do marido foi notado pelo saxão, que o fuzilou com um olhar severo. Robin não se intimidou e disse, provocante:

— Tenho a impressão de que vocês caíram numa armadilha.

O saxão avançou sobre o turista e, com um gesto rude, tirou-lhe o chapéu de abas largas preso por um cordão ao redor do pescoço, fazendo cair a peruca que escondia uma acentuada calvície. Desnorteado, o pretenso geólogo gritou:

— Que truque é esse agora? Quem é você?

O turista respondeu com calma.

— Sou um ator conhecido na Itália. Trabalho no Scala de Milão. Fui contratado para fazer uma viagem e treinado para representar um fugitivo. Eles cuidaram de tudo, dos passaportes, hotéis, avião, dinheiro, disfarces e ainda depositaram 20 mil dólares na minha conta. Não podia perder uma viagem dessas e nem os 20 mil dólares. Quanto a esse dr. Maurício, não sei quem é. Também me garantiram que a cena final poderia aparentar algum perigo, mas que seria apenas aparência e eu estaria garantido por um policial americano.

Robin reconhecera Rosswell, o agente da CIA que acompanhava Alex Herbart na reunião com David, o diretor do Departamento de Polícia de Chicago. Fora uma trama bem-feita — não a trama para atrair o dr. Maurício, mas a trama para atrair Grudenn. Mas por que Gregory não o avisara? O legista compreendeu que as coisas não tinham saído como planejara e se virou para os outros, com um grunhido:

— Temos de sair daqui.

Nem bem acabara de falar, uma lança caiu diante Robin. Grudenn sabia que não podia dar tiros dentro da caverna, porque provocaria um pequeno desabamento e seriam soterrados, mas o que o deixou realmente preocupado foi o negro, que estava com a arma nas costas do turista e teve uma reação inesperada:

— A lança sagrada dos guerreiros dogons. É um aviso que meus antepassados estão me enviando. Eu sou um guerreiro dogon. Conheço essa lança. Ela só é entregue aos eleitos.

Robin e Laura olhavam a lança, estupefatos. Aquela era a lança que o guerreiro dera a Robin em Bandiagara. As iniciais dos dois estavam gravadas nela, no mesmo lugar e da mesma forma que Robin fizera com o canivete no quarto do hotel, a mesma lança que o guia Klein se ofereceu para despachar para Chicago. O negro começou a se afastar e fazia reverências a Robin. De fora da caverna, começavam a chegar sons dos tambores dogons e dos gritos de dança que Robin e Laura lembravam muito bem. O alemão deu de novo a ordem:

— Vamos sair daqui. Preparem-se para começar a atirar assim que chegarmos na entrada. Não podemos dar tiros aqui dentro. Vamos levar estes três como reféns e atrairemos esse dr. Maurício.

A voz firme de um desconhecido ressoou pela caverna:

— Soltem as armas. Há no mínimo umas vinte zarabatanas envenenadas prontas para atingi-los. O veneno não os irá matar porque temos o que conversar, mas é um veneno que causa dor e paralisia.

O alemão procurou por seus ajudantes africanos, mas eles tinham desaparecido, e compreendeu que não tinha saída, a não ser provocar o desabamento e ter a sorte de sair dali. Não teve tempo para fazer o que pretendia. Vários dardos o atingiram e ele caiu ao solo. Laura abraçou Robin chorando e disse:

— É a voz do sr. Klein.

Pequenas figuras começaram a surgir de pontos diferentes e se colocaram em posições estratégicas com zarabatanas na boca. Na porta da caverna, apareceram três homens negros, altos, fortes, e um outro, que Robin logo reconheceu como o motorista da viagem pelo Mali. Eles cercaram o legista e o arrastaram para fora da caverna. A tortura era o instrumento que o grupo do dr. Grudenn iria usar para arrancar informações, e agora seriam eles as vítimas. Foi assim que Robin entendeu, e entendeu também que o dr. Maurício não queria participar, nem mesmo presenciar esse sacrifício. Por isso não apareceu.

— Mas por que o sr. Klein não aparece? — perguntou Laura.

— Acho que não vamos vê-lo hoje.

— Mas era a voz dele, tenho certeza.

— Era uma gravação, com frases que seriam acionadas, conforme a circunstância.

Robin retirou a lança do lugar onde estava fincada e então notou no cabo um risco em círculo. Não era original da lança, pois a examinara bem antes de esculpir as iniciais. Era um trabalho cuidadoso de corte de uma parte para fazer uma espécie de cápsula que se encaixava na lança. Ele puxou devagar e a cápsula se soltou, revelando um pequeno orifício onde havia um objeto, que ele logo identificou como sendo o dente do professor Blackburns.

Havia a intromissão de Roswell, o agente da CIA, que representou bem o seu papel e desaparecera como um grão de areia levado pelo vento.

— Acho que Gregory tem o que explicar — disse Robin à sua assustada mulher.

CAPÍTULO 72

Dois dias depois de voltarem para Chicago, Robin marcou uma reunião com Gregory. Sairia na manhã do dia seguinte, para Langley, e voltaria à tarde. Não foi fácil convencer Laura de que preferia ir só, pois seria uma conversa tensa, constrangedora. Ela não estava muito segura quando ele se despediu.

— Vá com calma. Não fique nervoso. Ele é seu amigo e, se agiu assim, deve ter suas razões.

— Não se preocupe. Tenho certeza de que ele vai dar uma explicação razoável. Vou aproveitar para deixar claro que não queremos mais participar disso. Temos a nossa vida para aproveitar.

— Não teria sido melhor pedir ao sargento Fred para levá-lo ao aeroporto?

— Ele pergunta muito e é bom ir incógnito. Nem Uber vou pedir, porque podem descobrir o destino pelo celular.

Com um beijo de despedida, ele saiu. Desceu o elevador, cumprimentou o porteiro e esperou na calçada a aproximação de um táxi.

— Bom dia. Aeroporto, por favor.

— Washington. Langley. American, assento 2-A. Volta à noite, assento 3-A.

Robin gelou. Controlou-se e examinou, pelo espelho retrovisor, o rosto do motorista, que fez questão de levantar a face para facilitar a identificação. Era um rosto pálido, testa achatada e olhos levemente puxados, como ele vira nas fotos do professor Yuri. Estava nas mãos do espião que ele havia acusado no relatório para a CIA. O momento era estratégico. Se Yuri sabia até o número do assento, era porque o estava vigiando e só faltava saber os motivos. Não precisou perguntar.

— Gregory não vai poder explicar muito.

Robin também sabia provocar, para obter informações.

— Então não vou.

— Precisa ir. O senhor disse em Olduvai que Gregory lhe deve uma explicação, e explicação como essa não se dá por e-mail ou telefone. Se não for, levantará suspeitas maiores.

O espião sabia demais.

— Suspeitas de quê?

— A facilidade em concluir que a morte de Blackburns não era um crime comum, mas de uma organização internacional, as dúvidas sobre o laudo, a rápida reação no estacionamento do Navy Pier, tudo isso deu a Gregory a convicção de que você seria seu parceiro ideal. Suas viagens à África mostraram que ele estava certo.

— Não quero me envolver em mais nada. Leve-me de volta.

— A nova ordem mundial vai precisar de pessoas selecionadas. Gregory o indicou e o senhor o complicará com o Domínio Invisível se não aceitar sua missão.

Robin deixou escapar a sua incredulidade:

— Gregory? Missão? Ele é cúmplice desses desatinos?

O espião evitou o confronto, mas deixou Robin mais assustado com o que explicou.

— A ordem mundial vai mudar. Vocês já foram aceitos e precisam proteger-se. Os poderes vão desaparecer. Todas as sociedades passarão por uma transformação drástica. Onde há fome, haverá fartura, onde há fartura, haverá fome. O mundo ocidental sucumbirá.

— Que bobagem é essa? Os Estados Unidos e a Europa estão fortemente armados.

— O Domínio Invisível é mais forte que todos eles. Lembre o episódio dos submarinos, o roubo do obelisco e outros. Logo virá uma nova e última sentença à qual esses países vão obedecer humildemente.

Como reagir ao absurdo? A mente de Robin rodava e por ela passavam as cenas de Blackburns enterrado na neve; as fotografias da avenida Champs-Élysées, em todos os jornais do mundo, sem o obelisco; o Portão do Não Retorno; a morte da moça no Templo das Serpentes; o agente de turismo; o guia Klein. Uma pergunta escapou de sua boca contra sua vontade:

— E quem entregará essa sentença?

— O Homem que Filtrava Água.

— Era o que faltava. Esse sujeito já está me aborrecendo. Ele também faz parte do Domínio?

Era outra revelação surpreendente. Estava assim explicado por que organizações criminosas também procuravam o dr. Maurício. A imagem do tirolês, com um chapéu de feltro com pena de galinha parda do lado esquerdo, lhe veio à lembrança e ele quase sorriu, mas o momento era de tensão.

— Mas por que ele? Que tem ele a ver com a África ou com a China?

— Nem nós sabemos direito, mas acreditamos que, antes de morrer, o irmão Geraldo tenha feito algum esforço para lhe passar a chave do mistério, sem sucesso. Maurício deve ter ouvido sons ou palavras sem nexo, que ainda não conseguiu decifrar.

— E se não conseguir?

— Ele vai conseguir. Até pouco tempo ele tinha um comportamento errático, voltado aos dois assassinos. Como esperávamos, a lealdade o está levando a cumprir a missão que seu amigo lhe confiou na hora da morte.

— Você não respondeu minha pergunta.

— O segredo é como uma chave que só o Tribunal tem e passou para o negro, no Brasil. Vai depender muito de Maurício. Ele é uma peça nova que ainda não se encaixou. Se o Tribunal entender que ele tem os méritos da missão, irá protegê-lo até que decifre a mensagem de Geraldo.

O táxi chegou ao aeroporto e o motorista desceu para abrir a porta para Robin, que seguiu para o *check-in*. Ao fim do dia, voltou para Chicago. O cumprimento lacônico do marido deixou Laura preocupada.

— Oi, querida — disse ele, dando-lhe um leve beijo na testa.

Laura agiu com naturalidade e afastou-se. Foi até a cozinha e um estampido fez Robin sair correndo do quarto, para ver Laura enchendo duas taças de champanhe.

— Os homens esquecem as datas. Hoje faz um ano que nos encontramos no Navy Pier e tomamos um champanhe Taittinger Rosé. Lembra?

Ele não se lembrava. Mesmo que não tivesse encontrado Yuri e Gregory, provavelmente não se lembraria. Desconcertado e visivelmente tenso, desculpou-se. Brindaram, tocando as taças de cristal, e foram para a varanda do apartamento.

— Você não está bem. O que houve?

— O motorista do táxi era o professor Yuri.

— Hein!?

— A reunião com Gregory foi *pro forma*.

— Como isso? Me explica tudo. Não devia ter deixado você ir sozinho.

— Gregory nos colocou como membros do Domínio Invisível.

— Mas com que direito? Temos de sair disso.

— Não é tão simples.

E então relatou toda a sua conversa com Yuri.

— O mundo vai acabar?

— De certa forma. Nem Gregory, nem Yuri sabem direito o que vai acontecer. Há uma previsão de que, em poucos dias, as coisas tomarão um rumo definitivo, e então tudo vai depender do dr. Maurício. Ele está para decifrar uma mensagem que será como abrir a tampa de um vulcão.

— E a reunião com Gregory? O que falaram?

— Foi uma reunião amorfa. Ficou nervoso quando falei que Yuri era o motorista que me levou ao aeroporto. Estava preocupado e parecia desorientado. Perguntei sobre Rosswell e ele só abanou a cabeça. Ele marcou uma reunião com Rosswell e disse que depois falaria conosco.

Foi um champanhe pensativo. Era um momento difícil. Laura se sentia culpada por ter aceitado a primeira viagem para a palestra na Universidade do Benim. Lembrou-se de que, na primeira reunião com Gregory, ela praticamente induziu Robin a aceitar o convite. Tinha agora de apoiar o marido e ajudá-lo a passar por isso. Sentou-se perto dele e segurou sua mão.

— É bom tê-lo em casa.

LIVRO XIX

LALIBELA – A JERUSALÉM AFRICANA

Para ser claro, deve-se notar que o colonialismo esmagou pela força os domínios feudais sobreviventes da África Ocidental; que os franceses eliminaram os grandes Estados muçulmanos do Sudão Ocidental, assim como Daomé e Kingdon, em Madagascar; que os britânicos eliminaram o Sudão mahdista, Asante, Benim, o reino do Yoruba, Swazilândia, Matabeleland, o Lozi e os reinos do lago do Leste como grandes Estados. Além disso, deve-se notar que uma multiplicidade de Estados menores e crescentes foram removidos da face da África pelos belgas, portugueses, ingleses, franceses, alemães, espanhóis e italianos.

Walter Rodney, *Como a Europa subdesenvolveu a África*, Howard University Press, Washington DC, 1982, p. 324

CAPÍTULO 73

Um Gregory atarantado pensava na reunião que tivera com Rosswell. Yuri o empurrara para essa causa misteriosa e não tinha mais como escapar. Os últimos acontecimentos indicavam um fim de linha, mas qual seria esse fim? O que aconteceria a ele, a Robin e a Laura? Não podia confiar nos agentes da CIA, e só tinha mesmo os dois para clarear as ideias. Se estavam perto do fim, ninguém melhor do que eles para ajudar a descobrir o caminho até esse fim. Dera-lhes um descanso de uns dias para se recuperarem do trauma de Olduvai e então os chamou.

Eram agora três pessoas solidárias contra um perigo desconhecido, reunidas numa sala hermeticamente fechada e isolada.

— Tive uma reunião com Rosswell. Ele me contou todo o episódio. As circunstâncias indicam que o legista preparara uma armadilha para o dr. Maurício, mas não foi o que aconteceu. Ao contrário, Maurício preparou a armadilha e nos usou para levar o dr. Grudenn até Olduvai.

Aquela inversão de papéis, em que, de atores principais, eles passaram a ser coadjuvantes, espantou Robin.

— Espera! É muito difícil acreditar nisso. Estaria eu entendendo que esse dr. Maurício fez chegar ao dr. Grudenn a notícia de que iria a Olduvai, com tempo para Grudenn ocupar a caverna, simulando uma pesquisa geológica?

— Foi uma jogada brilhante e caímos como crianças ingênuas. Quando Alex os encontrou em Bamako, você concluiu que o dr. Maurício era o Homem que Filtrava Água. Sua conclusão nos levou a manter agentes no Vale do Níger, na tentativa de encontrá-lo, mas esses agentes foram identificados. Falha nossa, pois é claro que o turismo é transitório e qualquer turista que fique mais do que os dias costumeiros num só lugar gera suspeita. Grudenn estava em Mopti, preparando um plano para sequestrá-los em Timbuktu, e, assim como nós, ele também não descobriu que o seu guia era Maurício.

Robin continuava espantado.

— Mas isso é incrível! Quer dizer que, ao ver Grudenn em Mopti, Maurício desconfiou que ele estava a sua procura e, ao saber que agentes da CIA vigiavam os bozos, arquitetou um plano imaginoso, ou seja, fez a CIA acreditar que Grudenn ia ao Serenguéti e que Maurício, sabendo disso, iria atrás dele.

Robin franziu a testa e Gregory se antecipou à dúvida que ele ia levantar.

— Grudenn também tinha escuta de longa de distância e chegou à mesma conclusão que a CIA.

— E o dr. Maurício preparou tudo isso sozinho?

Gregory foi franco:

— Yuri. De Mopti, Maurício foi para o Zimbabwe. Yuri deve ter estudado o porte físico de Roswell e me pediu que o cedesse para uma missão, mas não explicou o que era.

Tudo naquilo parecia artificial, inventado demais, difícil de acreditar, mas era evidente que grupos poderosos, como a própria CIA, moviam uma engrenagem, cada um a seu modo.

— E por onde anda hoje esse misterioso homem?

— Esse é outro problema. Maurício desapareceu diante da Esfinge. Yuri não deu mais notícias.

Eles sentiram que Gregory estava com medo do pior.

— Não sei por que motivo ele foi do Zimbabwe para o Cairo, assistir à ópera *Aida*, de uma maneira ostensiva.

— Mas que bom gosto tem esse homem! Sempre quis ver isso e nunca deu certo — exclamou Laura.

— Tenho receio de que tenha sido raptado durante a apresentação da ópera. Ele estava sob a proteção de Yuri e nossos agentes o observavam de longe. Havia alguns soldados perto de Maurício. Um oficial se aproximou por trás, encostou uma arma nas suas costas e o levou para uma ambulância.

Laura ficou assustada.

— Por isso ele não apareceu em Olduvai. Vão torturá-lo. Foi o que Grudenn disse.

— Há uma outra notícia nada boa — disse Gregory. — Sete soldados e três oficiais egípcios desapareceram, o que faz supor que foram substituídos pelos sequestradores.

CAPÍTULO 74

Preocupados com esses fatos, não atentaram de início para o som apagado, indistinto, como o rufar de tambores, que foi aos poucos aumentando. A intuição do perigo fez Gregory acionar imediatamente o sistema de alarme, que não funcionou. As luzes se apagaram, deixando a sala às escuras. Uma imagem vaga, sem formas definidas, apareceu na parede branca que servia de tela para a projeção de vídeos, enquanto o toque dos tambores aumentou, num ritmo feroz, e gritos ululantes davam arrepios.

— Impossível – exclamou Gregory. — Estamos num ambiente impenetrável. Isso não pode estar acontecendo.

Também assustada, Laura exclamou:

— O *idiamu*, a dança de guerra dos zulus.

A imagem foi delineando uma montanha colorida, no alto de uma suave colina, onde soldados do Exército inglês eram massacrados por guerreiros negros.

— A Batalha de Isandlwana! É uma das cinco batalhas mais heroicas da humanidade. O Império Britânico estava no auge e uma expedição militar, armada com canhões e armas de repetição, foi derrotada pelos zulus, com seus escudos de couro que as balas atravessavam facilmente. A humilhação foi tal que fez cair o primeiro-ministro da Inglaterra.

— Mas qual o sentido disso, agora? — perguntou Robin.

— Isoladamente, esse vídeo não teria muito significado, mas dentro do contexto atual soa como uma ameaça do Domínio. Se uma tribo isolada e desarmada conseguiu impor essa humilhante derrota ao poderoso Exército britânico, a África unida pode reconquistar seu antigo poder.

Aos poucos, o ritmo feroz do *idiamu* foi sendo alterado para o melodioso som de *Aida*, e eles assistiram a um milagre. Ao empurrar Maurício para dentro da ambulância, o oficial se virou e sua pele foi mudando de cor até ficar pálida, muito diferente da cor escura anterior. A fisionomia de Yuri apareceu na tela, para alívio dos três.

— Yuri! — exclamaram ao mesmo tempo.

A projeção parou. Gregory se levantou nervoso e foi até sua escrivaninha, voltando com um pequeno objeto.

— Logo depois dos episódios do Okavango, Yuri me mandou este vídeo. Não sei onde conseguiu. Talvez estivesse com um dos bandidos. Confesso que tentei decifrar o que ele diz, mas não consegui.

As cenas da morte de Geraldo foram projetadas na parede branca do gabinete, mostrando um grandalhão o torturando. Laura ficou horrorizada com a cena, e lágrimas desceram dos seus olhos. Aquelas palavras entrecortadas não lhe diziam nada e o seu estado emocional não a deixava pensar.

— Acho que preciso de uma água e café — disse, quase soluçando.

Gregory se levantou e trouxe água e café para os três. Pareciam dependentes do raciocínio dela e ficaram quietos, até ela voltar à normalidade.

— A criatividade é o grande desafio da mente e o raciocínio é a ligação de pontos isolados. No entanto, essa é uma dessas situações em que é preciso aliar a lógica com a imaginação. Geraldo sabia ou supunha que havia uma câmera e usou a criatividade na hora de morrer para dar uma mensagem a Maurício, confiando que ele a decifrasse.

Sua fisionomia passou a mostrar confiança.

— Eu vivia intrigada e acho que com esse vídeo tudo se esclarece. A lenda diz que a cidade bíblica de Ofir, de onde saiu o ouro para construir o

Templo de Jerusalém, se localizava no Zimbabwe. Então, pela lógica, de Ofir Maurício deve de ir a Jerusalém,

— Jerusalém? Esse vídeo é da África do Sul — exclamou Robin desanimado.

Ela sorriu, com a ansiedade deles, mas deu logo a sua explicação.

— Estamos mais perto de Jerusalém do que você imagina. Vamos rodar o vídeo novamente e ouvir o que Geraldo diz. Se não estiver enganada, vai ficar tudo muito claro.

O vídeo rodou.

— Prestem atenção no que Geraldo fala: *Bed... med... além.* Na verdade, ele quis dizer Bete Medhane Alem, a igreja de São Salvador, em Lalibela, a Jerusalém construída pelo rei Lalibela. As igrejas são chamadas de bete, que significa casa.

— Lalibela? Que nome esquisito? Onde é isso?

Gregory conhecia a história de Lalibela e olhava Laura com admiração.

— Quando os árabes tomaram Jerusalém e os cristãos não puderam mais fazer a peregrinação à Terra Santa, o rei Lalibela construiu, no alto das montanhas de Amhara, a uma altitude de 1.500 metros, uma réplica da cidade de Jerusalém.

— Então por isso ele não foi a Olduvai.

— Ele está em Lalibela — disse Laura com convicção.

CAPÍTULO 75

Parado diante da pequena igreja de Nossa Senhora do Sião, em Axum, Maurício pensava em quão imaginosa é a mente humana. Ela transforma fatos em lendas, lendas em religião e religião em verdades absolutas. Teria Cristo ressuscitado? Teria Maomé sido levado aos céus da mesquita do Rochedo, construída sobre o Monte Moriá, onde judeus e cristãos acreditam que Abraão estava disposto a matar seu filho Isaac em sacrifício a Deus? Verdade ou não, o *Kebra Negast* transformou a Etiópia num dos países mais fantásticos do mundo e, naquela pequena capela, dedicada a nossa Senhora do Sião, segundo a lenda, esteve guardada a Arca da Aliança.

No entanto, Makeda, a rainha de Sabá, não era uma lenda. Talvez ele próprio já estivesse tomado de um misticismo que lhe dava forças, mas estava enfim na Etiópia, o início e o fim de tudo. Se ali nascera a primeira mulher, se ali era o Paraíso Terrestre, se dali surgiu a humanidade, se dali saíram as primeiras concepções de um deus único, dali, portanto, surgiu a divindade. Não foi longe da Etiópia que Moisés escreveu a Bíblia, e foi no Egito que Moisés construiu a Arca da Aliança para guardar os Dez Mandamentos.

Na verdade, também, Maurício se sentia realizado. Sua ida ao Cairo foi um desafio a Yuri. Ora, se ele estava no Okavango, se contratara Umbopa e organizara o roteiro do Zimbabwe — pois só podia ter sido coisa dele —, se organizara sua ida a Gana com o nome de Thomas Martin, e, principalmente se ele, Maurício, já decifrara o mistério do Domínio, tinha certeza de que Yuri o estaria protegendo daí para a frente. Propositadamente, comprara passagem ao Cairo com alguns dias de antecedência. E aconteceu como pensava. Yuri deve ter acompanhado os movimentos de seus inimigos e se antecipou a eles.

Agora era se preparar para os atos finais. Apesar de estar confuso, tinha certeza de que seu destino era o alto daquelas montanhas. Lá em cima, em Bete Medhane Alem estava o mistério para o qual fora empurrado. Em algum lugar da igreja teria de abrir algum segredo com os dois cauris, deixados com a Irmandade em São Paulo para serem entregues ao bozo, que seria avisado sobre onde encontrá-lo. Passara o dia na sede da Irmandade, enquanto um ourives fazia dois cauris falsos. Confiava na esperteza do rapaz, que saberia despistar eventuais seguidores. No caminho para Lalibela, parou para ver as ruínas de pedra que a tradição etíope considera o palácio de Makeda, a rainha de Sabá, a mais poderosa mulher da história, que controlava a Etiópia, o Egito, partes do Saara, a Armênia, a Índia e a Indonésia. Eram apenas ruínas, coisas do passado — como os cauris falsos, que ele deixou nas ruínas do palácio.

O rei Lalibela não construiu apenas uma inacreditável cidade, imitando Jerusalém, mas também mandou construir onze igrejas monolíticas, escavadas dentro das montanhas e ligadas por um labirinto de túneis, passarelas, pátios e escadarias. Cortadas de cima para baixo, numa única rocha, têm levado estudiosos a afirmar que a construção dessas igrejas não encontra explicação científica, porque haveria necessidade de ferramentas poderosas e afiadas para cortar os enormes blocos de pedra, o que não existia na época. Nem se pode dizer que foram construídas, pois não são construções. Foram esculpidas: são esculturas monolíticas, sem a colocação de uma pedra ou qualquer outra parte vinda do exterior. As linhas e os ângulos se encontraram milimetricamente, sem nenhum erro de traçado ou indicação de emenda, apesar dos ricos detalhes em relevo em seus interiores.

Quem vê aquela inacreditável obra e ouve as explicações de que aqueles monumentos foram construídos num prazo recorde de 38 anos se surpreende. Segundo a tradição, o barulho dos martelos se ouvia de dia e de noite, porque, quando os monges se cansavam e iam dormir, os anjos desciam do céu e continuavam o trabalho. "Mais uma vez", pensou Maurício, "a história foi desleal com a África, porque não há registros da época sobre os processos empregados nessa obra monumental, o que é lamentável porque não há nada no mundo comparável a Lalibela."

Depois de tanto tempo fugindo e pensando, Maurício já sabia com certeza aonde ir. Se dúvidas iniciais o deixaram indeciso, porque Geraldo não pudera falar com clareza, os fatos que se seguiram foram-se reduzindo à conclusão final de que *a cruz... no alto* só podia ser a Cruz de Lalibela.

Já era noite quando chegou a Lalibela e procurou um hotel. O dia seguinte era domingo e estava diante de Bete Medhane Alem, ou igreja do Salvador do Mundo, a maior igreja monolítica sobre a face da Terra, a guardiã da Cruz de Lalibela, provavelmente do século XII, com uns sessenta centímetros de comprimento e uns sete quilos, em ouro. Nas missas de domingo, o sacerdote desfila com a cruz abençoando os fiéis e ele esperava por algum sinal, algum elemento que indicasse os caminhos desse mistério. Sabia que era ali que devia estar. Olhava tudo com atenção para não perder o mais mínimo detalhe. Suas esperanças de encontrar uma pista na Cruz de Lalibela se desvaneceram quando o sacerdote se retirou.

Além da população local, camponeses vindos de longe desciam e subiam as montanhas, para vender seus produtos no mercado improvisado na rua ou em barracas. Só se confundia com aquela massa humana quem era dali mesmo. A diversificação populacional da Etiópia é tão grande que a chamam de Museu de Povos; por isso, Maurício olhava as pessoas com cuidado, em busca dos heterogêneos, as peças mais raras desse museu humano.

Um homem moreno de sandálias, os pés de pele fina, calça comprida e uma camisa branca até os joelhos, bem passada, era um deles. Aquele povo está acostumado a andar descalço e, mesmo com sandálias, não teria pele fina nos pés. Do lado oposto, um turista cobria as orelhas com um boné, mas dava para perceber que escondia algum objeto. Quem tem dificuldade de ouvir não cobre aparelho de surdez. O mais provável é que se tratasse de um aparelho de comunicação. Como age um turista interessado no artesanato local? Numa barraca, outro homem pegou um objeto, perguntou o preço, regateou, desistiu, olhou para os lados, como se não quisesse ver coisa nenhuma, e mudou de barraca. Lá ficou mais um pouco, agiu da mesma maneira e se retirou.

Se tinha dúvidas de que o destino final era ali mesmo, bastou a presença daqueles três para não as ter mais. E talvez houvesse outros. Era uma questão de paciência e observação. O calendário lunar indicava uma noite escura, e era importante aproveitar o dia para tentar ver o que poderia existir de suspeito. Também deveria se expor, para observar a maneira como o olhavam ou deixavam de olhar.

CAPÍTULO 76

O dia passou e a noite chegava com passos indecisos, saboreando ela própria os últimos momentos da claridade que a separava do dia. O bozo deveria estar ali para lhe entregar os cauris e tinha de esperar por ele. Ao voltar para o hotel, teve uma surpresa. A uns cinquenta metros de distância, vestido de branco, como antes, quando ali estivera três anos atrás, estava o Mudinho, nome pelo qual o conhecera, olhando com expectativa para a porta do hotel, como se estivesse esperando alguém. Seu rosto se iluminou quando viu Maurício. Mas como é que aquele rapaz soubera que ele viria a Lalibela? Era outro mistério e, pela reação do rapaz, era ele mesmo que esperava, pois levou as mãos ao rosto, lembrando o gesto de reverência de quando se despediram três anos antes no morro do Gólgota, ao sair de Lalibela.

Fora uma cena comovente. Naquela viagem, um guia local o acompanhava e, junto com ele, ia um rapaz pouco crescido, de roupas brancas. Nas igrejas ortodoxas não se pode entrar calçado, e Maurício estava de tênis. Ao abaixar-se para desamarrá-lo, o rapaz se antecipou e, apesar dos protestos, desamarrou os tênis dos dois pés e ajudou Maurício a descalçá-los. Durante a visita ao templo, o rapaz ficou na porta, tomando conta dos tênis. Na entrada de cada igreja, lá estava ele indicando um lugar onde era mais fácil apoiar-se, e, depois da visita, ajudava-o também a calçá-los. Ele não falava, apenas fazia gestos. Tinha uma surdez de nascença e encontrara um meio de ganhar a vida, ajudando os turistas a tirar os sapatos. Ao final da excursão, Maurício perguntara ao guia quanto devia dar de gorjeta. Com 5 dólares, ele ficaria feliz, dissera o guia. Na maioria das vezes, a condição humana é condoída. Com uma nota de 10 dólares na mão, Maurício hesitara, pensando nas diárias dos hotéis, no preço das passagens de avião, do vinho que tomava, e dera 100 dólares ao mudinho. Nunca se esqueceu do olhar do rapaz e do gesto que ele fez, depois de guardar o dinheiro. Com as mãos juntas, como se fosse rezar, levou-as aos lábios e depois se ajoelhou diante dele. Uma atitude inesperada que ele não pôde evitar. Passou a mão direita sobre a cabeça do rapaz, que sorriu e foi embora. Quando o carro saía de Lalibela, viu, no alto do Gólgota, o Mudinho, com as duas mãos juntas em gestos de agradecimentos. O guia explicara então que o rapaz era muito pobre e sustentava a família com as gorjetas. Cem dólares dariam para eles passarem mais de um mês.

Agora estava ali de novo o Mudinho. Tinha certeza, porém, que já não era mais o dinheiro que o atraía. Viera vê-lo por outro motivo.

— Você está livre amanhã?

Ele fez vários sinais com a cabeça.

— Está bem. Espero-o aqui, às 8 horas.

No meio da noite acordou com um ruído estranho. Tinha sono leve e, apesar do bom Cabernet Sauvignon da Etiópia, ouvira nitidamente o barulho de uma alguma coisa, como uma pedra batendo no vidro da janela. As janelas do seu quarto davam para uma escarpa íngreme, e mal teve tempo de pensar no que poderia ter sido quando ouviu de novo o barulho. Alguém jogava pedras pequenas na janela para acordá-lo. Levantou-se e examinou a escuridão com cuidado. Pendurado na mureta que protegia a área na beirada da escarpa, o Mudinho fazia sinais repetidos com a mão para que Maurício descesse e o encontrasse. Os movimentos das mãos, contínuos e insistentes, eram como uma concha puxando água. Passavam alguns minutos da meia-noite, e ele raciocinou depressa. Se aquele rapaz ficara sem dormir até aquela hora para vir acordá-lo furtivamente, era porque alguma coisa nova e importante havia acontecido. Trocou de roupa e pulou a janela, com cuidado, sem fazer barulho. Desceram a rampa, agarrando-se aos arbustos, para não escorregar e rolar montanha abaixo. De vez em quando o Mudinho parava, encostava os ouvidos no chão e ficava assim por alguns instantes, na tentativa de ouvir se alguém os seguia. Desceram até um certo ponto, de onde poderiam sair sem que ninguém desconfiasse, e continuaram se protegendo com a sombra das casas e das árvores, evitando a iluminação das ruas. Como não adiantava perguntar nada, porque o rapaz não podia responder, apenas o seguiu.

O chão liso era mais traiçoeiro no escuro, e teve de tomar muito cuidado para seguir o rapaz, exímio conhecedor de todos aqueles meandros apesar da pouca idade. Para chegar a Bet Medhane Alem, existe uma passagem escura até mesmo durante o dia, e ainda mais perigosa à noite. Apenas um caminho estreito sobre um grande fosso, no qual cairiam aqueles que estivessem em estado pecaminoso. Quem merecesse a salvação continuaria andando até uma pequena saída para a igreja do Senhor Salvador.

Ao chegarem à entrada da caverna, o rapaz enfiou a mão no bolso e entregou a Maurício uma pequena caixa.

Era incrível o poder de comunicação e informação daquele grupo que se autodenominava Domínio Invisível. Se Maurício estava vindo para Lalibela e o bozo viesse seguindo seus passos, obviamente os perseguidores desconfiariam de que este último estava com os cauris. O Domínio sabia que ele já estivera em Lalibela três anos antes, e sabia que ele reconheceria o rapaz mudo. Como também sabia que passara disfarçado na sede da Irmandade em São Paulo para fabricar dois cauris falsos, que traria consigo, enquanto os originais seriam enviados para o bozo, no Níger, onde ficariam guardados. Não podia correr o risco de carregar aqueles dois objetos, pois nem sabia o que poderia lhe acontecer.

Estava preparado para enfrentar esse Tribunal que já emitira várias sentenças assustadoras, e tinha consciência de que a ordem final, terrível e destruidora, já estava preparada, e que seria ele o encarregado de executá-la. Maurício concluíra que se transformara, sem querer e sem saber, no mensageiro do Apocalipse. Mas não bastava uma simples ordem para fazer ou deixar de fazer. Era preciso antes espalhar o terror, semear o medo, criar um mistério indecifrável e colocar alguém na esteira da desordem para ser caçado, perseguido e seguir ileso, numa espécie de prova de capacidade, porque a sentença final não poderia ser entregue por um portador comum. Não lhe restava nada mais além de seguir os passos finais para ver no que ia dar tudo aquilo.

Após lhe entregar os cauris, o rapaz disse que não iria em frente.

Maurício conhecia a passagem, mas estivera ali durante um dia seco, com um guia que tinha uma lanterna. Agora estava só e na escuridão, sobre uma trilha úmida e escorregadia. Ele poderia ter entrado na igreja pela porta da frente, mas, se fizesse isso, demonstraria medo, insegurança, e o Domínio o desprezaria. Foi andando com cuidado, estudando o terreno com os pés e olhando para a frente. Depois de um tempo, sentiu uma aragem no rosto, para logo notar a claridade que indicava a estreita fenestra por onde passar. Seguiu até o pátio que circunda a igreja e se dirigiu à porta de frente, que estava semiaberta. Já o esperavam. Um longo corredor iluminado, com tapetes vermelhos, levava a uma porta lá nos fundos. Não precisava mais de coragem. Tinha chegado ao fim, e agora só precisava da rapidez do raciocínio. No fundo, ao lado da porta, um altar com uma vela acesa. Num dos cantos do altar, um monge, de joelhos, lia o *Kebra Negast*.

Ao ver Maurício, o monge se levantou, e uma porta secreta, dissimulada na parede, abriu-se devagar. O monge entrou e ele também. O monge abriu outra porta: estavam agora diante de um túmulo, presumivelmente o túmulo do rei Lalibela, que ninguém pode ver sem autorização.

Em cima do túmulo, dois ossos semelhantes ao osso de Ishango. O ambiente escuro e o peso das lendas o arrastavam para um misticismo inapropriado para a situação. Em outros tempos, seria glorioso viver momentos como aquele, mas não naquela noite.

Dois ossos, sem um risco na superfície. Um deles, com um quartzo incrustado na ponta, sugeria que deveria ser usado para gravar alguma coisa, obviamente, na superfície do outro. Naquele sem o quartzo, havia dois pequenos orifícios com o fundo irregular. Concluiu que os cauris deveriam ser colocados ali. Suas emoções eram neutras, amortecidas pelos perigos que já passara. O tabuleiro do velho cego combinava com o terço de Geraldo. Nada pôde concluir apenas com o terço retirado da imagem de Nossa Senhora do Rosário. Teve sua primeira intuição ao ver o tabuleiro do velho cego. Entendia agora que não fora simples coincidência ter sido levado à aldeia de Taú. Tudo arranjado para aquele momento. Seu teste final era gravar as fórmulas matemáticas criadas no vilarejo de Ishango, no Congo, perto de Uganda, 20 mil anos antes de Cristo. Por sorte, havia memorizado as quantidades de contas e as distâncias entre elas.

Abriu a pequena caixa, retirou os dois cauris de ouro e encaixou-os com cuidado, à espera de algum movimento. Logo o teto se abriu, dando lugar a um espelho. Nada mais aconteceu, pois, como imaginava, os cauris não eram as peças principais, mas sim uma chave de reconhecimento, um primeiro teste. A salvação estava agora no esforço de memória. Não podia errar a sequência numérica dos entalhes.

Concentrado e calmo, pegou o osso que tinha o quartzo na ponta e começou a gravação sobre o outro. Conseguiu se lembrar dos números da primeira coluna, depois fez os riscos da segunda, e estava prestes a terminar a terceira coluna quando uma súbita preocupação o deteve. Foi ao fundo da memória buscar o que podia ainda existir que não descobrira até aquele momento. Faltava gravar a última coluna do osso de Ishango, e seria essa gravação a cartada final. Após tantos perigos, tantas ameaças e tantas mortes, estava claro para ele que aquilo não iria terminar sem um novo e arriscado desafio. Preocupado, continuou gravando os traços de acordo com os números de que se lembrava, até fazer o penúltimo risco. Ao terminá-lo, a parede à sua frente começou a se abrir, dela descendo uma grande folha de ouro retangular que cobria toda a superfície. Não ficou surpreso ao ver refletidos na lâmina os três vultos que o acompanharam desde que chegara a Lalibela. Eles o haviam seguido e entrado na igreja, para testemunhar o momento em que desvendasse o mistério.

Faltava agora o último entalhe, e ele hesitava. Com a mão esquerda segurava o osso do babuíno, e, com a outra, deu início ao que seria o fim. O revestimento de ouro brilhava à sua frente, iluminando seu trabalho. Ia concluir o trabalho, mas parou de repente, atônito, lembrando-se do chinês. Por que teria ele falado em Miguel Strogoff, o mensageiro do tzar russo condenado a ficar cego pela lâmina incandescente que passaria diante de seus olhos?

O impressionante, pensou Maurício, é como esse pessoal fora buscar na sua juventude o que ele havia lido para, aproveitando o seu passado, enviar-lhe mensagens. Era como um teste de memória. Num movimento rápido, completou o último risco e se jogou sobre o monge, cobrindo os olhos com as mãos e gritando para que permanecesse deitado, com o rosto coberto. Uma luz intensa iluminou o quarto, refletindo no que antes lhes parecera uma lâmina de ouro, mas que era, na verdade, um espelho poderoso capaz de aumentar o poder dos raios de luz que desciam dos espelhos do teto e refletiam na direção deles. Os três vultos não esperavam o reflexo da luz naquele espelho e tiveram os olhos queimados. Gritos e gemidos se seguiram àquela rápida cena, mas logo a claridade e o calor foram diminuindo e ele se levantou, juntamente com o monge. Foi triste o que viu. Os três homens andavam como sonâmbulos, apoiados nas paredes, cegos e com os rostos totalmente queimados.

CAPÍTULO 77

Olhando-o admirado, o monge inclinou-se numa reverência. Depois chegou até a parede de pedra, que se abriu com três leves toques, e Maurício entrou numa sala escura. A pedra se fechou atrás dele e a escuridão foi cedendo, dando lugar a uma luz fraca, depois mais forte, e ele se viu numa suntuosa sala, em nada semelhante às igrejas escavadas nas montanhas de Lalibela. Imediatamente compreendeu o significado daquele momento: estava no Tribunal dos Intocáveis.

O imenso salão era uma cópia da África. Como uma grande catedral, reentrâncias nas paredes laterais exibiam cidades e reinos proeminentes, com esculturas dos personagens principais de cada um. Lá estava o palácio dos reis de Kumasai e a escultura da rainha Yaa; Kabasa e a rainha Njinga Mbande; os palácios dos reis do Daomé, as pirâmides e cidades do Egito antigo; Meroé e a rainha de Sabá; a Cidade do Benim e o oba Ovonramwen, com esculturas de seus personagens históricos.

Lá no fundo, um trono de ouro reluzia. Estava vazio. Notou, ao lado do trono, um grande cetro de ouro cravejado de pedras preciosas. Sete cadeiras de cada lado do trono eram ocupadas por negros vestidos com roupas típicas da África. O que chamava a atenção, no entanto, não era a beleza dos tecidos, mas sim que aqueles juízes não representavam os países geograficamente divididos após a colonização, e sim a origem de cada etnia. Eles representavam o poder histórico da África, não o seu poder político, que nos tempos de hoje não representa a originalidade africana. O pouco que conhecia das roupagens lhe permitiu distinguir o bogolan, do Mali; o adire, da Nigéria; as agbadas, túnicas bordadas dos povos iorubás e haussas, da Nigéria; o asafo, dos povos fanti, do país de Gana; o kuba, do Congo. Os tecidos davam um rico colorido ao salão do Tribunal.

Atrás do trono, havia uma representação da igreja Nossa Senhora do Sião, de Axum, aberta, mostrando no centro a Arca da Aliança. Segundo o livro do Êxodo, a Arca da Aliança era uma caixa de madeira de acácia, com dois côvados e meio de comprimento e um côvado e meio de largura e altura, o que equivaleria a 111 centímetros de comprimento por 66,6 centímetros de largura e altura. Sua construção foi orientada por Moisés, que estaria cumprindo ordens de Deus. Coberta de ouro puro por dentro e por fora, com as bordas externas também de ouro, era semelhante à descrita pela Bíblia. Sobre ela estava aberto o *Kebra Negast*, um livro velho, talvez o original que se considera desaparecido. A arca, no entanto, era nova e limpa. Sem dúvida uma réplica da original — se de fato houve uma original.

O juiz, que estava sentado à direita do trono, levantou-se para atravessar o salão em sua direção. Com passos lentos, aproximou-se e o olhou fixamente. Tinha os cabelos esbranquiçados, mas emanava uma força espiritual que compensava o desgaste sofrido pelo corpo. Vestia uma toga feita com adinkra, o tecido dos povos acãs, com provérbios populares e fatos históricos nele gravados. Depois de se estudarem por uns poucos minutos, o homem afastou-se e fez sinal para Maurício o seguir. Ao chegarem até a cadeira do centro, o negro parou diante do trono vazio e fez um sinal com a cabeça para Maurício sentar-se. Os demais juízes estavam de pé.

— Desculpe, mas este lugar não é meu. Ainda preciso entender o que vim fazer aqui e não concordo em participar deste julgamento, se é o que penso.

Foi uma reação espontânea, até mesmo de coragem, porque a história daquele Tribunal era de não hesitar em matar inocentes.

— Creio que sabe o que veio fazer. O senhor escolheu o caminho. As decisões sempre foram suas. O Tribunal apenas o esperava. Era para o Irmão Geraldo presidir esta sessão, após a qual o Tribunal se dissolverá.

— Geraldo...

Pronunciou o nome do amigo num tom enigmático. Maurício culpava o amigo por tê-lo posto naquela situação, ou o Tribunal o responsabilizava pela morte de Geraldo?

— Tantos crimes! Para quê?

Não havia em sua voz revolta nem indignação, apenas um leve tom de tristeza, a busca por uma resposta, que veio com serenidade:

— A humanidade construiu sua história com crimes, e uma história de crimes só pode ter um destino de crimes. O crime, a droga, a corrupção, a sodomia, a violência e a desagregação dominam todas as sociedades. O mundo ocidental é rico em ciência e cada vez mais pobre em consciência.

O negro puxou um pouco mais a cadeira, sugerindo a Maurício que não havia escolha.

— O senhor não está aqui por acaso. Só um eleito pelos Espíritos conseguiria desvendar o segredo e entrar na sala deste Tribunal.

Não era bem o que Maurício pensava, e então retrucou:

— Desculpe contrariá-lo, mas tudo não passou de uma coincidência.

— As coincidências são os atos dos Espíritos, que as colocaram em seu caminho.

Houve realmente coincidências demais, desde a coincidência de chegar à sede da Irmandade no momento em que Geraldo estava sendo assassinado, as abotoaduras na gaveta, o dente, o aparecimento de Yuri no Okavango, a história do príncipe Custódio na Cidade do Benim, o chinês. Pensava ele em tudo isso, quando ouviu de novo aquela voz mística.

— A África deu origem à humanidade e deve agora salvá-la. Nós estamos comprometidos com o futuro. O Projeto Blackburns tem por finalidade salvar a África antes que a humanidade se destrua. O planeta corre perigo, e só o *Siderius* pode salvá-lo.

Siderius! Absorto numa constelação de ideias, ouviu:

— A força dos Espíritos é infinita e eles sabem que, se a humanidade desaparecer, os Espíritos existentes vagarão pelo universo sem uma finalidade. Por isso temos de salvar a humanidade. O senhor conseguiu chegar até aqui. Decifrou mistérios. Passou por muitos perigos. É sem dúvida o eleito.

O negro continuava atrás, e Maurício sentou-se, no que foi acompanhado por todos. O negro pegou uma pasta da cadeira vazia do lado direito e abriu-a, revelando algumas folhas de papiro. O título era uma sentença. Agia como um autômato, assustado, e se perdoava porque qualquer um, naquele lugar e naquelas circunstâncias, faria o mesmo que ele. Um canto profundo e profético preencheu a grande nave escavada na pedra, num clima de ressurreição dos mortos. Leu, sem nenhuma estupefação, o manuscrito, pois era mais ou menos o que Blackburns pregava: o fim do mundo. Na última folha, estava impresso o nome de mansa Kanku Musa. O velho aproximou-se, com uma caneta de ouro na mão.

— Há um engano. Não me chamo mansa Kanku Musa.

O silêncio voltou. O silêncio que dispensa explicações. Ele e o velho se olhavam, e Maurício então compreendeu. Mansa Musa não existia mais, e ele, Maurício, o representava agora. Incrédulo, pegou a caneta e, calmamente, assinou uma sentença que iria mudar os destinos do mundo.

Levantou-se e ficou olhando os catorze juízes, um por um.

— A serenidade é compassiva — disse o velho.

De certa maneira, ele próprio concordava com as reivindicações africanas. Só discordava dos métodos que haviam adotado. Nem saberia explicar por quê, mas concordou:

— A sentença será entregue a um poder ostensivo, acostumado a dominar e que está esperando a oportunidade para reagir. É ingenuidade pensar que sociedades organizadas aceitem perder seus bens, suas universidades, suas fábricas, seu poderio, seu conforto, sua segurança, assim de uma hora para outra. Haverá revoluções que destituirão os governos que aceitarem essas imposições. Haverá guerras entre países, talvez mesmo guerras nucleares e, ao final, a destruição poderá impedir o cumprimento dessa sentença.

O velho sorriu compreensivamente.

— Tudo foi cuidadosamente planejado, até mesmo as piores consequências. Durante quatrocentos anos o mundo ocidental se dedicou a destruir a África. Se eles se destruírem, a África será vencedora.

Que poderes teriam capazes de lhes dar a segurança de uma afirmação como a que acabara de ouvir? O velho foi mais longe:

— Todos os líderes que se levantarem contra essas ordens serão eliminados. O dossiê Blackburns identificou aqueles que têm o gene da discórdia. Alguns já não existem mais e outros estão sendo eliminados.

— Mas isso é uma crueldade.

O tom de voz assustou Maurício, acostumado à humildade inicial daquele diálogo.

— Crueldade é a moldura da África. Assassinaram centenas de milhões de africanos para construir o quê? O Palácio de Buckingham? A Torre

Eiffel? O Capitólio americano? Para se matarem em guerras e tomarem uns dos outros o que roubaram de nós?

E, num tom conciliatório:

— Os Espíritos o elegeram porque confiam no senhor.

Mas e o grupo que o estava perseguindo? Era um obstáculo que não fora a abordado.

— Posso entender que este Tribunal representa o Domínio Invisível e que suas reivindicações têm um valor profundo. No entanto, houve uma dissidência, e um lado mau busca riquezas e poderes que nada têm a ver com esse interesse de salvar a humanidade.

A sala ficou em silêncio. O velho apenas o olhava, imóvel, e nem precisava dizer nada, porque ele mesmo vira o que aconteceu com os três vultos, poucos minutos antes. Talvez nem mesmo o chinês soubesse o que significava a mensagem de Miguel Strogoff, passada a ele como um último teste. Compreendeu que não havia nada a fazer, a não ser cumprir as ordens, e concordou, com uma frase curta que resumia todo o seu pensamento:

— Os Astros sobreviverão.

O negro nada disse.

— Presumo que minha missão seja entregar essa sentença. No entanto, nunca participei desse Domínio e nunca ajudei a tomar uma decisão. Por que então o próprio Domínio não faz a entrega?

— Porque é Invisível.

Embora lacônica e sem sentido, a resposta era clara o bastante para que ele não perguntasse mais nada.

— Preciso de três pessoas, para estarem presentes, porque conhecem melhor os mecanismos do mundo que vai ser destruído.

— Eles o esperam em Debre Damo.

Maurício não se surpreendeu. Voltou-se para a porta de entrada, mas ela tinha desaparecido.

— Não há retorno – ouviu.

O velho negro lhe indicou um corredor.

Antes de sair, olhou para o imenso salão, com todas aquelas obras representativas de um passado glorioso, e foi novamente invadido por aquela sensação de irrealidade que o acompanhara em vários momentos. Mas o papiro que estava com ele era real. A caneta que usou era real. O negro o olhava. Maurício fez uma breve reverência e voltou-lhe as costas.

Novamente um corredor. Dessa vez um corredor escuro, úmido e longo, que o conduziu ao pé de uma montanha. Nenhum vestígio de ter alguém passado por ali recentemente. Como aquela poderia ser a única saída? O ar fresco da noite lhe fez bem. Numa carroça puxada por dois jegues, o Mudinho com o esperava. Estava tranquilo, parecia alegre, e desceram a montanha em direção ao morro de Debre Damo.

CAPÍTULO 78

Reza a crença que Abuna Aregawi, um dos nove santos que, no século V, vieram da Síria para a Etiópia, contemplava as encostas íngremes de Debre Damo quando o arcanjo São Miguel apareceu com uma enorme serpente que o transportou até o alto do morro. Situado mais de 2 mil metros acima do nível do mar e construído sobre um platô de meio hectare erguido sobre rochas verticais de quinze metros de altura, o monastério de Debre Damo é uma das muitas relíquias espirituais da Etiópia. Outra versão da história diz que, em vez de ser conduzido por uma serpente, Aregwai mandara construir uma enorme escada de pedra. Após a construção do monastério, ao ser questionado sobre o que fazer com a escada, teria respondido: "Destruam-na", ou "Dahmemo", na linguagem etíope, da qual teria derivado "Debre Damo". Com o tempo, a escada foi esquecida e surgiu a lenda, que persiste até hoje, porque só se consegue subir a colina agarrando-se a uma corda grossa, simbolizando a serpente. Milhões de peregrinos já subiram, por essa corda, até o alto de Debre Damo, o mais antigo dos 20 mil monastérios da Etiópia.

Com o rolo de papiros protegido por um canudo de metal amarrado às costas, Maurício escolheu uma das três cordas grossas e começou a subida. Durante mais de mil anos, a passagem de milhões de peregrinos desgastara alguns lugares, criando pequenos ocos nos quais ele agora se escorava. Chegou até o portal que dá passagem para o platô por um buraco apertado. É difícil estar preparado para uma armadilha, principalmente quando se percebe que já se caiu nela. A claridade do luar iluminava o misterioso platô, e Maurício procurava alguma alma viva. Nenhum ruído, nenhum movimento. O silêncio pesava sobre a paisagem plana de mil metros por quatrocentos, deslumbrantemente iluminada pela lua cheia. Uma centena de monges vive em Debre Damo, onde eles passam 364 dias sem contato com ninguém, a não ser uns com os outros e com os animais. No dia 24 de outubro de 534, Abu Aragawi desapareceu do olhar humano, sem morrer. Nesse dia, uma multidão de 5 mil homens subiu ao cimo do morro para celebrar. Nenhuma mulher pode subir, nem mesmo as fêmeas dos animais são permitidas nas criações para sustento do mosteiro. Apenas as aves conseguem burlar essa lei.

Era madrugada e os monges deveriam estar dormindo, mas nada justificava aquele silêncio. Examinou com cuidado todo o platô e tomou a direção da antiga igreja de pedra e madeira que, na fé ortodoxa, abriga o Santo dos Santos e se acredita ser a mais antiga igreja da Etiópia. A porta estava aberta e ele entrou. A claridade da lua inundava as janelas, e ele ficou extasiado com o que via. Era impressionante a beleza dos ícones, das peças, dos manuscritos, tapetes, roupagens e outros preciosos objetos ali guardados. No centro da igreja, pendurado no teto, um ícone mostrava o santo Abuna Aregawi sendo transportado pela serpente para o alto do morro. O colorido e o simbolismo o fizeram esquecer por que que tinha vindo, imerso na completa ausência de vida em Debre Damo. O santo parecia olhá-lo com piedade. Serpente! Eva, no paraíso, Cleópatra, o Templo das Serpentes, Debre Damo! Tinha de sair dali, mas já era tarde.

Três enormes anacondas impediam a passagem. Ele ia recuar para tentar achar outra saída, quando ouviu a ordem:

— Não se mova. Essas cobras estão hipnotizadas, mas acordarão ao som de uma flauta.

Um homem fardado, cheio de condecorações, tinha uma arma apontada para ele. Já vira aquela figura em jornais e televisão. Quatro militares estavam ao seu lado.

— General Dooley. Deu-se ao trabalho de me seguir pessoalmente? Fico bastante lisonjeado.

— Não é hora de ironias. Passe-me os papiros. Essa sentença não será entregue e o Tribunal dos Intocáveis será destruído.

Com a calma de quem já se acostumara a momentos difíceis, Maurício enfrentou o belicoso general.

— Está pensando em destruir o imaterial, o invisível? Pois saiba que o Tribunal não existe.

— Nada é imaterial. Nada é invisível. O senhor acabou de sair do Tribunal dos Intocáveis. Então, como ele não existe?

— Pois acredite. O Tribunal não existe. Como eles conseguem coisas reais de uma imagem virtual, não sei, mas tudo não passou de uma encenação para me entregarem a sentença.

— Melhor assim. Será mais fácil tomar as rédeas do Domínio. O senhor poderá ter vantagens conosco e será aceito, se me entregar os papiros espontaneamente.

— Do contrário?

Precisava ganhar tempo. Alguma estratégia aqueles três deveriam ter. Por que não tinham aparecido ainda? Tampouco era possível que aquele chinês maluco o tivesse salvado no Zimbabwe para deixá-lo nesse apuro justo agora.

— Não tente ganhar tempo. Ninguém virá ajudá-lo.

Ao lado do general surgiu um faquir indiano, que começou a tocar uma flauta. As serpentes se moveram, saindo do seu estado letárgico.

— Jogue os papiros. Ainda posso salvá-lo.

Desanimado, Maurício suspirou.

— Compreendo seu desânimo. Ter enfrentado tantos perigos, para nada.

Maurício fez um gesto de concordância e pegou o canudo com a sentença. Um dos militares veio buscá-lo e entregou-o ao general, que o abriu e reagiu raivosamente.

— São papéis em branco. Onde está a sentença? Vou começar furando suas orelhas, depois vou descendo os tiros até o senhor cair no desespero.

— Não há papel em branco. Tudo está no plano imaginário, e essa tinta só pode ser vista numa claridade específica.

— Se é assim tão especializado, esse tribunal conseguirá transcrevê-la agora ao ouvir o seu primeiro grito.

Com essa ameaça, o general levantou o revólver. Já ia puxando o gatilho quando um tiro lhe arrancou a arma da mão e outros três tiros espatifaram as cabeças das serpentes.

— O dr. Maurício tem razão, Dooley — disse Gregory.

— O que você está fazendo aqui?

— As pesquisas de Blackburns.

Dooley estremeceu ligeiramente e tentou manter a frieza.

— Nada tive com aquele negro, e o que tenho a dizer é que será preso por traição à pátria.

O silêncio do platô de Debre Damo ficou mais pesado.

— Então? — insistiu Dooley.

— O passado condena. Há um episódio que demorei para encaixar: a morte do professor Ernest. Blackburns não sabia que Ernest trabalhava para os Dissidentes e passou para ele parte das suas pesquisas, nas quais estavam os descendentes do general Nathan Bedford Forrest, fundador da Ku Klux Klan. O senhor mudou seu nome de Forrest para Dooley, mas a lista de Blackburns o condenou, porque o Domínio Invisível não aceitaria um descendente da Ku Klux Klan. Por isso aderiu aos Dissidentes.

— Vai agora dizer que matei o professor Ernest?

— Suicídio. Ele assustou-se com o assassinato de Blackburns.

— Tudo isso é fantasia. Tanto que dei ordens para os ataques nucleares à China, mas a CIA escondeu o vírus antiatômico.

— Pensei sobre isso. Não havia motivos para o Pentágono não saber que o nosso agente havia descoberto que a China tinha esse antídoto contra as nossas ogivas, já que o serviço de espionagem é subordinado ao Pentágono. Assim que o senhor soube que nosso agente havia descoberto o vírus antiatômico, agiu rápido para que a CIA não tivesse tempo para informar o presidente. Seu propósito foi destruir o potencial atômico dos Estados Unidos, para facilitar o trabalho de dominação dos Dissidentes.

As acusações eram sérias, e o general reagiu com firmeza.

— Vocês nada podem fazer. Temos armas especiais. Não preciso dessas pistolas antiquadas, mas tinha a intenção de convencê-los a mudar de lado. Nossa conversa está sendo ouvida a muitos quilômetros daqui e em instantes vocês estarão mortos. Ou como imaginam que descobri que viriam para Debre Damo?

— E não lhe pareceu muito fácil? Será que não foi conduzido propositalmente para cá?

Maurício parecia divertir-se. Era a primeira vez que via Gregory, mas estava gostando da sua firmeza. O militar pareceu envelhecido. Percebeu que havia sido atraído para aquela armadilha e ouviu o diretor da CIA condená-lo.

— Os cabeças do seu grupo já desapareceram e o Mansuetude também. Prepare-se para a sua vez.

Uma pequena estrela foi crescendo rapidamente em direção a eles.

— Mas o que é isso?

— É o *Siderius*, general – concluiu Gregory.

Uma densa nuvem os envolveu e eles perderam os sentidos.

CAPÍTULO 79

A tragédia havia sido anunciada em capítulos dolorosos. Não se fazia, porém, ideia da extensão do mal. O medo era amenizado pela dúvida e sempre aquela esperança de que seria possível evitá-lo. Por isso, quando chegou a sentença, os governantes do mundo ocidental estremeceram. Aquilo era impossível e inexequível. Ao mesmo tempo, os presidentes dos Estados Unidos e os governantes de todos os países que assinaram o Tratado de Berlim receberam o ultimado do Tribunal dos Intocáveis.

EXCELENTÍSSIMOS SENHORES

Apesar das notificações e advertências dadas por este Tribunal, até o momento não foi feito nenhum gesto de que Vossas Excelências estariam dispostas a assumir os horrores praticados por seus países, ao longo da História, contra a África.

Assim, portanto, segue anexa neste ofício a Sentença Final, com o programa do que este Tribunal finalmente decidiu.

Ao meio-dia, no horário de Londres, nos reuniremos com Vossas Excelências para o programa das execuções.

Data: Primeiro e Último instantes da Eternidade

(ass.) Mansa Kanku Musa
Presidente do Tribunal dos Intocáveis

Os telefones não paravam de tocar, e nenhum dos governantes quis correr o risco de dizer que se tratava de um blefe. Havia, portanto, tempo suficiente para que cada país convocasse ministros, assessores, militares ou quem quisesse para essa reunião. Convocações foram feitas e medidas de emergência foram tomadas. O que poderia vir ainda de mais sério do que já tinha acontecido? Os principais comandantes da Otan e do Pentágono, o secretário-geral da ONU, além dos dirigentes dos serviços de inteligência desses países reuniram-se cada um em seu território. Seus gabinetes se situavam em Londres, Washington, Nova York, Roma, Berlim e outras capitais, muito distantes uns dos outros para que a afirmação do Tribunal de que estariam todos reunidos num mesmo horário fizesse sentido.

E aconteceu o inacreditável.

Quando o Big Ben acabava de tocar a última badalada das 12 horas, a imagem de uma grande construção do século XIX, com uma torre do lado esquerdo e vários arcos na fachada, começou a avançar sobre eles. Aos poucos, o grande edifício de tijolos avermelhados, de estilo holandês, foi-se aproximando, até envolvê-los numa espiral vertiginosa. Ao se recobrarem, reconheceram o lugar. Estavam dentro do imenso salão do Tribunal Internacional de Justiça, em Haia, na Holanda, sentados em duas alas de bancos em frente a uma grande escrivaninha. Pelos enormes vitrais entrava a luz natural do sol, e os portentosos lampadários do Tribunal iluminavam majestosamente a corte.

Aquilo não podia ser verdade. Todos eles pensavam que tudo não passava de um sonho, mas era um sonho comum a todos. Assombrados, perguntavam-se que altíssima tecnologia seria essa que combinava realidade virtual e inteligência artificial. Olhavam uns para os outros, assustados, porque começavam a entender que já não se tratava mais de assassinatos e terrorismo, mas de uma ameaça nova, uma perigosa manipulação de energia e materiais, ainda desconhecida da ciência. Sentiam-se como réus sob condução coercitiva.

Atrás da escrivaninha estavam cinco pessoas, com as togas dos juízes da Corte Internacional. Esperavam juízes negros togados, mas ali estavam quatro pessoas que já conheciam: o diretor da CIA, um espião procurado pela polícia de todo o mundo, um inspetor de polícia de Chicago e uma professora universitária. Mas era um estranho que, aparentemente, iria presidir a reunião, pois se sentava na cadeira do meio. Concluíram que aquele era o misterioso personagem presente em quase todas as ações do Domínio Invisível, o dr. Maurício.

Todos já haviam lido a sentença do Tribunal dos Intocáveis e até mesmo um tenso e intenso diálogo já haviam travado, por telefone, sem chegarem a uma decisão. O peso das exigências era tal que só não beirava o ridículo devido aos vários atos de terrorismo praticados por essa organização. Verdadeiro terror se estampava nos rostos daqueles homens e mulheres, acostumados a mandar no mundo e que, de repente, viam-se ameaçados pela besta-fera do Apocalipse.

Sem apelar às reverências, surgiu uma voz do centro da mesa:

— Os senhores já nos conhecem. Não há nada mais a explicar.

A presença desse homem os assustava, e sua voz, apesar de clara e calma, pareceu tenebrosa.

— Talvez alguns dos senhores estranhem o nome de Tribunal dos Intocáveis. É simples. Os seus países se julgam no direito de invadirem outras nações, cometerem crimes contra a humanidade, matando milhões de pessoas inocentes, e não aceitam que seus crimes sejam julgados por este Tribunal Internacional, onde hoje estão no banco dos réus, por se considerarem intocáveis. Quando, porém, o governante de outro país procura manter a ordem interna e esse governante contraria os interesses de Estados Unidos ou Europa, ele é acusado e julgado por crime contra a humanidade. Para equilibrar essa distorção entre a força e o Direito, foi criado o Tribunal dos Intocáveis.

O presidente dos Estados Unidos reagiu enfurecido.

— Acho tudo isso um absurdo! Ninguém vai nos pôr no banco dos réus!

— Como os senhores já leram a sentença que lhes foi entregue, os seus países já foram julgados. Estamos cuidando apenas da execução de uma sentença definitiva.

— O que esses africanos querem? Investimentos na África até atingirem a soma incalculável de um doido chamado Blackburns? Não vamos cair nesse ridículo. Sou contra essas exigências e prefiro enfrentar esse desafio, que não é o primeiro e nem o último que os Estados Unidos saberão enfrentar. Minha decisão é uma guerra imediata de destruição da China, que já causou problemas demais.

Calmamente, Maurício mostrou que o momento era para cautela.

— Três decisões constam da sentença. A primeira é que, dentro de uma semana, os senhores deverão apresentar um plano para o seu cumprimento. Caso se neguem a apresentar esse plano de execução, deverão esperar 24 horas antes de qualquer manifestação, porque algo importante irá acontecer. Se, após esse fato, não houver uma mensagem através da imprensa de que concordam com as exigências, deverão esperar mais 48 horas por algo terrível e convincente.

— E se não aceitarmos? — voltou a perguntar o presidente americano.

Maurício foi enfático:

— Nós estamos aqui para cumprir uma missão. Cabe aos senhores decidir se vão ou não aceitar as determinações do Tribunal.

Alguns chegaram a franzir a testa, mas ninguém se manifestou. Com relutância, porque, na sua opinião, esperar seria dar um prazo perigoso ao inimigo, o presidente acabou concordando com os demais, que não acreditavam que esse Tribunal improvisado tivesse os poderes com os quais ameaçava o mundo. Uma pergunta soou:

— E nós vamos ficar aqui sentados, presos, até amanhã?

Os bancos onde estavam sentados começaram a se mover, afastando-se uns dos outros, dando espaço para o aparecimento de uma cabina com cama, banheiro, pia e uma mesa para refeições, que foram servidas normalmente até o dia seguinte. Um pequeno exército de guardas negros fazia a vigilância. Aquilo tudo era assustador. Estavam vivendo o futuro.

CAPÍTULO 80

Depois de uma semana presos naquela sala, cada um no seu cubículo, os noticiários trouxeram uma das mais espetaculares manchetes que o mundo já conheceu: o obelisco da Praça da Concórdia estava de novo no lugar onde permanecera durante 4 mil anos. Diante do Templo de Karnak, as duas colunas apontavam para o céu. Era grande a multidão se acotovelando para ver de perto o inacreditável. Como se nunca tivesse sido retirado de lá, o obelisco estava intacto, sem nenhuma ranhura, e até mesmo os sinais dos cortes no granito de quando fora retirado haviam desaparecido. A diferença de fuso horário entre o Egito e Washington permitira ao mundo tomar conhecimento daquela proeza e do júbilo que tomava conta de todo o continente africano.

O presidente da França reagiu:

— Isso não é justo. O rei Luís Filipe I doou ao Egito um relógio que ainda está instalado na mesquita Mohammed Ali.

A ironia do primeiro-ministro britânico o silenciou:

— Um relógio quebrado por um obelisco milenar?

Consta que, em retribuição ao obelisco, o rei da França tenha realmente presenteado o vice-rei do Egito, com um relógio quebrado. Mas o presidente francês não estava só em sua indignação, e o presidente americano reagiu com firmeza:

— Tudo bem. Não foi uma demonstração de força, mas de habilidade, e isso nós temos mais do que eles. Que fiquem com o obelisco. Vamos destruir as fontes desse mal.

Todos estavam novamente em seus postos, como no primeiro dia, e Maurício observou:

— Os senhores têm o prazo de 24 horas. Se, dentro desse prazo, não for enviada a mensagem de concordância com as exigências do Tribunal, deverão esperar mais 48 horas, antes de qualquer precipitação.

— Realmente, isso é preocupante — aquiesceu o primeiro-ministro da Inglaterra. — O que será que pode acontecer agora?

Para alguns desses governantes, a transferência do obelisco era apenas uma demonstração de tecnologia e não representava uma ameaça. Os demais, porém, concordaram com os receios do primeiro-ministro britânico, e o ato de guerra contra a China foi adiado. Vencidas as 48 horas, uma tela apareceu nas paredes do tribunal, com uma grande projeção de luz no céu noturno de Picadilly Circus, em Londres. Nela se via nitidamente a rainha da Inglaterra, de joelhos, prestando homenagem a um rei negro, sentado num trono de ouro, empunhando um enorme bastão dourado cravejado de pedras preciosas. Sobre sua cabeça, uma coroa de diamantes. A cena lembrava a humilhação que o oba Ovonramwen, da Cidade do Benim, sofrera ao ter se ajoelhar diante do comandante militar inglês. O que mais assustou a todos foram os dísticos embaixo da cena, que dizia em letras garrafais:

O PALÁCIO DE BUCKINGHAM E O PARLAMENTO, ASSIM COMO TODA A ÁREA EM VOLTA, SERÃO DESTRUÍDOS EM 24 HORAS.

CAPÍTULO 81

Antes cônscias do seu poderio bélico e tecnológico, as grandes potências estavam agora humilhadas e humildes. Embora fosse a mais chocante e ultrajante de todas as projeções, com aquela humilhação da rainha aos pés do rei negro, outras projeções se espalharam pela Europa e Estados Unidos, exigindo a devolução de todos os tesouros africanos, como o busto de Nefertiti, a esposa de Aquenáton, guardada no Neues Museum, em Berlim; a Pedra de Roseta, que Champollion usou para decifrar os hieróglifos, hoje no Museu Britânico; além de muitos outros objetos que deram origem à ciência chamada egiptologia; as máscaras e artes do antigo Reino do Benim e os bens do reino do Daomé, e outros constantes de uma grande lista, testemunho da grandeza africana.

A África queria de volta os seus bens.

Do que mais esse Domínio Invisível seria capaz? A França lembrou-se do roubo do obelisco, numa operação inimaginável, cuidadosamente posta em prática durante vários anos. A Alemanha ainda estava desassossegada com a cobrança pelo genocídio dos povos da Namíbia. Foram cobradas as atrocidades do rei Leopoldo, da Bélgica, contra os habitantes do Congo, a destruição dos reinos de Angola, Eredo, Daomé, Fanti, Axante, e sempre a reivindicação pelos crimes da escravidão. Uma inquietude mórbida sucedia às agressividades entre os governantes dos principais países ocidentais, que se uniram na acusação à China. Esta, por sua vez, negava ter tido qualquer participação naquele extremado ato de terrorismo e acusava o mundo ocidental de ter provocado a ira africana devido aos vários séculos de escravização e devastação.

Entre esperar serem atacados e tomar a iniciativa, optaram pela iminência da guerra. Europa, Estados Unidos e Japão se uniram para a destruição total, pois entendiam que arruinando o avanço tecnológico chinês conseguiriam arruinar o poderio desse Domínio Invisível. Era uma coisa tão inesperada e inusitada que todas as pessoas, até das mais longínquas terras, passaram a ter um medo novo, um medo que não se traduzia apenas como aquele que se sente ao atravessar à noite um bairro sem luz. Não era terror, que imobiliza, mas o medo de que, depois daquilo, não houvesse mais salvação. O mundo havia mudado bruscamente, e já não havia mais esperança.

Em Londres, um grande aparato militar e policial se pôs a campo para desocupar a área ameaçada de qualquer ser vivo. O dinheiro nos cofres dos bancos, transações financeiras, estoques de joias ou de outros valores, nada se pôde levar para não se perder tempo. Ao cair da noite, nenhuma alma rondava mais a região, e todos aguardavam ansiosos o que poderia acontecer. A ameaça era à Inglaterra, e o grupo que poderia tomar decisões estava sequestrado naquela sala. Nada acontecera durante o dia, como se o Tribunal tivesse dado um dia de misericórdia para que houvesse tempo para a fuga, ou um dia a mais de suspense para aumentar a tensão da espera.

Chegou, enfim, a noite. As 24 horas de espera tinham terminado. Muitos helicópteros sobrevoavam a área, projetando luzes na tentativa de detectar terroristas. As telas de televisão começaram a projetar o impossível. Primeiro, viu-se o Palácio de Buckingham derretendo, evaporando, inexplicavelmente desaparecendo. Depois foi a vez do Parlamento, da abadia de Westminster e dos demais prédios que estavam na área circunscrita pelo Tribunal. A tristeza se abateu sobre todos naquela sala. O presidente dos Estados Unidos começou a falar, como se estivesse entrando num mundo desconhecido:

— Querem as nossas indústrias, as nossas universidades, os nossos hospitais, os nossos bancos, os nossos navios, que façamos rodovias cortando a África em todas as direções, que construamos hotéis em todos os pontos turísticos, que devolvamos todos os objetos que foram retirados de lá, querem que os investimentos em agricultura, alimentos e remédios sejam doravante feitos na África, e, enquanto não for atingido o impossível valor calculado por Blackburns, toda a nossa civilização ficará paralisada. Não teremos arrecadação. Nossas moedas não vão valer mais nada e não poderemos ter armas novas, não teremos dinheiro para comprar petróleo, o desemprego será assustador, a fome vai tomar conta de tudo, multidões vão assaltar, matar, roubar, a segurança pública não vai mais existir, não teremos energia elétrica, morreremos no inverno e no calor, as doenças, as epidemias, parece que os países pobres dominarão os ricos. Não sei, não sei...!

Sua voz já não era a de um homem acostumado a decisões difíceis. Sua respiração mostrava um nervosismo crescente. Ele se levantou com os braços sobre a cabeça, as mãos agarrando os cabelos, os olhos esbugalhados, e começou a andar pela sala, como um desvairado.

— Vocês percebem? Entendem esse plano diabólico? Eles estão nos encurralando, já nos puseram num grande corredor e estão nos empurrando, empurrando todos nós para... Meu Deus, meu Deus... Estão fazendo conosco hoje o que fizemos com eles no passado. O portão, o portão... Não enxergam? Estão cegos? Eles estão nos empurrando...

Abanando a cabeça, agora como um louco, gritou:

— Estão nos empurrando para...

Emudeceu subitamente e, com voz trêmula, murmurou:

— O Portão do Não Retorno.

Agradecimentos

Não foram só pesquisas, leituras, visitas a museus e a tantos países. Durante esse período, entrevistei muitas pessoas, incluindo autoridades, reis, chefes e universitários. Fica a minha gratidão pela acolhida prestimosa que me deram.

Agradeço ao professor e escritor Nelson de Oliveira, pela revisão do original e importantes sugestões para a composição final do texto, e ao meu amigo e editor Luiz Fernando Emediato, que vem me incentivando durante todos esses anos.

Mas devo um agradecimento final à minha esposa, Clarice, que me acompanhou em quase todos esses lugares e ajudou com críticas e sugestões.

Sobre o Autor

A. J. Barros (Adhemar João de Barros) foi funcionário do Ministério da Fazenda (Receita Federal), onde desempenhou várias funções, antes de se dedicar à literatura. É formado em Direito, com pós-graduação em Política e Administração Tributária, pela Organização dos Estados Americanos – OEA. Foi professor de Direito Tributário e Administrativo na Escola Superior de Administração Fazendária (ESAF). Durante essas atividades, criou um método próprio de auditoria, exposto no livro *Auditoria de Produção*, Editora Lex. Depois da aposentadoria, escreveu dois livros de sucesso: *O Conceito Zero* e *O Enigma de Compostela*. Tem uma característica própria: sempre vai ao local da ação, para observar a região e a sociedade, obtendo assim uma noção realista do que vai escrever. Essa sua ansiedade cultural o levou a viajar por mais de 170 países.

O autor diante da Victoria Falls. Arquivo pessoal.

GOSTOU DO LIVRO QUE
TERMINOU DE LER?
APONTE A CÂMERA DE SEU
CELULAR PARA O QR CODE
E DESCUBRA UM MUNDO
PARA EXPLORAR.

Este livro foi impresso em 2022, pela PlenaPrint,
para a Geração Editorial.
O papel do miolo é ivory bulk ld 58 g/m².